感谢中山大学学科建设经费对本书出版的资助

中山大学中文系（珠海）
学术丛书

鲁迅的广州转换

朱崇科／著

上海三联书店

中山大学中文系（珠海）学术丛书　出版前言

简称为"中文系"的"中国语言文学系"的称谓与实质到了新的世纪，尤其是21世纪以来似乎也有了新的指涉，如果我们不能及时更新中文系的更宏阔边界与崭新内涵认知，似乎也就变成了冬烘。这里的"中国"显然已经不是单纯的政治、地理限囿，更该是文化涵容；而语言显然也不是单纯靠纯粹性作为唯一的指标，正如中国性（Chineseness）的载体与呈现不单纯是中文一样，我们既关注普通话、方言，同时也关涉可能的混杂及其历史语境中的文化演绎；而"文学"的边界也在日益拓展，从传统的文体研读到经典的流行歌词介入，从对文字书写的文本细读到图文并茂的视觉转向，其间的变异令人耳目一新也呼唤新的解读与研究。

创建于2015年10月的中文系（珠海）学术丛书的现实依据是因应中山大学建设世界一流大学的战略目标，珠海市提升其城市"软实力"、参与"一带一路"倡议实施的需要；而从学理上看，"中文系"的当代包含日益扩大，也日新月异，因此一个国际化、现代化、特色化、跨学科的中文系也势在必行：我们既要建设一个传统意义上完整丰厚的中文系，同时又要特色鲜明引领可能的新传统。

  我们朝气蓬勃却又秉承丰厚传统，我们锐意创新却也兼容并蓄，我们"迈步从头越"却也互补融合、错位承接。我们努力打造中山大学珠海校区的人文旗舰系，假以时日必然特色明显、教研俱佳，我们持之以恒开拓奋斗，期冀无愧于中山大学的光荣历史，也助益学校的辉煌未来！

  不必多说，我们必须从方方面面建设好我们的新平台，而学术发展与学科建设自然是题中应有之义，中文系（珠海）学术丛书就是基于此目的应运而生，我们期冀经由此道，一方面可以助益我们（年轻）同事的学术成长，另一方面也可以向社会汇报我们的逐步壮大和感恩各种各样的关爱。

朱崇科

2018 年盛夏

| 目 录 |

推荐语 ·· 1

引言 ·· 1

第一章："革命"家鲁迅？ ·· 38
  第一节 鲁迅来穗动因考 ·· 40
  第二节 在思想与行动之间直面革命 ································ 57
  第三节 广州场域中的革命转换 ······································ 74
  第四节 香港悖论：鲁迅的洞见与不见 ······························ 91

第二章：文学家鲁迅？ ··· 104
  第一节 文体转换："我所获得的，乃是我自己的灵魂的荒凉和粗糙" ······ 109
  第二节 风格转换："那时无非借此来释愤抒情" ···························· 129
  第三节 作品新论："几条杂感，就可以送命的" ···························· 147
  第四节 鲁迅小说中的革命话语 ······································ 165

第三章：周树人主任？ ··· 179
  第一节 林文庆与鲁迅的多重纠葛 ···································· 180
  第二节 时为中大教务主任的鲁迅 ···································· 201
  第三节 周树人教授，还是鲁迅先生？ ······························ 227

第四节　鲁迅小说中的公务镜像	254

第四章：中年男人危/机　270

第一节　广州鲁迅的生理痛快	274
第二节　广州鲁迅的精神焦虑	293
第三节　照相及广州鲁迅的复杂定格	309
第四节　"义子"廖立峨：纠结的广东符号	325
第五节　许广平《魔祟》重读	341

结论	355
原序——王富仁教授	366
参考书目	382
后记	390

推荐语

朱崇科此书的"坚实"主要表现在以下三点：

一是立足在坚实的史实基地上，不畏劳苦地进行坚韧的掘挖。鲁迅在广州的史料很多，出版的著作也不少，似乎已经没有什么可挖的了。其实，有很多有价值的东西仍然埋在地下，不为人知。朱崇科如一位在硬地上锄地的农夫，不管别人说什么，埋头深掘，挖出了过去未有人过问的史实。例如"鲁迅来穗动因考"一节，以事实驳倒了一向流行的"为了革命来广州"说，明确指出："许广平对鲁迅的召唤力和吸引力相当之强，甚至让他们感受到自己的必要工作约定令人惆怅。"主要是与许广平的爱情促发鲁迅去了广州。而爱与革命对他们来说，也另有自己的含义，并不像既神化又僵化鲁迅者说的那样单一而苍白。再如《鲁迅全集》第四卷《三闲集》序言所提到的"廖君"，历来人们都鄙视他对鲁迅的忘恩负义与无理要求，却对这个人没有详细了解，朱崇科则深入调查了他。原来"廖君"即廖立峨，是鲁迅在厦门大学时的学生，后来跟随鲁迅到广州，一直关系密切。他到上海找鲁迅的一系列错误做法，是出于广东人的"蛮气"与不通世故。这在中国鲁迅学史上还是第一次讲清"廖君"一事的来龙去脉。

二是坚持对文本的精细解读。通过文本细读，朱崇科敏锐地感觉到"鲁迅广州时期的作品呈现出相当耐人寻味的转型性：在宏观上，他甚至呈现出相当典型的文体转换，也即，其书写中的混杂性（hybridity）或杂性日益凸显；而在微观上，他又在不少篇章中呈现出所谓文学性的离散，而非像以前作品那么极度凝炼，在此基础之上，他在上海十年的杂文同样可以呈现出令人折服却容易忽略的两重性：诗学和政治性的有机融合"。随后，作者采取微观、宏观结合的方式，具体考察广州鲁迅的文体转换。这种细读与融合的方式，是朱崇科这部书以及整个鲁迅研究的一大特点。

三准确把握研究对象的"度"。从哲学上看，把握一切事物的关键之点就在于"度"，也就是"分寸感"，过了或欠了都不行。这往往是一个人是否成熟的标志。朱崇科的"分寸感"很好，例如前文提到的廖立峨，既说了他为人处世的弱点，又没有说得很坏，就是一个例证。对鲁迅文体转型的艺术感觉也很合"度"，既谈了与以往的不同，又注意了一贯的"质"。

——张梦阳研究员（中国社科院文学所）

引言

在从厦门到广州的船上，鲁迅给北新书局李小峰写了一封长信。末尾说道："从去年以来，我居然大大地变坏，或者是进步了。虽或受着各方面的斫刺，似乎已经没有创伤，或者不再觉得痛楚；即使加我罪案，我也并不觉着一点沉重了。这是我经历了许多旧的和新的世故之后，才获得的。我已经管不得许多，只好从退让到无可退避之地，进而和他们冲突，蔑视他们，并且蔑视他们的蔑视了。"[1] 显而易见，厦门对于鲁迅造成的痛楚依然弥漫，而接下来的广州又会意味着什么呢？

毫无疑问，广州之于鲁迅（1881年9月25日—1936年10月19日）有非常重要的战略意义和内在影响。从阶段上说，它上承北京、厦门，下接上海，是不容忽略的新阶段，也是鲁迅人生相对短暂却极其重要的转捩点，无论是思想、人生还是爱恋、创作。尤其是这段时间恰恰是中期鲁迅走向晚期鲁迅的重要转换与思考实践期。易言之，此时段的鲁迅（身份）更繁复、立体、多元，也因此更具有转型意义。同时，以广州为中心，并非只谈论广州，而是更加注重广州时期的转型意义，往往会立足于对厦门和北京时期的追溯，当然也会部分兼及"上海鲁迅"。

---

[1] 鲁迅《华盖集续编·海上通信》，《鲁迅全集》第3卷（北京：人民文学出版社，2005），页420。本书中有关《鲁迅全集》如无特别说明，皆采用此版。

鲁迅担任"正教授"① 的时间并不长，如果以聘书的有关事实为标准，从北京女子师范大学颁发给鲁迅的教授聘书（1926年2月1日，国文系）开始，到中山大学1927年6月6日同意鲁迅鲁迅辞去教授职务为止，周树人教授时期也才断断续续维持了1年零4个月。这期间又包含了北京女子师大时期，厦门时期和广州时期三个段落。如果从大学教授教书育人的视角来看，这三个时间段中，广州时期则更为丰富多彩，鲁迅同时还担任了教务主任、文学系主任、学校组织委员等职务，北京时期则是活动和事件远远多于教学实践，而厦门时期居中。如果从资料掌握和相关研究来看，北京时期的资料特别丰富，主要集中在薛绥之主编的《鲁迅生平史料汇编》（第三辑）（天津人民出版社，1983）中，而厦门时期的学术研究更是相对充盈，除了薛绥之主编的相关史料汇编第四辑以外，相对新颖的研究还包括房向东著《孤岛过客——鲁迅在厦门的135天》（崇文书局，2009），朱水涌等主编《鲁迅：厦门与世界》（厦门大学出版社，2008）等。相较而言，21世纪以来，广州时期除了李伟江教授的集中研究以外，较新的研究相对薄弱。

从1927年1月18日乘"苏州"号轮船由厦门抵达广州，到1927年9月27日搭乘"山东"号轮船离开广州，鲁迅结束了他在广州的8个多月的丰富人生体验。选择以广州为中心进行处理，其实更主要是因为，广州时期包含了鲁迅先生更丰富的存在意义。

1927年9月3日，即将离开广州的鲁迅在给李小峰的《通信》中指出："回想起我这一年的境遇来，有时实在觉得有味。在厦门，是到时静悄悄，后来大热

---

① 之所以特别列出"正教授"，不是炫耀或职称崇拜，而是鲁迅先生在北京大学兼课时职称是"讲师"，不是因为水准不够，而是因为北大对非全日制的教师规定如此。同时，北京大学的教授们其实还是分级别的（正教授、教授、助教授、讲师四等），有的教授实则是副教授（比如胡适），而"正教授"则是指收入和头衔互相吻合的教授。具体可参陈明远《蔡元培主持北京大学期间的教员资格和薪俸标准》，《社会科学论坛》2011年第2期。

闹；在广东，是到时大热闹，后来静悄悄。"① 毋庸讳言，对鲁迅而言，两相比较之下，其中想必是五味杂陈了，但同时按照鲁迅对自我书写的隐语式惯例（其中尤以《野草》为甚），其实话中也有言外之意。

2007年1月18日，酷似鲁迅的长孙周令飞（1953— ）在参加鲁迅来广州80周年系列活动时指出，"我想是祖父受不了两年约定的折磨，于1927年1月18日辞去厦大的工作来到广州和祖母聚会，当然，最终是在这里奠定了他们爱情的归宿，进而有了我父亲再有了我们兄弟姐妹的重要基础——这是鲁迅一生最柔软时期，也是他最浪漫的时期"。② 周令飞对其祖父的广州之行以及对广州有一种既发自内心又比较讨巧的评价，这当然算是一种令人颇觉感性的阅读视角，但同时它也激起了我们更多的思考：广州之于鲁迅，到底意味着什么？而在广州（含中山大学）这样一个场域中，鲁迅又有怎样的独特变化？他如何在诸多感慨、喜悦、焦虑中建构、再现广州？诸多问题——浮现，值得我们深入探勘。

如果要拆解"广州鲁迅"这个四字组合，可以分成两个相互关联的问题供大家认真反思：

（一）广州之于鲁迅意味着什么？

毫无疑问，1927年的广州对于鲁迅来说是一个非常复杂而鲜活的情意结（complex）。

首先，**广州是鲁迅甜蜜生活的据点**，是爱人许广平（1898—1968）的老家，这势必会对鲁迅造成非常重要而深刻的影响。尤其是，经历过二人温馨而紧凑的《两地书》精神对望之后二人终于得以彼此面对，虽然迫于环境压力二人不能光明正大地同居一室，但是这种由爱情促发的美好某种意义上说对于当事人可谓不可磨灭。当然，也包括鲁迅在生理焦虑和精神焦虑时因为爱情的滋润而对广州的

---

① 鲁迅《而已集》，《鲁迅全集》第3卷（北京：人民文学出版社，2005），页466。
② 梁艳燕《鲁迅在广州过得最"柔软"到穗80年图片展开幕》，《南方都市报》2007年1月19日。

【鲁迅长孙周令飞】

吃喝玩乐颇感兴趣,"老夫聊发少年狂",这在鲁迅的一生中相对少见。

其次,**广东性格的渗透**。鲁迅曾说,"广东还有点蛮气,较好"(致章廷谦,《鲁迅全集》卷11,570)。毋庸讳言,鲁迅也批评过广州和中山大学。比如大钟楼工友们的喧嚣、粗俗和浮躁,也包括某些办事部门机关的人浮于事。但是,整体上,鲁迅对于广州和中大的印象还是有好的一面的。这也包含了中大对鲁迅薪水的厚道——他4月中下旬宣布辞职,但工资却开到5月底(大致500大洋/月)。

整体而言,广东性格中包含了务实、敢干、好利和率真的各色内涵。我们由鲁迅和广东青年廖立峨(1904—1962)的交往可见一斑。换言之,鲁迅之所以对廖立峨如此纵容固然有他爱护青年的天性使然,某种意义上夸张一点说,青年就是秉持进化论理念时期鲁迅的宗教信仰[①],因为青年是他高度寄予的希望所在,既是读者,也可能是改变者,同时也恰恰是因为在廖身上同时也镌刻了部分优良的广东性格,这种情意结让鲁迅对过往的自我记忆难以彻底割舍。

---

① 这一点,在其小说书写中也不乏关注,具体可参拙著《鲁迅小说中的话语形构》(广州:中山大学出版社,2017)。

第三，**广州体验也让鲁迅更好地认识了革命**，从而更加独立、辩证的思考复杂现实。广州"四·一五"白色恐怖既让鲁迅看到了中大当局的问题，背叛了当年革命的真精神变成了国民党党校，但更重要的是，他看到了所谓革命的反复性和繁复性，也看到了他所期待的青年们的分化和部分人的高度堕落，这让他修正了自己的进化论思想。同时，从政治斗争角度来说，也让鲁迅明白了日后借助党派集体斗争的必要性。这也是实现"上海鲁迅"革命性——倒向共产党的重要现实基础和深切反思载体，比如参加"左联"等等。

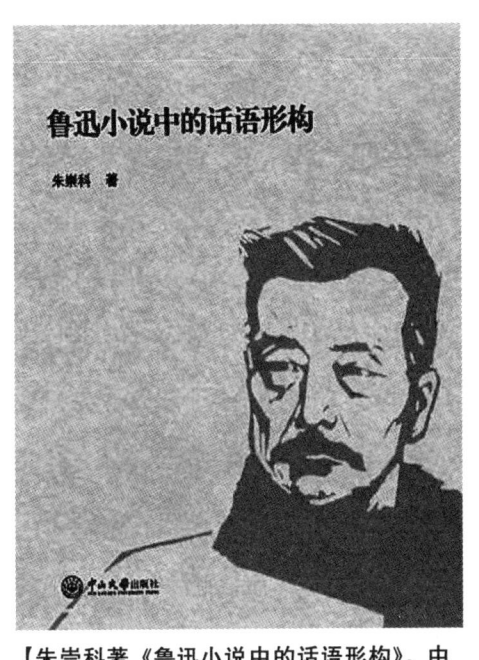

【朱崇科著《鲁迅小说中的话语形构》，中山大学出版社，2017】

第四，在日益繁琐的事务纠缠中，**广州更让鲁迅明白了自己的擅长和兴趣在于自由创作**。教授、文学系主任、教务主任、组织委员等学校的重要位置和优厚待遇并没有让鲁迅真正获得成就感，却同时把他推向了惯性"创意写作"（creative writing）的最重要身份，从骨子里说，鲁迅更是个体的、孤独的、自由创造的世纪苦魂。

（二）鲁迅给广州带来了什么？

相较而言，我们对于广州之于鲁迅的作用相对了解，但对于鲁迅之于广州的重要作用似乎还有待深入挖掘。目前为止，我们对鲁迅的强调都是更多革命性，尤其是和共产党关系的密切性以及对国民党的透彻批判。而实际上，这同样也是对革命的僵化和简化处理。鲁迅对国民党的认识也是复杂的，对于国民党左派进步人士还是颇有好感的。直到"四·一五"后，他才对国民党及其政权日益失望,乃至笔伐加以反抗。

但毫无疑问,鲁迅留给广州的遗产远比这些丰富,多元。我们可以从几个层面继续论述:

【杨桃】

第一、**广州美食、水果。**

鲁迅对广州的点心特别有好感,这在他日记中屡有体现,尤其是来广州前期,经常和好友以及许广平等饮茶、吃点心。毋庸讳言,广州饮食界,尤其是鲁迅光临过的商家,应当大力宣扬"广州鲁迅"的捆绑性。与此关联的,还有广州水果。比如,鲁迅最喜欢吃的就是杨桃。

第二、**文化性格反思。**

不管是从广东性格反思上,还是从名人如何指点广东的角度思考,鲁迅所欣赏的广东的"蛮气"其实应该和近代以来的广东的革命性、先锋性、实干性息息相关。同时,我们也要注意扬长避短,克服喧嚣、浮躁、增强涵养。这一点,有关部门和学界似乎关注不够。

第三、**人文景点加注。**

鲁迅居住过的白云楼已经成为文物保护单位,但鲁迅1927年4月8日在黄埔军校的演讲精神似乎更可深入挖掘,完全可以和黄埔军校的伟大历史密切结合,或者以碑文的方式处理,或者翻印出鲁迅当年的演讲词以供揣摩。除此以外,鲁迅去过的越秀山、沙面等地点似乎也可略作纪念(比如设立雕塑等)。

第四、**鲁迅和中山大学。**

鲁迅在1927年1月26日曾经在中山医学院演讲过,3月29日黄花节曾经在当年的岭南大学怀士堂(今天中山大学的康乐园小礼堂)演讲过。易言之,在1927年的广州,鲁迅和当时以及以后的中山大学历史悠久的南、北校区都有密切关联。加上他又是中山大学首任教务主任，这种精神和物质关联应该大力强调，让他渗透到中山大学莘莘学子的文化记忆中，而不该只是简单的一闪而过的文化符号。

【广东鲁迅纪念馆今貌】

一 文献综述

1927年的广州和文学巨匠鲁迅的相遇绝对算得上一个耐人寻味的文化事件，因为前者恰恰标志着革命的崛起与流变，而后者则是思想深刻、感受敏锐、锐意创新的文化巨子。实际上，二者的交叉、叠韵与冲突的确也别有一番韵味，尽管在声势上，"广州鲁迅"似乎无法和身份复杂的"北京鲁迅"以及嬉笑怒骂、革命犀利的"上海鲁迅"相提并论。

(一) 提出问题。

某种意义上说，我们对广州鲁迅有着不该有的忽视与误读。说忽视，是因为貌似此时期的鲁迅的纯文学作品不多，所以往往可以忽略不计；同时，对广州鲁迅常常有一种空洞化或抽象化倾向。说误读，是因为我们往往要么把鲁迅归结、浓缩为革命的符号，广州不过是这种符号的填充物罢了；要么，把广州视为鲁迅捡拾温柔与幸福的温床，而可能忽略了其背后复杂的多重焦虑。

当然，背后的原因可能很复杂，但大致说来，可有如下几种：

第一，对鲁迅思想（家）与文学革命理解的思维定势，也即对鲁迅的刻板印象（stereotype），无论是批判，还是崇拜，往往会令我们简单化广州鲁迅；

第二，对广州1927的认知有偏差。因为在此时空之前不久，郭沫若、郁达夫等名流都曾经寓居广州，加上轰轰烈烈的北伐和绵延不绝的诸多罢工行动，似乎让身居期间的鲁迅不得不沾上革命的气息和想当然类似的习气；

第三，不同时期意识形态的有意引导乃至限制。由于历史情境和众所周知的原因，鲁迅在相当长一段时期内都被有意神圣化、片面化，加上诸多领袖和领导的推波助澜或附庸风雅，相关研究与认知也会不自觉地被引导、限制，当然也有来自研究界主动的逢迎，但广州鲁迅的面目也就因此被漫画化和单一化。

相对比较明智的策略是看时人的可能精准评价，当时《国民新闻》副刊《新时代》的编辑尸一（梁式）先生这样评价鲁迅的广州经验，"我想鲁迅先生，精神上的痛苦，以在广州几个月中为最甚。他在清党前虽然不停地为自己辩护，但以一个刚从对旧势力作战的战场退回到后方大本营所在地，便放下武器，已经是不合时宜；一到内部发生这样大的变动的时间，别人都不是归于杨则归于墨的，而他只住在钟楼上，这确是时代所不许可的。他却是很坚定的，七个月中，态度一致"。[①] 在这段话中，尸一不仅难能可贵的看到了鲁迅在广州时期的革命坚守的一贯性，同时更锐利指出了鲁迅精神的苦闷在1927年为最。这和我们惯常所认为的鲁迅的坚定革命性观点之间不乏张力，甚至也和"进化论的轰毁"等流行说法比照出独特洞见。

---

① 尸一《可记的旧事》，原载1942年10月19—23、26日上海《中华副刊》，可参薛绥之主编《鲁迅生平史料汇编》（第四辑）（天津：天津人民出版社，1983），页287。

从尸一的结论其实我们也可发现一些问题，在累积到目前的讨论广州鲁迅的结论中其实可能遮蔽和压抑了鲁迅存在表征的不少可能性：不要忘记，鲁迅在广州时期是工作压力特别繁重，而且角色/身份繁复的时期，除了我们所熟知的文学家身份外，他还是中山大学的全职教授、首任教务主任以及文学系主任，同时他也是中大组织委员之一。需要指出的是，这些头衔和官职并非只是虚名，而是需要鲁迅亲力亲为，甚至是筚路蓝缕、拍板定夺的。同样，在鲁迅辞去上述所有职务后，他在广州也有一段中空期或过渡期，除了几场演讲以外，他有充裕的时间谋划未来，从此意义上说，1927年恰恰是鲁迅重新规划、继往开来的转捩点。易言之，鲁迅是在"最苦的"1927转型，而在他诸多角色的细分上，亦不乏值得重新矫正之处。

（二）前人研究。

有关鲁迅在广州的研究情况，文献学专家、已故李伟江教授（1936—2000）对1993年前的第一二手资料用力甚勤，也颇见功力。他主要是按照时间先后顺序进行划分，并缕述其中的代表作。如1927年为勃兴期，1928—1949为沉寂期，1950—1960年为恢复期，1961—1976年为迂回期，1977—1984为繁荣期，1985—1993为冷落期。[①] 这样的文献综述有其优点，即可以让读者对各个时期的研究一目了然、主次分明，但也有其问题，即其分期有历史局限性，它不能很好地兼顾到未来对这些命名的影响。同时，鉴于有关鲁迅在广州的资料和研究著述多有交叉，甚至重复之处，本节则采取以代表性著作的重要性进行点评、以不同文献的性质分类相结合的方式加以说明，单篇论文则在正文论述中加以处理。

整体而言，有关专著或论文集主要可分为如下三类：

1. **直接关联的论著**。最具代表性的则是李伟江教授遗著《鲁迅粤港时期史实考述》。作者生前为中山大学中文系教授，史料考据功夫甚为了得，该书也呈

----
① 李伟江著《鲁迅粤港时期史实考述》（长沙：岳麓书社，2007），页8—14。

现出类似的特点与深厚功力；同时，拥有鲁迅先生身居广州以及中山大学中文系的地缘优势，该书实际上也是目前研究中最好的一本，其主要内容共分四辑：鲁迅与中山大学、鲁迅与广东书刊、鲁迅的讲演、鲁迅在广东活动考订。不难看出，上述研究皆需要论者占有充实的第一手资料，而李伟江教授却是数十年如一日，他不仅仅立足于前人的相关研究，而且在此基础上，剖析资料、发现新知，为此领域的研究打下了坚实的基础。

但限于作者研究鲁迅的时间跨度很长和方法相当朴素，该书也有它的一些问题，比如，早期革命意识形态操控对鲁迅判断的巨大影响与牵引，史料考证之外对史料解读的创造性转化等都有相当的论述空间，同时，该书对鲁迅作为文学家的正面叙述和聚焦剖析相对偏少，往往也会让人坐实革命鲁迅形象的相对单一性。

【李伟江著《鲁迅粤港时期史实考述》，岳麓书社，2007】

2. 鲁迅在广州的资料汇编和论述。主要资料论集有，中山大学中文系编《鲁迅在广州》（广东人民出版社，1976年10月）、山东师院聊城分院中文系、图书馆编《鲁迅在广州》（山东师范学院聊城分院，1977年12月）等。此类论著往往或者是对早期相关研究论文的搜集，或鲁迅创作的挖掘、整理，或者是立足相关史料对鲁迅在广州的诸多事件、经历进行叙述、勾连，但总体上没有超出前述李伟江教授的有关论述或考辨。

特别值得一提的是，由李伟江、饶鸿竞、吴宏聪三人编写的《鲁迅在广州》（收入薛绥之主编的《鲁迅生平史料汇编》第四辑，天津人民出版社，

1983）拥有相当丰富的第一手资料，尤其是它对复原广州鲁迅的生活空间地图、物质场域等相关角色文献记录、以及时人对广州鲁迅的评价都有广泛而多元的介绍和编排，可以让一般读者（哪怕是外行），都有相对清晰和准确的梳理，令人赞叹。当然，其中也有一些疏漏，需要真正的研究者重新回到第一手资料予以矫正。

3. **评述鲁迅在广州**。代表性论著是广东鲁迅研究小组编《论鲁迅在广州》（广东鲁迅研究小组，1980）。这是一本"文革"后不久对鲁迅在广州的一次集中论述，可以反映出当时广东鲁迅研究界的整体水平，出于对鲁迅诞辰100周年献礼的考虑，以及当时政治认知的限制，其中思想不乏可取之处，但同样令人遗憾的也有不少误读。尤其是在对鲁迅的革命性处理上，时代局限的痕迹很重。实际上，鲁迅是经不起诸多过分的革命性/政治性强调的。

【薛绥之主编《鲁迅生平史料汇编》第四辑，天津人民出版社，1983】

同样值得一提的是张竞（1932—2009）个人著述的《鲁迅在广州》（广东人民出版社，1977年11月）。其独特之处在于，它以传记的方式对广州鲁迅进行了感性描述，会给读者立体而形象的感受，但是缺点也是受意识形态影响过重。类似的，曾敏之（1917—2015）著述的《鲁迅在广州的日子》（广东人民出版社，1956）以散文的笔触描述鲁迅的广州生活与斗争现状，不乏亲切感人之处，但亦有其缺点，除了有些文献错误，内容略单薄以外，亦有意识形态的干扰，正如李伟江对张竞的评价，"当时难免受到某些'左'倾思潮的影响，过分强调鲁迅作为战士、革命家的'坚持战斗'、'英勇不屈'、'永远进击'的一面，而比较忽视鲁迅作为教师、文学家的另一面"。[①] 此语也可用于曾敏之。

其他相关论述也散见于有关鲁迅的各类传记[②]中，但整体而言，所述鲁迅无论繁简，由于其叙述和参考的资料大多基于上述第二类论著，所以在具体精神风貌上虽不乏突破，但往往大同小异；单篇论文的研究往往限于资料来源[③]和地域性，相关研究也不算太丰富。同时，在某些论文中也难能可贵的关注到此问题，但往往语焉不详。

上述种种，都为鲁迅在广州的重新解读、认知和深化提供了坚实的基础以及更大的空间与可能性。在笔者看来，在资料搜集相对充实，研究近乎汗牛充栋的鲁迅研究界，在进行新的课题研究时，单纯纠缠于琐碎的文献固然可以查漏补缺，但如果想有更大的创新性和突破，则必须有新的理论冲击和生长点，为此，笔者在认真阅读新理论的基础上结合资料重新解读、思考，力图展现出鲁迅在广州的研究的新的可能性和问题意识。

[①] 李伟江《"鲁迅在广东"研究的回顾与前瞻》，李伟江著《鲁迅粤港时期史实考述》，页13。
[②] 涉及广州的比较有代表性的主要有曹聚仁著《鲁迅评传》、林贤治著《人间鲁迅》等，其他往往是一笔带过。
[③] 张钊贻著《从〈非攻〉到〈墨攻〉：鲁迅史实文本辨正及其现实意义探微》（桂林：广西师范大学出版社，2017）中有几篇论文涉及此论题，但主要是纠结于到底是谁邀请鲁迅前往香港演讲等，并未切入广州鲁迅的内核。

二 鲁迅如何存在：读《书写沉默》

时至今日，作为"鲁学"的鲁迅研究已经成为一门显学，不仅研究资料汗牛充栋、数千部研究专著赫然在列，研究队伍阵容鼎盛、青年学者前赴后继，而且这也必然意味着或者要求研究范式的适时转换（Paradigm shift）。① 从第一层意义上说，《鲁迅大辞典》（人民文学出版社，2009）的出版，以近千页的篇幅宣告的不仅仅是该书物质性的厚重，而且更是"鲁学"深厚积淀的冰山一角。从第二重意义上说，前人研究的繁盛既给后来者提供了超越所

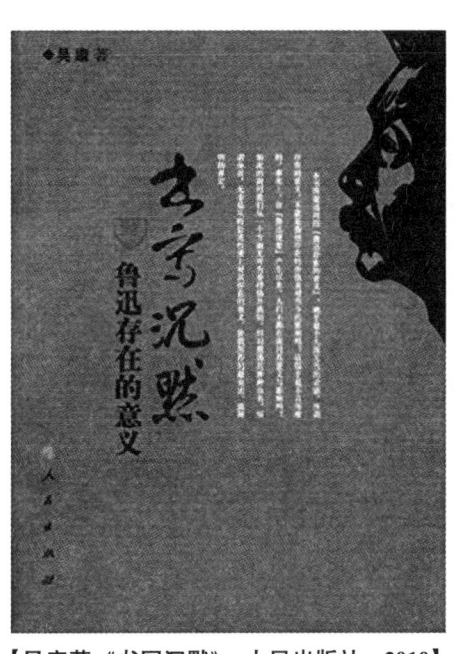

【吴康著《书写沉默》，人民出版社，2010】

必须具备的扎实基础和良好借鉴，同时又给新的创造带来了巨大压力，但学术研究贵在问题意识的创新和论证的严谨，因此，从此意义上说，吴康教授（1954—2011）的论著《书写沉默：鲁迅存在的意义》（人民出版社，2010，共446页。如下引用，只标页码）相当难能可贵的挟带了范式更新的野心和新观点的冲击力。

（一）范式突破：从鲁迅书写到书写鲁迅

在我看来，《书写沉默》一书最大的成绩在于，范式更新意义上的某种突破——借助于"鲁迅书写"（也即，根据鲁迅自身的实际和文本互相参照）加以阐发而非是相对主观的"书写鲁迅"（论述主体部分参考鲁迅的创作想象鲁迅），

---

① 有关库恩的范式理论评述，可参 [日] 野家启一著，毕小辉译《现代思想的冒险家们——库恩：范式》（石家庄：河北教育出版社，2002）。

为此，它相当成功地克服了论述鲁迅实践中的几种弊病：比如唯鲁迅所言马首是瞻，或假借鲁迅浇自己心中块垒，或因为理论削足适履将鲁迅强行纳入自己的预设框架，等等；相反地，《书写沉默》更主张并践行"回到鲁迅那里去"，从鲁迅的书写与生存状态中加以梳理、勾勒与理论升华。

1. 宏观勾勒：脉络清晰。

毋庸讳言，由于鲁迅研究的日益细密化和精深化，宏大叙述或宏观把握成为越来越不讨巧的论述方式，虽然表面上看，主流学术话语仍然习惯乃至提倡这样的风格。① 但需要指出的是，学界高手（尤其是领军人物）和学界混混（尤其是无专长者）都特别喜欢宏大叙事，但可悲的是，佳作却是凤毛麟角。毕竟，宏观论述需要多年的理论积淀、文献功力以及活跃的创造意识。吴康先生对中国现代文学思想史、西方马克思主义哲学的某些经典叙述、鲁迅研究等都有涉猎，而且大多卓有所成，其知识架构与丰富累积允许他进行宏观勾勒，并逐步形成一家之言（当然也会有它的问题，以下述及）。

《书写沉默》企图勾画鲁迅生存的意义，从论述开始，吴康先生就相当清醒，"我们只有将他的生存与书写作为整体现象收入眼底，才能作出合理的解释"（页11）。在此基础上，《书写沉默》高屋建瓴，结合鲁迅作品及其生存状态，归纳出鲁迅生存的主体线性流程，"起始于其最初文言论文中的'萧条'与'寂寞'，爆发为划时代小说创作中的'呐喊'，深化为其'彷徨'以至于死地的'孤独'，凝聚为'思即诗'的散文诗创作的'绝望'，最终导致以'无词的言语'的杂文对这个生存世界的彻底解构"（页444）。从整体思维视角来看，这种整体的归纳是锐利的，也是相对坚实的。而在此背后，是作者对鲁迅不同时期生存状态以关键

---

① 目前为止，所谓的文学研究类权威学术期刊，发表的论文主流上往往是宏大叙事的风格，很少有以小见大或者立足于细腻分析之上的坚实升华。

词（Key words）①方式提纲挈领地加以辩证梳理，以点面结合的方式加以论证，以驳立结合的策略凸显自我。

而凭借此视角，我们也不难发现《书写沉默》的威力，其间大部分章节的书写都极具穿透力。如第一章对"立人"的考察，将"立人"从常见的"学说"转换为"生存论的观照"（页53）。同时，作者也没有刻意拔高留日时期或早期鲁迅的思想高度和嬗变历程，"我们看到，是时的鲁迅尚只是一位寓世沉思者，于沉思中有所倾听，有所观看……鲁迅自己尚存而未显，如此的声音与形象侵入了他，于沉思中占据了他，但尚未进入他本己的生存"（页53）。而在"透视"、"切近"鲁迅沉默的过程中，吴康又指出了鲁迅笔下作为沉默的国人灵魂代表的阿Q的丰富寓意，"阿Q只是一个鬼魂附体者，道德人格主宰了他的言行举止，正如福柯所言的理性对疯狂的宰制。强大的道德人格盘踞于阿Q的神经中枢，像吸血鬼一样吸走了阿Q的能量，使他无法具有本己的意识，维护本己的权利与尊严，亦无法从与他人的交往中获得自己的生存需求，更不能使他能够正视自己的悲惨处境，走向抗争"（页101—102）。

同样精彩的还有，作者从"时间境域的自身性"角度重新阅读鲁迅小说的精妙效果，往往发人深省，比如在解释鲁迅小说中第一人称叙事的多样性原因时，他的思考也极具威力：在剖析了汪晖和王富仁先生论述的精到与不足后，吴康不断坚持自己生存论视角的杀伤力，"无论多重主体性还是鲁迅复杂精神结构图式都无法从根本上理解鲁迅小说第一人称叙事的多样性，而唯有从自身生存情态的演历上才能合乎实事地诠释这一切，小说叙事无非是对自身生存情态的言说罢了"（页195）。而他在阐发鲁迅《野草》更为根本的书写维度——绝望时，又包含着其所谓的生存意义的深入探寻，"绝望作为鲁迅必须有所决断的生存时刻，

---

① 最著名的论述可参伯明翰学派代表人物威廉姆斯 Raymond Williams, *Keyword: A Vocabulary of Culture and Society* (London: Fontana, 1976)。

希望固然是一个诗的道说的指引,但作为绝望之希望,它更有其历史的现实的生存根源,从在世生存的整体状况上,我们更能触及他深刻的存在之思,他之所以绝望于希望的存在论根基"(页233)。而在对杂文存在论的解读中同样呈现出解构与揭露的深刻悖谬,而杂文文体反映出"鲁迅的生存论视阈,于在世生存中将直面到的世界打开"(页281)。

易言之,吴康恰恰是从鲁迅那里出发,立足于文本书写与现实场域(尤其是时间境域)的复杂互动,给我们展现出他对鲁迅生存意义理解的清晰的宏观画卷,这种操作既具有相对严谨的学理性,又饱含鲁迅自身所贯穿的生存情境的鲜活性,着实难能可贵。

2. 一家之言:不卑不亢。

后起/后出的鲁迅研究者,势必至少面临突破的双重压力:1. 作为精神资源的鲁迅的丰富性、复杂性、深邃性;2. 前辈学者的(经典)论述。从此意义上说,通过考察个体学者论述的学术品格可以部分判断出其论述的创新性成色。而《书写沉默》恰恰是较为成功地直面并化解了上述双重压力,不卑不亢,表现出优秀学者应有的自信、客观与谦和。

不管是论述"立人"概念,还是剖析"中间物"的复杂内涵,吴康对前人论述的代表性学者,如汪晖、王乾坤等颇具时代意义的代表性论述都进行了辩证的解析,在肯定其观点独特意义的前提下指出其不足和缺憾,然后提出自己的观点,指出新的可能性,从而形成新的冲击。虽然,吴康的观点和前人论述往往犬牙参差,甚至亦有可商榷之处(下文第二节会述及),但其整体的论述品格是端正的、严肃的,甚至也可说是相对客观的、辩证的,令人钦佩。这种本该正常的学术品格在如今要么是文人相轻,要么是"表扬修辞学"盛行,要么是利字当头、山头林立的文学批评界①的确是一个值得肯定的反拨姿态，但同时似乎也是个异数。

在我看来，尤其具有代表性的是吴康对《野草》的精彩论述。面对鲁迅文本研究中最难啃的硬骨头，吴康的有关《野草》的论述无疑引人注目。他首先指出了当前学界相关研究的可能歧路，比如集中对孙玉石的研究加以审视，指出其问题所在；同样，他还兼及汪晖、李欧梵等人的论述，同样加以深刻剖析和批评。在此基础上，他别出心裁地指出，《野草》中所包含的"鲁迅的哲学""在诗中"，"我们必须追问或沉思鲁迅对诗与哲学的理解"（页214）。结合鲁迅的早期文本，并借用海德格尔对诗的理解，吴康指出了《野草》生存情态的"绝望"这一关键词，并彰显出其独特的判断，"我们不可以据形而上学的逻辑哲学去分析它，它只是鲁迅对原初生存状况的判定，且是立基于生存情态的'绝望'的判定，它既是十分'现实的'，又是极具'哲学'意味的"（页217）。借此灵活论断，吴康将前人各执一端的偏执做出了修整。

同样，吴康还屡屡指出《野草》指向"民族整体生存"的向度，"鲁迅的《野草》不是朝向某人、某物或某事的，而是朝向民族整体生存的历史性决断，要以民族的整体生存来见证它的意义，因而它是极其'现实的'，又是极其'哲学的'，必有某种人生诚理——民族的生存真理——从见证中滋生出来"（页220）。耐人寻味的是，它超越了单纯将《野草》局限于书写主体一己的情绪宣泄的封闭性思维，如在解读《雪》中孩子们堆塑的雪罗汉时，结合其他文本的类似书写，吴康指出，"它高大、洁白，以自身的滋润相粘结，整个地闪闪地发光。这不正预示着中国现代思想启蒙时代大潮中所建构的那个高大的'自我'形象吗？那个大写的'我'吗？这正是希望追寻到顶点的诗意言说"（页231）。所升

---

① 王彬彬批评汪晖《反抗绝望》抄袭事件的确是一个精彩个案，精彩之处主要不是因为王彬彬的批评很到位，而是整个事件可以折射出目前学界光怪陆离的复杂堕落众生相，本来它完全可以是一个学术话题。当然其中也包括了期刊的话语权力渗透、利益帮派意识、学术异见等的复杂纠葛。

华的观点或许可以商榷，但是其整体性观照却是一以贯之的。

当然，他在论述中也能够"一碗水端平"而有意将视角转向"自身性"维度，毕竟，这是《野草》不容回避的论述维度。他将鲁迅对生存情境的书写与勘察放在复杂机动的网状平台上，清醒而有力地指出，《野草》中，"绝望亦是时间性的此在生存的演历，承袭原初的萧条、寂寞而来，至后来的呐喊、彷徨、孤独，终于现今的绝望，从此生存情态的演历展示的是一种日益深入的存在之思，至现今有所决断的时刻，存在之思达及了顶点。从此生存决断，鲁迅基于自身将一个历史性民族的生存真理开启出来了，这乃是处于伟大历史转折期中的民族如何能够赢得新生的人生诚理"（页268）。这种前后勾连、辩证互动的论述可谓结论深刻、立意深远。

3. 独特应答：针锋相对。

众所周知，鲁迅的人生经历、文体创造，以及思想包含往往都是博杂的、多元的。比如，他的多重身份（中学教员、校长、兼职作家、公务员、教授、教务主任、自由撰稿人、长子长孙等）[①]、新旧并存、婚姻悲剧，文学书写中对不同文体——现代小说、散文诗、杂文等的独特与伟大贡献，以及作品内外所产生的思想认知都是极其复杂而深邃的。这就意味着我们在论述鲁迅时要注意采取对症下药的应答性策略，否则，很容易陷入简单贴标签和盲人摸象的偏执中。

《书写沉默》的论述方式较好的把握了这一点，它并没有过分强调自己论述的体系性、严整性，而是采取切近鲁迅的方式，按照编年体、阶段性加以总结，同时也会结合相关代表性文体/文本加以处理。在我看来，吴康的这种论述方式在处理《野草》和杂文时有着立竿见影之效。毕竟，《野草》作为鲁迅创作中最难诠释的集子，其发散性、辐射性和意义的多重性绝非单一的系统性、体系性和惯常学术的条分缕析能够涵盖，而吴康的处理方式既对症下药，吻合度高，同时

[①] 有关精彩论述可参林贤治著《人间鲁迅》（合肥：安徽教育出版社，2004）。

又能够提出新见，可圈可点。同样，杂文无论从文体，还是从意义的繁多性上也是难以简化的存在，《书写沉默》的论述方式恰恰是针锋相对，以杂对多，从此角度看是相当成功的。

（二）他度可能：如何补写？

毋庸讳言，从相对宏观的视角把握鲁迅生存意义的复杂性并不容易，在肯定《书写沉默》"知其不可为而为之"的勇敢与坚韧之余，需要指出的是，我们也要看到其宏大叙述的背后往往也有捉襟见肘之处，而鲁迅自身的巨大繁复性也往往意味着绝大多数的宏大叙事势必对鲁迅的描述有所牺牲、割舍和撕裂，而《书写沉默》似乎也很难例外。当然，需要说明的是，有些建议更多是吹毛求疵之举，但本节借此希望《书写沉默》达到一个新的高度。

1. 从"书写鲁迅"反观鲁迅存在。

如前所述，吴康先生选择了一条更接近鲁迅的路对鲁迅的存在意义进行了相当精彩的描述，可谓独辟蹊径、酣畅淋漓，直逼论述的核心。从积极的意义上看，他从"鲁迅书写"着手，演示了一条相当坚实的描述鲁迅之路，也借此避免了"书写鲁迅"范式中主体介入过强的弊端。

但我们知道，鲁迅的存在，其实是相当复杂的，也是相当多元的，正如一千个人心中有一千个哈姆雷特，关于鲁迅的读者反应批评[①]林林总总，其实本身也是颇具争议性的补充，1990年代以来对于鲁迅的另类批判（当然不乏误读和错误）现象和热潮恰恰从旁反映出鲁迅存在的多面性。如果从后现代的解构意义上说，本质主义的鲁迅其实并不存在，易言之，我们其实很难，甚至永远不能接近"真实"的鲁迅，因为真实已逝，或者已经支离破碎（"碎片化"）。[②] 即使跳脱此论述场域和观点，鲁迅的存在其实和"书写鲁迅"范式同样息息相关，说到

[①] 相关论述可参［美］斯坦利·费什（Stanley E. Fish）著，文楚安译《读者反应批评：理论与实践》（北京：中国社会科学出版社，1998）。
[②] 有关碎片化的生存状态论述，可参段永朝著《碎片化生存》（北京：中信出版社，2009）。

底,《书写沉默》论述相当精到深刻,但归根结底仍然是一种书写鲁迅论述的存在样式。

在我看来,《书写沉默》似乎应该开辟专章论述它在导言中提出的别人对鲁迅的个性(极端)命名或书写。尽管在该书中,吴康先生提及了几位鲁迅研究的名家作为立论的对手和借鉴,但若从对"鲁迅书写"和"书写鲁迅"观点的代表性来看,这是远远不够的。吴康先生更多是以一种立论的方式呈现出他对鲁迅如何存在及其意义的探研,他其实完全也可以从驳论的方式入手对各色"书写鲁迅"进行分门别类、"废物"利用和资源回收。某种意义上说,鲁迅研究者更有义务回答1990年代以来人们对鲁迅的妖魔化、怪异化和偏执化质疑乃至亵渎。这毫无疑问是对鲁迅存在的一种重要描述,匡正谬误和偏颇恰恰也可树立鲁迅的可能真实形象及其意义。

同样需要指出的是,吴康对鲁迅生存意义描述的过程中对前人研究的吸纳似乎不够。鲁迅研究汗牛充栋,尽管鱼龙混杂,但每个时代自有其经典论述,对这些文献进行披沙拣金处理,不仅有助于自己问题意识的阐发,而且也有助于后来者继续耕耘。《书写沉默》从此角度看,比较薄弱的大概算是第三章。虽然该章中依然不乏精彩论述,比如结尾的总结就很见功力。但整体看来,由于缺乏对前人研究的精要借鉴,该章对小说的阐述深度和独创性未达到全书应有的高度。而某些论述,亦不乏可商榷之处。比如,在论述《肥皂》结尾四铭太太录取肥皂的描写时,《书写沉默》写道:"小说预示,肥皂的'洗'使四铭先生的爱欲得到了回归与升华,既洗除了四太太身上'积年的老泥',也洗去了四铭先生卑劣性心理的脏,回归了夫妻间的性爱。"(页140)坦白说,这个结论下的有些仓促和随意。在我看来,这不是鲁迅对四铭夫妻性爱的升华和洗涤,而更多是可悲地呈现出四铭太太在洞悉丈夫阴暗伪善心理后一种无奈接受被消费的描述。《肥皂》中当然不乏现代性的介入,但更多还是反映出鲁迅对表面维新实则伪善旧道德的辛辣反讽。我们可以通过四铭和"女人+肥皂"(女丐,女学生,四铭太太)的对视加以阐发和分析,其中富含了肥皂谱系在中西文化交锋中的位次的变迁。①

2. 虚妄的狂欢:《故事新编》的安置。

令人惊讶的是,非常具有鲁迅复杂性风格的《故事新编》在吴康先生的《书写沉默》中近乎缺席,个中原因难以说明,比如,《故事新编》书写的历时性跨越长度是 13 年,因此难以归纳?又或者,《故事新编》风格过于强烈,不易以关键词加以总结?但无论如何,这对于立志于勾勒鲁迅生存意义的《书写沉默》都是个不小的损失。在我看来,这部在《野草》之后,和鲁迅后期十年杂文并行的小说集其实颇有可写之处。如果沿着吴康先生的方式续写的话,我们或许可以用"虚妄的狂欢"来概括。

【朱崇科著《论故事新编小说中的主体介入》,台湾秀威,2018】

从书写风格上说,《故事新编》和之前的小说《呐喊》《彷徨》称得上风格迥

---

① 具体可参拙文《"肥皂"隐喻的潜行与破解——鲁迅〈肥皂〉精读》,《名作欣赏》2008 年第 11 期,2008 年 6 月。

异，因为前者似乎"虚浮不实"，而后两者往往是"沉重抑郁"。甚至和"野草"的晦涩的绝望亦不同，在神韵和格调神似的前提下，《故事新编》明显更多游戏笔墨。在我看来，这是鲁迅借着游戏笔墨来舒缓精神的焦虑与虚妄。而在情感基调上，我们也可以视之为他绝望至极之后的一种反弹，类似于以喜写悲，他以表面的"油滑"来反衬骨子里的悲凉，别有深意存焉。

同样，在文体的杂糅上，在语言的并列与混杂上，它也处处彰显出其狂欢性，而在小说意义的呈现上，最少也可有三重指向：1. 重写古典和原点；2. 鲁迅生存现实的介入；3. 指向超越的哲理性反思，如"立人"理念、"国民性"批判等。① 但需要指出的是，《故事新编》中文体、意义、语言的狂欢其实反过来更是鲁迅书写沉默的独特方式，千言万语，何若莫言？但诉说和挖掘的狂欢性却是为了揭示沉默的丰富性。

需要说明的是，《故事新编》亦有人解读为"取今复古""别立新宗"的文本，以为鲁迅对古代元典的考察是为了借鉴传统、改良国民性，这样的观点实在是片面的。纵观《故事新编》所有小说，虽然不乏鲁迅对民族脊梁的描述和褒扬，如女娲、大禹、黑色人等，但无一例外，他们的结局往往都是悲剧：要么陷入滑稽，要么荒诞，要么堕落，要么非常可悲。在我看来，这正是鲁迅对时人企图借古救今的虚妄的驳斥。② 而有心人士不难发现，在《故事新编》的书写过程中，1933年他还和施蛰存先生发生过一场轰轰烈烈的"《庄子》与《文选》"的论战，想必作为当事人的鲁迅对此仍然记忆犹新。从此意义上说，"虚妄的狂欢"应当是对《故事新编》所居鲁迅生存情境位次中的有趣概括。

3. 广州鲁迅及其他。

令人兴趣盎然的是，吴康先生的论述也部分涉及到了"鲁迅在广州"的论

---

① 具体可参拙著《论故事新编小说中的主体介入》（台北：秀威资讯科技，2018）中编。也可参郑家建著《历史向自由的诗意敞开：故事新编诗学研究》（上海：上海三联书店，2005）。

② 具体可参拙文《认同形塑及其"陌生化诗学"》，《福建论坛》（人文社科版）2008年第1期。

题，这恰恰是笔者最近几年着力探研的议题，所以不揣浅陋，提出一些看法求教于吴康先生和诸位方家。

首先要对一些似是而非的细节进行说明。《书写沉默》写道，他主动撤离了北京，"来到了作为新一轮'革命'的策源地的广州"（页314）。这里面需要补充上鲁迅先去厦门的135天经历①，这并非吹毛求疵，因为如果不去厦门，就很难有《两地书》（广州—厦门）的诞生，同样，经过了厦门的不愉快和认识累积（来自许广平的说明），鲁迅对广州的认识才会更显清醒。同样，《书写沉默》提及，"初到广州，鲁迅作了题为'老调子已经唱完'和'无声的中国'两场演讲"（页315），需要说明的是，准确地点应该是香港。而这也正是香港学者们研究中国现代作家与香港的重要议题之一。②

其次，我们不妨重新思考一下有关鲁迅进化论的"轰毁"和"破灭"问题。《书写沉默》中对此问题的论述是有其精彩之处的，比如，它看到了鲁迅进化论破灭的复杂性，但关注得似乎还不够，"这无疑是说，这种由进化论所产生的希望并非鲁迅思想的根本，要说破灭，也并非始于今日，而倒由来已久，只是当他面临中国的大杀戮，才宣告了彻底的破灭"（页326）。在我看来，这种决绝的结论并不适合复杂的鲁迅，实际上，鲁迅有关进化论的思考和实践并未"彻底"破灭，在以后的岁月中，鲁迅在实际行动上对青年人的关爱不遗余力，其指导思想之一仍然是进化论要旨，稍微了解他在上海时期对广东青年廖立峨近乎没有原则的关爱的读者，就会明白鲁迅对进化论（可能是改良版）的坚持。

同样，广州鲁迅对革命的态度也是非常复杂的。除此以外，作为作家的鲁迅，其实也呈现出其创作风格的转换，从早期的沉郁（《呐喊》、《彷徨》时期）慢慢过渡到晚期的油滑、虚浮（上海时期）。而作为教授和教育官员的鲁迅其实

---

① 具体可参房向东著《孤岛过客——鲁迅在厦门的135天》（武汉：崇文书局，2009）。
② 具体可参小思著《香港文学散步》（新订版）（香港：香港商务印书馆，2007）有关"鲁迅"的专节。

也有着清晰的变化，比如，他从热爱教书到弃绝教育，更准确的说是弃绝教授。很多时候，我们往往忽略了1927年身在广州的鲁迅其实同时是一个47岁的中年男子。他有着多重的内在焦虑：1. 生理的焦灼与愉悦；2. 精神焦虑：突破瓶颈。上述种种，都可以表明，宏大叙事毫无疑问会淹没诸多可能性与创新性。

《书写沉默》中对"中间物"命题的理解可谓是一家之言，从生存的角度思考，吴康先生非常犀利地批评了汪晖、王乾坤，自有其理由和立足点。但在我看来，"中间物"命题是一个非常复杂和开放的核心概念，似乎很难囿于一家之言。或者我们可以这样理解，"中间物"本身是值得我们从更多视角、理论层次和新的可能性角度加以开拓的，当然前提必须从"鲁迅书写"开始。

何浩的博士论文《价值的中间物：论鲁迅生存叙事的政治修辞》则颇具冲击力，它的核心观点是："中间物，是一个价值的中间物，进化中的价值中间物，是生命价值进化的中间物，是生命价值进化中为转变而无节制战斗的中间物。"[1] 从学理上说，其论述自有其独到和深刻之处，它增益了我们对"中间物"概念和内涵的扩展与认知；但同时，其缺憾也同样明显——它窄化了我们对"中间物"的判断，企图扭转我们对"历史的中间物"的判断而走向"价值的中间物"；其次，正是多元、立体、复杂的鲁迅时时刻刻提醒我们，单纯的二元对立思维和固化处理并不能真正涵盖鲁迅，而实际上，认真考察这不同的命名，"历史的中间物"和"价值的中间物"在内涵上颇多交叉之处。这当然不是无聊的调和或貌似无原则的折中处理，而是基于鲁迅自身丰富性的一个起码判断，毕竟，鲁迅他既是过去的，又是开放的，而鲁迅研究往往更多是当代的，这是我们必须加以警惕的地方。

但整体而言，吴康先生的《书写沉默》是一部精彩的论著，它主要采取现象学的方法，即回归实事本身，回归鲁迅的生存现象，而区别于前此的鲁迅研究，诸如阶级论的、思想革命的、复杂精神结构的或终极精神图式的，等等，而就从

---

[1] 何浩著《价值的中间物：论鲁迅生存叙事的政治修辞》（北京：北京大学出版社，2009），页71。

鲁迅本己的生存进行展示。说它是经典论述显然为时尚早，但其中不乏可圈可点之处则毋庸置疑。其精彩之处不仅在于给我们提供了一个认识鲁迅生存的高屋建瓴的判断，而且还引起了我们进一步的探勘欲望与思考空间，刺激了问题意识或研究范式的可能转换。在我看来，后者更是颇具意义，这恰恰吻合了我对鲁迅的广州转换的深切思考。

三、问题意识

如前所述，1927年的广州之于鲁迅其实有着重要的转型意义，这种转型并非是单调的，而是全方位的、多层次的变化，如朱寿桐所言，"鲁迅在广州只待了很短的一段时间，随后便选择定居上海。不过他选择来到广州，选择在广州开始'做点事'，对于他的文学人生和斗士人生，对于中国现代文学乃至现代中国历史，都具有重大和深远的意义。可以说正是这样一番广州之行，使得重新明确了'更向旧社会进攻'的文学宗旨和人生宗旨的鲁迅基本放弃了做学者和教授的选择，同时也注定了他更加专心地用杂文进行战斗、批判社会的文学道路和人生道路。这是鲁迅的一次'方向转换'，这样的'方向转换'发生在广州"。[①]

（一）名词界定。

在展开全书的论述以前，有两个关键词必须加以界定。

1. 场域（field）。何谓场域？这是法国思想家、社会学家布尔迪厄（Pierre Bourdieu, 1930—2002 或译布迪厄）的一生学术集成的主要关键词之一。在布尔迪厄看来，"一个场域可以被定义为在各种位置之间存在的客观关系的一个网络（network），或一个构型（configuration）"。[②] 从此角度看，场域是由各种社会关系联结起来的、表现形式多样的社会场合、领域或网络。布尔迪厄认为，"构型"可以

---

① 朱寿桐著《孤绝的旗帜——论鲁迅传统及其资源意义》（北京：文化艺术出版社，2005），页 320。
② ［法］皮埃尔·布迪厄（Pierre Bourdieu），［美］华康德（Loic Wacquant）著，李猛、李康译《实践与反思》（北京：中央编译出版社 1998），页 134。

重塑各种进入场域的关系和力量,在他看来,位置是客观的,人们可借此结成一定社会关系,因此行动者依据不同的位置能够获得不同的社会资本;而"场域"是人们活动的场所,因此它就有不同的表现形式和类型,如政治场、文化场、哲学场等等。

在布尔迪厄所言的场域内部,其实是颇富张力的,在其中含有活力、生气和改变的潜力。尽管表面上看,布尔迪厄的概念界定往往相对宽泛,但场域这一概念的理论旨趣在于"强调斗争,并因此强调历史性"。① 所以,我们可以认为,场域是一个争斗的空间,在其内部,行动者占有不同的位置,也因此获得了可能不同的社会资源或权力资本;但反过来说,他们也只有获得某种社会资源或权力资本才能在场域中占有某种社会位置。为此,在高度分化和竞争的社会中,社会的和谐统一体是由一些相对自主的社会的微观世界组成的,而社会的微观世界就是客观关系的空间,亦即场域。②

在布尔迪厄看来,场域是集中的符号竞争和个人策略施展的场所,而此竞争和策略的目的是生产比别人更有价值(甚至可以一统江湖)的符号商品,这也是他所说的"符号暴力",所以在他看来,"策略是实践意义上的产物,是对游戏的感觉,是对特别的、由历史性决定了的游戏的感觉……这就预先假定了一种有关创造性的永久的能力,它对于人们适应纷纭繁复、变化多端而又永不雷同的各种处境来说,是不可或缺的"。③

布尔迪厄非常睿智的把场域中的非常活跃的力量定义为资本(capital),④ 但布尔迪厄的资本概念不同于经济学家所用的一般的资本概念,而是把资本视作积累起来的劳动(以物化的形式或"肉身化"的形式),它可以作为某种社会资源在

---

① 布尔迪厄著,包亚明译《文化资本与社会炼金术:布尔迪厄访谈录》(上海:上海人民出版社,1997),页148。

② 布尔迪厄著,包亚明译《文化资本与社会炼金术:布尔迪厄访谈录》,页142。

③ 布尔迪厄著,包亚明译《文化资本与社会炼金术:布尔迪厄访谈录》,页62。

④ P. Bourdieu, L. D. Wacquant, *An Invitation to Reflexive Sociology* (Chicago: The University of Chicago Press, 1992), p. 98.

【布尔迪厄 Pierre Bourdieu，1930－2002】

排他的基础上被行动者或群体所占有，实际上，不只是在经济领域，行为者恰恰是在不同的场域追逐着不同的符号资本。所以布尔迪厄的这个概念突破了传统经济学上资本概念的狭隘性。这样一来，资本不仅是场域活动竞争的目标，同时又是用以竞争的手段。布迪厄把资本分为三种类型：经济资本、社会资本、文化资本。后来，他又补充了象征资本。

当然，场域也有其自身的有限度的自主化，是一种相对的自主化，场域的相对自主化成为社会政治统治的有利条件，使统治阶级的统治方式由直接变成间接的，由外显的变为隐蔽的。[①]

毋庸讳言，布尔迪厄的场域理论是非常繁复的，而且有自己的文化和社会语境，本书的借用更多是一种灵活使用，而非生搬硬套。

（1）活用场域理论考察 1927 年广州的社会、政治、经济、文化场域的复杂关系。更关键的是，本书并不想（也无力）独立考察不同的场，而是结合鲁迅自

---

① 具体可参李全生《布迪厄场域理论简析》，《烟台大学学报》2002 年第 2 期。

身的经历取其相关部分进行叙述。

（2）借此考察鲁迅先生在 1927 年广州场域中的转换作用、角色和自我的嬗变。主要从四个方面展开：1. 作为写作人；2. 革命者；3. 教授/教务长；4. 中年男人。前三个方面主要对应了鲁迅在文化资本、社会资本、经济资本等的层次的表现，综合起来，则可以看出不同层次间的复杂互动，同时，也可以借此重构出复杂、真实可信的鲁迅形象。

2. **转换**。在《现代汉语词典》中，转换被界定为，"改变；改换"。[①] 回到本书上来，这里的转换是指鲁迅在 1927 年前后所发生的明显的变迁，其中包括文体的侧重、文学的风格，对革命的理解，对教授职业的态度，其爱情婚姻等层面。

四、广州 1927 及中山大学

毋庸讳言，要想明了鲁迅与广州和中山大学的密切互动，我们有必要概述广州场域中的诸多权力、政治、社会网络的流变，当然也要简明扼要说明中山大学相关政策的更替。

（一）波诡云谲：广州 1927。

毫无疑问，1927 年的广州场域可谓相当复杂多变，各色事件交叉层叠，令今人眼花缭乱，当然也会令生活其间的人相当困惑，许广平在忆及邀请鲁迅来穗时就写道，"我离开广州十年之后才于 1926 年毕业回去，已是沧桑大变。在当时国共合作下，已有一股反革命潜流正在形成，一到时机成熟，他们就会忽而反脸相向，继之以屠杀来对付共产党人……就因为我那时年轻，阅世不深，受政治影响和教育不够的缘故，竭力向鲁迅表示乐观。因此，他之到广州来，论其实际我

[①] 中国社会科学院语言研究所辞典编辑室编《现代汉语词典》（2002 年增补本）（北京：商务印书馆，2002），页 1651。

不能辞其责"。① 我们不妨简明扼要，主要从大处②说明鲁迅鲁迅生活在广州时的诸多权力、政治、文化运作。

1. 罢工：反资与反帝。作为"革命策源地"的广州，罢工运动、示威游行可谓如火如荼。比如在鲁迅刚刚抵达广州后的第三天，1月20日，广东旅业总工会工人、广州鱼栏工人与土洋杂货店员要求加薪或改善待遇，均获解决。可以理解的是，当时罢工已经成为工人争取合法权益的方式，当然，罢工亦可成为爱国的民族主义表述方式，这也是彼时罢工的主要功能。

（1）反资。劳资纠纷始终是现代城市必须要面对的棘手问题，考察1927年1—7月的主要罢工，和此相关的主要有：

① 1月23日，广州工人代表为反对商店资本家在农历正月初二有权自由开除工人（即"吃无情鸡"）向广东省政府请愿，遭到压制。此后，2月10日全市商店罢业；2月15日，工会与公安局冲突；2月17日继续请愿；2月28日，广州工人代表大会发表宣言，呼吁广州20万工友必须为生存权和劳动权而奋斗，任何牺牲都在所不惜。这一事件完全可以看出彼时工人罢工的有组织性、有目的性和活跃度。

② 6月15日，广东磨制糕粉工会要求加薪并罢工。

③ 7月2日，全省停办日货；7月8日各界积极抵制日货，日本领事向广州外交当局提出抗议，广州当局称"未便干涉"。当然，这样的反资中，也包含了反帝成分。

④ 9月14日，广州商人就反对抽征奢侈品印花税及一元以上单据印花税进行请愿。当然，这里的罢工或游行示威其实又指向了大资本家性质的权贵当局

---

① 具体可参马蹄疾编录《许广平忆鲁迅》（广州：广东人民出版社，1979），页643。
② 相关的历史事件描述主要参考中国人民政治协商会议广东省广东委员会文史资料研究委员会编《广州百年大事记》（下）（广州：广东人民出版社，1984），页373—383；广州市地方志编纂委员会编《广州市志》（卷一　大事记）（广州：广州出版社，1999），页187—193。

政府。

(2) 反帝。彼时的广州，帝国主义耀武扬威，无论是英国，还是日本人都相当嚣张，而民族主义情绪也相当浓郁，觉醒较早的广州人也是经常为反帝而游行，乃至罢工。

① 2月25日，广州30万人举行"国际反对帝国主义武力干涉中国大会"；2月28日，广州工人响应全国总工会号召，10时开始罢工一小时，以反对英国派兵来华。

② 3月16日，各界尤其是工人团体联合发表对时局宣言，指出革命军们，"对于与日本帝国主义和北方军阀的妥协，无论以任何口实，丝毫都不允许"。3月23日，广州各界又在东较场举行促汪（精卫）销假复职大会，其中又包括，团结一切革命势力，与帝国主义、军阀做坚决斗争。

③ 6月1日，广州总政治部为反对日本出兵山东一事召集各校校长及新闻记者等开会，决定示威；6月8日，各团体5万人举行反日出兵大会。

④ 6月23日，广州3万群众在东较场集会纪念"沙基惨案"两周年，会上提出"释放一切政治犯"口号。

如上种种，不管是反资，还是反帝，都可以看出广州革命因素的活跃，百姓相关意识的相对觉醒。可以说，这些轰轰烈烈的举措既是一种抗议/诉说形式，又部分包含了情绪宣泄与理性诉求。

2. 国共较力：从合作到清党。1927年也是国共关系发生龃龉的微妙变化的时期，随着北伐节节胜利，国共内部的冲突日益明显，两党之间就从之前的联合变成了对立，这其中尤以4月份最为显著。

(1) "四·一五"事变。4月14日，广州当局就召开反共军事会议，第二天，国民党右派开始背叛之前的约定，李济深布置清党，实行大搜捕和大屠杀，持续了一周之久，计有2100多名工、农、干部、共产党员、学生牺牲，200多个农会被关闭。

【1927年广州起义后的惨状】

4月21日,在中共广东区委的领导下,广州铁路、汽车工人罢工;4月23日,在广州工会组织下,广州海员、汽车、铁路、轮渡、印刷、油业等工人数千人罢工。

5月1日,广州工人阶级,继续示威游行,5月26日,蒋介石从上海预备队征调3000人归李济深指挥,以加强镇压。

(2)六月大搜捕。6月份的罢工活动此起彼伏,尤其是以反日为主,但工人们也会为纪念省港大罢工、沙基惨案等举行集会、示威、游行。6月29日,广州警备司令部和公安局借口工人在游行示威时高喊革命口号,散发拥护武汉政府、收复广东等标语传单等,进行第二次清党。广州50余家工会遭搜查,约200名工人被捕;6月30日,又以军队包围省港大罢工工人公共食堂,捕去工人200余名。

同样,8月12日,广州东沙角共产党机关被破坏,当局逮捕9名中共党员。

不难看出,鲁迅所生存的广州场域其实包含了来自各派的形形色色权力冲突、斗争与政治构建,这当然也给处于其中的鲁迅带来了震撼、疑惑、反省与批判等等。而就在"四·一五"惨案后,鲁迅也不得不调整策略,如李长之所言,"他造成一个使人以为不过是又要钻在故纸堆里的人物了,于是得到逃脱。林语堂便称这回是他第三次蛰伏时期，也是以装死得生"。①

3. 文化语境一瞥。彼时的广州，在文化上其实也得风气之先，和当时的革命运动与余绪息息相关，当然，同时作为精英文化相对薄弱的历史传统，广州的文化也仍然有待改进之处。

在教育方面，广州在1927年迸发出良好的势头，比如1月16日，私立岭南大学交回中国人自办，新董事会推举钟荣光（1866—1942）为校长，虽然校产仍由美国基金会所有。而也是在1月，广东审检厅直辖的法官学校改名广东省司法厅法官学校。

到了3月份，1日改制后的中山大学正式开学；私立广州大学也正式开学，校董会在3日成立，而在此月，私立统计学校成立。在4月29日，法国教会办的私立圣心中学交由中国接办；5月28日，南京国民政治会议通过学校实行校长制，任命戴传贤为国立中山大学校长。

特别需要指出的是，3月10日，广东反文化侵略会召集各界召开收回教育权运动会议，显然这不仅是民族主义情绪的宣泄，而且更是文化自由意识的初步觉醒。

而在妇女权利方面，也是有所强调。1月15日，广东省政府通令，自3月1日起执行"解放奴婢案"。3月8日，广州数万名妇女集会纪念自己的节日，她们还排队请愿，要求从速制定男女平等法律及妇女劳动法，女子享有财产继承权及受教育权，实行一夫一妻制，婚姻自由，禁止童养媳制度等。

除此以外，4月28日，广州无线电台成立，这也意味着现代科技的进步，因为此后沪粤之间可以直接通信，而无需像以前经由香港水线传递。而在1927年2月，中大筹建天文台，这当然呈现出古典中国科学传统和现代性的结合。

总体而言，1927年的广州在整体语境上是多元的，相对宽松的，部分呈现出作为革命策源地的优势和进步性，比如当时的罢工可谓接二连三、轰轰烈烈，

---

① 李长之著《鲁迅批判》（北京：北京出版社，2003），页32。

虽然相当一部分遭到了帝国主义或当局的干涉与镇压，但能够允许示威游行、罢工请愿提出诉求也可反映出时代的进步性，而在革命方面，也有其连续性，比如之前的省港大罢工，之后的广州起义及苏维埃成立。① 但同时，我们也要看到在这些喧嚣运动、罢工、示威中的表演性，乃至肤浅性，这其实又贴近鲁迅所敏锐感受到的"红中夹白"，革命与反革命的实质其实是极易因为目的不同而转化的。

（二）风云一瞥：1927 年的中山大学。

鲁迅能够和中山大学结缘，原因相对复杂。但其中特别重要的一条就是来自中大内部的需求，当时励精图治的中大求贤若渴。我们实在有必要考察 1927 年左右中山大学的制度建设情况。

【戴季陶（1891—1949），时任中山大学校长】

1. 委员制的确立及执行。1926 年 9 月，中山大学代校长经亨颐（1877—1938）及校长戴季陶提出要将校长制改为委员制。10 月 16 日，国民党中央及国民政府发布政府令："中山大学为中央最高学府，极应实施纯粹之党化教育，养成革命之先驱，以树建设之基础。从前广东大学，因循旧习，毫无成绩，人员既多失职，学生程度亦复不齐。政府决意振兴，已明令改中山大学为委员制，期集一时之人望，为根本之改造。应责成委员会努力前进，澈底改革，一切规章制度，重行厘定。先行停课，切实建设，期以下学期为新规之始业。全体学生，应一律复试，分别去取。所以教职员亦一律停职另任。其中小学等划出另办。"②

1926 年 10 月 17 日，中大五人委员会举行就职典礼，之后分工合作，改革中大，议定六条办法：

---

① 具体可参丘传英主编《广州近代经济史》（广州：广东人民出版社，1998）第三章，页 256—277。
②《中华民国国民政府令》，《广州民国日报》1926 年 10 月 18 日。

（一）一切规章重新厘定；

（二）暂时停课；

（三）工业专门中"因其性质与本大学殊迥"，"应仍回复原有独立地位"，划归省办。附中划归省办，附小及幼稚园给市办；

（四）以下学期为新规之始业，以民国16年3月1日为中大正式开学日期；

（五）全体学生一律复试，分别去取；

（六）教职员一律停职，淘劣留良，按学校实际需要，重新聘定。

而针对上述办法，1926年10月22日，中大委员会召开第四次会议，作出具体决定：（一）组织考试（复试）委员会；（二）本学期暂停正式授业，免学费；（三）募集建图书馆和实验室基金；（四）修理图书馆和学生宿舍；（五）添聘教员。①

【中山大学1927年（医科）学士文凭】

---

① 《中山大学之新气象》，《广州民国日报》1926年10月25日。

正是因为如此改制，学生的复试、补考才成为涉及面广且极其重要的一件大事，复试时，国民政府甚至派孙科（1891—1973）到场监考，戴季陶、朱家骅（1893—1963）亦到场。本科生966人于1926年11月9—10日复试，及格865人，不及格101人；预科生927人，11月13日复试，及格752人，不及格175人。根据当时的《广州民国日报》报道，"因学生普遍成绩殊低，特再改定，即本科生国文、英文、数学三科中有一科合最低标准者，预科生三科中有一科合格者，均予录取"。① 为此，相关的补考、复试和编级考试及其相关辩论一直持续到1927年3月初，而当时兼任教务主任的鲁迅也因此必须接手如此繁杂琐屑的任务。

同样的，正是因为要增添人才，聘请名流担任教职亦成为中大当局的要事，据《广州民国日报》，"此次政府革新中大，中大委员会以周君（鲁迅）为中国文学巨子，特聘其来粤主持文科。函电敦促至三四次，兹得周君复函，允即南下，准年底可以到粤。北方旧学生，及厦门大学生，拟亦同彼转入中大，为数亦近百人。其余欧美京沪有名学者，如孙伏园、傅斯年、俞大维、陈瀚琴、张凤举、许德珩、顾颉刚、关应麟诸先生，及国外有名科学专家，均有电到，允日内启行。预计明年开校，四方学者，萃于一堂，当为中国各大学所未有"。② 恰恰是在此背景下，经广东区委书记陈延年（1898—1927）推荐，鲁迅进入了校方的视野，并成为引人的重中之重。

2. **相关改革措施与组织结构。**需要说明的是，1927年6月10日，中大遵循国民政府规定又改回略微不同的校长制。但在此区间内，委员制确实发挥了其应有的重要作用。

1927年3月1日，《国立中山大学规程》公布，其中中大的宗旨是，"务以国

---

① 《中山大学复试已放榜》，《广州民国日报》1926年11月24日。
② 《中山大学聘得名教授多人》，《广州民国日报》1926年12月16日。

民革命之精神振兴国民智力之开展，一方挥弘列种科学艺术以备国人之享受，一方挥弘教育之党化，以坚革命之工作，务洗他国学院与社会隔阂之弊，而成精神与学业为一致之方"。① 易言之，中大是要培养既具有国际视野，同时又德才兼备的人才，与之相应的，中大亦有不少上佳的改革举措，但因为此处研究主题时间所限，只讲 1927 年的主要情况。

当时中山大学的学校委员会下设四大部门：1. 教授会议及教务会议；2. 事务系统；3. 行政会议；4. 图书馆。上述部门的设置让我们不难看出"教授治校"的理念雏形，其中的事务部门是执行部门，行政是管理部门，而图书馆则属于大学存在的核心物质基础设施。

同样，依据报告，到 1927 年 3 月，中山大学在师资方面可谓人才济济，计有"文史科教授十二人，讲师九人；自然科学教授十七人，讲师八人；社会科学科教授六人，讲师十二人；农林科教授十一人，讲师七人；医学科教授十二人，讲师四人；预科教授九人，讲师四五人"。② 不难看出，对一流师资的强调是一流大学的根基之一，在立校不足三年来，师资方面就阵容鼎盛，"这批著名学者的到来，对学术优良学风的形成，学术水平的提高，扩大学校的影响，都起了很大的作用"。③

同样需要指出的是，彼时的教授是必须到一线工作的，他们往往要讲授多门课程，课时繁重，但由于教授们多数是名师且学问广博，往往既可以造福学生，又可以给学校带来良好的社会声誉。当然，在彼时，也有相对完善的学生管理制度、奖励资助，这都有助于提升中山大学的综合水平和影响力。

不难看出，1927 年的中大从整体上看，呈现出生机勃勃的新气象，但同时由于党化教育的影响，也往往会让学校遭受政治意识形态摇摆的左右。由于诸多

---

① 《国立中山大学开学纪念册》，广州国立中山大学出版部，1927 年 3 月，页 23。
② 《本校教务处概况报告》，《国立中山大学开学纪念册》，广州国立中山大学出版部，1927 年 3 月，页 35。
③ 黄义祥编著《中山大学史稿（1924—1949）》（广州：中山大学出版社，1999），页 137。

事务都在尝试和摸索中,难免有反复和摆动,甚至是逆流。但从整体上说,民国时期的中大在成绩上是辉煌的,在发展上是突飞猛进的,如黄义祥所言,"比较自由的学术风气,多数基础学科和所有应用学科广泛以至长期与社会实践的结合,加上名师汇集之众,科学研究开展之早,学科门类之较齐全,促成中山大学与清华大学、北京大学一起,于 1935 年 5 月成为全国首批成立研究院的研究型大学"。①

1927 年的广州场域是复杂的,也是激荡的,正因为如此,它给鲁迅带来了巨大的冲击,但反过来,鲁迅恰恰又给广州(尤其是今天看来)带来了独特的回应与财富,那么,请让我们拭目以待,仔细分析鲁迅与广州的 1927 年的精彩相遇以及后者如何转型。

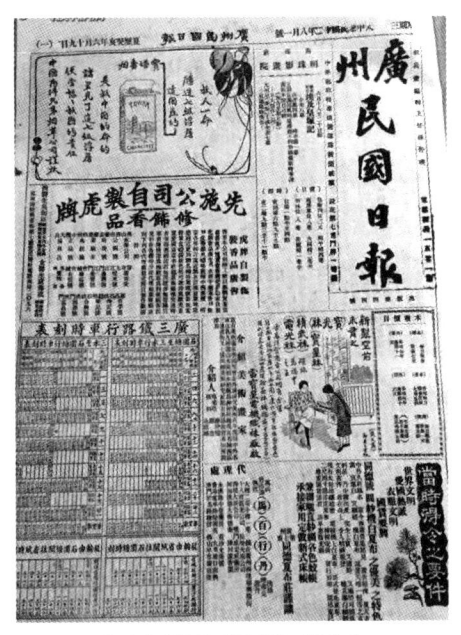

【《广州民国日报》报头】

---

① 黄义祥编著《中山大学史稿(1924—1949)》,页 481。

第一章："革命"家鲁迅？

鲁迅先生革命家的头衔和内涵容易被简单化和片面化，简单化的集中表现在于往往忽略了其革命的思想层面指向而被简化为政治革命，而其复杂的思考和革命反思也容易被片面化，似乎争论他何时成为成熟的革命家才是核心要务。显而易见，以上观点都有其局限。广州转换意味着鲁迅先生的思想理路中政治革命的影响加剧，而导致他后来到上海的逐步左倾显出了其痕迹和合理性。

有关革命，如何界定、介入和认知其实是非常复杂的过程，对于鲁迅尤其如此。长期以来，我们过分夸大、简化或提纯了广州鲁迅的革命性，而实际远比主流意识形态的解释和各种依附复杂。比如，我们可以说鲁迅来穗的原因相当复杂，毫无疑问，爱人许广平的存在成为最重要的砝码，同时，需要指出的是，在她与鲁迅的恋爱中，其实也纠缠了革命的色彩，尤其是他们勇敢赴爱也是对神化/丑化鲁迅的极端思维的反抗与颠覆。需要关注的是，鲁迅来穗其实亦有朴实的革命性。恰恰是在这一事件中我们可以发现过分强调爱或革命的观点"持有者"的偏执。

虽然鲁迅在广州的时间不长，但广东民众，尤其是文化人，对鲁迅的革命性却有着高昂的期待，对此，鲁迅也采取了不同的策略进行回应：他既冷静应对，同时又渐渐积极介入，除了参加与支持革命组织，亲近、指导青年学生，并营救被捕的青年外，他还以文学的方式反思革命的辩证，考察其中的陷阱、危机与其他可能。尽管当时他未能依照预设与创造社携手造一条革命战线，但历史却以别样的姿态呈现出他们各自的革命性与迥异结局。

鲁迅在广州的经历成为鲁迅生命中不容忽略的一段体验与回忆，同样对其革命思想的流变也不无助益。当鲁迅身处广州时，他有其独特的观察体验方式，也有其敏锐的批判和沉思视野。一方面，他能够输出其锐利的观点，点评广州；另一方面，他又可以冷静自省，通过内倾来思索自我的认知水平。广州是鲁迅进化论轰毁的场域，也复杂地呈现出鲁迅自此后对国民政府的彻底绝望，但同时，这并非如人所论的鲁迅革命思想的飞跃，乃至线性坚定走向共产主义的标志，这毋宁更呈现出广州鲁迅对革命理解和态度的复杂性。

同时需要说明的是，鲁迅之于香港也有其复杂性，不必多说，其大力批判自有其革命性，但鲁迅也有其不见。虽然鲁迅到港只有三次，但关于香港的论述却丰富而集中，表面上看恶评居多。香港之于鲁迅颇有悖论性：一方面，他借助香港观照中国，并在香港场域发声，呈现出中华高度；另一方面，由于他对香港了解不多，又有中原心态。鲁迅之于香港至关重要：一方面，他巧妙把脉其问题并升华了香港的地位，包含文学史/文化史地位，尽管不无深刻的片面；另一方面，我们也要看到香港曾经阻碍或伤害过鲁迅。

离开广州到了上海之后的 1927 年 10 月 25 日鲁迅做了《关于知识阶级》演讲："知识阶级将什么样呢？还是在指挥刀下听令行动，还是发表倾向民众的思想呢？要是发表意见，就要想到什么就说什么。真的知识阶级是不顾利害的，如想到种种利害，就是假的，冒充的知识阶级……"[1] 显而易见鲁迅对于知识分子的革命性与否又做了进一步思

---

[1] 鲁迅《集外集拾遗补编：关于知识阶级》，《鲁迅全集》第 8 卷（北京：人民文学出版社，2005），页 226。

考，尤其是以对统治阶层与平民关系的处理态度问题作为标准。

第一节　鲁迅来穗动因考

某种意义上说，对鲁迅的抽象或拔高评价往往也是既神化又僵化鲁迅的悖论式操作，尤其是，意识形态及政治家们的介入[①]使得其间已经被压缩的主体论述空间和可能讨论继续萎缩，从而让结论变成单一而霸道的定论。大家耳熟能详的就是，鲁迅是伟大的文学家、思想家和革命家。可以反问的是，鲁迅是谁的革命家？是怎样的革命家？否则，鲁迅就很容易变成被掏空的扁平文化符号，貌似高大全面正确，但因为缺乏充分的讨论、辨析、深化实则脆弱苍白。

实际上，相当长一段时期内，几乎所有不同时空（南京、绍兴、北京、厦门、广州、上海）的论题和事件都会紧贴革命家鲁迅，比如，鲁迅何时变成马克思主义者？各地学者对此喋喋不休，且力图争夺有关话语权，实则落入同样的论述圈套。更多时候，这样的先入为主的伪命题其实更是为自身的多重合法性以及资源占有寻求依据或尚方宝剑。为此，曹聚仁的批评可谓一针见血，"一定要把鲁迅算得是什么主义的信徒，好似他的主张没有一点不依循这一范畴，也是多余的。马克思学说之进入他的思想界，仍然和托尼学说并存，他并不如一般思想家那么入主为奴的"。[②]

何谓现代意义上的"革命"？根据《现代汉语词典》解释，可分三种：1. 被压迫阶级用暴力夺取政权，摧毁旧的腐朽的社会制度，建立新的进步的社会制

[①] 尤其具有代表性的是毛泽东同志对鲁迅的高度评价（如"中国的第一等圣人"、"最坚定"、"最正确"、"最伟大"的文化导师等）可谓盖棺论定，使得长时期以来鲁迅的研究往往成为领袖意志和结论的注脚而近乎停滞。

[②] 引自张梦阳著《中国鲁迅学通史》（上）（广州：广东教育出版社，2005），页501。

度。革命破坏旧的生产关系，建立新的生产关系，解放生产力，推动社会的发展；2. 具有革命意识的；3. 根本改革。① 严格说来，上面的解释在意义指向上是滑动的，各派势力和既得利益者完全可以按照自我的诠释对之加以填充、修订，并辅以革命的名声。鲁迅对此显然有着清醒的认知，而在实践上也有自己独特的坚守，在《而已集·通信》（1927年9月3日）中他写道，"'战斗'和'革命'，先前几乎有修改为'捣乱'的趋势，现在大约可以免了。但旧衔似乎已经革去"（《鲁迅全集》卷3，页467）。

回到论述对象与相关事件上来，1927年鲁迅来穗事件是否也是革命的产物和选择后果？这似乎不是一个可以简单回答的题目，在我看来，这也是该话题的有意味之处：革命是否可以成为涵盖极广、无远弗届的关键词？其边界内外是否还有着深层的暧昧或吊诡？

考察相关研究现状，在观点缠绕中的确也凸显出革命论点的乏力。持革命观点的论者认为，鲁迅对广州是充满着"希望"和"光明"的，它们"显然也是无产阶级社会主义文化思想为领导的人民大众反帝反封建的思想在鲁迅头脑中的萌芽和发展的具体说明"。② 同时，有论者将原因归结为是鲁迅要打击旧社会的主动性和"党的推荐与争取"的革命性操作。③ 而部分修正者的观点则认为，这是鲁迅想做一点事情、"造一条战线"，向旧社会发动进攻的"一点野心"在起作用，也和"仪式感"有关。④ 当然，这样的观点也有人持批评意见，认为此说夸大其辞，所谓的"仪式感"也是没有很好地理解鲁迅，他将原因主要归结为鲁迅

---

① 具体可参中国社科院语言研究所辞典编辑室编《现代汉语词典》（2002年增补本）（北京：商务印书馆，2002），页424。
② 廖子东《试论鲁迅在广州期间的思想特征》，广东鲁迅研究小组编《论鲁迅在广州》（广州：广东鲁迅研究小组出版，1980），页28。
③ 李惠贞《鲁迅在广州的战斗历程》，广东鲁迅研究小组编《论鲁迅在广州》，页316—318。
④ 具体可参朱寿桐著《孤绝的旗帜》（北京：文化艺术出版社，2005），页313—320。

是因为爱情前来广州的。① 上述争议其实更说明了该论题的价值，同时却又部分彰显了爱或革命观点单一论的偏执。

一　许广平：爱与革命的张力

【鲁迅许广平在广州】

李育中先生务实而客观地指出，鲁迅"南来的动机不能说与革命无关，但已很迂回曲折了。在鲁迅心中并不这样想的。说他来广州是直截为了革命，这是别人给他安上的，一个人不会那么从头到脚都革命的，事情并非这样单纯"。② 在我看来，无论如何，身居广州、籍贯广州番禺的许广平理所当然成为身居厦门并思念着她的鲁迅赶赴广州的重要理由和动因，任何其他冠冕堂皇的借口都无法遮蔽这一常识，哪怕是曾经作为师辈的鲁迅自己碍于情面，"在许面前还有一点老师的矜持"。③ 具体说来，许广平之于鲁迅赴穗有着如下多重的牵引力。

（一）爱亦革命：涵容的悖论。

长期以来，许广平、鲁迅、朱安这段三人行的复杂关系令许多人不知就里，甚至朱安的身份一度成为鲁研界一种名存实亡的禁区④。但坦白说，从更高的层

---

① 代表性观点可参房向东著《孤岛过客——鲁迅在厦门的135天》（武汉：崇文书局，2009），页297—305。
② 李育中著《鲁迅在广州的若干问题》，广东鲁迅研究小组编《论鲁迅在广州》，页502。
③ 房向东著《孤岛过客——鲁迅在厦门的135天》，页301。
④ 具体可参王润华《从鲁迅研究禁区到重新认识鲁迅》，参氏著《鲁迅小说新论》（台北：东大图书股份有限公司，1992），页1—26。有关三人关系的论述可参曾智中著《三人行——鲁迅与许广平、朱安》（北京：中国青年出版社，1990）等。

面思考，神化鲁迅者和丑化鲁迅者其实共享了相同的悖谬逻辑结构——极端化思维。事实是，只有将鲁迅还原成可能的"元鲁迅"，或至少将之置于其复杂又独特的历史语境（social context）中，鲁迅的许多抉择才更有其合理性。从此意义上说，鲁迅和许广平的爱情选择本身也可理解为一种逼不得已之下的"革命性"操作。

【原配朱安与鲁迅】

简而言之，鲁迅、朱安①、许广平的三人行的历程同样也呈现出鲁迅特色的悖论性：接受朱安其实更多是在母亲善意的欺骗中尽孝道（包括传说中的未行刺杀任务也和孝道有关），而保留朱安妻位不走极端（所谓革命，离婚或休书完全可以逼死当事人）恰恰是在旧制度尚未彻底崩坏、新制度尚未确立时的最好操作。后来，鲁迅勇敢接受许广平的爱更显示了他们彼此对真爱追求的革命性——他们二人都做出了很大牺牲——许的不要名分，鲁迅继续养活母亲和朱安。当我们将目光转向《两地书》后，其中的朴素却溢出的爱意缠绵令人关注，也带有论者所言的叛逆性，"一部厚厚的《两地书》，说出的仅仅是自己的矛盾和背叛历程，以及希望爱情能帮助他从不断的背叛中迈步出来的隐隐渴求。《两地书》就是关于背叛的隐秘对话"。②

回到《两地书》上来，许、鲁二人的情爱交流虽然往往和时局、工作、事务

---

① 有关朱安的传记可参乔丽华著《我也是鲁迅的遗物：朱安传》（北京：九州出版社，2017）。
② 敬文东著《失败的偶像：重读鲁迅》（广州：花城出版社，2003），页232。

等事宜息息相关，甚至不乏琐碎凌乱，但其中的真挚、甜蜜与不同声色的含情脉脉往往蕴含其间，令人觉得生活与爱的无限美好。略举一二说明：

比如，二人分赴厦门、广州，原本是为了赚钱后更好的共同生活的，但哪怕是在船上，鲁迅已经开始倾诉思念，颇有些疑神疑鬼的迷恋，"我在船上时，看见后面有一只轮船，总是不远不近地走着，我疑心就是'广大'。不知你在船中，可看见前面有一只船否？倘看见，那我所悬拟的便不错了"（《两地书·三六》，《鲁迅全集》第 11 卷，页 107）。无独有偶，许广平在书信中也开始情意发作，"临行时所约的时间，我或者不能守住，要反抗的"（《两地书·三七》，页 108）。可见二人心领神会，感情真切。

而在鲁迅刚到厦门不到一个月的 9 月 30 日，他便有度"月"如年之感，虽然厦门对他的照顾还算不错，"我之愿合同早满者，就是愿意年月过得快，快到民国十七年，可惜来此未及一月，却如过了一年了"（《两地书·四八》，页 136—137）。可以推断，许广平对鲁迅的召唤力和吸引力相当之强，甚至让他们感受到自己的必要工作约定令人惆怅。

耐人寻味的是，在 1926 年 12 月 30 日，许广平写信给鲁迅提及中大的左倾流言可能会影响并牵连鲁迅而想要避开另找工作（《两地书·一〇七》）后，而鲁迅却回答道，"至于引为同事，恐因谣言而牵连自己，——我真奇怪，这是你因为碰了钉子，变成神经过敏，还是广州情形，确是如此的呢？倘是后者，那么，在广州做人，要比北京还难了。不过，我是不管这些的，我被各色人物用各色名号相加，由来久矣，所以被怎么说都可以。"（《两地书·一〇九》，页 273）一方面帮许分析原因，一方面却毫不畏惧。可以理解，哪怕是顶着各种流言、谣言的打击，鲁迅奔赴广州的想法不变，除了说明鲁迅性格相当坚韧之外，我们不能不说，其间爱情力量的鼓舞非常强大。

不难看出，广州成为鲁迅愿意涉足，乃至热烈前往的另一块阵地，许广平的爱意绵绵（虽然未必直白热烈）不绝如缕，但同时，这种对真爱的大胆追求也是对偏执革命论或狭隘的传统的反叛，这本身就有一定的革命性。当然，这也和二人为彼此的勇于"牺牲"① 密切相关。

（二）就事论事：牵引或担忧。

我们同样也可考察许广平在鲁迅来穗具体操作中的功能和影响，尽管具体事务操作与二人的爱恋有着难以割舍的关联，也有其他原因，但不管怎样，许广平的建议、观察发挥了不容忽视的影响。

1926年9月，当许广平得知郭沫若离开中大后，她首先想到的是鲁迅可能可以补缺："厦大情形，闻之令人气短，后将何以为计，念念。广州办学，似乎还不至如此，你也有熟人如顾先生等，倘现时地位不好住，可愿意来此间一试否？郭沫若做政治部长去了。"（《两地书·五二》，页149）而在10月18日，许广平又做出类似的呼吁（《两地书·五九》，页169）。

10月22日，许广平在知道中山大学改制后，更是提出类似的建议，虽然对中大的希望也难以确定，"倘有人邀你的话，我想你也不妨试一试，从新建造，未必不佳。我看你在那里实在勉强"（《两地书·六一》，页178）。当鲁迅表示犹豫时，10月23日，许广平仍然在重复和强调自己的意见，"广大（中大）现系从新开始，自然比较的有希望……我想，如果再有电邀，你可以来筹备几天"，又言，"否则，下半年到那去呢？上海虽则可去，北京也可去，但又何必独不赴广东？这未免太傻气了"。似乎颇有替广东（和潜在的自己）鸣不平之意。引人注目的是，许广平还在信末注明，"我这信，也因希望你来，故说得天花乱坠，一切由你洞鉴可矣"（《两地书·六三》，页182）。这种建议不仅坦白，而且为了实现朝夕相对的愿望，不惜添油加醋、欲擒故纵，这自然也有了爱情的私心了。

而在10月27日，许广平又继续积极引导，"以中大与厦大比较，中大较易发展，有希望，因为交通便利，民气发扬，而且政府也一气，又为各省所注意的

---

① 具体可参王得后著《〈两地书〉研究》（天津：天津人民出版社，1982），页350—352。

新校"。虽然担心薪水未必多,生活及应酬费提高,却也从另一个角度帮鲁迅思考、解忧,"但若作为旅行,一面教书,一面游玩,却也未始不可的"(《两地书·六五》,页185)。正如房向东所言:"许广平不在中山大学供职,却时时留意它的动向,她是为鲁迅留意,留心。她在鼓动鲁迅来广州哩。"①

当然,许广平对此事并非毫无担忧。如之前所提的1926年底,她曾经担心谣言对鲁迅的不良影响,"现在外间对于中大,有左倾之谣,而我自女师风潮以后,反对者或指为左派,或斥为共党。我虽无所属,而辞职之后,立刻进了'左'的学校去了,这就能使他们证我之左,或直目为共,你引我为同事,也许会受牵连的"(《两地书·一〇七》,页271)。这段话其实更呈现出许广平对鲁迅的关爱,在名声上珍惜他,也愿意牺牲自己。但实际上,这恰恰激发了鲁迅男性的豪气,呈现出和所谓韧性战斗的鲁迅印象颇有张力的一面。

【鲁迅、许广平《两地书》封面】

不难看出,即使是单纯回到鲁迅来穗的具体资讯交流和操作上,许广平同样也是一种积极的牵引,从提供信息,到建议,到谏言,她当然希望鲁迅有更好的去处,但也希望彼此可以因此朝夕相对。而中间的一些担忧和人生之路讨论其实也是为了二人世界可能的平坦与顺利以及更多的幸福做好了铺垫。

(三)内外夹攻:威胁与促发。

1. 汕头小风波:内在的张力。在《两地书》中,汕头事件或风波其实也潜存

---

① 房向东《孤岛过客——鲁迅在厦门的135天》,页298。

了二人情感的内在张力。曾经有一段时间,许广平在广州的"训育主任"工作并不顺心,因此决定"一结束,当即离开,此时如汕头还缺教员,便赴汕头,否则另觅事做就是了",而且,借此,也说了一些令鲁迅有点失望的话,"你暂不来粤,也好,我并不一定要煽动你来"(《两地书·七二》,页201)。鲁迅在回信中表现出类似的失望,称未必决定下一步奔赴广州,原因之一"我的一个朋友或者将往汕头,则我虽至广州,又与在厦门何异"(《两地书·七三》,页203)。言语中难掩落寞。突然间,二人的关系仿佛变得疏远起来。"朋友"的措辞似乎更表达了鲁迅对他们二人关系的一种失望和不甘。同样在这封信中,鲁迅表现出很柔软的身段,在吐露自己的路向后,他更希望"就想写信和我的朋友商议,给我一条光"(页204)。其中的祈求姿态呈现出鲁迅对许广平的高度重视和部分依赖。

11月13日许广平对赴汕头之事更多只是一个选择项,她写道:"此后你如来粤,我也愿在广州觅事,否则,就到汕头去。"(《两地书·七七》,页211)11月18日,鲁迅仍然希望许广平留下,并希望通过下月中旬即将赴粤的孙伏园"看中大女生指导员有无缺额,他一定肯绍介的"(《两地书·七五》,页207)。这已经是从侧面寻求支撑了。11月21日,许广平表明姿态,"如广州有我可做的事,我自然也可以仍在这里的"(《两地书·八二》,页223)。同样,在11月28日,二人在讨论未来生路时,鲁迅写道:"我极希望H. M. 也在同地,至少可以时常谈谈,鼓励我再做些有益于人的工作。"(《两地书·八三》,页226)

汕头风波最后的结局当然是以喜剧告终,许广平的自我寻找与确定或逃避最终还是落实到鲁迅身上,而实际上,此事件后,许广平更坚定地成为鲁迅的"贤内助"。毋庸讳言,这一内在的反复/张力反倒更有助于提升和推进二人的情感浓度。

2. **高长虹事件:外部的促发**。无需多说,鲁迅和高长虹的冲突原因自然丰富多彩[1],但此处特别想强调的是1926年二人有关许广平的纠葛。鲁迅和高长虹的

---

[1] 具体分析可参董大中著《鲁迅与高长虹》(石家庄:河北人民出版社,1999)。

裂痕主要是源于1926年10月的"压稿事件"——韦素园接替主持编辑《莽原》不久，就发生了退回高歌（高的二弟）的小说《剃刀》不用、压下向培良的剧本《冬天》不发的事情。高长虹开始在他主编的《狂飙》上攻击鲁迅，之前鲁迅置之不理，后来鲁迅接到韦素园的汇报。

鲁迅在同年12月29日复信给韦素园说："景宋在京时，确是常来我寓，并替我校对，抄写过不少稿子……这回又同车离京，到沪后她回故乡，我来厦门，而长虹遂以为我带她到了厦门了。倘这推测是真的，则长虹大约在京时，对她有过各种计划，而不成功，因疑我从中作梗。其实是我虽然也许是'黑夜'，但并没有吞没这'月儿'。"同时，鲁迅也表达出一个男人的愤怒，"我从此倒要细心研究他究竟是怎样的梦，或者简直动手撕碎它，给他更其痛哭流涕"（261229 致韦素园，《鲁迅全集》卷11，页667）。

而在同一天给许广平的信中，鲁迅写道："用这样的手段，想来征服我，是不行的。我先前对于青年的唯唯听命（我先前的不甚竞争）①，乃是退让，何尝是无力战斗。"（《两地书·一〇二》，页263）其间也呈现出鲁迅的当仁不让和血气。当然，除此以外，鲁迅也在12月30日写了小说《奔月》在不乏超越性之余，② 也把高长虹和他的现实交往注入进行调侃。

考察高长虹的介入事件，对于高而言，或许是个悲剧，但对于许、鲁二人却更是一个促发与确认，正是因为这种外在的阻力、流言更能刺激和强化二人的爱情。人常言，"患难朋友才是真正朋友"。爱情何尝不如此呢？

通过上述论述不难看出，许广平作为爱情的符码成为鲁迅奔赴广州的重要引力，无论是工作上提供信息、分析与建议，还是爱情憧憬让二人心神相连，甚至

---

① 鲁迅在原信中是写作"我先前的不甚竞争"，后来改作后来的模样。但显然原信显然更倾向于向许广平示爱，积极征求，具体可参王得后著《〈两地书〉研究》，页164。
② 有关《故事新编》意义狂欢性的分析，可参朱崇科著《张力的狂欢》（上海：上海三联书店，2006）中编。或朱崇科著《论故事新编小说中的主体介入》（台北：秀威资讯，2018）中编。

是一些外来的阻力和内在的张力都可以深化感情及其热度，吸引鲁迅早日赴穗。

二 革命：朴素与张扬的纠缠

房向东不无偏激的指出："说鲁迅南下厦门是为了投奔革命，如果生拼硬凑，也勉强还有文章可做，但倘说鲁迅从厦门抵广州，也是为了革命，或者说，是为了到革命中心，那就近于胡扯。"[1] 显而易见，如果把革命简单等同于从事轰轰烈烈的历史大事或者抛头颅洒热血，如"北伐"、刺杀等，那么鲁迅远算不上革命。但如果革命的范畴同时也包含了文化范畴，而且更细化一点，成为一个清醒的支持者、革新者或改良者（虽然未必亲赴前线枪林弹雨、出生入死），似乎同样也可视为具有革命性。

【房向东著《孤岛过客——鲁迅在厦门的135天》，崇文书局，2009】

---

[1] 房向东著《孤岛过客——鲁迅在厦门的135天》，页230。

(一) 联合与打击：革命战线的构想。

鲁迅在《两地书·六九》中曾提及自己的"一点野心"："其实我也还有一点野心，也想到广州后，对于'绅士'们仍然加以打击，至多无非不能回北京去，并不在意。第二是与创造社联合起来，造一条战线，更向旧社会进攻，我再勉力写些文字。"又说，"究竟如何，还当看后来的情形的"（页195）。

房向东对此段的分析耐人寻味，一方面，他非常犀利地指出，所谓"一点野心"其实更是鲁迅的一种行文习惯，和"一点想法"并无太大区别，同时，"鲁迅的战斗精神不是在某个地方'确立'的，而是与生俱来的，是鲁迅，就意味着战斗"。悖论的是，这段话其实也变相论证了鲁迅赴广州战斗的一贯性，说明鲁迅来穗进行或为了革命也并非扯淡。

另一方面，房也指出，鲁迅要与创造社造一条联合战线的虚妄性，这不过是"鲁迅的一个期望"。[①] 但在笔者看来，这种观点如果不是死抠字眼也完全可以深化，亦可以从后顾（retrospective）的视角思考，仿若鲁迅所言的"看后来情形"。1928年太阳社和创造社的一帮左翼幼稚病分子开始对鲁迅进行疯狂的攻击、羞辱和意气用事式的集体围殴，当然，鲁迅也毫不客气地进行反攻、批驳。但1930年出于诸多需要成立"左联"时，鲁迅仍然可以不计前嫌，在保持相对独立性的前提下，[②] 共同为新的事业不懈劳作、冲锋陷阵、甘为人梯，虽然原因复杂，但这选择或许和鲁迅有意造联合战线的原初期待有一定关联，这更像是一种"被延宕的革命"。

由上可见，鲁迅的"一点野心"固然不可过于坐实、煞有介事，但同时却又不能太虚无缥缈，将之彻底消解。

[①] 房向东著《孤岛过客——鲁迅在厦门的135天》，页301。
[②] 有关"左翼鲁迅"的叙述，可参曹清华著《中国左翼文学史稿（1921—1936）》（北京：中国社会科学出版社，2008）第五章，页245—287 或张宁著《无数人们与无穷远方：鲁迅与左翼》（上海：复旦大学出版社，2006）。

（二）被挟裹的革命性：赴穗中的共产因素。

不得不指出的是，鲁迅能够赴穗来中山大学执教，其中一条的重要原因在于广东共产党组织的推荐。

1926年7月17日国民政府下令将国立广东大学改为国立中山大学，9月1日正式改名，同时10月14日又改校长制为委员制。恰恰是因为革新伊始需要招兵买马时，声名远播的鲁迅也进入了他们的视野。

而1926年秋，共产党广东区委书记陈延年（1898—1927）亲自主持中大工作，并召开多次会议，讨论斗争策略并争取鲁迅事宜。会上决定推荐并欢迎鲁迅，并委托恽代英（1895—1931）、邓中夏（1894—1933）、毕磊（1902—1927）和徐彬如（1902—1990）与中大委员长戴季陶谈判，条件之一便是要聘请鲁迅。① 而韩托夫（1909—1992）在回忆中也持同样观点："据我所知，当郭沫若先生一九二六年离开中山大学后，两广区委党的组织曾派恽代英、毕磊和徐彬如等同志向学校当局提出要求聘请鲁迅先生来中山大学主持文学系，结果学校当局是答应了。"②

值得一提的还有，《两地书》中，也不乏许广平给鲁迅介绍当时中山大学和广州各派政治势力的预热工作。《两地书·七六》中结尾曾经删去一句话，"因广州一般人也不欢迎共产。奇怪！"（《鲁迅全集》2005年版未复原）强烈表明了许广平以及鲁迅对待共产党的亲近态度。而在《两地书·九四》中，许广平在原信第四节介绍广东当时有变色的趋向，他们"眼见工会势盛，又觉扶助农工之非法，大有向变态度之势，凡稍彻底的人，即目为CP，CY而有驱之使去之

---

① 具体情况可参徐彬如《回忆鲁迅一九二七年在广州的情况》，见薛绥之主编《鲁迅生平史料汇编》（第四辑）（天津人民出版社，1983），页314—317。
② 韩托夫《一个共产党员眼中的鲁迅先生》，见薛绥之主编《鲁迅生平史料汇编》（第四辑）（天津人民出版社，1983），页327。

势。"① 显然，许广平已经对鲁迅进行了初步的共产党不同组织的名称的说明。可以推进一步，鲁迅后来对广州所做出的"红中夹白"的敏锐判断其实和许广平早先的推介累积不无关联。

当然，共产党在争取鲁迅的过程中，也要和国民党当时的"右派青年团"以及"树的党"（文明棍 stick）② 进行斗争。不难看出，不管鲁迅知不知情，他能够来中大的具体操作中共产党的因素赫然在列，这本身也是一种革命运作的方式，借用鲁迅本身的革命性，两股力量才会发挥出可能更大的社会影响，当然，不容忽略的还有许广平在通信中的进步立场的感染。

（三）关心北伐：公私混杂。

值得一提的是，在《两地书》中，鲁迅也频频提及对北伐形势的关心，尤其是他对北伐军的取胜信息是欢欣鼓舞的。在《两地书·四八》中，他写道："看今天的报章，登有上海电（但这些电报是什么来路，却不明），总结起来：武昌还未降，大约要攻击；南昌猛扑数次，未取得；孙传芳已出兵；吴佩孚似乎在郑州，现正与奉天方面暗争保定大名。"（页 136）虽然情势未明，但颇有一副"秀才未出门，便知天下事"的淡定。

《两地书·五四》中提及："今天本地报上的消息很好，但自然不知道可确的，一，武昌已攻下；二，九江已取得；陈仪（孙之师长）等通电主张和平；四，樊钟秀已入开封，吴佩孚逃保定（一云郑州）。总而言之，即使要打折扣，情形很好总是真的。"（页 155）这样的消息往往也是鲁迅对在厦门现状不满的一种转移和安慰。

《两地书·六〇》又言："浙江独立，是确的了；今天听说陈仪的兵已与卢永

---

① 上两处有关原信的引文，分别参王得后著《〈两地书〉研究》，页 111、152。
② 有关"树的党"的解释，可参钟敬文《关于"树的党"的信》，收入钟敬文著/译《寻找鲁迅·鲁迅印象》（北京：北京出版社，2002）。

祥开仗，那么，陈在徐州也独立了，但究竟确否，却不能知。闽边的消息倒少听见，似乎周荫人是必倒的，而民军则已到漳州。"（页173）除了继续关心北伐，也将心思转向其附近区域。《两地书·七一》则说："这里还是照先前一样，并没有什么，只听说漳州是民军就要入城了。克复九江，则其事当甚确。昨天又听到一消息，说陈仪入浙后，也独立了，这使我很高兴，但今天无续得之消息，必须再过几天，才能知道真假。"（页199）显而易见，此时的鲁迅对北伐的胜利有着由衷的敬意和欣喜。

房向东指出，"鲁迅在信中多处强调北伐的胜利，在我看来，爱屋及乌，多少也有点'讨好'作为国民党党员的许广平"。① 或许是相恋并思念中的恋人们喜欢分享更多大大小小的私事、公事，以便加深感情、消磨时光，或许鲁迅、许广平概莫能外。但在我看来，这种公私的混杂更是一贯对国家现代性建构密切关注的鲁迅的常规发展思路，但无论如何，这场肇始于广州的北伐会给思念广州的鲁迅带来别样的感受，因为他的爱人也在这个"革命的策源地"城市中。

同时，需要强调的是，身在厦门的鲁迅度过了别样的"双十节"，"今天是双十节，却使我欢喜非常，本校先行升旗礼，三呼万岁，于是有演说，运动，放鞭爆。北京的人，仿佛厌恶双十节似的，沉沉如死，此地这才像双十节"。又说，"听说厦门市上今天也很热闹，商民都自动地挂旗结彩庆贺，不像北京那样，听警察吩咐之后，才挂出一张污秽的五色旗来"（《两地书·五三》，页152）。鲁迅此处的对革命的希望和拥护绝非做作，而在小说《头发的故事》中，开头结尾都是以"双十节"作为意象，借此猛烈批判国民的冷漠和健忘，其实剪辫的自由本身也是新型国家赋予的一种权利，② 而如今的褒扬更是对国家现代性的一种支持。

而同样在厦门的一些演讲中，鲁迅也鼎力支持革命，并鼓励年轻人积极战

---

① 房向东著《孤岛过客——鲁迅在厦门的135天》，页115。
② 有关辫子的政治分析可参拙文《论鲁迅小说中的身体话语》，收入拙著《身体意识形态——论汉语长篇（1990— ）中的力比多实践及再现》（广州：中山大学出版社，2009），页231—233。

斗，比如在中山中学，鲁迅鼓励道，"你们尤其不可忘记：革命是在前线。要效法孙中山先生，因为他常常站在革命的前线，走在革命最前头…你们还有更重要的革命工作。你们不但要有推翻'吃人'宴席的魄力，还要有赶走世间'妖魔'造起地上'乐园'的志气和勇气。我即将到广州中山大学去，这是真的。我到中山大学去，不只是为了教书，也是为了要做'更有益于社会'的工作。希望你们毕业后要升学，能够在那边中山大学相见！"[1]

由上可见，鲁迅未必一如战士披挂上阵，流血出汗，但他奔赴广州的动因却和革命息息相关，或者是主动，或者是被动，其风格恰恰是务实的、朴素的，和习惯上的激情飞扬的"革命"风格颇有差异。

三、经济理由：淡化与发展

不出意外地，论者们都排除了鲁迅来穗的经济动因，并引用《两地书》中的说法，言及中大薪酬不如厦大，因此经济的考量不是重点。可以承认，鲁迅赴穗的理由并非出于"经济基础决定上层建筑"，但是论者对鲁迅经济状况的认知却不乏可商榷之处，本节主要侧重他跟厦门以及中大的薪水讨论。[2]

（一）厦大之殇与鲁迅反抗经济异化。

厦大国学研究院开给鲁迅的月薪是 400 元。毫无疑问，这是一项高薪礼聘并尊重人才的举措。但彼时作为私立大学的厦大在带给鲁迅先生舒适、温暖与无聊[3]之余，也给鲁迅一些经济异化方面的伤害。略举一二：

1. 林文庆随意压缩国学院开支，引起鲁迅、刘树杞之争，同时，也在短短

---

[1]《八、在中山中学的演讲》，厦门大学中文系编《鲁迅在厦门资料汇编》（第一集）（厦门：厦门大学中文系，1976年9月），页129。

[2] 有关鲁迅小说中的经济话语形构，可参拙文《论鲁迅小说中的经济话语》，《中山大学学报》2009年第5期。

[3] 有关论述可参朱水涌《厦门时期的鲁迅：温暖、无聊、寻路》，参朱水涌等编《鲁迅：厦门与世界》（厦门：厦门大学出版社，2008），页18—31。

数月内更让林语堂等人愤然辞职，国学院名存实亡。①

2. 过分强调金钱的功能，某董事会中，遵循有钱才有发言权的原则（有相关的回忆故事说明），这也造成了鲁迅对林文庆有更多的不满。

3. 平民学校演讲中，对物质的强调和对奴性的缺乏反省让鲁迅非常不满。

简单而言，剔除其间的意识形态色彩，李伟江的论述大致是可取的："鲁迅一方面憎恶厦门大学的污浊，又主要由于中共广东党组织的推荐、争取，与中山大学委员会的聘请、敦促，特别是鲁迅抱着向往革命、投身革命的决心，再加上许广平的再三劝慰，在客观条件和主观要求基本具备的情况下，鲁迅便毅然离开厦门，奔赴广州。"②

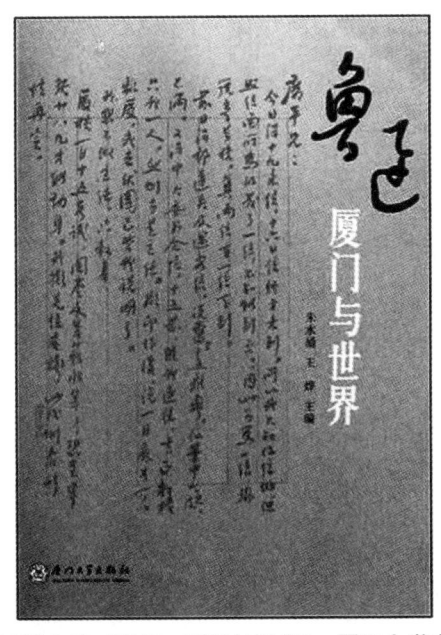

【朱水涌、王烨主编《鲁迅：厦门与世界》，厦门大学出版社，2008】

---

① 具体可参厦门大学校史编委会编《厦门大学校史》第1卷（厦门：厦门大学出版社 1990），页78—87。
② 李伟江著《鲁迅粤港时期史实考述》（长沙：岳麓书社，2007），页8。

(二) 中大高薪：挽留与压制。

朱寿桐指出："中山大学方面在敦促鲁迅前去的过程中，一再表示可以介绍鲁迅到别的学校兼课以图有所补贴，这意思是中山大学实际能够支付给鲁迅的薪酬可能不高。至少不会比厦门大学高出许多。因此，鲁迅来广州，经济原因也基本上可以排除。"[①] 如前所述，对经济原因的排除可以理解，但对鲁迅的薪水理解却缺乏发展的眼光。

之所以出现对鲁迅薪酬理解的误读，原因或许很多，但最主要的可能有两点：第一，对《两地书》的解读不够细致，对其中来自中大的文件解读缺乏发展的眼光，实际上，中大给鲁迅的薪水是有逐步变化的；第二，如果认真查阅《鲁迅日记》，通过后者完全可以解决鲁迅记载的中大薪酬疑惑。而实际上，鲁迅在中大，从1927年2月到6月，其月薪是大约500元，即使刨除物价差异折算，也远超出厦大时期的400元月薪。当然，需要指出的是，鲁迅在广州时期远比厦大忙碌、疲惫，因为他身兼数职：教授、文学系主任、教务主任，忙得焦头烂额。同时，加上对头顾颉刚前来，"四·一五"事件爆发，中大的高薪也未能阻止鲁迅弃绝教授。由上可见，尽管经济因素算不上要因，但有关错误认识却必须加以澄清。

结论： 鲁迅来穗的原因相当复杂，毫无疑问，爱人许广平的存在成为最重要的砝码，同时，需要指出的是，在她与鲁迅的恋爱中，其实也纠缠了革命的色彩，尤其是他们勇敢赴爱也是对神化/丑化鲁迅的极端思维的反抗与颠覆。同时，鲁迅来穗其实亦有朴实的革命性，值得关注。而经济动因虽然占据位置次要，但其中却不乏值得反思之处。概言之，鲁迅来穗或有革命性，但此革命性已经不同于传统意义方面的褊狭与霸道了。

如果继续考察鲁迅的革命态度，整体而言，便不难发现鲁迅对革命抱有极其

---

① 朱寿桐著《孤绝的旗帜》，页316。

复杂的心情,既支持又怀疑,如人所论,"鲁迅怀疑革命,也并不是全然不相信革命,而是始终在信与不信之间来回摆渡。摆渡的动作以及它身上沾染的微言大义,最终置换为鲁迅语调上的辛辣、讥讽、故意所为含混、不带笑意的苦涩幽默以及冷漠"。①

第二节 在思想与行动之间直面革命

依照机械论者的思维方式,鲁迅既然被称为"革命家",那么区域鲁迅研究(比如北京、上海、厦门、广州等)的任务就可以具体化为不同时空鲁迅的论据搜寻与整理罢了。所以更多时候,由于过度受教条主义的影响,鲁迅的思想轨迹亦被抽象化为个人主义(或无政府主义)→进化论(或新民主主义)→阶级论(或共产主义)。② 这种思想其实在1930年代就已确立,而在延安时期对鲁迅的认知上更是因此突飞猛进。"真正崇高的理想主义者或伟大的唯心主义者,有时比庸俗的唯物论者更接近于真正的唯物论者,更易于成为真正的唯物论者",又说"'五四'以后鲁迅先生所以终于能够走到辩证法唯物论的方面来,接受了马克思主义,也正是由于他在战斗中看见了真正民主的现实力量——无产阶级力量的缘故"。③

同样,围绕着鲁迅何时是共产主义者,何时是真正的革命家论题,作为鲁迅最后十年中的栖居地——广州和上海往往成为各地学者论证/论争的焦点之一,而对鲁迅在广州研究颇有建树的李伟江教授看来,鲁迅在广州就是共产主义者,

---

① 敬文东著《失败的偶像:重读鲁迅》(广州:花城出版社,2003),页13。
② 类似观点的持有者如瞿秋白先生。后继的批评有所纠正或商讨,但基本论调仍然如此,比如王子固《鲁迅对革命理想和革命动力的认识——简论鲁迅思想分期》,《驻马店师专学报》1991年第2期。
③ 艾思奇《鲁迅先生早期对于哲学的贡献》,延安《鲁迅研究丛刊》(第1辑),引自马蹄疾辑录《许广平忆鲁迅》(广东人民出版社,1979),页31—32。

"由于中共党组织的帮助，鲁迅刻苦学习马列主义革命理论，积极投身革命斗争实践，无情地解剖自己，所以在广州时期初步确立了辩证唯物主义与历史唯物主义的世界观，终于成为一个共产主义者和无产阶级革命家，并在这时期的著作中得到较充分的体现"。①

可以反问的是，号称"革命家"的鲁迅是如何革命的？1927广州场域中鲁迅是否实现了由所谓进化论②到共产主义的转变？鲁迅对1927年在广州的革命遭遇呈现出怎样的思考辩证？

考察前人的相关研究，著有《鲁迅粤港时期史实考述》一书的李伟江教授基本上持鲁迅在广州实现了上述转变的观点，而且考据功力强劲；而另一本相当重要的论文集《论鲁迅在广州》此议题显然也是重头戏，虽然不乏争议，比如，鲁迅在广州何时实现思想飞跃，标志如何，但整体而言，绝大多数论者都是站在革命的高度、阶级观点等视角来论证鲁迅在广州的巨大和丰富革命性。③

毋庸讳言，由于时代原因和意识形态所限，上述论断也不乏牵强之处，比如，写于1927年4月的《野草·题辞》可能具有多重含义，但往往被收缩为鲁

---

① 李伟江著《鲁迅粤港时期史实考述》（长沙：岳麓书社，2007），页114。
② 鲁迅与进化论是一个很繁复的议题，具体可参 James Reeve Pusey, *Lu Xun and Evolution* (NY: State University of New York Press, 1998)。
③ 具体可参广东鲁迅研究小组编《论鲁迅在广州》（广州：广东鲁迅研究小组，1980）。

迅对时局的批判或颂扬。"地火在地下运行，奔突；熔岩一旦喷出，将烧尽一切野草，以及乔木，于是并且无可朽腐。但我坦然，欣然，我将大笑，我将歌唱。"这段话被指为鲁迅发自内心的"惟新兴的无产者才有将来"的赞叹，并认为鲁迅确信无产阶级革命事业在中国一定胜利，这是鲁迅从一个革命民主主义者转变为共产主义者的主要标志。① 这样的先入为主难免对鲁迅的丰富性造成扭曲。

但在我看来，最大的问题在于，研究者往往夸大了鲁迅的革命思想元素（或形而上精神），过分简化了鲁迅思想（含文艺观、世界观等）的复杂性，这就使得 1927 年广州场域中的鲁迅有关革命的辩证思考和实践变成了貌似有缺陷和弱点的不太成熟的阶段性马列主义学习操练。为此，本节打算从三个层面展开论述，同时进行纠偏：（一）他人呼唤与鲁迅回应；（二）文学的用途与辩证；（三）积极介入与屡屡不遇。借此探讨鲁迅有关革命的主要层面，并希望可以做出自己的一点思考。

一、他人呼唤与鲁迅回应

曹聚仁曾经很敏锐地指出，鲁迅对"革命"并不觉得怎样乐观，"对于革命文学，也不觉得有多大的意义的"，他"在革命策源地的广州住了九个月，对于所谓'革命'与'革命文学'，更看得透了"。② 但问题在于，鲁迅自己的孤独清醒并不能掩盖其独特的文化资本价值一再被利用或捧高，而实际上，在 1927 年的广州场域里，他是众多呼唤和政治工作（包括他来中大）的焦点之一。

（一）八方呼唤：革命的鲁迅。

作为文学家的鲁迅在 1927 年时在不少民众中已经拥有了繁复的多重期待，其小说《呐喊》《彷徨》、杂文《热风》《华盖集》等对固有文化传统摧枯拉朽般

---

① 张竞《略述一九二七年鲁迅思想的发展》，广东鲁迅研究小组编《论鲁迅在广州》，页 245—246。
② 曹聚仁著《鲁迅评传》（上海：东方出版中心，1999），页 258。

【曹聚仁著《鲁迅评传》，东方出版中心，1999】

的冲击，对现代性（尤其是启蒙主义）可能遭受挫折的同情式再现与细察式预见，同时他对学术的精深研究结晶《中国小说史略》一纸风行，等等，都让他成为当时炙手可热的人物，而且尤其是强调其"革命性"。

1. 文学革命：轻小说重杂文。众所周知，鲁迅先生驰骋现代文坛、闻名遐迩的文体在时间次序上其实首推小说，其次才是杂文，而短篇小说甚至成为迄今为止中国作家们难以逾越的高峰。而耐人寻味的是，或许是为了强调鲁迅的革命性，来自不同角度和层次的呼唤往往有种轻小说、重杂文的倾向，虽然同时小说家鲁迅也被提及。

比如，1927年1月张迂庐在《欢迎鲁迅先生来广州》一文中高度赞扬了鲁迅在诸多文体（包括翻译）上的贡献后，笔锋一转，"还有使我们最难忘的《热风》，和称为交了'华盖运'才弄得来的《华盖集》……在这里的鲁迅先生，是以战士身而显现了！"① 落脚点仍然是其战士的革命性角色。

而一声1927年2月的《第三样世界的创造——我们所应当欢迎的鲁迅》则提出："我们应该站在革命的观点上来观察一切，批评一切，因为不如此便一切的观察批评都没有意思。对于鲁迅也应该如此。"在此基础上判断，"他的作品对于革命的文化运动上的贡献，我们可以说，论文实在比小说来得大"。②

这样的观点貌似抬高了鲁迅的杂文的地位，但实际上，因为对杂文诗学的关注不够，过于简化，意识形态因素浓烈，其实也为贬低鲁迅杂文者留下了口实。个人认为，还是应当强调和重视杂文自身的文学性③，同时，更要看到鲁迅借具体事件展开批判的形而上思考，也即：其杂文本身具有不凡的超越性。

2. 从思想革命到革命。同样，1927年1月鲁迅抵达广州后不久，文学青年们显然更侧重作为思想革命家的鲁迅，并认为这些才是更值得崇拜的，"他老人家真值得我们崇拜，值得我们向往的是什么？我以为还是他那种斗争奋进的精神和那种刚毅不挠的态度……希望先生继续历年来所担负的'思想革命'的工作，引导我们一齐到'思想革命'的战线上去！"④

甚至是包括和鲁迅相对熟络的吴有恒（1913—1994），也是从思想革命的角度看待鲁迅，虽然他同时认为杂感和小说必须齐头并进。他写道，"鲁迅先生，不惟请你把陈源教授认为'无一读之价值'的杂感继续写下去，还要请先生写一篇阿Q第二正传啊！辛亥革命而有《阿Q正传》出现，现在不是辛亥革命的继续么，可是阿Q第二正传则迟迟不见，——我的阿Q呀！"⑤

---

① 张迂庐《欢迎鲁迅来广州》，薛绥之主编《鲁迅生平史料汇编》（第四辑）（天津：天津人民出版社，1983），页212。
② 一声《第三样世界的创造——我们所应当欢迎的鲁迅》，薛绥之主编《鲁迅生平史料汇编》（第四辑），页217。
③ 具体可参沈金耀著《鲁迅杂文诗学研究》（福州：福建教育出版社，2006）。
④ 鸣鸾《欢迎鲁迅先生》，薛绥之主编《鲁迅生平史料汇编》（第四辑），页211。
⑤ 有恒《这时节》，薛绥之主编《鲁迅生平史料汇编》（第四辑），页241。

需要指出的是，并非所有的呼唤都是索取或具有单一的革命倾向性，而彼时和鲁迅走得较近的坚如（毕磊）则更强调文艺使命必须共同承担："文艺的使命是要大家负担的。这使命不能负在鲁迅先生背上，鲁迅先生只能'托一把'；这使命也同样不能负在一个两个文艺同志背上，有文艺嗜好的同志，必须联合起来，联合呼喊，声音才得洪亮，沙漠才得热闹。"① 但整体而言，对鲁迅革命性质的呼唤和强调则是主流。

（二）被动回应：鲁迅的清醒。

毫无疑问，鲁迅对他人对他的期待、要求，尤其是革命方面的呼唤是非常警醒的，而且是一以贯之的理性，早在1925年3月31日给许广平的信函中，他就指出："凡做领导的人，一须勇猛，而我看事情太仔细，一仔细，即多疑虑，不易勇往直前，二须不惜用牺牲，而我最不愿使别人做牺牲（这其实还是革命以前的种种事情刺激的结果），也就不能有大局面。"（《两地书·八》，《鲁迅全集》第11卷，页33）而在1927年初到广州时，面对诸多层次的呼唤、利用或过度期待，鲁迅是相对冷静与清醒的，而且，他也做出了不同层次的回应。

1. 景宋代回：静观与准备。毫无疑问，作为公共知识分子的鲁迅，面对有关他的各种各样的期待是要做出回应的，哪怕是出于礼貌。而实际上，大多数呼唤者往往忽略了如下事实：

（1）鲁迅先生身兼多职，彼时忙得不可开交。作为中山大学的正教授，鲁迅每周的工作量是12小时，这远远超过他在厦门的5小时/周；作为中山大学首届教务主任，鲁迅面临诸多繁琐事务和会议，不得不全身心投入其间，筚路蓝缕、不懈劳作；同样，作为文学系主任和教员，他仍然必须认真备课，尽管他开设的课程多数是他轻车熟路较易驾驭的内容。

---

① 坚如《欢迎了鲁迅以后——广州青年的同学（尤其是中大的）负起文艺的使命来》，薛绥之主编《鲁迅生平史料汇编》（第四辑），页215。

（2）犀利和敏锐需要立足于坚实的调研或体验。不难知道，个体的对各项事务的独特判断不仅仅立足于其自身的聪明才智与灵活敏捷，同样也需要对历史、文化、现实等诸多层面有着深入的了解积淀，所以，看惯了鲁迅犀利的人们总希望他每到一地，即刻发出振聋发聩的吼声，这是不现实的。恰恰相反，如果忽略这样一个过程，为了迎合呼唤信口开河、夸夸其谈，这无疑会消解其固有的革命性和深刻性声誉。

为此，许广平按照鲁迅的意思撰写了《鲁迅先生往那些地方躲》，表达出跟上述观点类似的事实和常识："中大是就要开课了，自然有许多工作会随着发生，至少总有些细微的'刺戟'，投射到鲁迅先生的影子吧。他是需要'辗转'的生活的，他是要找寻敌人的，他是要看见压迫的降临的，他是要抚摩创口的血痕的。"① 耐人寻味的是，鲁迅托许广平代笔其实既呈现出鲁迅自身的日理万机，同时也可说明鲁迅正在准备与反思过程中。

2. 介入、直面与互动：初步出击。一如许广平所言，鲁迅当然在紧张地工作、热切地反思、积极地发现，当然方便时也会初步出击。

（1）个体主义的"革命者"。稍微考察鲁迅的革命实践之路，我们不难发现，鲁迅自始至终坚持对个性的弘扬：比如，在处理可能的刺杀任务前想到了孝道与慈母②；再比如，在1930年代"左翼"联盟如火如荼的集体运动中依旧坚持个体的尊严。③

同样，他对帽子满天飞，害死不少活人的惨剧也不置可否。所以，在1927年1月25日朱家骅主持的学生欢迎会上，"他一开口就把朱家骅的卑鄙的奉承，通通打回去。他严肃的说道：'朱先生的那一套，我不能接受。我对朱先生的话

---

① 景宋《鲁迅先生往那些地方躲》，薛绥之主编《鲁迅生平史料汇编》（第四辑），页226。
② 具体可参房向东著《孤岛过客：鲁迅在厦门的135天》（武汉：崇文书局，2009），页10—11。
③ 具体可参曹清华著《中国左翼文学史稿（1921—1936）》（北京：中国社会科学出版社，2008）第五章。

【朱家骅（1893—1963），时任中山大学代理校务委员长】

要声明：我不是什么"战士"，也不是什么"革命家"……。"①

后来在和小峰的《通信》中，鲁迅对此加以确认，重申了其立场："我只好咬着牙关，背了'战士'的招牌走进房里去，想到敝同乡秋瑾姑娘，就是被这种劈劈拍拍的拍手拍死的。我莫非也非'阵亡'不可么？"（《通信》，《鲁迅全集》第3卷，页465）不言而喻，在鲁迅这种个体主义者的观点里，也包含了其韧性的战斗策略。

(2) 观察、思考与判断。需要指出的是，鲁迅同时又是20世纪20年代当时政治情势下，左中右各派势力都要争取或利用的对象，所以探访他的人源源不断、门庭若市。据许广平回忆，"川流不息的来访者中不但有左，而且有中、右分子，而且，来访者的不客气也使鲁迅生气，检查到鲁迅在做什么工作，检查到鲁迅的来往通讯，这是'山雨欲来风满楼'的情景"。

但同时，鲁迅也借此来观察、理解和得出新的判断，正是从青年的分化中让他感受到自己坚持的进化论的偏颇，同时，也正是和革命青年等人的接触，使他自身的革命性在诸多路线和层面的互动中得以或多或少的激发、饱满与丰富，所以，"接见学生和青年，接触共产党方面的人物……从他的现实生活上可以断定这一时期的他是受了什么方面的鼓舞，得到了多少革命力量的启发"。②

二、文学的用途及辩证

曾有论者在回忆广州鲁迅时锐利地指出："在革命时期，一个地位稍高的人，

---

① 许涤新《鲁迅战斗在广州》，《论鲁迅在广州》，页303。
② 许广平《回忆鲁迅在广州的时候》，薛绥之主编《鲁迅生平史料汇编》（第四辑），页309—312。

整天忙的不外三件事：开会，演说，作文；其余的时间才用在处理职守内的事务。如果要鲁迅这样做，真是办不了，我对他确有点同情。但一个名人到了革命策源地而不是这样做，在那时确容易被人目为不革命的。"① 诚然，首先是文学家的鲁迅尽管在其多元的角色中呈现出令人瞩目的革命性，但毫无疑问，他在文学创作中反映出来的相关思考及其革命性或许更具张力，也更令人关注。

（一）文学作为革命的悖谬。

从宽泛的意义上说，鲁迅的文学创作其实和文化政治或者是狭义上的政治、革命往往有着自始至终的幽微关联，但是回到本文，我们必须结合具体的文学作品进行分析。

1. "革命文学"："奉旨革命"？！鲁迅在短时间内对广州进行热切关注和积极的思考后，就敏锐地看到了"奉旨革命"的现象，在1927年1月25日中山大学学生会主办的欢迎会演讲上，他指出："我听人家说，广东是很可怕的地方，并且赤化了，既然这样奇，这样可怕，我就要来看，看看究竟怎样；我到这里不过一个礼拜，并没有看见什么，没有看见什么奇怪的、可怕的。据我两只眼睛所看见的，广东比起旧的社会，没有什么特别的情形，并不见得有两样，我只感觉着广东是旧的。"② 广东其实也包含了传统的劣根性或至少是常态。

而在许广平代劳回复诸多呼吁文章以后，鲁迅其实始终在思考"革命文学"，在他奔赴上海后不久曾经有同名论文对此加以深切反思与总结，他同样指出了所谓"革命文学"的虚伪性、做作与逃避，他指出："我以为根本问题是在作者可是一个'革命人'，倘是的，则无论写的是什么事件，用的是什么材料。即都是'革命文学'。从喷泉里出来的都是水，从血管里出来的都是血。"（《革命文学》，《鲁迅全集》第3卷，页568）创作者的品性、认知与身份至关重要，否则很可能

---

① 尸一《可记的旧事》，中山大学中文系编《鲁迅在广州》（广州：广东人民出版社，1976），页265。
② 《在中山大学学生会欢迎会上的讲演》，该文后收入傅国涌编《鲁迅的声音：鲁迅演讲全集》（珠海：珠海出版社，2007）。需要注意的是，《鲁迅全集》没有收录这篇文章。

就是挂羊头卖狗肉。

某种意义上说，鲁迅的后退半步不是畏缩，而是一种迂回前进的策略，是为了更好地保护自我并伺机出击，但这些未必是时人能够轻易理解的。当年撰写《鲁迅先生往那里躲》的宋云彬在回忆这段往事时指出，"正因为他目光如炬，看得那么远，那么清楚，所以他在广州的时候无论演讲或者写文章都十分慎重。这完全是正确的，这是革命斗争的策略。可是我们这批血气方刚、毫无斗志经验的青年却全不懂得，总以为鲁迅胆太小"。①

2. 纯粹革命：过犹不及。在解读鲁迅在广州时期的作品时，有些时候，我们因为过度强调鲁迅的革命性，也会出现一些可能的偏颇。《野草·题辞》素来有多元的解读，但因其作于1927年4月的广州，和"四·一五"大屠杀貌似相关，而往往被学者们自然而然加以联系解读。

比如，孙玉石就认为，《题辞》里面"隐含着鲁迅对于当时白色恐怖下的现实体验和愤懑心境"②；类似的观点或认为，这"是一种悲愤到极点而'无话可说'的情绪"，③是对当时黑暗现实的强烈控诉与批判。当然，这些都算是一家之言，也有论者，如胡尹强就把《题辞》解读为一部有关爱情诗的《题辞》④，见仁见智。

但即使回到历史背景，某种意义上说，《题辞》恰恰反证出真正革命性的艰难、晦涩、曲折，以及与此相关蜿蜒其中的愤怒，甚至是同归于尽情愫，这些同样可以证明鲁迅彼时的敏感、脆弱而又顽强坚守，同时也可反观他对所谓革命、战士名号的高度怀疑的合理性，而对实干及其应对策略的高度清醒。如人所论，"以我看来，倘有可能的话，他其实是不想去当什么'战士'的，但他又是可以

---

① 宋云彬《回忆鲁迅在广州》，薛绥之主编《鲁迅生平史料汇编》（第四辑），页377。
② 孙玉石著《现实的与哲学的：鲁迅〈野草〉重释》（上海：上海书店出版社，2000），页4。
③ 扬州师范学院中文系　现代文学教研室编《〈野草〉赏析》（福州：福建人民出版社，1982），页28。
④ 具体可参胡尹强著《鲁迅：为爱情作证——破解〈野草〉世纪之谜》（北京：东方出版社，2004）。

【孙玉石著《现实的与哲学的：鲁迅〈野草〉重释》，上海书店出版社，2000】

决计去当战士的。而许多'深刻'的人，却把它当作一出武打剧来看待了，这也正照鉴出他们那种'深刻'背后的无关痛痒和残忍。这使我不得不怀疑：他们的'深刻'是有所图谋的"。[1]

(二) 当文学遭遇革命：各有千秋。

鲁迅不仅清醒地看到了某些"革命文学"的虚假性，而且，他对文学与革命的内在关联也有深切的认知，甚至是洞察。

在1927年12月上海暨南大学的演讲《文艺与政治的歧途》中，鲁迅指出文艺与革命、政治的复杂关系：文学与革命之间有同质性，但政治与文学的路径不同，政治希望维持现状使它统一，而文学却催促社会进化使它渐渐分离，"文艺虽使社会分裂，但是社会这样才进步起来。文艺既然是政治家的眼中钉，那就不

---

[1] 龙子仲著《怀揣毒药　冲入人群：读〈野草〉札记》(桂林：广西师范大学出版社，2007)，页95。

免被挤出去"(《文艺与政治的歧途》,《鲁迅全集》第7卷,页116)。

当然,最具代表性的文章还是鲁迅在1927年4月8日黄埔军校的演讲,《革命时代的文学》。在这篇文章中,鲁迅相当犀利地指出,首先要有革命人,他们做出东西来,才是革命文学。接着鲁迅指出大革命与文学之间的分段性关系:仅有叫苦鸣不平的文学、民族没有希望;大革命时代,文学暂归沉寂;革命成功后,也有文学,或者是对新的讴歌,或者是对旧的挽歌。

耐人寻味的是,在此文中,鲁迅在处理文学遭遇革命时,表达出他对二者张力的深入反思与表达。

(1) 如果从实力、霸权的角度比较看,文学是最不中用的,有实力的人依然压迫、虐待、杀戮。

(2) 文学对于战争和战士,益处不大,或许可以有趣,但最后"一首诗吓不倒孙传芳,一炮就把孙传芳轰走了"。

(3) 但文学自有其文化标志功能,"文学总是一种余裕的产物,可以表示一民族的文化"(《革命时代的文学》,《鲁迅全集》第3卷,页436—443)。

在此以外,(4) 鲁迅其实也强调文学的自主性,比如,他曾经批评当时的广州,"在广州,尽管有绝叫,有怒吼,但是没有思索。尽管有喜悦,有兴奋,但是没有悲哀。没有思索和悲哀的地方就不会有文学"。[①]

需要指出的是,作为面向军校学生的演讲,鲁迅先生出于礼节适当提高"革命"的地位和功能,情有可原。其实,我们毋宁更把这种赞扬与侧重视为鲁迅对实干精神的宣扬与礼敬。同时,鲁迅并没有过度贬抑文学的功能,作为文化的标志、思想启蒙的借助以及对工具理性及其载体的反思利器,文学又显然有着不可替代的功用。这一点,其实鲁迅和单纯"为艺术而艺术"的一些作家也有精神相通之处,如邵洵美(1906—1968)就认为:"革命者要把文学当作革命的利器,

---

[①] 山上正义著,李芒译《谈鲁迅(摘录)》,薛绥之主编《鲁迅生平史料汇编》(第四辑),页295。

革命文学家却又反对文学被革命来利用。"①

由上可见，鲁迅先生特别关注文学的功能，强调其"不安于现状"并超越革命可利用性的缺陷，② 同时亦对实践性革命有着高度的敬意，除此以外，鲁迅对所谓的"革命文学"却保持着高度的怀疑与警惕，他反对沽名钓誉，也更强调革命人（包含相关作家）的诞生。

三、积极介入与不遇

除了从文学的角度思考革命以外，鲁迅先生同时对有关革命的事务也多选择了积极介入的立场，在葆有相对独立性的前提下，坚定而执着地执行着自己的革命理想，虽然有些目标未能真正得以实现。

（一）积极介入：从吸纳学习到大力支持。

如前所述，鲁迅对革命的理解往往呈现出一种独特而深入的辩证，在《小杂感》一文中，他指出了革命话语的流动性、虚妄性与反复无常：

"革命，反革命，不革命。

"革命的被杀于反革命的。反革命的被杀于革命的。不革命的或当作革命的而被杀于反革命的，或当作反革命的而被杀于革命的，或并不当作什么而被杀于革命的或反革命的。

"革命，革革命，革革革命，革革……。"（《小杂感》，《鲁迅全集》第3卷，页556）

尽管如此，鲁迅在姿态上，却往往是积极的，在广州时期尤其如此。

1. 吸纳与奉献。在1927年广州的鲁迅，颇有机会阅读革命的多种报刊，其中包括了《做什么》、《少年先锋》、《向导》周刊、《人民周刊》等。而鲁迅在日

---

① 邵洵美著，陈子善编《洵美文存》（沈阳：辽宁教育出版社，2006），页126。
② 张勇《鲁迅"革命文学论"的形成及其独特性》，《文艺理论与批评》2009年第1期，页58。

记中也有所记录，比如，1月31日写道："徐文雅、毕磊、陈辅国来，并赠《少年先锋》十二本。"2月9日记载："徐文雅来，并赠《为什么》三本。"（应为《做什么?》，朱按），而当事人徐彬如也回忆说，"我到鲁迅那里去，主要就是送刊物…他对我们送去的刊物很重视，常拿我们的《做什么?》同反动分子的《这样做》对比"。①

对上述文献颇有研究的李伟江教授据此得出鲁迅在广州就变成一个共产主义者的结论②，这似乎值得商榷。但同时不容否认的是，这些革命人士有意赠送的进步书刊对鲁迅的确起到了潜移默化的作用，比如，鲁迅的《庆祝沪宁克复的那一边》中，有关列宁话语的使用，就明显和《少年先锋》第八期（1926年11月11日）"不谋而合"。

但同时，鲁迅更是对外奉献的，在他得知彼时进步的青年团体——中大"社会科学研究会"有经济困难时，他经常给予捐赠，而且也时不时资助贫困学生、酌量救济。同时，鲁迅也积极参加革命性文艺运动，比如发表在1927年4月1日《洪水》半月刊第三卷第三十期上面的《中国文学家对于英国知识阶级及一般民众宣言》，签名者有"成仿吾，鲁迅，王独清，何畏等"。③

当然，鲁迅和当时的学生青年领袖——共产党员毕磊（1902—1927）也有比较深厚的感情，在《怎么写》中还提到他："现在还记得《做什么》出版后，曾经送给我五本。我觉得这团体是共产青年主持的，因为其中有'坚如'，'三石'等署名，该是毕磊，通信处也是他。他还曾将十来本《少年先锋》送给我，而这刊物里面则分明是共产青年所作的东西。果然，毕磊君大约确是共产党，于四月十八日从中山大学被捕。据我的推测，他一定早已不在这世上了，这看去很是瘦

---

① 徐彬如《回忆鲁迅一九二七年在广州的情况》，薛绥之主编《鲁迅生平史料汇编》（第四辑），页320—321。
② 李伟江著《鲁迅粤港时期史实考述》，页114。
③ 山东师院聊城分院中文系、图书馆编《鲁迅在广州》（山东师范学院聊城分院，1977年12月），页148。

小精干的湖南的青年。"(《怎么写（夜记之一）》,《鲁迅全集》第4卷，页21）字里行间，不难看出，鲁迅对进步青年和势力是给予相当的支持的。

2."四·一五"事件：补救与坚守。"四·一五"事件后，鲁迅冒雨参加紧急会议，敦促校务委员会想方设法拯救被捕学生，同时，鲁迅还捐款慰问受难学生。耐人寻味的是，时为教务主任的鲁迅却呈现出敏锐和坚定的革命性追求，他将校方人士企图混淆教学与革命的伎俩识破，从而析离出该事件中有关领导的反动性。

【中共党员毕磊】

几经周折无效后，加上其他原因刺激，比如顾颉刚要来中大等，鲁迅终于愤而辞职。需要指出的是，彼时月薪大约500元的鲁迅坚定辞职，拒绝了各界对他三番五次的挽留以及高薪的诱惑。同时，还要强调的是，鲁迅在辞职后并没有马上逃离广州，而是和各种污蔑、反动、臆想继续作斗争。虽然白色恐怖形势严峻，但他仍然出席夏季的演讲，聪明机智地展示出其革命的策略。甚至在1927年9月15日的文章中，他指出了所谓"革命文学"的实质，颇有胆色，"所以现在的'革命文学'，是在顽固这一种反革命和共产党这一种反革命之间"（《扣丝杂感》,《鲁迅全集》第3卷，页507）。

(二) 同创一条战线的不遇。

鲁迅在从厦门赴穗前，曾经提及自己的"一点野心"，即要联合起来，造一条战线，向旧社会发动进攻，但可惜阴差阳错，最终没有实现。但尽管如此，我们却有讨论这种不遇的必要性，毕竟，这都是发生在广州场域里的文化事件。

1. 与郭沫若：没有交集。1926年3月28日，郭沫若进入广东大学（后更名中山大学）担任文科学长，7月21参加北伐。他曾经在是年夏季同校长褚民谊(1884—1946)商讨聘请鲁迅到广东事宜。郭沫若在日本写的《坠落了一个巨星》提及："一九二六年他受段祺瑞的压迫，被逐出北京的时候，我在做着广东大学的文学院长，那时曾商同校长，聘请鲁迅做教授，然而待鲁迅南下广东时我已经参加北伐军出发了。"①

本来如果鲁迅早日来穗，或许还有和郭相遇的可能，但最后却擦肩而过，但不难看出，二人还是心有灵犀的。当然，在1928年，二人真正相遇的时候，化名杜荃的郭沫若不是联合鲁迅，而是在宏文《文艺战线上的封建余孽》中对鲁迅进行了恶毒的攻击和批判，"资产阶级以前的一个封建余孽"，"资本主义对于社会主义是反革命，封建余孽对于社会主义是二重的反革命"，"鲁迅是二重性的反革命人物"，"他是一位不得志的Fascist（法西斯蒂）！"② 当然，鲁迅和郭沫若的文字纠葛远不止于此。限于重点所在，此处不赘。③

同样比较鲁迅和郭沫若二人在中大的实质性影响，很明显鲁迅影响更大，考察其原因，不难发现，主因在于彼时郭沫若的心思多不在此，"这原因之一是他忙于北伐战争，二是思想处在剧变时期，无心赓续创造社的文学事业。在这期间，他基本上没有参与广州具体的文学事务，因而也不能尽扩大创造社文学在广东影响的责任"。而鲁迅则不同，作为精神界之战士，影响巨大，而且"不蓝不赤"，较易公开活动，而且乐于帮助亲近者和青年，加上其言论思想深刻，风格独具，所以感召力强。④

2. 与郁达夫：书信往来。郭沫若离开中大后，文科学长由王独清（1898—1940）代理。郭沫若在《论郁达夫》中写道："到广州之后只有三个月工夫，我便参加了北伐。那时达夫回到北平去了，我的院长职务只好交给王独清代理。假使达夫是在广州的话，我毫无疑问是要交给他的。"⑤ 在这里，郭沫若推出了郁

---

① 李伟江著《鲁迅粤港时期史实考述》，页5。
② 杜荃《文艺战线上的封建余孽》，刊于1928年8月《创造月刊》第二卷第一期。
③ 有关论述可参项义华《在文学与革命之间——鲁迅与郭沫若的文字纠葛》，《江汉论坛》2003年第4期。
④ 邓国伟著《回到故乡的原野》（广州：广东人民出版社，1998），页247—248。
⑤ 郭沫若《论郁达夫》，《人物杂志》月刊第3期，1946年4月1日。

【曾经在中山大学先后执教过的郭沫若与郁达夫】

达夫,其实,当郭沫若受聘中大时,郁达夫也是参加了郭盛大的欢迎会的。①

当然,遗憾的是,更靠近鲁迅的郁达夫在鲁迅抵穗以前却已经离开,但值得关注的是,除了老同学同事许寿裳(1883—1948)、好友齐寿山,郁达夫应该是鲁迅一生中友谊(最)长远与和谐的一位。② 1926年底,郁达夫离开中山大学以前曾经致信鲁迅,表达对此地的不满。郁达夫1926年12月14日离开广州时,在日记中写道:"行矣广州,不再来了。这一种龌龊腐败的地方,不再来了。我若有成功的一日,我当肃清广州,肃清中国。"③ 可以想见,挚友的这种强烈好恶观点或多或少对鲁迅有所影响。

稍微推开去,当1928年太阳社和创造社的人开始群殴鲁迅时,郁达夫表现出战友的强烈支持和崇拜,"我总以为,以作品的深刻老练而论,他算是中国作

---

① 李伟江著《鲁迅粤港时期史实考述》,页54—55。
② 有关郁达夫和鲁迅的交往论述,可参拙著《鲁迅小说中的话语形构:"实人生"的枭鸣》(北京:人民出版社,2011),页304—326。
③ 《郁达夫日记集》(杭州:浙江文艺出版社,1986),页43。

家中的第一人，我从前是这样想，现在也这样想，将来总也是不会变的"。① 而到了1930年代左联时期时，鲁迅对郁达夫也是照顾有加。而1939年，郁达夫远下南洋，和当地的鲁迅的粉丝们发生论战，但自此以后，郁达夫和已经长眠地下的鲁迅关系却更密切——郁达夫对鲁迅的推崇与日俱增。②

这三个人的结局也令人唏嘘：郭沫若，虽然立场反复多变，但中华人民共和国建国后，却成为炙手可热的文坛/文化界大员；郁达夫在1945年8月日本投降后在苏门答腊岛失踪，目前的说法倾向于他被日军杀害③，成为烈士；鲁迅1936年病逝，成为中国的"民族魂"。无论如何，上述三位文化巨子的存在，都呈现出不同的革命性，也给中山大学带来了不同程度的革命色彩。

结论：虽然鲁迅在广州的时间很短，但广东民众，尤其是文化人，对鲁迅的革命性却有着高昂的期待，随着呆在广州时间的增加，鲁迅也采取了不同的策略进行回应：他既冷静应对，同时又渐渐积极介入，除了参加与支持革命组织，亲近、指导青年学生，并营救被捕的青年外，他还以文学的方式反思革命的辩证，考察其中的陷阱、危机与其他可能。尽管当时他未能与创造社造一条革命战线，但历史却以别样的姿态呈现出他们各自的革命性与迥异结局。

第三节 广州场域中的革命转换

正如鲁迅敏锐地感受到他广州生活前后的张力与落差，"**到时大热闹，后来静悄悄**"（《而已集·通信》1927年9月3日）。广州之行对于他革命思考的内在冲击想必同样也有一番唏嘘，所以，许广平就指出，"但就在这期间，给了鲁迅

---

① 郁达夫《对于社会的态度》，《北新》第2卷第19号，1928年8月16日。
② 具体可参拙文《鲁迅"神"访郁达夫：不在场的南洋遭遇》，《中国现代文学研究丛刊》2008年第6期，页112—121。
③ 具体可参【日】铃木正夫著、李振声译《苏门答腊的郁达夫》（上海：上海远东出版社，2004）。

的益处不小，他常常对就近的人说，'我幸而离开北京。'——他呼号说，'被血吓得目瞪口呆'，开始不相信进化论了，从广州开始救正他，既然不是青年人胜过老年人，那么，真理在哪里？他开始探究，求索，知识分子的他，不是一下地彻悟过来的，由于血的事实所教训，在广州所遭遇的一切，不是亲身经历，耳闻所见，是很难深有体会的"。①

毫无疑问，鲁迅跟民国时期的"革命策源地"广州无论是表面上看来还是实际交往上都有太多的革命关联：无论是其入校前中共广东区委的不懈努力，还是入住中大后革命青年们对这位革命/文化先驱的热烈亲近；无论是亲自经历"四·一五"大搜捕与屠杀，还是巧于应对、借古讽今，出席广州教育局暑期举办的演讲会，等等。简而言之，广州给鲁迅提供了反思革命的丰富感性经验与历史现场实践。

不难想见，无论是根据鲁迅的自述，还是通过友人回忆或读者"了解之同情"的介入，广州生活对于鲁迅有关革命的认知颇有影响，但影响到底如何，则不乏争议，甚至称得上众说纷纭，如彭定安就指出："有的研究者，以鲁迅在当时的作品中，没有说到阶级斗争，更没有论及无产阶级专政问题为据，而否认他在一九二七年'四·一二'反革命政变后即已实现思想飞跃，而把时间推后到一九二九以至一九三〇年。这不能不说是对鲁迅的误解。"②

某种意义上说，我们不能过分夸大广州之行之于鲁迅的意义，尤其是，我们不能单一化广州鲁迅的革命思想。一方面，我们不能忽略鲁迅对所有反动、专制、伪善、黑暗、堕落等劣根性批判的超越性，也即，不能把鲁迅固化为就事论事的时评家；另一方面，用"飞跃"类似的字眼其实也固化了鲁迅的悖论性常态和多向流动性，鲁迅的革命性未必随着时间的推后而逐步累积的。为此，我们仍

---

① 许广平《回忆鲁迅在广州的时候》，中山大学中文系编《鲁迅在广州》（广州：广东人民出版社，1976），页179—180。
② 彭定安著《鲁迅评传》（长沙：湖南人民出版社，1982），页361。

然有必要重新反思并论证鲁迅革命思想的广州转型或变迁轨迹。

考察相关研究文献，多数论者都注意到广州之于鲁迅革命思想的巨大转型意义，常见的论点是认为鲁迅在广州就变成了共产主义者。也有学者，如李育中（1911—2013）则认为1930年才是鲁迅思想飞跃的标志。在解释这一观点时，他指出原因有：鲁迅接受新事物的相对迟滞性（和鲁迅的怀疑精神相关）、严谨性，国民党内部分化的复杂性（比如许广平就是国民党左派党员），到上海后我党对他的实际影响力增强，等等。①

相较而言，李育中这种观点更显成熟些，至少是相对尊重了鲁迅作为个体的独特性与独立性。而且，跳出此问题思考鲁迅的复杂性和丰富性，我们需要更科学和包容性的胸怀，毕竟，"他的观念可以生成出一系列的'政治性'话语，也隐含着'反政治'的纯粹的精神独白"。② 在此基础上，我们或仍可仔细辨析鲁迅在广州的转型后果及表现，以下将从鲁迅主体内外，即从外部遭遇广州与内部自省转型两大层面展开分析。

一、遭遇广州：从印象到沉思

鲁迅在广州的时间不长，但鲁迅的锐利与细致总让他可以发现与众不同的现实人生，他对广州的感受也是如此。总体而言，他对广州的批评多于褒扬，这当然比较符合他一贯的犀利批判风格，但更关键的却在于他批判背后的真义；同时，在此间我们也可能还原一个和"横眉冷对千夫指"的刻板革命印象不同的，更细腻、有"趣味"③的鲁迅。

---

① 李育中《鲁迅在广州的若干问题》，广东鲁迅研究小组编《论鲁迅在广州》（广东鲁迅研究小组，1980），页521—522。其他观点也主要参考该书。
② 孙郁《编选后记》，瞿秋白等《红色光环下的鲁迅》（石家庄：河北教育出版社，2000），页288。
③ 邵洵美曾指出："鲁迅有天才，没有趣味；茅盾有趣味，没有天才；达夫有天才又有趣味，在他的作品里，我们可以看见他整个的人格。"邵洵美《一个人的谈话》，见陈子善编《洵美文存》（沈阳：辽宁教育出版社，2006），页31。其实鲁迅的趣味非一般读者所能即刻感知的。

(一) 南蛮广州：如何文化？

依据鲁迅回忆或记录的点点滴滴，我们可以将鲁迅对广州的文化印象初步分为如下几类：

1. **物质文化**。到了华南的美食天堂——广州，鲁迅在本土人许广平的引领和陪伴下，对广州的生活原生态颇有兴趣，而物质文化在鲁迅的笔下也因此带上了一丝难得的暖色调，这和鲁迅对物质要求不高的习惯略有出入。

其一是（亚）热带水果。出人意料的是，鲁迅对广州贬大于褒，但对特产水果却赞不绝口，在书信中屡屡提及。在 270707 致章廷谦信中，鲁迅提及自己接受中山大学五月份薪水的困顿/困惑（因他彼时已经辞职），但他最后索性"松松爽爽收下了"，然后"我则忽而大阔，买四十元一部之书，吃三块钱一合之饼干，还吃糯米糍（荔支），龙牙蕉，此二种甚佳，上海无有，绍原未吃，颇可惜"。（《鲁迅全集》卷12，页 45—46）。不难看出，精神和物质并重。270802 致江绍原信中又提及，"荔支已过，杨桃上市，此物初吃似不佳，惯则甚好，食后如〔已〕用肥皂水洗口，极爽。秋时尚有，如来此，不可不吃，特先为介绍"（卷12，页60）。此时已有品客风采。270808 致章廷谦信则写道："我现想编定《唐宋传奇集》，还不大动手，而大吃其水果，物美而价廉。"（卷12，页62）这里的水果其实和其心境密切相关，同时也和其工作部分"争宠"。

其二，则是餐馆、茶楼、影院等。根据鲁迅日记，鲁迅曾去过广州20余间茶楼，比如，他是广州著名的"北国"、"陆园"、"陶陶居"等茶楼的座上客，也和许广平常到就近的著名的妙奇香饮茶吃饭。而根据其好友许寿裳回忆，鲁迅和他在广州见面后，"这晚上，他邀我到东堤去晚酌，看馔很上等甘洁。次日又到另一处去小酌，我要付账，他坚持不可，说先由他付过十次再说。从此，每日吃馆子，看电影，星期日则远足旅行，如是者十余日，豪兴才稍疲"。① 而据尸一回忆，在他某日中午请大家上馆子吃茶点时，观察到"广州的点心是精美的，鲁迅样样都试试"。② 而许广平也隔三差五给鲁迅送吃的，包括土鲮鱼等等。用如今时兴的话语说，广州初期鲁迅俨然一目不暇给的资深"吃货"。

当然，鲁迅也会进电影院、公园进行身心的娱乐，在此中间，我们也可以发现鲁迅乐在其中，并体现出其独特的品位和趣味，同时，鲁迅借此也得以了解广州日常，如人所言，"就是从这日常生活中，鲁迅非常敏锐地察觉了广州的民情、民性，透视人的精神底奥"。③

2. 蛮荒之地：精神的困窘。广州之前被称为南蛮鴃舌之地，这个说法当然是带有歧视性的话语，但同时这种偏激中亦有一定的中肯之处，即文化的相对荒芜与沉寂。待到鲁迅到广州时，面临类似的文化贫血，他就指出相关文艺事业的萧条，"文艺出版物的稀少，完全不象革命策源地的样子"。④ 为此还曾经办了北新书屋进行校正，但最终以亏损失败结业，这反过来又可以反证广东人的过度务实和精神贫血。

而在《革命时代的文学》中，他又指出，"广东报纸所讲的文学，都是旧的，新的很少，也可以证明广东社会没有受革命影响；没有对新的讴歌，也没有对旧的挽歌，广东仍然是十年前底广东"（《革命时代的文学》，《鲁迅全集》第3卷，页440）。上述批判虽然刺耳，但到今天似乎仍有其有效性，比如，广州的新闻媒体很发达，但出版业、精英文化和文艺创制却始终青黄不接，未曾达到文化中心的水平，也和国家中心城市之一的定位不太相称。

---

① 许寿裳《广州同住》，见薛绥之主编《鲁迅生平史料汇编》（第四辑）（天津：天津人民出版社，1983），页268。
② 尸一《可记的旧事》，薛绥之主编《鲁迅生平史料汇编》（第四辑），页281。
③ 黄修己《"鲁迅在广东"研究的新课题》，广东鲁迅研究学会编《世纪之交的民族魂》（广州：广东人民出版社，1996），页86。
④ 清水《我怀念到鲁迅先生》，薛绥之主编《鲁迅生平史料汇编》（第四辑），页275。

【陶陶居绵延至今，可谓广州茶楼之佼佼者】

  同时，鲁迅先生在比较江浙、广东两地对人才的招纳和接受时，他给章廷谦270808 写信时说："江浙是不能留人才的，三国时孙氏即如此…广东还有点蛮气，较好。"(《鲁迅全集》卷12，页62) 这里需要辩证来看，一方面，广东的"蛮气"有其积极的一面，所以，如论者所言，"有'蛮气'的地方，传统文化的负面影响，也就少些"，因此广东在近代革命史上扮演了重要而活跃的角色，而在思维方式、价值系统和行为规范上，"显得比较轻松活泼"。①

  另一方面，鲁迅也告诫我们勿夸大广州的特异性，"我觉得广州究竟是中国的一部分，虽然奇异的花果，特别的语言，可以淆乱游子的耳目，但实际是和我所走过的别处都差不多的"(《在钟楼上》，《鲁迅全集》第4卷，页33)。易言之，广东人同样具有类似的国民劣根性，因此，在《略论中国人的脸》中，他指出，"广州现在也正如上海一样，正在这样地修养他们的趣味"(卷3，页434)，而他

---

① 黄修已《"鲁迅在广东"研究的新课题》，页87—88。

们身上的"兽性"慢慢消失,"家畜性"(奴性)却慢慢增多。

需要指出的是,尽管广东具有一定的包容性,但也有相当的排外性,鲁迅为此相当孤寂,虽然他也想尽心尽力,了解广州并发声,"我何尝不想了解广州,批评广州呢,无奈愧自被供在大钟楼上以来,工友以我为教授,学生以我为先生,广州人以我为'外江佬',孑子特立,无从考查。而最大的阻碍则是言语"(卷4,页32)。整体而言,虽然广州的民情相对活泼,有一定的新气象,但亦有其问题。这恰恰可以反证鲁迅对"革命策源地"广州革命性的保留意见——革命策源地与反革命策源地完全可同位一体。

(二)正反同体:如何革命?

如前所述,鲁迅一开始是更多关注广州的日常和物质文化的,并没有特别地予以贬抑或褒扬,"那时我于广州无爱憎,因而也就无欣戚,无褒贬"(卷4,页33)。但在深入其间一段时间后,鲁迅还是逐步看到并指出了其中的问题。

1. 革命的背反性。鲁迅是深谙革命的辩证法的,革命和反革命之间其实并非泾渭分明,而是有着巨大的流动性和变换性。在1927年3月1日《中山大学开学致语》中他就指出青年学子要有"奋发革命的精神","平静的空气,必须为革命的精神所弥漫;这精神则如日光,永永放射,无远弗到"(《鲁迅全集》卷8,页194)。更深一层,他也看到革命策源地中间的可能危机,"庆祝,讴歌,陶醉着革命的人们多,好自然是的,但有时也会使革命精神转成浮滑"(《庆祝沪宁克复的那一边》,卷8,页197)。恰恰在此基础上,革命策源地可以孕育并变成反革命策源地,呈现出革命的背反性。

如果说"红中夹白"是鲁迅对广州革命现象的形象总结,那么类似于"奉旨革命"的结论其实已经点明了革命中存在的反动性和消极性,"我初到广州的时候,有时确也感到一点小康。前几年在北方,常常看见迫压党人,看见捕杀青年。到那里可都看不见了。后来才悟到这不过是'奉旨革命'的现象,然而在梦中则是委实有些舒服的"。(卷4,页37)

甚至是在由广州经香港赴上海的途中，在遭遇香港的巡警搜查时，他也可以从胡须的颜色限制幽默中点出广州革命的混沌性，"胡须的形状，有国粹和欧式之别，不易处置，我是早经明白的。今年到广州，才又知道虽颜色也难以自由，有人在日报上警告我，叫我的胡子不要变灰色，又不要变红色"（《再谈香港》，《鲁迅全集》第3卷，页565）。

2. 革命的未完成性及其可发展性。鲁迅并非只有对革命的批判和解构，而没有对革命的高瞻远瞩和建设性。《黄花节的杂感》就是一篇极具建设性的代表作。

首先，鲁迅指出了革命的未完成性。所谓"革命成功"，在鲁迅看来，不过是暂时的事而言，若真认为有，"这人间世便同时变了凝固的东西了"（卷3，页428）。需要指出的是，正是因为曾经的革命者一旦阶段性革命大功告成，便以为"咸与维新"了，最后往往变成/堕落成了反革命，或为反革命所杀，只有坚持不懈的努力与追求，革命才会生生不息。同时，也需要"防被欺"。

其次，借着对节日的纪念，鲁迅指出也要维护革命的果实，使其有可持续发展性。因为"中国经了许多战士的精神和血肉的培养，却的确长出了一点先前所没有的幸福的花果来，也还有逐渐生长的希望"。所以，鲁迅提出，节日后，"第二天，元气恢复了，就该加工做一天自己该做的工作。这当然是劳苦的，但总比枪弹从致命的地方穿过去要好得远；何况这也算是在培养幸福的花果，为着后来的人们呢"（卷3，页428—429）。通过这样的方式，可以实现革命的鲜活性，"鲁迅希望人们引起警惕，注意解决这个问题，以防止革命半途而废"。[①]

同时，鲁迅也强调他一以贯之的认真做事的态度与风格，他也批评革命事业中的游戏化倾向："广州的学生和青年都把革命游戏化了，正受着过分的娇宠，使人感觉不到真挚和严肃。无宁说倒是从经常处在压迫和摧残之中的北方青年和

---

① 伍肃《追随时代，战取光明——鲁迅在广州走过的道路给我们的启示》，广东鲁迅研究小组编《论鲁迅在广州》，页463。

学生那里，可以看到严肃认真的态度。"① 从后顾的眼光来看，正是因为鲁迅先生对革命有着清醒的认知，当他面对"四·一五"惨案后才会更有一种坏的预想坐实的震撼感。

二、自省与转型：进化论的瓦解及其他

有论者指出，广州的生活让鲁迅的思想实现了新的飞跃，"事实说明，鲁迅已由进化论思想转变成历史唯物论方面来了。这是他思想上的一个大的飞跃，是他在广东的血腥斗争中一个思想上大的收获！"② 我们可以反思的是，这真的是鲁迅革命思想的一大飞跃吗？我们仅仅从外部视角来考察鲁迅的革命与否是否也有其局限性？

（一）演讲：在破旧与沉潜之间。

彭定安指出："鲁迅到广州以后，'革命'成为他的讲演和文章的第一主题，它已经代替了他过去使用的'进化'这个词语。当然，这种用词的不同，决不只是语言上的变化，而是思想上的重大跃进。"③ 这样的论断强调了鲁迅思想的转型意义，我们不妨仔细考察一下作为研究对象的鲁迅的演讲。

1. **香港演讲：破旧**。1927 年 2 月 18 日—19 日，鲁迅先生在香港分别发表了两场演讲，题目分别为《无声的中国》、《老调子已经唱完》。需要说明的是，这是鲁迅在担任中大教务主任的繁忙时期，而且之前的 2 月 4 日，鲁迅在越秀山游玩时从高处跃下，不幸扭伤脚踝、行动不便，但鲁迅"为了不负热血青年的期望，攻击'国粹'，革新旧文学，反对文化侵略，唤醒港人的灵魂"，④ 还是欣然

---

① 【日】山上正义著，李芒译《谈鲁迅（摘录）》，薛绥之主编《鲁迅生平史料汇编》（第四辑），页 295。
② 黄英博《血腥的斗争和伟大的跃进》，薛绥之主编《鲁迅生平史料汇编》（第四辑），页 393。
③ 彭定安著《鲁迅评传》，页 365。
④ 李伟江著《鲁迅粤港时期史实考述》（长沙：岳麓书社，2007），页 208。具体情况，可参氏著，页 197—251。

赴港，并由许广平做翻译。

鲁迅这两场演讲，侧重点虽有不同，但共同之处却是都极具破旧精神。《无声的中国》中鲁迅指出了中国文/言分离的特征，走到后来则慢慢变成了喑哑。为此，他指出在文学革新之外，提倡思想革新，所以，"我们要说现代的，自己的话；用活着的白话，将自己的思想，感情直白地说出来⋯青年们先可以将中国变成一个有声的中国。大胆地说话，勇敢地进行，忘掉了一切利害，推开了古人，将自己的真心的话发表出来"（《鲁迅全集》第4卷，页15）。毋庸讳言，鲁迅的观点很具有革命性与煽动性，他鼓励大家破除旧文字和旧思想的束缚。

《老调子已经唱完》中，鲁迅指出文学新旧更替和生老病死一样有规律，但中国的老调子却没有唱完。他将原因归结为：1. 国人的健忘；2. 以自己为中心的人们老调子没唱完，国家却灭亡了。鲁迅提供的解决方案是：1. 我们要抛弃老调子，提防"软刀子"杀人；2. 要排除奴性的"侍奉主子的文化"（《鲁迅全集》第7卷，页327），寻求自由。

毋庸讳言，鲁迅的演讲也是有感而发的，彼时的香港相对于"革命策源地"的广州来说有着更浓厚的传统氛围，加上英国殖民者的文化殖民策略的控制，① 鲁迅的讲题和这些也不无关联。这在鲁迅后来的《略谈香港》、《再谈香港》中也有所证明，而鲁迅从中大辞职后的去向也得到香港媒体的关注："我因为谨避'学者'，搬出中山大学之后，那边的《工商报》上登出来了，说是因为'清党'，已经逃走。后来，则在《循环日报》上，以讲文学为名，提起我的事，说我原是'《晨报副刊》特约撰述员'，现在则'到了汉口'。我知道这种宣传有点危险，意在说我先是研究系的好友，现是共产党的同道，虽不至于'枪终路寝'，益处大概总不会有的，晦气点还可以因此被关起来。"（《鲁迅全集》卷3，页448）

---

① 有关香港 1920—1930 年代的情况，可参【英】弗兰克·韦尔什（Fran Welsh）著，王皖强、黄亚红译《香港史》*A History of Hong Kong*（北京：中央编译出版社，2007）第 13 章，页 422—453。

当然，整体而言，鲁迅对香港也是批判和期待并存的，虽然其措辞和观感读起来批判居多。这当然也要需要香港读者有一颗宽容的心和善于聆听的耳朵。①

【殖民地香港】

2. 广州演说：从立新到沉潜。广州时期的鲁迅在中大之外的演说主要有四次，即1927年1月23日赴广州世界语学会的讲演，这次的演讲没有演讲稿；② 4月8日，黄埔军校的演讲《革命时代的文学》；7月16日广州知用中学的演讲《读书杂谈》；以及7月23，26日广州暑期学术演讲会上的《魏晋风度及文章与药及酒之关系》。

（1）立新与实干。在黄埔军校演讲时的鲁迅语调中有一种审慎的希望，他对新的革命和实干精神也有着深刻的期许。其中特别强调的是，他对"革命人"的

---

① 如小思（卢玮銮）的《仿佛依旧听见那声音》，氏著《香港文学散步》增订版（香港：香港商务印书馆，2007）就提出了很有价值的反省和记忆方法。
② 具体可参李伟江著《鲁迅粤港时期史实考述》，页255—256。

呼唤。类似地，在评价"平民文学"时，他也提出相当犀利的观点："现在的文学家都是读书人，如果工人农民不解放，工人农民的思想，仍然是读书人的思想，必待工人农民得到真正的解放，然后才有真正的平民文学。"（卷3，页441）

整体而言，鲁迅在保留文学的特殊地位和作用的前提下对真正的革命进行了大力褒扬，并对大革命与文学的可能关联进行预测，同时他也更强调实干精神，革命人和平民得以存活后，才可能产生相关的文学，字里行间，我们不难看出鲁迅的"立新"追求。

（2）沉潜。7月16日在知用中学的演讲《读书杂谈》已经开始反映出暂时滞留广州的鲁迅在风格上转向务实和相对低调，这既和当时相对压抑的流言围剿与白色恐怖相关，同时又和鲁迅的受众是中学生不无干系。在演讲中，鲁迅将读书分为职业的读书和嗜好的读书两类。同时也指出文学/文章，创作/研究的差异，回答了开书目的问题，思考批评的角色，同时，鲁迅更强调要把书读活，"更好的是观察者，他用自己的眼睛去读世间这一部活书"，"必须和实社会接触，使所读的书活起来"（卷3，页462—463）。

而在稍后的7月23、26日的广州夏期学术演讲会上的演讲则更突出了鲁迅的沉潜，这一次他基本上避谈现实政治，但是借助对魏晋时期的黑暗历史剖析他却不时让人反观现实政治，借古讽今、嬉笑怒骂，晦涩而机智地浇融胸中块垒。所以，他在281230致陈子英信中提及："弟在广州之谈魏晋事，盖实有慨而言。"（卷12，页143）同样，他也在给郁达夫的解释中提及："因而有一次，大学里来请我演讲，伪君子正在庆幸机会到了，可以罗织成罪我的证据。但我却不慌不迫的讲了些魏晋人的风度之类，而对于时局和政治，一个字也不曾提起。"[1]

当然，鲁迅也并非丝毫不涉及现实，他也举例说明军阀可能假借三民主义定

---

[1] 郁达夫《回忆鲁迅》，鲁迅博物馆等选编《鲁迅回忆录：散篇》（上册）（北京：北京出版社，1999），页157。

罪杀人的相似性，也即批判"假三民主义者"。如欧阳山所言，"这次讲演是鲁迅的一个胜利。他痛斥了国民党，又对付了国民党对他的试探，也在文学上提出了许多新问题，满足了广州青年的要求"。① 当然，从鲁迅自身的风格和视角来看，其姿态和表述却是沉潜的。

（二）自省：进化论的轰毁及其他

毫无疑问，鲁迅有关革命的认知在广州前后是有所变化的。在我看来，广州成为一个非常重要的转捩点，这个点实际上标志着日后鲁迅对国民党以及国民政府的彻底绝望。

1. 广州冲击：革命的流变。鲁迅在《答有恒先生》中相当沉痛地指出："我的一种妄想破灭了。我至今为止，时时有一种乐观，以为压迫，杀戮青年的，大概是老人。这种老人渐渐死去，中国总可比较地有生气。现在我知道不然了，杀戮青年的，似乎倒大概是青年，而且对于别个的不能再造的生命和青春，更无顾惜。"（卷3，页473）这当然可视为鲁迅进化论观点的轰毁。但需要指出的是，鲁迅对革命的认知有其深刻性和独特性，他并非一开始就对国民党、政府及其相关的现代性深恶痛绝的，而是有一个过程。

（1）前广州情怀：爱恨交加。鉴于鲁迅不同文体对革命的论述相当复杂，我们不妨以其小说为中心，借以窥探鲁迅对国民政府（含之前的北洋政府）及其现代性的态度。

首先是对革命及相关理念的褒扬。《药》的整体基调是抑郁悲愤的，也批评了启蒙者/革命者的不彻底性，但对夏瑜的慷慨就义以及在狱中宣扬类似于"天下为公"的现代观念，鲁迅却是褒扬的；同样，《头发的故事》中在批判民众的健忘与奴性时，却又提醒大家记住"双十节"赋予大家可以自由剪发的真正现代意义；而《阿Q正传》中，哪怕是半新不旧的新政府在审判阿Q时，也不主张

---

① 欧阳山《光明的探索（摘录）》，薛绥之主编《鲁迅生平史料汇编》（第四辑），页354—356。

奴性的下跪。

其次,鲁迅对当时政府与黑暗的批判不是单独的,他同时也毫不容情地批评愚昧的民众,尤其是助纣为虐的帮凶。《孤独者》中魏连殳在倒向杜师长后,固然可视为是精神的堕落,但彼时强大而细密的民众及其所代表的伦理体系,从老到小,从上到下都是陈旧的,他们也是专制者的帮凶,身上密布了劣根性,也是吃人的网络构成点。①

需要指出的是,鲁迅对国民革命及其领袖的态度是复杂的,比如,他很喜欢孙中山,对他很敬仰,往往也以辩证的眼光看待革命/反革命中的合理成分。如高长虹回忆说,"鲁迅那时的政治思想还没有确定,凡是革命的,进步的,他都赞成。我曾问他对于马克思主义有什么意见,他说:'怕是对的吧!'不过,他对于那时的青年共产主义者却很表示不满,常说他们是皇太子主义,以为明天的天下一定是他们的。"②鲁迅的革命判断对于实践基础和就事论事方法特别强调。

(2)广州影响:彻底绝望。"四·一五"事件让鲁迅对革命的流动性、虚假性担忧变成了事实,相反,这不会给鲁迅带来预言准确的欣喜和快感,却更是血写的震撼,他提及,"我在广东,就目睹了同是青年,而分成两大阵营,或则投书告密,或则助官捕人的事实!我的思路因此轰毁"(卷4,页5)。

这场革命背叛的恶性示范事件,也强化了鲁迅本有的多疑与警醒,如人所言,"鲁迅是一个枪炮式革命事业的虚无主义者,他不想以自己真实的肉身为革命的虚拟修辞做填充运动。这是一个真实的思想者的清醒行为"。③

同时更关键的是,这场背叛轰毁了鲁迅对国民党以及政府保留的一点希望与寄托,也恰恰在此事件之后,鲁迅其实更将矛头指向了对各个阶层的国民劣根性

---

① 可参拙文《鲁迅小说中"吃"的话语形构》,《鲁迅研究月刊》2007年第7期。
② 高长虹《一点回忆》,鲁迅博物馆等选编《鲁迅回忆录:散篇》(上册)(北京:北京出版社,1999),页191—192。
③ 敬文东著《失败的偶像:重读鲁迅》(广州:花城出版社,2003),页15。

的批判，也更加强了对各类专制、黑暗、无耻的驳斥与剖析，这当然包含了对当时政权以及体制的不满。在我看来，这更是鲁迅革命思想的一种流变，未必完全归结为升华或飞跃，因为那样会窄化鲁迅的丰富意义，降低其应有的思想深度。

2. 上海延续：租界中的革命与自我。1927年9月27日，鲁迅和许广平一起离开广州，乘船奔赴上海，并在那里度过了他的最后十年。应当说，鲁迅在上海的十年和中共以及共产主义思想的距离是更近了，无论是在物质上，还是精神上。诸多事件都一再表明他的对新崛起的中共的同情心，和颇具文人性情的瞿秋白的至交也算是一个强化。其中担当左翼作家联盟的"盟主"更是一个具有标杆意义的事件。

毫无疑问，上海时期的鲁迅比广州时期更熟悉和了解共产主义文献和中共，这也是鲁迅在1928年备受太阳社、创造社有关人士攻击后的收获之一，比如，对于鲁迅《小杂感》里面的有关革命的论述，"革命，反革命，不革命"等论述，钱杏邨指出，"我们实在找不出鲁迅的政治思想，这一篇差不多算是他仅有的革命论。"又说，"他完全变成个落伍者，没有阶级的认识，也没有革命的情绪"。[1]

当然，鲁迅接受共产主义思想的渠道也是多元的，也包括他主动出击，阅读、学习，包括托洛茨基等的影响[2]，这反过来也说明，鲁迅思想的芜杂和繁复，并非像后来某些学者为了论证其共产主义色彩的纯粹性而作的条分缕析的对号入座。

但鲁迅对共产主义的熟悉，或者说思想中有共产主义因素，并不意味着鲁迅就变成了共产主义战士。如果简略考察鲁迅一生的思想轨迹，个性主义始终都是一个绕不过去的关键词，也是鲁迅自始至终坚守的为人底线。在此意义上思考，我们甚至可以认为上海租界是鲁迅非常重要的维护个人性的场域空间，其含有集体屈辱感

---

[1] 钱杏邨《死去了的鲁迅》，梁实秋等《围剿集》（石家庄：河北教育出版社，2000），页48。
[2] 有关分析可参【日】长堀佑造著，王俊文译《鲁迅与托洛茨基》（台北：人间出版社，2015）。

却难得的维护个体尊严感的悖论功能给鲁迅对个人性的维护以很大的支持。①

即使回到"左联"时空中来,我们也不难发现,鲁迅和左联之间的貌合神离、若即若离。鲁迅自然是愿意做人梯,维护和促发青年以及进步势力的成长的,但同时他也坚定捍卫个人尊严,维护应有的主体理性空间。比如,他善意指出某些革命作家极易变成右翼的局限性,他同时也毫不留情地批评周扬是"奴隶总管",对内部的冷箭伤害既顾全大局,同时又表示严正不满。如人所论,"1930年以后鲁迅参与共产党领导的左翼文化运动,并成为这个运动当然的精神领袖,经历了极为复杂的心路历程,他的思想和言论,他的行动与姿态无不表征了一个求真的知识分子对于那个时代的思考和感应"。②

同时,整体而言,鲁迅的革命思想既是流动的,同时又有其核心价值。他尊重并捍卫个体尊严,亦能维护合理的集体利益,他反对一切形式的专制,当然也包括对来自国共两党某些人士的压制表示不满,乃至大力批驳。从此意义上说,他是一个真正的革命战士,是一个具有超越性的革命家,未必一定要用某一主义加以限定和标签。从此意义上说,瞿秋白对鲁迅的有关革命的判断虽然经典、深刻,但却是不乏简单化处理,比如,"鲁迅从进化论到阶级论,从绅士阶级的逆子贰臣到无产阶级和劳动群众的真正的友人,以至于战士,他是经历了辛亥革命以前直到现在的四分之一世纪的战斗,从痛苦的经验和深刻的观察之中,带着宝贵的革命传统到新的阵营里来的"。③ 鲁迅思想的转变在我看来,不是一个压倒,乃至剔除另一个的绝对性胜利,而更多是多元并存下所占比例的更迭和升降。

---

① 相关论述可参见李永东《鲁迅后期创作的嬗变与租界文化》,《汕头大学学报》2006年第2期;梁伟峰《论上海租界对鲁迅的"堑壕"意义》,《徐州师范大学学报》2008年第3期;冉彬《文化巨匠鲁迅与上海文化》(上海:上海文化出版社,2012)等。
② 郝庆军著《诗学与政治:鲁迅晚期杂文研究1933—1936》(北京:文化艺术出版社,2007),页62。
③ 瞿秋白《〈鲁迅杂感选集〉序言》,瞿秋白等《红色光环下的鲁迅》,页21。

【瞿秋白与鲁迅】

但历史却一再证明意识形态的某些局限性，污蔑鲁迅的人士和思想固然未曾停歇，但神化的声音和力量则似乎更占上风，哪怕是鲁迅死后不久的延安时期就开始了对鲁迅的神化和政治化，潘磊著述的《"鲁迅"在延安》（桂林：广西师范大学出版社，2008）其实是对鲁迅在延安及其后续评价日益被意识形态神化以及利用的过程探索，耐人寻味。在彼时，鲁迅的革命性因为革命的需要而被逐步放大、添加，而在建国后至文革结束更是逐步上升。[①]

结论： 鲁迅在广州的经历成为鲁迅生命中不容忽略的一段体验与回忆，同样对其革命思想的流变也不无助益。当鲁迅身处广州时，他有其独特的观察体验方式，也有其敏锐的批判和沉思视野。一方面，他能够输出其锐利的观点，点评广州；另一方面，他又可以冷静自省，通过内倾来思索自我的认知水平。在我看

---

① 通读本文前面提及的《红色光环下的鲁迅》一书，其实也就是按照历时性次序编撰的为鲁迅辩护，乃至逐步神化、政治窄化的文字历史。

来，广州是鲁迅进化论轰毁的场域，也复杂地呈现出鲁迅对国民政府的彻底绝望，但同时，本人并不认为这就是鲁迅革命思想的飞跃，乃至线性坚定走向共产主义的标志。归根结底，鲁迅的革命思想是流动的、复杂的、深刻的，绝非单一的既有名词或标签可以限定和简化的，如人所论，"我们普遍接受鲁迅是一个革命家的说法，而鲁迅对当时流行的革命话语的批判更值得我们深思……对那些激进、浪漫、狂热、'左'倾的革命话语，鲁迅都给予严厉的批判，显示了鲁迅是一个真正的革命者"。[1]

第四节　香港悖论：鲁迅的洞见与不见

鲁迅与1927年香港的遭遇既是一种偶然，也是必然：如果不是他从厦门到广州而是直接到上海，又或者他从广州不是去了上海而是重回北京终老，可能就与香港擦肩而过，但实际上这都是假设。毕竟1927年，鲁迅三次将脚踏上了香港的土地，而且事后都有文学记录：1月17日他由厦门大学转赴中山大学途中驻足，18日晨离港，有关经历描述收入《而已集·略谈香港》中；2月18—20日，鲁迅由许广平等陪同前往香港做了两场演讲，分别是18日《无声的中国》（收入《三闲集》）、19日《老调子已经唱完》（收入《集外集拾遗》）；9月28日，许、鲁二人离粤赴沪，又一次途经香港，有关感想纳入《再谈香港》（收入《而已集》）。除此以外，鲁迅还有多篇杂文涉及香港，如《谈"激烈"》（收入《而已集》），《述香港恭祝圣诞》、《匪笔三篇》（收入《三闲集》），《"抄靶子"》（收入《准风月谈》）等。从此角度看，香港承载了鲁迅先生过于丰富的联想、判断，甚至迷思，尤其是结合后来香港在各个层面的强势崛起与慢慢由盛而衰，鲁迅的论述变成了让人爱恨交加的文化遗产。

---

[1] 沈金耀著《鲁迅杂文诗学研究》（福州：福建教育出版社，2006），页34。

相较而言，有关鲁迅与香港的关系研究亦相对丰富，但主要问题如下：

第一，到底是谁邀请鲁迅赴港？一般以为，根据《鲁迅日记》，邀请人当为香港青年会，但后面说法不同，主要探讨者包括记录者刘随《鲁迅赴港演讲琐记》（香港《文汇报》1981年9月26日第13版）认为是当时香港大学的黄新彦博士邀请，而刘蜀永在《赵今声教授谈鲁迅访港经过》（《香港文学》1993年第10期）提出是赵今声邀请的，中山大学教授李伟江则在《鲁迅赴港演讲始末考》（广东《鲁迅世界》2001年第3—4期）[1]持类似观点等。相对晚近的论述则见于张钊贻《谁邀请鲁迅赴港演讲？》（《中山大学学报》2015年第1期），他认为赵今声之说虽有漏洞，但更符合可能的历史状况；而林曼叔则在《鲁迅赴港演讲经过的几点质疑》（《鲁迅研究月刊》2015年第9期）认为赵今声之说漏洞百出，刘随之说更可靠。第二，讨论鲁迅杂文中香港作为"中介空间"的意义，可参看陈欣瑶《船舱、街道、客厅——鲁迅杂文中的"中介空间"》（《现代中文学刊》2012年第6期）。当然其他还有散见于书中的论述，包括鲁迅之于香港形象建构的负面性等等。以下会论及，此处不赘。

上述研究增益我们的认知，但也可以继续开拓思考，为何香港之于鲁迅如此重要？鲁迅对香港的认知到底有着怎样的洞见与不见？在鲁迅对香港的迷思中，又有着怎样的悖论？而耐人寻味的是，鲁迅的香港遭遇两次都和广州有关，具体关涉为何？

一、鲁迅的香港中介

如前所述，鲁迅对香港的认知算不上是经过长期调查或居住得来的实践经验，却偏偏多次提及且振振有词，颇有一种"醉翁之意不在酒"之感，同时，恰恰是因为涉之未深，鲁迅对香港的论述中既有洞见也有不见/盲点，由于对香港

---

[1] 后收入李伟江著《鲁迅粤港时期史实考述》（长沙：岳麓书社，2007）。

缺乏充分的历史现场感悟与现实体验，因此想当然的产生"中原心态"，"他们将在国内适用的思想原封不动地搬到香港来，视之为天经地义，这其实也是中原心态的不自觉反映"①，值得我们仔细探勘。

【赵稀方著《小说香港》，生活·读书·新知三联书店，2003】

（一）**中华高度**：以香港观照中国。毫无疑问，被尊称/谥号为"民族魂"的鲁迅对中华民族的民族性、发展未来、现实存在等都有着相当浓烈的关怀和大爱倾注，关于香港的发言及书写因此首先也是他这种精神意志的体现。

1. **名实的辩证**。从鲁迅对中国关注的角度看，香港首先是此视野中的对象和组成部分，如人所论，"鲁迅在香港的两场演讲，内容很严肃，也不单讲给香港人听，反正能入场的香港人并不多，他要借这个英国殖民地南方小岛，作为他

---

① 赵稀方著《小说香港》（北京：生活·读书·新知三联书店，2003），页88。

对自己国家的关注与提醒——香港历来都能给人提供许多发言空间"。① 可以理解的是，1927年2月18日《无声的中国》中他首先批判的是中国文化传统对当时个体及群体发展的滞碍："中国虽然有文字，现在却已经和大家不相干，用的是难懂的古文，讲的是陈旧的古意思，所有的声音，都是过去的，都就是只等于零的。所以，大家不能互相了解，正像一大盘散沙。"不难看出在新的民族主义视角把脉下的中国痼疾，为此他也想在香港烧一把火，鼓励青年们奋勇前行："青年们先可以将中国变成一个有声的中国。大胆地说话，勇敢地进行，忘掉了一切利害，推开了古人，将自己的真心的话发表出来。——真，自然是不容易的。譬如态度，就不容易真，讲演时候就不是我的真态度，因为我对朋友、孩子说话时候的态度是不这样的。——但总可以说些较真的话，发些较真的声音。只有真的声音，才能感动中国的人和世界的人；必须有了真的声音，才能和世界的人同在世界上生活。"从他的鼓励中我们不难发现鲁迅的世界眼光，正是要让中华民族傲然屹立于世界民族之林，他才有期待，有焦虑，有批判，也有鼓励。

19日《老调子已经唱完》中继续他对中华传统文化糟粕（所谓"软刀子"）的大力破除和庄严宣判，同时他也警惕外国人对此类中华文化的褒扬，并犀利指出："中国的文化，都是侍奉主子的文化，是用很多的人的痛苦换来的。无论中国人，外国人，凡是称赞中国文化的，都只是以主子自居的一部分。"甚至在《述香港恭祝圣诞》一文中同样也是以文言文吊诡地对香港尊孔以及弘扬"国粹"的嘲讽。

2. **香港个案**。如人所论，"鲁迅终竟是鲁迅，无时无地不关注着中国人，特别是殖民统治下的中国人的生存困境和坎坷命运"。② 鲁迅笔下的香港毕竟作为

---

① 小思《选文思路》，小思编著《香港文学散步》（新订版）（香港：商务印书馆（香港）有限公司，2004），页27。
② 林曼叔《鲁迅赴香港演讲经过的几点质疑》，《鲁迅研究月刊》2015年第9期，页30。

当时的英国殖民地自有其变异和特殊性，即使单纯从当时华人及其境遇的视角也可见一斑：其中相当经典的论述则是来自于《再谈香港》，"香港虽只一岛，却活画着中国许多地方现在和将来的小照：中央几位洋主子，手下是若干颂德的'高等华人'和一伙作伥的奴气同胞。此外即全是默默吃苦的"土人"，能耐的死在洋场上，耐不住的逃入深山中，苗瑶是我们的前辈"。鲁迅先生担忧和呈现的是整个中华民族沦陷后的惨况描述，这是宏观视角，揭露的是殖民地政治运行机制。

如果从相对微观的视角来看，也可以看出鲁迅敏锐的后殖民（postcolonial）视角。我们不妨以"搜身"为例加以说明。《略谈香港》中，鲁迅提及英警搜身讲英语的西装男，鲁迅评价道："英警嫌恶这两件：这是主人的言语和服装。颜之推以为学鲜卑语，弹琵琶便可以生存的时代，早已过去了。"将之与更早时期的中国历史事件相比，显示出殖民统治中的等级森严和特权意识，相当辛辣。《"抄靶子"》一文中，香港成了与上海对比性的存在，"这在香港，叫作'搜身'，倒也还算不上失了体统，然而上海竟谓之'抄靶子'"。表面上看，鲁迅对香港的批判程度轻些，实际上大前提就是大力批判殖民地或租界的不平等和歧视恶习。易言之，鲁迅对香港殖民地身份和景观的批判有一种片面的深刻：它既有自己的问题，同时又可能成为大中国的典型未来。

（二）中原心态：以中国诠释香港。有论者指出，"通过与'上海'进行参照，鲁迅杂文以类似'移情'的方式辅助其香港经验的匮乏，试图探入'香港'深处别获洞天。借此而发的暴露与讥刺往往立足于报章奇闻，显示出情非得已抑或有意为之的'隔靴搔痒'。而恰是'隔靴搔痒'的尴尬位置，方才使鲁迅杂文跳出香港场域的干扰，在诸多层面上'一语中的'，而身处多重中间位置、肩负多重中心边缘身份的香港空间，也在鲁迅的杂文书写中成为一方醒目的'异托邦'。"[①] 平心而论，鲁迅对香港的不少认知可谓隔靴搔痒，甚至也有误读，简单

---

① 陈欣瑶《船舱、街道、客厅——鲁迅杂文中的"中介空间"》，《现代中文学刊》2012年第6期，页80。

而言，可以称之为"中原心态"。

1. "畏途"香港。整体而言，根据鲁迅的自我描述，其香港之行颇多不快：比如演讲前的干涉，发言稿刊登时候的审查，还包括遭受刁难（据说没有给小费贿赂），再加上鲁迅心中原本的民族主义情绪高涨和爱国心炽热，导致他很多时候对香港的描述带上了有色眼镜而往往显得未必有平常心。

比如《匪笔三篇》从香港《循环时报》择录三则消息，他自己写道："倘有好事之徒，寄我材料，无任欢迎。但此后拟不限有韵无韵，并且廓大范围，并收土匪，骗子，犯人，疯子等等的创作。"易言之，他的摘录更多是负面材料，实际上这三则消息分别涉及了：撕票绑票、以吕洞宾名义讹诈钱财、流氓威胁群殴女招待。毫无疑问，这都是相当恶劣的行径：杀人放火、坑蒙拐骗、暴力抢劫。但不必多说，这也是以偏概全。

2. 繁复香港。某种意义上说，将对传统文化猛烈批判、新旧文化高度对抗的大陆新文化运动模式搬到香港语境中来自有其限制，毕竟彼时的香港成为英国殖民地已近30年。从更宏阔的语境思考，五四新文化运动的发生、发展在大中华区其实有各自的特点与模式，不可一概而论。比如在当时的马来亚，推动新文化运动最得力的人士恰恰是操持文言文、视野开阔的旧派文人，香港的状况也有点类似，如赵稀方所言："在香港，'旧'文学的力量本来就微乎其微，何来革命？如果说，在大陆文言白话之争乃新旧之争，进步与落后之争，那么同为中国文化的文言白话在香港乃是同盟的关系，这里的文化对立是英文与中文……一味讨伐中国旧文化，不但是自断文化根源，而且可能会造成旧文学灭亡、新文化又不能建立的局面。"①

考察《略谈香港》中引述香港总督金文泰的有关粤语文字，其第二条讲述的其实是如何把相对繁难的中国国故变成有利于后学学习的轻便学问，第三条则是

---

① 赵稀方著《小说香港》（北京：生活·读书·新知三联书店，2003），页90。

将中华传统发扬光大,推广到世界范围中去,这其实和鲁迅一贯的主张"取今复古"理念惺惺相惜。易言之,剔除传统糟粕的韧性实践,在新文化立足未稳时高扬批判大纛是对的,但去芜存菁处理传统也可以同步共振,只是不要沉入故纸堆、迷恋旧尸骸即可。

鲁迅误读香港的另一原因在于,他缺乏对殖民地国人/华人的更为深切的"理解之同情"。殖民者推广中华传统文化固然有其借有关糟粕奴化华人的险恶用心、值得警惕,如他在《老调子已经唱完》中所言:"这就是说:保存旧文化,是要中国人永远做侍奉主子的材料,苦下去,苦下去。虽是现在的阔人富翁,他们的子孙也不能逃……他们还是唱着老调子,唱到租界去,唱到外国去。但从此以后,不能像元朝清朝一样,唱完别人了,他们是要唱完了自己。"

相较而言,无论是彼时的香港还是马来亚(含新加坡),大多数殖民地华人本身往往地位低下(如苦力等),他们必须在主流/官方文化以及异族多元文化的挤压中找寻并确立自己的身份认同。但不该忘记,华人身份认同的建构本身也必须是溯源自中华文化传统的。而同时中华文化传统往往成为当地华人反抗奴化、葆有中华性(Chineseness)[①]的重要凭借。"清末怪杰"辜鸿铭(1857—1928)青年时拥有很深的西方文化造诣后来确认自己的华族文化身份后疯狂迷恋中华文化传统,乃至矫枉过正令人瞠目的病态个案可以部分证明这一点。

实际上,这并不是鲁迅第一次保持对殖民地思考的洞见之余的不见和偏见发作。1926年担任厦门大学国学研究院教授的他和校长林文庆(新加坡峇峇华人)之间的冲突亦有此方面的原因,其中当然有经济、人事和学术政治的纠缠,但有一点,鲁迅并没有设身处地或换位思考殖民地华人建构中国性的不易与悖论,这更是一种文化冲突——鲁迅坚持否认了传统的合法性,借此来捍卫新文化来之不易的并未牢固的地位,而这当然与需要以中华传统安身立命的林文庆有着根本的

---

① 有关分析可参拙著《"南洋"纠葛与本土中国性》(广州:广东人民出版社,2014)。

【朱崇科著《"南洋"纠葛与本土中国性》,广东人民出版社,2014】

差异,这个差异乃至冲突其实更是两种思想模式的对抗。①

二、香港的鲁迅迷思

历史的车轮滚滚向前而鲁迅和香港的关系却又因了香港的崛起、兴盛、1997年回归和部分衰落而又变得起起伏伏,但很多时候,有关认知并不因为后顾而显得高明,而在香港语境里也不乏对鲁迅认知的迷思,当然反过来,也可以部分彰显鲁迅自身的迷思。

(一)鲁迅如何把脉/升华香港?

如前所述,鲁迅对香港的描述和批判既有其中华高度和敏锐洞察,同时又有其中原心态观照下的误读,由于其巨大的影响力和文化穿透力他的书写效力也因

---

① 具体可参拙文《林文庆与鲁迅的多重纠葛及原因》,《四川大学学报》2013年第2期。

此被放大,而在 1997 年出版的《否想香港》一书中,香港本土学者开始反思并批判鲁迅,在《再谈香港》中,"最重要的地方在于鲁迅首先指出,除了华夷以外,香港还有'第三种人',无论是'高等华人'还是'奴气同胞',他们实质上都是因为洋人的统治而变了质的华人,他们自然也成了鲁迅鞭挞的对象。这是一个重要的转折点,在跟着的论述里,出现的不单是华夷有别,攻击的目标也不一定是夷人,甚至不单是变了质的华人,而是普遍的香港人"。①

不必多说,这种香港本土认同的崛起与重新定位自然会对他者(含刻板印象)进行深入反思,毕竟鲁迅对香港的描绘中掺杂了不少恶感,恶化了香港的形象,使之成为了一个"恶托邦"。但同时,我们更要反思鲁迅之于香港的升华意义。

1. **如何再现香港?** 需要指出的是,在 1920 年代呈现出一个客观真实的香港并不容易,鲁迅先生以其个人体验(尽管不无误读)再现了香港,为香港的历史镌刻留下了厚重的一笔,从相对单薄的香港文化史建构层面来讲,是鲁迅的影响力顺便提升了 1920 年代香港的知名度——恰恰是鲁迅等文化名人的南来对香港场域的填充部分涤荡了"文化沙漠"的蔑称,同时坦白说找寻香港文化的本土源头并不容易,甚至有一种本质主义者(essentialist)的虚妄。唯其如此,本土文化建构者还不如好好的借鉴/利用香港历史上的重大里程碑或节点的价值。反过来说,鲁迅不无片面的对彼时香港的呈现也是其本来面目的一种,因为香港亦有藏污纳垢之处。

2. **鲁迅风格**。论者指出:"鲁迅杂文对于'香港'的处理方式投射出鲁迅杂文的一类写作方法通过对于中间物的发现、选择与叙述,完成个人经验的'越界'与日常生活的'杂文'化。在这一写作方式中,日常生活中的个人经验,越

---

① 王宏志撰,王宏志、李小良、陈清侨著《否想香港——历史·文化·未来》(台北:麦田出版,1997),页 50。

界成为支撑政治书写与文化启蒙的利器之一。"① 鲁迅杂文的一般风格往往就是"攻其一点,不及其余"。或者是杂文篇幅所限,或者是杀伤力效果考量,或者是写作习惯使然,鲁迅对所知有限的香港呈现、批判和投射观点不得不借助其他时空的体验与感悟,比如上海、广州,乃至历史文化知识,同时,由于香港又是英国殖民地,民族主义情绪强烈的他对香港的审视又多了几分严厉乃至苛刻,这也是出于"爱之深,责之切"的关怀所致,在我看来,鲁迅之于香港更应该是可资借鉴的资源与文化财富。

(二)香港如何阻隔鲁迅?

如果反思鲁迅对香港的恶感来源,我们不难发现,彼时的香港其实也屡次阻隔鲁迅。

1. **审查制度**。如人所论,"(1)香港殖民地政府在上世纪30年代仍然执行省港大罢工时制定的新闻检查制度;(2)审查不单是新闻,也包括副刊;(3)审查的内容不止针对民族主义与殖民地矛盾斗争,也包括保守文化与文化革新的矛盾斗争;(4)审查的落实已不限于出版前的审查,而是已落实在香港中文报纸编辑的自我审查上面"。② 鲁迅在1927年香港演讲时遭遇过审查,在《略谈香港》中他写道:"我去讲演的时候,主持其事的人大约很受了许多困难,但我都不大清楚。单知道先是颇遭干涉,中途又有反对者派人索取入场券,收藏起来,使别人不能去听;后来又不许将讲稿登报,经交涉的结果,是削去和改窜了许多。"而在《谈"激烈"》一文中,他又借助广州执信学校学生经过香港时的遭遇对此加以批判:"搜获激烈文字书籍七本。计开:执信学校印行之《宣传大纲》六本,又《侵夺中国史》一本。此种激烈文字,业经华民署翻译员择译完竣,昨日午乃

---

① 陈欣瑶《船舱、街道、客厅——鲁迅杂文中的"中介空间"》,《现代中文学刊》2012年第6期,页77。
② 张钊贻《谁邀请鲁迅赴港讲演?——新材料的考辨与问题的再辨正》,《中山大学学报》2015年第1期,页40。

解由连司提讯，控以怀有激烈文字书籍之罪。"

而在《再谈香港》中，鲁迅又详细描述了他在海关检查时被刁难勒索的经过，最后揭底牌时茶房提醒他"生得太瘦了，他疑心你是贩雅片的"，于是鲁迅感慨道："我实在有些愕然。真是人寿有限，'世故'无穷。我一向以为和人们抢饭碗要碰钉子，不要饭碗是无妨的。去年在厦门，才知道吃饭固难，不吃亦殊为'学者'所不悦，得了不守本分的批评。胡须的形状，有国粹和欧式之别，不易处置，我是早经明白的。今年到广州，才又知道虽颜色也难以自由，有人在日报上警告我，叫我的胡子不要变灰色，又不要变红色。至于为人不可太瘦，则到香港才省悟，先前是梦里也未曾想到的。"平心而论，1927年9月底的鲁迅，面相在盛夏时更显得枯瘦，加上人长得矮小，的确容易引起误会，但这种来自殖民地异族统治者的歧视与勒索恰恰是让敏感的鲁迅加倍痛恨的，所以他的描写与挞伐也毫不客气。

(1927年8月广州西关)

2. 广州比照。如前所述，鲁迅到香港的三次实地游历都和广州有关，也可以视为广州鲁迅的封套（开端、进行与延续）。

鲁迅的第一次香港经历是从厦门到广州前的经停，易言之，鲁迅到广州的最主要原因之一是期待和爱人许广平团聚，虽然限于老师身份他给出的更冠冕堂皇理由是和创造社联合起来造一条革命阵线。① 所以，鲁迅对于途中的一点不愉快会因为这种思念和日益逼近广州而相对淡化乃至忽略的。

鲁迅的第二次赴港是在鲁迅脚伤未愈的情况下前往的，一方面固然是出于他传播新文化知识的热忱和爱国心切，另一方面不容忽略的是，陪同兼翻译的恰恰是许广平，之前的脚伤其实就是鲁迅"老夫聊发少年狂"的爱情发作——从高处

---

① 具体可参拙文《爱或革命的偏至——鲁迅1927年来穗动因考》，《粤海风》2014年第2期或本书前揭文。

跃下伤足。实际上，彼时的广州鲁迅寄居在熙来攘往的大钟楼上，缺乏跟许广平单独相处的空间，香港之行其实也为许、鲁的爱情焦虑①找寻一个出口。颇有意味的是，在《略谈香港》中鲁迅还专门表扬了那个船员的好心——提醒鲁迅注意安全并确保他无事。

鲁迅的第三次遭遇香港是他离穗赴沪的经停，此时的鲁迅和许广平静悄悄地离开广州，对于在上海的前景可谓前途未卜，甚至忧心忡忡，而有关"查关"不只是一个程序或过场，甚至还有些有意刁难乃至歧视的意味，我们因此可以理解鲁迅在《再谈香港》中的愤怒，这也是他对香港恶评最盛的一次。甚至到了《谈"激烈"》中亦有广州和香港的对比，两地文化、语言相似，借此凸显殖民统治的罪恶。

但无论如何，鲁迅依然是疗治香港历史文化薄弱的一副好药，虽然好比一把利剑他亦有锋芒毕露伤及无辜之处，陈国球曾经写道："香港，我们的一代，就是这么一个失去自己身世的孤儿。我们的记忆，或许于大家族中话聚天伦时，不无少补；我们的失忆，正好把这段野外求生的经历忘记。香港，本是借来的空间、借来的时间。"② 认真想一想，鲁迅的香港书写何尝不该化为自我/本土的精神资源呢？

【香港本土学者陈国球教授】

---

① 具体可参拙文《爱在广州：论鲁迅生理的焦灼与愉悦》，《鲁迅研究月刊》2013 年第 1 期或本书后文。
② 陈国球《借来的文学时空》，《读书》1997 年第 7 期，页 47。

结语： 在鲁迅和香港1927年的遭遇中有着相当耐人寻味的悖论：虽然鲁迅到港只有三次，但关于香港的论述却丰富而集中，表面上看恶评居多。在我看来，香港之于鲁迅相当重要：一方面，他借助香港观照中国，并在香港场域发声，呈现出中华高度，另一方面，由于他对香港了解不多，又有中原心态；但需要指出的是，鲁迅之于香港至关重要：一方面，他巧妙把脉其问题并升华了香港的地位，包含文学史和文化史地位，尽管不无深刻的片面，另一方面，我们也要看到香港曾经阻碍或伤害过鲁迅。整体而言，今天的香港必须好好借鉴和利用鲁迅这个丰富的精神资源，充实并且坚定自己的身份认同和文化生产。

第二章： 文学家鲁迅？

鲁迅在广州的原创性作品产出的确不算多，似乎其文学家的身份也值得解构一下。显然其间有更复杂的内情：这当然并非因为他不努力，而是因为他担负的角色和责任远远超出了写作人的限定。尽管如此，广州鲁迅在创作方面具有非常独特的转型性。比如在他相当少见的纯文学作品《眉间尺》、《野草·题辞》中，我们可以看到文学家鲁迅的别致风采与惯有风格，但其中也掺杂了文学性离散的特点，这为他后期走向杂性做好了部分铺垫；同时，在其杂文里，比如《而已集》中更多呈现出主题芜杂和跨文体杂交的特征，这其实意味着1927年后，鲁迅已经实现了从纯文学性到文体杂交性的内在转换。

在我看来，鲁迅的首要身份是"文学家"，说得更平淡且包容性更强一点，就是"写作人"。毫无疑问，鲁迅对于（书写）文体有着相当清晰的体认，当然更有着与众不同、成效卓著的实践。鲁迅在《我怎么做起小说来》一文中就提及，"我做完之后，总要看两遍，自己觉得拗口的，就增删几个字，一定要它读得顺口；没有适宜的白话，宁可引古语，希望总有人会懂，只有自己懂得或连自己也不懂的生造出来的字句，是不大用的。这一节，许多批评家之中，只有一个人看出来了，但他称我为Stylist。"毋庸讳言，鲁迅对于文体的理解除了言语、结构体裁，其实还有很独特而浓重的文化关怀，如人所论，"可以说，鲁迅文本世界中存在着在鲁迅自觉控制下一个种类较全，遵守规约的文类结构。但是，在高度自觉、完整的鲁迅文本世界中，又存在文体、文类的一些变异现象，并且相当触目"。①

在陈平原看来，鲁迅的各类文体实践颇具针对性，而且相当得心应手、进退自如，呈现出一种"变"与"定"的灵活因应，"学问须冷隽，杂文要激烈；撰史讲体贴，演讲多发挥——所有这些，决定了鲁迅的撰述，虽有'大体'，却无'定体'，往往随局势、论题、媒介以及读者而略有变迁。"②

不必多说，鲁迅的小说实践有口皆碑、影响力有目共睹，但也不无争议，尤其是涉及到某些文体模糊或越界（trans-genre）的小说，如《兔和猫》、《鸭的喜剧》、《一件小事》等等，更不必说，《故事新编》的文体论争（到底是历史小说还是其他）一直持续到今天，但这其中既呈现出鲁迅有意为之的的实验性，但同时又呈现出他文体实践的复杂性，有论者指出，"关于鲁迅小说文体的争议，从深层讲体现了自五四以来对小说文体的分歧，这种分歧源自不同的精神资源。可以肯定的是，鲁迅小说的文体观是对西方尤其是对中国传统精神资源继承整合的结晶。这对于一个曾经攻击中国传统文化，控诉传统礼教'吃人'的斗士鲁迅来说，似乎是不可思议的。也许鲁迅的复杂正显现在这里。"③

不仅如此，即使从某类手法考察，比如他擅长的象征手法，也充分体现了不同象征类型与不同文体分类的有机对应、跨越，却又杂糅，鲁迅终于巧妙地借助多元文体的兼善形塑了丰富而深厚的文化隐喻，"鲁

---

① 皇甫积庆《结构 解构 建构——论鲁迅文体思想及文体/文类构架》，《鲁迅研究月刊》1997年第4期，页8。
② 陈平原《分裂的趣味与抵抗的立场——鲁迅的述学文体及其接受》，《文学评论》2005年第5期，页52。
③ 甘智钢《关于鲁迅小说文体的再思考》，《言说不尽的鲁迅与五四——鲁迅与五四新文化运动学术研讨会论文集》2009年，中国鲁迅研究会，页257—258。

迅借文体而进行的象征创造,已经形成各自的特点:与小说、杂文、散文诗相对应,分别出现的是写实体象征、寓言体象征和幻象体象征","鲁迅的象征创造并不因文体而相互隔离,将写实体象征、寓言体象征与幻象体象征融为一体,并大大超出于这里的类型划分,鲁迅实际上整合了上述象征设置而创造了巨大的文化隐喻。"①

特别引人瞩目的是他的杂文创作和认知变迁,尤其是,自从离开广州后,杂文就成为他自由撰稿的核心体裁和技艺呈现,甚至连第三部短篇小说集《故事新编》也打上了浓厚的杂文化风格。毋庸讳言,对于自己杂文书写的演变,鲁迅自有其清醒认知:一开始,如在1926年10月29日《致陶元庆的书信》中,鲁迅对《坟》如此评价,"这是我的杂文集,从最初的文言到今年的,现已付印。"并未仔细区分,而到了1932年4月20日他在《二心集》的序言里说过,"不想再编《坟》那样的论文集",说法有所改变,并加以区分;而在1932年4月29日,他曾经自编了一个《鲁迅著译书目》"附在《三闲集》的末尾"上,此时《坟》未被归入"短评集"的范畴,而是归入"论文及随笔"的范畴,显然更具体、指向更清晰了。

有论者指出,1933年对于鲁迅杂文文体意识的确认至关重要,"可以说,1933年前后是鲁迅杂文文体意识形成的关键性的一年。这一年鲁迅开始有意识的将以前的杂感文体改造成了可入'文学之林'的作品。经过这一年之后,鲁迅的文章慢慢从'不算创作的'杂感走向了文学性'杂文'"。②而到了1935年12月30日,鲁迅在为《且介亭杂文》所写的序言中,依旧保留了"杂文"属性中体式驳杂的向度,他写道,

---

① 刘锋杰 严云受《鲁迅创作中的文体象征与文化隐喻》,《江淮论坛》2001年第5期,页96—97。
② 仲济强《从"论说"到"杂感"再到"杂文"——鲁迅文体意识脉络的钩沉》,《中国现代文学研究丛刊》2013年第1期,页161。

"'杂文'也不是现在的新货色,是'古已有之'的,凡有文章,倘若分类,都有类可归,如果编年,那就只按作成的年月,不管文体,各种都夹在一处,于是成了'杂'。"不难看出,"在长达20年的创作中,鲁迅对'杂感'文体意识经历了'随感录'——'短评'——'杂感'——'杂文'这样一个逐渐明确的过程,在这个过程中,他始终遵循着这种文体的主要特征,排除各种干扰,坚持创作,并且按年编辑成一个文本系列"。①

当然,鲁迅杂文的书写方式也是复杂的,既有嬉笑怒骂、一针见血的犀利,但更多的是委婉曲折、绵里藏针的艺术追求,甚至达成一种令人钦佩的杂文诗学,这也是鲁迅的杂文可以立足历史事件,却又同时超越历史可以长存的艺术魅力之一,如人所论,"鲁迅杂文'形象化'的基本文体特征是议论的委婉曲折。它首先满足的是特定历史条件下思想文化战线上最迫切和最重要的现实需求,也同时玉成了杂文'艺术'地把握世界的最佳方式。鲁迅以'草蛇灰线'式的主题思路营构和模糊性的语言符形赋予了作品以无限生动的艺术'曲张力'。"②

某种意义上说,鲁迅在最后的十年选择了杂文,更准确地说,以书写杂文为主的自由撰稿人生涯和事实大家有目共睹,至于为何如此选择,也有论者进行了深入挖掘和论证,"杂感文形式成了他努力追寻'功能意识'与'文体意识'双重价值实现的一条途径。这是找寻语言革命之后,作为语言艺术的文学的出路的有益而且卓有成效的尝试。杂感文这一文体形式既有助于巩固五四初期语言革命的成果,又在最大程

---

① 皇甫积庆《鲁迅"杂感"文体论》,《鲁迅研究月刊》2006年第9期,页11。
② 姜振昌《议论的"曲张力"与鲁迅杂感文体的艺术特征》,《文学评论》2004年第5期,页14。有关鲁迅杂文诗学的更多研究可参沈金耀著《鲁迅杂文诗学研究》(福州:福建教育出版社,2006)和郝庆军著《诗学与政治:鲁迅晚期杂文研究(1933—1936)》(北京:文化艺术出版社,2007)等。

度上避免了因强调语言的明确性而给文学可能带来的不利影响。"[1]

但可以提问的是,鲁迅在选择坚守杂文阵地之前的广州时空本身具备了他度可能性:至少从收入来看,月薪大约500大洋的中山大学正教授位置似乎也令人欣羡;同样,做做演讲,编编和校勘古代文学集子似乎也可自我抚慰。但鲁迅终究还是走向了以杂文撰写为主的自由撰稿人身份。问题在于,广州对他此身份和风格的转换到底意味着什么?

同时,如果把它们放到鲁迅创作的长远时间河流里检验,我们还可发现其存有文学风格上的转型性,一方面,在小说的风格上,它们从整体基调上的忧愤沉郁逐步走向虚浮,而《眉间尺》作为其代表作也反映出类似的变换,比如其油滑气质,以及题材上的英雄情结;另一方面,在杂文上1926—1929年的杂文书写中,鲁迅也呈现出程度不同的差异性,如1926年的悲愤与庄严,1927年的过渡性亦庄亦谐,和之后的反讽与潇洒。

正如鲁迅先生自己提倡的革命和读书两不误,他的创作中其实也不乏对革命的思考,小说中亦然。如果我们想要了解鲁迅先生关于革命的更丰富思考,我们或许更要打开视野:借助于鲁迅的小说实践,我们或许更能够彰显出其革命话语形构的特色和关怀——在书写层次上,他强调并呈现出思想革命的重要性,并从制度到文化层面进行了批判,同时他更侧重深入个体灵魂的自我革命,并以知识分子与游民为典型进行剖析。鲁迅先生还考察了革命话语的后果,呈现了其悲剧机制,指出其中可能的形态与原因,同时也有主题性书写,比如辫子和现代革命的纠葛。

---

[1] 朱晓进《鲁迅的文体意识及其文体选择》,《文艺研究》1996年第6期,页41。

第一节　文体转换："我所获得的，乃是我自己的灵魂的荒凉和粗糙"

毫无疑问，身在广州8个多月的亲身体验会给敏感而锐利的鲁迅增添不少素材。有学者指出他的丰富业绩，"他在白云楼这个战壕里，研究敌情，沉着战斗，写下大量锐利的杂文和书信，还整理了一批旧稿。他编辑了旧作《野草》、《朝花夕拾》，续译《小约翰》，创作《故事新编》中的《铸剑》，编录《唐宋传奇集》等等。"①

毋庸讳言，如果将上述鲁迅的文学创作放置在他一生的文学成就中加以比较，鲁迅广州时期交出的文学答卷从数量上看似乎并不能令人满意。但如果我们考虑到他大约有一半的时间纠缠于中山大学繁重的教职，而且期间还要担任中大首任教务主任、文学系主任等等，那么鲁迅在广州时期的锱铢积累可谓差强人意。问题在于，我们如何分析、重读这批作品？

既有的研究，往往把鲁迅广州时期的文艺作品解读成革命性成色的注脚，或者是从中辨析出其世界观的发展，或者是考察鲁迅思想的飞跃或质变。当然，也有论者会考察鲁迅与广州新文艺运动的关系。②但整体而言，对广州鲁迅的文学作品的阅读还是相对单调的，多数研究不能更立体而多元的反思鲁迅文本内外的丰富世界。

在笔者看来，鲁迅广州时期的作品呈现出相当耐人寻味的转型性：在宏观上，他甚至呈现出相当典型的文体转换，也即，其书写中的混杂性（hybridity）或杂性日益凸显；而在微观上，他又在不少篇章中呈现出所谓文学性的离散，而非像以前作品那么极度凝练，在此基础之上，他在上海十年（1927—1936）的杂

---

① 张竞著《鲁迅在广州》（广州：广东人民出版社，1977），页112。
② 具体可参戚俊民《鲁迅与广州新文艺运动》，广东鲁迅研究小组编《论鲁迅在广州》（广东鲁迅研究小组，1980），页350—382。其他所提观点多收入此书。

文同样可以呈现出令人折服却容易忽略的两重性：诗学与政治性的有机融合。①而本节则就此采取微观、宏观结合的方式，具体考察广州鲁迅的文体转换。

一、纯文学的离散

考察广州时期的鲁迅日记，可以发现，鲁迅在广州的 8 个多月间，伤病服药的情况如下：

2月4日，游越秀山时，"从高处跃下伤足"②；

6月29日，"头痛发热"（页27）；

7月1日，"服阿思匹林共三粒"；

7月2—3日，分别服规那丸 4 粒、3 粒（页28—29）；

7月31日，"服补写丸一粒"（页31）；

8月26日，"牙痛，服阿司匹林片二粒"；

8月27日，"夜服补写丸一粒"（页35）。

分析上述情况，我们可以发现鲁迅的伤病与疗补恰恰都是发生在中山大学同意他彻底辞去所有职务的 6 月份及以后，而彼时的鲁迅在理论上原本应该有更充分的时间回归其写作人身份，并有可能在既有的基础上再接再厉，实现他作为一个优秀中年男人事业的巅峰或再度绽放。同时需要指出的是，2月4日的受伤其实更是"得意忘形"或"老夫聊发少年狂"的意外身体伤害。我们自然可以说，鲁迅的病痛或许是偶然，但更可能是其身体的生理与精神焦虑的外在显形——他作为一个文学家要实现新的超越，不得不面对文体的转换与创新问题——这毫无疑问是其焦虑的根源之一。

---

① 具体可参郝庆军著《诗学与政治：鲁迅晚期杂文研究（1933—1936）》（北京：文化艺术出版社，2007）。

②《鲁迅全集》第16卷，页7。

对鲁迅评价引发不少争议的夏志清教授（1921—2013）曾经指出，《呐喊》、《彷徨》和《野草》是鲁迅一生中不错的作品，也是其北京时期颇具创造力的成绩，1926年8月，鲁迅离开北京后，其创作力"已大不如前。因为这是他一生中的一个重大转捩点。"[1] 不难看出，在夏那里，1926年后鲁迅就颇似江郎才尽，大不如前。类似的观点持有者还有李长之，不过是变成1925年，"然而他写农村是好的，这是因为那是他早年的印象了，他心情还没至于这么厌憎环境。所以他可以有所体验，而渲染到纸上。此后他的性格，却慢慢定形了，所以虽生长在都市，却没有体会到都市，因而他没有写都市人生活的满意的作品，一旦他的农村的体验写完了，他就已经没有什么可写，所以他在一九二五年以后，便几乎没有创作了。"[2]

【夏志清著，刘绍铭等译《中国现代小说史》，香港中文大学出版社，2001】

---

[1] 夏志清著，刘绍铭等译《中国现代小说史》（香港：香港中文大学出版社，2001），页30。
[2] 李长之著《鲁迅批判》（北京：北京出版社，2003），页142。

而在 1931 年，鲁迅在为《野草》英译本写序时也曾慨叹，"后来，我不再作这样的东西了。日在变化的时代，已不许这样的文章，甚而至于这样的感想存在。我想，这也许倒是好的罢。"①虽然鲁迅并没有真正从自身找原因，而只是更多从外在环境加以反思，但毋庸置疑的是，1927 年恰恰是鲁迅文体转换的过渡性一年。在这一年后，他的创作更多走向杂文书写，即使是最后的小说集子《故事新编》也带有强烈的杂文性。

需要指出的是，以文学性（literariness）作为文学史主要评判标尺的夏志清所批评的鲁迅的创造力衰退，其实也给我们提供了另一个思考的视角，那就是"文学性的离散"。易言之，1927 年后，鲁迅很少创作一般意义上或更狭义的纯文学作品。当然，这里的纯文学更多是强调相对纯粹的文学的审美特征，它追求文学在形式上与意义上的超越性，未必一定是和现代性密切相关——如杨春时所言的，现代性包含了感性、理性、超越性三个层面，其中感性现代性产生了通俗文学，而理性现代性则产生了严肃文学，反思现代性（现代性的超越层面）则产生了纯文学。② 正是为了强调其文学性的离散特征，我们才更有必要仔细考察鲁迅广州时期的代表性纯文学作品：《眉间尺》、《野草·题辞》。

（一）《眉间尺》：庄严与狂欢。

根据鲁迅日记 1927 年 4 月 3 日记载，"作《眉间赤》迄。"毋庸讳言，这件事情对于处于多重期待和呼吁中的鲁迅是一个不小的安慰，所以，林贤治写道，"这机会还要等到什么时候呢？想起青年的忠告和许广平的答复，鲁迅便感到愧赧。可以自慰的是，搁置许久的《眉间尺》，终于在日内完成了。"③

1. 复仇多解。鲁迅将此小说收入《故事新编》时，改名为《铸剑》。这样小说的重点就从眉间尺的成长故事而置换成有关"剑"的复仇故事。鲁迅对此故事

---

① 《〈野草〉英文译本序》，《鲁迅全集》第 4 卷，页 365—366。
② 杨春时著《现代性与中国文学思潮》（北京：生活·读书·新知三联书店，2009），页 303。
③ 林贤治著《人间鲁迅》（下）（合肥：安徽教育出版社，2003），页 550。

【《铸剑》插图】

的重写在情节结构上变动不大,但在意义的情境上却灌注了不少主体性,因此在表面遵从的同时,又添加了消解与建构成分。

(1) 为谁复仇?回到故事中来,我们印象最深刻的或许就是黑色人形象的怪异与特立。比如他与生俱来的震撼力——在眉间尺遭干瘪脸少年无理取闹、骚扰而无力摆脱时,黑色人出场了,"他并不言语,只向眉间尺冷冷地一笑,一面举手轻轻地一拨干瘪脸少年的下巴,并且看定了他的脸。那少年也向他看了一会,不觉慢慢地松了手,溜走了;那人也就溜走了;看的人们也都无聊地走散。"他的出场不仅令泼皮少年自惭形秽或知难而退,更让看客们作鸟兽散。

而在复仇事件上,他的行动也是枯干而利索的,绝不粘连。第一,不把自己的助人报仇的行动视为义举,同样也不是因为出于同情,"我只不过是要给你报仇!"第二,他帮人复仇的条件首先要来自于彻底的信任,眉间尺的头颅和宝剑。在获得满足后,"他一手接剑,一手捏着头发,提起眉间尺的头来,对着那热的死掉的嘴唇，接吻两次，并且冷冷地尖利地笑。"同样举止怪异。

细读此小说，我们可以说，眉间尺其实更多是复仇之神——黑色人的帮助个案之一，只是最后当眉间尺的头颅与王鏖战落下风后，黑色人才舍身相救；但从其逻辑来看，他之前也曾帮人复仇，本来之后亦可助人为乐，可惜为眉间尺复仇牺牲掉了自我（虽然他也痛恨自我），这种有意选择的牺牲成为他复仇大业的一个终结。

（2）向谁复仇？如果结合鲁迅的广州生活场域进行思考，这里的复仇含义也变得错综复杂起来。

有论者指出，鲁迅的《眉间尺》显然是向北方军阀和段祺瑞等专制政府的复仇，"尽管我们不必把这黑色人看做作者的自况，但是从小说中可以感觉到鲁迅对于段祺瑞张作霖之类的暴君的愤恨，可以感觉到他对于这伙暴君受到北伐战争的沉重打击而感到的快意。"[①] 我们自然可以认同这种解读结论，但同样亦可加以深化。

在笔者看来，这种复仇不仅是鲁迅向（现实中）残暴、专制等的愤怒释放，而且又是他对相关（历史）话语围攻与生产的复仇：在小说中，黑色人反对眉间尺提出的公义、同情等话语作为复仇的理由；类似的，在鲁迅生存的广州现实中，革命家、战士的称号同样也需要淡化和消解，不管是善意的恭维，还是恶意的利用与吹捧。而更令人警惕的是，"红中夹白"，"反革命"打着革命的旗号招摇撞骗、甚至打压革命。耐人寻味的是，恰恰是在《眉间尺》完成后不到两个星期，"四·一五"血腥清党事件爆发，这不能不说是罪恶而复杂的现实对鲁迅敏锐预测的恶意回应。

当然，更进一步，我们也可把鲁迅小说的复仇对象加以复杂化，也和鲁迅自身的复仇倾向相关，比如同样是孤儿寡母对罪恶社会的报复。但更进一步，复仇

[①] 朱正著《鲁迅传略》（北京：人民文学出版社，1982），页218。

的对象也可以是传统的复仇话语及其蕴含,比如吴颖等就深刻指出,"可以这样说,《铸剑》写的是复仇,但其深层的意义却是'人之子'对复仇现象的复仇。在眉间尺和黑色人的复仇行为中所体现出来的,是对残害人的生命,造成人间仇杀现象的最高统治权力的蔑视,是对人间一切杀人、复仇、仇杀行为的否定,是对古往今来社会中的复仇精神的一种超越。"①

易言之,鲁迅其实以新的独特复仇文化话语消解并覆盖了旧有的复仇方式及意蕴。而新的复仇不仅指向权力机制由高到低的欺压乃至杀戮,而且也指向对庸众和众多看客、帮闲们的报复;不仅指向专制和残暴的源头及其执行者,而且也指向其生产机制和被异化的弱势帮凶。从此意义上说,鲁迅的复仇其实更是对国民劣根性批判的浓缩处理和经典实践。

2. *庄严的狂欢*。在很多研究者看来,《铸剑》是鲁迅《故事新编》中书写最认真、庄严,也最完美的一篇。② 这一方面可能和复仇主题的神圣性相关,另一面,在叙事风格上,鲁迅也是认真的,不那么"油滑"和"虚浮"。而鲁迅自己也如此看待,1936 年 2 月 1 日,在给黎烈文的信中,他说:"*《故事新编》真是'塞责'的东西,除《铸剑》外,都不免油滑。*"(《鲁迅全集》第 14 卷,页 17)两个月后,在给增田涉的信中,他又说:"*《故事新编》中的《铸剑》,确是写得较为认真。*"(《鲁迅全集》第 14 卷,页 385—386)但在我看来,《铸剑》中也不乏一些狂欢色彩,呈现出鲁迅 1927 年广州作品中具有代表性的过渡性。

(1)成长中的人性拟写。鲁迅在书写《眉间尺》的成长过程中并没有忽略这样一个事实,这个身负为父报血海深仇的青年不过是 16 岁的少年,他身上还难免有少年的淘气,也是一个具有过渡性特征的青年。比如,他对红鼻子老鼠的玩

---

① 吴颖 吴二持《〈铸剑〉新论》,广东鲁迅研究小组 广东鲁迅研究学会合编《在巨人的光照下(1987—1989 年广东鲁迅研究论文选集)》(广州:中山大学出版社,1991),页 154。
② 钱理群就坚持此观点,在他的《鲁迅作品十五讲》(北京:北京大学出版社,2004)和他很多演讲中,比如《鲁迅〈故事新编〉漫谈》中皆如此。

弄明显就和小说的整体庄严基调颇有张力感，这当然也寄托了鲁迅对青年话语的深入思考。①

同样需要指出的是，这段描写也寄托了鲁迅对现实人事的嘲讽。1927年3月底，中山大学（傅斯年等）要聘请顾颉刚前来担任教授，鲁迅对此显然颇为不爽，小说中所言"他近来很有点不大喜欢红鼻子的人。但这回见了这尖尖的小红鼻子，却忽然觉得它可怜了"其实更是体现了叙事话语对主人公性格的强烈介入：鲁迅借此嘲讽顾颉刚可以出胸中的恶气，关键是，借助眉间尺对老鼠的戏弄至死想象，既可以凸显眉间尺的优柔性格，又可以一箭双雕、在模拟故事中实现对"宿敌"的嘲讽和打击，这种操作无疑具有狂欢色彩。

（2）复仇中的猥亵。复仇这件庄严肃穆的神圣事件中，喜欢玩的鲁迅也在小说中别出心裁的添加了其他元素，如他自己所言，"但要注意的，是那里面的歌，意思都不太明显……第三首歌，确是伟丽雄壮，但'堂哉皇哉兮嗳嗳唷'，是用在猥亵小调的声音。"（《鲁迅全集》第14卷，页386）

仔细体味第三首歌，"王泽流兮浩洋洋；克服怨敌，怨敌克服兮，赫兮强！宇宙有穷止兮万寿无疆。幸我来也兮青其光！青其光兮永不相忘。异处异处兮堂哉皇！堂哉皇哉兮嗳嗳唷，嗟来归来，嗟来陪来兮青其光！"其实我们不难发现眉间尺的头颅在复仇过程中却对仇人有种独特的暧昧期待，正是因为渴念，其实这种期待中也混杂了类似性爱的感情隐喻，为此，"这首歌中充满了反语、嘲弄和狂欢式的色彩。"② 当然，我们也可以从中发现眉间尺的成熟，正是渴望与仇人的战斗以及对自己强烈的自信才会让他恶战在即却仍然可以从容自若，甚至摆

---

① 具体可参拙著《鲁迅小说中的话语形构："实人生"的枭鸣》（北京：人民出版社，2011），页78—88。
② 具体可参朱崇科著《张力的狂欢——论鲁迅及其来者之故事新编小说中的主体介入》（上海：上海三联书店，2006），页218。

出一副戏弄的语气，这和他之前戏弄老鼠有着貌似而神异的区隔。①

所以，如果将复仇视为鲁迅对他自己分裂中的主体阴暗面进行严厉解剖的话，这种复仇本身的暧昧性也是不言而喻的，但整体上说，这种书写使得他的小说创作呈现出和《呐喊》、《彷徨》风格的歧裂，而更倾向于小说性的混杂、多元性特征。②

(二)《野草·题辞》：血写的纠结。

某种意义上说，《野草》是鲁迅最晦涩难懂，也最具文字张力的一部作品，绝大多数论者和读者都对其作出高度评价。即使如夏志清者，也把《野草》视为鲁迅的一种独特高度。但在我看来，《野草》时期的鲁迅和上海鲁迅并没有那么大的断裂，而更多是文体侧重点发生转移的结果。

1. *诗学品质：朴素与狂野*。徐麟在 1997 年出版的论著《鲁迅：在言说与生存的边缘》中指出，"《野草》是《彷徨》的一个高纯度结晶体，它已完全属于鲁迅内心的另一个声音，它由小说而走向'诗'与'思'，是面向存在的再一次悲剧性的冲刺。正因为如此，《野草》不仅显示了本世纪中国最有深度的哲学与诗的话语创造力，而且显示了一个现代灵魂的存在论高度和力度。"③ 上述观点中对《野草》的诗学与哲学高度都有精准的总结。我们不妨精读一下《题辞》来考察其特质。

(1) *两难结构：否定的哲学*。一般说来，《野草》令人困惑之处并非在于文字的佶屈聱牙，而更多在于其哲学的两难结构。有论者指出，《野草》的两难结构，"卓有成效地突现了散文诗复杂的主题和诗人矛盾的心理，也成就了一种震撼人

---

① 有关分析还可参高远东《歌吟中的复仇哲学——论〈铸剑〉中的三首歌》，可参氏著《现代如何"拿来"——鲁迅的思想与文学论稿》(上海：复旦大学出版社，2009)，页 209。
② 具体可参朱崇科《"小说性"与鲁迅小说叙事模式的转变——从〈呐喊〉、〈彷徨〉到〈故事新编〉》，《亚洲文化》(新加坡亚洲研究协会) 总第 28 期，2004 年 8 月。
③ 徐麟著《鲁迅：在言说与生存的边缘》(济南：山东文艺出版社，1997)，页 159。

心的艺术效果。"① 而在《题辞》中，这种结构亦比比皆是。

【《野草》初版封面】

比如，沉默、开口；充实、空虚，"我对于这死亡有大欢喜"，乔木、野草，这些相互对立的字眼张力十足，往往能够引起人的反思和疑惑。如第一句，"当我沉默着的时候，我觉得充实；我将开口，同时感到空虚。"这句话可谓含义丰盈，有论者将之和当时的"四·一五"现实紧密结合起来，② 但其实如果跳出现实，我们同样可以追溯"词不达意"、"得意忘言"的古老中国的言与文的张力关系传统，③ 而对于鲁迅来说，则可能有所变化，它更多呈现出沉默背后的巨大意

---

① 李天明著《难以直说的苦衷——鲁迅〈野草〉探秘》(北京：人民文学出版社，2000)，页207。
② 比如很有代表性的孙玉石著《现实的与哲学的——鲁迅〈野草〉重释》(上海：上海书店，2001)就持此种观点。
③ 有关精彩论述可参张隆溪著，冯川译《道与逻各斯：东西方文学阐释学》(成都：四川人民出版社，1998)。

蕴纠结和开口之后有限的冰山一角展露感受是并存的。

当然，这种悖论式的两难结构也呈现在《野草》本身的书写中，比如《野草》其实是鲁迅对自我一种存在状态的哲学总结与象征，"野草""成了鲁迅后期话语生存方式的一个象征。所谓'野草'式的生存，从质料的意义上说得简单一点，就是'夺取生存'，并对黑暗与虚无的压迫立即给予不留情的反击。"① 但鲁迅的深刻和令人困惑之处在于，鲁迅书写《野草》其实更希望通过其速朽和灭亡而获得一种解脱，这本身就是一种既书写又涂抹的吊诡实践。

同样，如果把作品生产和时代相连接，鲁迅其实也是更希望摧残生命的旧有的时代早日灭亡，哪怕是与其偕亡，这无疑"更强烈地表现了作为一个处于由旧向新过渡的特定历史时段的先驱者，甘愿为旧时代的灭亡、新时代的建立而自觉牺牲的悲壮情怀。"②

（2）话语杂陈：被妆扮的自我。不容忽略的是，鲁迅书写《野草》的文体实验本身又是混杂的，他以散文诗的方式既敞开又遮蔽了苦难的自我，"《野草》生长于'生命的泥'，或换言之，是 1920 年中期诗人窘迫的个体存在、情感经历以及哲学思考的真实记录。它创作于诗人生命力极度压抑的时期"。③

尼采在《苏鲁支语录》中写道，"凡一切已经写下的，我只爱其人用其血写下的。用血写：然后你将体会到，血便是精义……谁写着心血，写着格言，是不要人读过便完，却是要人背诵的。"④ 而《题辞》其实是可以并值得背诵的篇章，其中的话语不仅有诗的跳跃，也有诗的伟力。

比如，其中有极强的跳跃性，"生命的泥委弃在地面上，不生乔木，只生野

---

① 徐麟著《鲁迅：在言说与生存的边缘》，页 177—178。
② 刘彦荣著《奇谲的心灵图影——〈野草〉意识与无意识关系之探讨》（南昌：百花洲文艺出版社，2003），页 292。
③ 李天明著《难以直说的苦衷——鲁迅〈野草〉探秘》，页 106。
④ 尼采著，徐梵澄译《苏鲁支语录》（北京：商务印书馆，1997），页 34。

草,这是我的罪过。

野草,根本不深,花叶不美,然而吸取露,吸取水,吸取陈死人的血和肉,各各夺取它的生存。当生存时,还是将遭践踏,将遭删刈,直至于死亡而朽腐。"

这句话可以呈现出诗人思路的急速跳跃与转接,从"生命的泥"→野草→罪过→顽强存活→生存的艰难。

尤其值得注意的是,排比句式的使用,"我将大笑,我将歌唱":当面临野草生存的艰难时,大笑与歌唱可以呈现出一种高度的乐观主义与大无畏精神;当地火烧尽一切无可腐朽后,则是一种同归于尽的自我安慰。但面对天地,实际上大笑和歌唱是不可能的,其出口受阻,所以野草成为一种见证。这种张力设置和尼采的手法有神似之处,"让宣传速死的说教者来吧!这才是生命之树的适宜底暴风与摇撼者。但我只听到宣传迟死,与对于一切'地上者'之坚忍。"①

2. 意义的狂欢:歧义的诠释。毫无疑问,我们对于相当诗化、又具有两难结构的《野草》,必须采用多元的解读方式、视角和立场,任何从单一角度,或现实、或政治、或爱情等进行的哪怕是意趣盎然的分析往往都是偏执的,对于一部血写的伟大作品,必须采用类似的精神疏导方式才可能贴近文本。同样,对于《题辞》也同样需要多元的视角与立场。

(1)现实政治关切。正是因为《题辞》完成于1927年4月26日,恰恰是"四·一五"发生11天后,血的教训历历在目,相当多的论者都会结合现实政治进行剖析。

比如,言说的艰难与开口的空虚,就被理解为白色恐怖之下的艰涩;比如"我憎恶这以野草作装饰的地面"就往往被解读为"这恐怕是对鱼肉草莽之民的现实政治体制的不满吧。"而"地火在地下运行"、"静穆"的天地和国民专制政

---

① 尼采著,徐梵澄译《苏鲁支语录》,页70。

府息息相关，而野草在死亡、腐朽之时，"新势力才会成长起来。"①

这或许是一种可以自圆其说的解读方式，但在我看来，同样也是对《题辞》的意义窄化操作。比如《题辞》本身就是作者内在心绪凝结和流动的文字，1927年9月23日，作者在广州作的《怎么写》（后收入《三闲集》）一文中，曾这样描绘，"我靠了石栏远眺，听得自己的心音，四远还仿佛有无量悲哀，苦恼，零落，死灭，都杂入这寂静中，使它变成药酒，加色，加味，加香。这时，我曾经想要写，但是不能写，无从写。这也就是我所谓'当我沉默着的时候，我觉得充实，我将开口，同时感到空虚'。"

如下将分析《题辞》中交织的至少三重意义的狂欢。

（2）意义的狂欢解读。

这第一重意义是作者对野草生物及其生存空间的描述、排列，当然，从一开始，这种描述就打上了强烈的人的情绪流淌意味。但毋庸讳言，作为见证生老病死、腐朽，生命力顽强的野草，其实和它作为自然生物的多重经历也是基本吻合的。

第二重含义则是上述所言的现实关怀和主观情绪灌注，现实的强烈刺激和暴虐让鲁迅采取了相当隐晦的方式加以诉说，这些文字其实更是这些刺激的内化、反刍之后的成果，是作者心绪的一种非理性编织、浓缩，从此意义上说，《野草》甚至很难采用惯常的学术方式加以剖析与阐释。

第三重含义则是《野草》文字意象所呈现出的象征、隐喻和哲学意味上的超越性含义，它们浓缩和汇聚了鲁迅的生命哲学。从此意义上说，《题辞》是鲁迅哲学的导论、概貌与引言：从悖论式、分裂式到宏伟奇特的梦幻式，从貌似自闭的独语到依旧诡异的对话（如《过客》），其中更不乏值得深探之处。②

---

① 具体可参［日］片山智行著，李冬木译《鲁迅〈野草〉全释》（长春：吉林大学出版社，1993），页4—12。

② 有关《过客》的分析，可参拙文《执著与暧昧：〈过客〉重读》，《鲁迅研究月刊》2012年第7期。关于《野草》的单篇解读可参拙著《〈野草〉文本心诠》（北京：人民出版社，2016）。

【朱崇科著《〈野草〉文本心诠》，人民出版社，2016】

二、"杂性"凸显：以《而已集》为中心

不难发现，1927年后，鲁迅的主要创作文体就是杂文，甚至连德国汉学家顾彬（Wolfgang Kubin 1945－　）也注意到这一点，"在左联的领导下，作家们偏爱用杂文作为政治争论的形式，对国民党展开斗争。鲁迅也是如此。从1927年开始直到逝世，他就几乎没有再用过其他文体——如果不论《故事新编》（1936）的话。"[①] 如前所述，在鲁迅的《铸剑》中其实已经具有狂欢色彩，尽管表面上看它是《故事新编》中最庄严与认真的作品。易言之，广州时期的鲁迅其作品已经开始凸显"杂性"，我们不妨以《而已集》为例加以分析。

（一）主题芜杂。

鲁迅曾经如此界定杂文，"其实'杂文'也不是现在的新货色，是'古已有

---

① 【德】顾彬著，范劲等译《二十世纪中国文学史》（上海：华东师范大学出版社，2008），页166。

之'的，凡有文章，倘若分类，都有类可归，如果编年，那就只按作成的年月，不管文体，各种都夹在一处，于是成了'杂'。"（《且界亭杂文·序言》）实际上，鲁迅的杂文在主题上几乎无所不包，单纯从意象方面思考，研究者，如王吉鹏等就分做历史、社会、自然等进行操作，① 当然这样也无法囊括，只是提纲挈领。

我们不妨考察一下《而已集》主题的杂性。

1. **主题呈现：芜杂多面**。稍微梳理一下《而已集》中的题目，可谓五花八门，此处也只能大致做一下分类。

第一类，跟文学有关的篇章。如《革命时代的文学》、《魏晋风度及文章与药及酒之关系》、《革命文学》、《文学和出汗》、《文艺和革命》等。不难看出，其中的关键词是"文学"、"革命"。这当然和鲁迅时处复杂的"革命策源地"广州有关。值得注意的是，鲁迅对革命的辩证思考、对革命和文学的交集、差异以及革命文学的生成可能进行了深入的剖析，发人深省。

第二类交相辉映的是鲁迅对某些名词的再界定、注释与反驳。比如，《辞"大义"》、《反"漫谈"》、《忧"天乳"》、《革"首领"》、《谈"激烈"》、《扣丝杂感》、《"公理"之所在》、《可恶罪》、《"意表之外"》等等。此类文章的主题虽然都是谈论关键词或名词，但实际上却已经是风马牛不相及，比如，"天乳"、"公理"之迥异。

其他分类还包括：对区域的观察，如《略谈香港》、《再谈香港》，也有书信，如《通信》、《答有恒先生》；同样也有序言或祝词，如《写在〈劳动问题〉之前》、《〈尘影〉题辞》、《当陶元庆君的绘画展览时》。当然，也包括无法归入上述类别的杂感，如《黄花节的杂感》、《小杂感》等等。

---

① 具体可参王吉鹏　李春林等著《鲁迅及中国现代文学散论》（长春：吉林人民出版社，2001），页124—237。

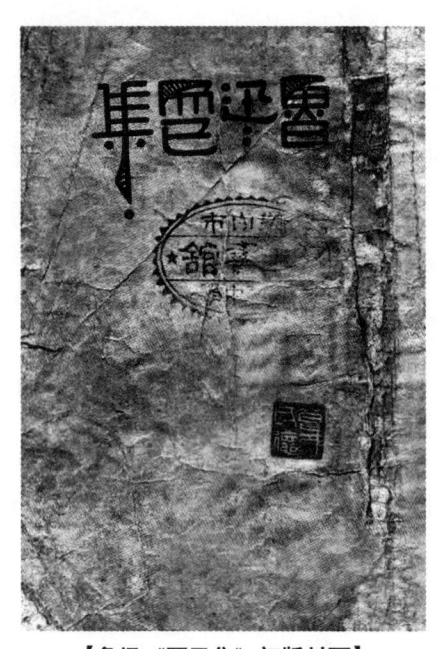

【鲁迅《而已集》初版封面】

袁良骏先生曾如此总结和分析《而已集》，它是一种"血和泪的愤怒控诉"，"阶级斗争经验的宝贵结晶"，"文艺思想的新光彩"等等，哪怕是刨除其中认定鲁迅在广州已经转换成马克思主义世界观的可商榷观点①，他对《而已集》的总结其实尚有不完整之处，比如，他当时可能未曾意识到，鲁迅论述香港的犀利或偏执成为以后的香港文学研究者或感激或指责的标的。②

如果非要用大而无当的概念囊括《而已集》的复杂主题的话，那主要应该是文学/文化与革命（广义上的）。当然这里的革命，既包括真正的政治革命，又包括思想革命。在这样的概念下，其实也涵盖了鲁迅对各种陈旧、奴性的文化思想、体制的批判，对现实中不合理行径和事件的控诉。当然也包含了对"革命"流动性和虚假性的反思。比如，《忧"天乳"》一文中，鲁迅不仅主张"要改良社会思想"，而且"要改良衣装"，这样从思想和物质层面双管齐下，就把一个很可能走向噱头、娱乐化的事件改良成既务实又革命的绝佳思考。

需要指出的是，鲁迅《而已集》中所呈现出的多主题特征，表面上看，是有其随意性的，因为往往是按照历时性进行的编集，但实际上，鲁迅却也有从多视角攻击的全面性操作，也即，不同的篇章都可能有感而发地指向类似主题，为

---

① 具体可参袁良骏《读〈而已集〉——兼论鲁迅世界观的转变问题》，广东鲁迅研究小组编《论鲁迅在广州》，页134—163。
② 比如王宏志、李小良、陈清侨著述的《否想香港》（台湾：麦田出版社，1997）和卢玮銮（小思）编著的《香港文学散步》（香港：香港商务印书馆，1991）就是同样出自本土文化建构思考的不同面向。

【小思编著《香港文学散步》修订版,香港商务印书馆,2009】

此,我们阅读鲁迅的杂文既要关注其现实性,同时更要反省和思考其超越性和内在的关联性。

2. 杂得有理:原因探析。鲁迅和杂文的相遇原因或许比较复杂,但我们可以从内外两个大的层面进行分析。

从外部因素来看,鲁迅选择杂文,既有机遇的期待,又有压力的逼迫。需要指出的是,从相对较早的《新青年》开始,对小品文的提倡,"随感录"专栏的开设,到以后北京、上海各地风起云涌的报纸、杂志副刊专栏等阵地为鲁迅书写杂文的长期性提供了宏阔的发挥空间,以及相对稳定的稿酬和版税收入[①],当然到后来,诸多约稿也有经济和人情压力的催逼效果。

---

① 有关鲁迅这方面的收入考察,可参陈明远著《文化人的经济生活》(上海:文汇出版社,2005)第五部分和李康化著《漫话老上海知识阶层》(上海:上海人民出版社,2003)中一文《稿费与版税:鲁迅生活的经济来源》。

同时，鲁迅个体的生存空间，尤其是他在教育部任职的14年间、高校兼职和厦门大学、中山大学担任教授以及学官期间，创作往往不得不变成业余的劳作，而我们考察这些时期的杂文书写，要注意，实际上也是鲁迅见缝插针、巧用时间的产物，鲁迅自言的"我是把别人喝咖啡的工夫都用在工作上的。"绝非只是文字的自我炫耀。

当然，从内部因素考察，杂文更是鲁迅主体选择的结果。鲁迅曾多次提及杂文对他的意义，比如在《华盖集·题记》中，他写道，"也有人劝我不要做这样的短评。那好意，我是很感激的，而且也并非不知道创作之可贵。然而要做这样的东西的时候，恐怕也还要做这样的东西，我以为如果艺术之宫里有这么麻烦的禁令，倒不如不进去"，同时又感叹说，"我的生命，至少是一部分的生命，已经耗费在写这些无聊的东西中，而我所获得的，乃是我自己的灵魂的荒凉和粗糙。但是我并不惧惮这些，也不想遮盖这些，而且实在有些爱他们了，因为这是我转辗而生活于风沙中的瘢痕。凡有自己也觉得在风沙中转辗而生活着的，会知道这意思。"

不难看出，鲁迅的选择是有意为之的，哪怕是有阻力或善意的劝告，所以，徐麟指出，"鲁迅在他的'彷徨'时期，就已经完全意识到了杂文对他来说的语言生存意义。"而随着他生活的变故，"'彷徨'时期也就成了他的人生选择和话语生存的战略转移过程。"而在《野草》之后，"鲁迅就只剩下了一个杂文家的自己，仅带着《故事新编》，走上了他一生中作为'职业杂文家'的最后十年的写作生涯。"[①]

回到1927年的广州语境，鲁迅在《答有恒先生》一文中也有所提及，比如对吃人宴席上"醉虾"思考的悖论性，虽然他面对鲜血吓得目瞪口呆，但还是希望自己"一面挣扎着，还想从以后淡下去的'淡淡的血痕中'看见一点东西，誊

---

① 徐麟著《鲁迅：在言说与生存的边缘》，页192—193。

在纸片上。"(《鲁迅全集》第3卷，页477—478）不难看出，杂文此处已经成为他记录和战斗的强有力工具，或许也包括自我安慰和激励，所以袁良骏说，"鲁迅不愿再做这种帮助做'醉虾'的材料，他要寻求更有杀伤力的更有效的战斗。"[①] 我们或许还可以说，这可能不只是鲁迅安身立命的需要，同时也是启蒙和拯救的崇高精神在起作用。

（二）杂交的方式：文体的实验性。

同样，通览《而已集》，我们也不难发现鲁迅在文体实验上所呈现出的杂性特征。这其中有序言、有演讲稿、有通信；而在表述的风格上，有叙述，更有议论。

1. 跨文体和"小说性"的交叠。需要指出的是，鲁迅的小说创作中至少有两次跨文体实验。较早的是在《呐喊》时期，比如《一件小事》明显更像是叙事散文，《兔和猫》、《鸭的喜剧》仿若速写，《社戏》中的诗化和抒情性显而易见，相较而言，《彷徨》在技巧上的确比《呐喊》圆润和成熟。当然，这或许也是同时代作家类似的共同特征，毕竟，新文学的传统形成需要很多尝试，新小说也不例外。

鲁迅的第二次跨文体小说实验发生在《故事新编》时期，比如《起死》的对话体操作更像是剧本。而回到小说本身上来，其狂欢性，无论是意义、语言，还是文体，往往令研究者和读者各执一词、喋喋不休。笔者曾经专门论述过，《故事新编》其实更是"小说性"（novelness）增强后的产物[②]，而其中的跨文体写作，更是引人注目。

而不容忽略的是，鲁迅杂文中的杂交性特征其实和小说性实践有着不少的精神交叠。比如，文本互涉，新旧文本如何被引用、挪用、重释时造成的张力效

[①] 袁良骏《读〈而已集〉——兼论鲁迅世界观的转变问题》，页162。
[②] 具体可参前揭朱崇科《"小说性"与鲁迅小说叙事模式的转变——从〈呐喊〉、〈彷徨〉到〈故事新编〉》。

果，不同文体之间，如书信、诗句和传统小说要素在结构上的可能水乳交融。表面上看，《而已集》更多是在大的结构上出现文体的混杂，而缺乏小说集《故事新编》内在交织的喜剧效果，但在笔者看来，这其实更是鲁迅为不同文体设立粗略边界的有意操作，毕竟，一般意义上的小说的情节性、情境和人物发展还是要得到应有的尊重的。

2. **杂交的效果**。考察《而已集》涉及"杂"的篇目，有《黄花节的杂感》、《读书杂谈》、《扣丝杂感》、《小杂感》等等，的确很容易让人看出杂的缤纷效果。

《黄花节的杂感》在表面的"杂"中其实是将火力锁定在革命的意义上，我们要在革命的节日纪念和缅怀革命前辈们的成绩，同时更要牢记"革命尚未成功"，而且要努力巩固和发展革命成果。作为面向中学生的《读书杂谈》，鲁迅其实更显出其语言的亲和力、深入浅出和娓娓道来的效果，把读书分为"职业的"和"嗜好的"差异，在此前提下区分文学与文章，点评阅读书目，并谈及批评与创作的关系，的确算是杂谈，但鲁迅最后还是强调要嗜好读书，并一定要结合实地经验/社会，让书变活。

《扣丝杂感》的确算是名副其实的芜杂，从刊物《语丝》屡屡被扣，说到检查人员，而后竟转到毛边书，然后又言归正传，提及"革命文学"的"负面"影响原因，而后又转向有关扣留的其它问题，终于拼成"扣丝杂感"。而到了9月24日所作的《小杂感》中，鲁迅颇似自由体的日本俳句书写可谓妙笔生花，既呈现出其言简意赅、嬉笑怒骂的常规特征，又是颇具文学色彩的鲁迅式的格言警句。当然，在主题与风格上更是如天女散花、各自飘零了。由于它不过分切合、亦步亦趋时事，反倒相当传神的呈现出文学性的优美离散与黏合特征。

结论： 1927年广州时期的鲁迅其实在文体转换上有其特色，在他相当少见的纯文学作品《眉间尺》、《野草·题辞》中，我们可以看到文学家鲁迅的别致风采与惯有风格，但其中也掺杂了文学性离散的特点，这为他走向杂性做好了部分铺垫；同时，在其杂文里，比如《而已集》中更多呈现出主题芜杂和跨文体杂交的特征，这其实意味着1927年后，鲁迅已经实现了从纯文学性到文体杂交性的内在转换。

第二节 风格转换："那时无非借此来释愤抒情"

所谓文学风格，往往众说纷纭，但一般说来，它是指作家在作品中所显示出来的独特格调，蕴含了作家的创作个性和有机整体性：若从风格生成看，它表现为创作主体个性与表现对象的统一；若从风格表现看，往往体现为独特的文本内容与形式的统一。如人所论，文学风格是主体与对象、内容与形式的特定融合，是一个作家创作趋于成熟、达到较高艺术造诣的体现。作家作品风格是文学风格的核心和基础，但也包括时代风格、民族风格、地域风格、流派风格等内涵。[①]不必多说，只有真正优秀的作家才能形成自己的独特文学风格。毋庸讳言，鲁迅可能是20世纪以来中国文学史上寥寥无几可用"风格"进行概括的人，虽然鲁迅对"stylist"这个词有所保留。本节主要论述鲁迅作品中所呈现出的风格流变。

回到1927年广州场域上的鲁迅文学世界中来，我们可以发现存在着一种文学风格的转换。表面上看，由于鲁迅广州时期的作品相对数量较少，且文体杂乱，多数论者未曾真正关注这一论题，[②]但实际上，通过考察其小说、杂文两种文体书写的前后变化，我们完全可以看出这一时间段的创作中鲁迅文学风格的转换。

而实际上，对于鲁迅文学风格的转换，其实往往也是和其文体转换密切关联的，而对文体的转换，论者往往对此有较精准的认知，徐麟指出，《不周山》后，"他就不断地告别'乔木'式的自己——小说和散文写作，而走向了以荒原为生

---

① 具体可参周振甫著《文学风格例话》（南京：江苏教育出版社，2006）。
② 有关文献综述，可参李伟江著《鲁迅粤港时期史实考述》（长沙：岳麓书社，2007），页7—19。

存地的'野草'——杂文。在那里，他终于停下了脚步，拒绝了逃亡也拒绝了拯救，消解了历史的崇高和神圣感，也消解了自己的矜持和悲壮感，掉过头来，以野草式的方式和野兽般的生命力，与历史和现实展开了生死与共的最后搏杀。"[1]

一、小说鲁迅：从《彷徨》到《故事新编》

鲁迅本人对风格其实也有着只言片语的叙述，如"他的制作，表面上是一张画或一个雕像，其实是他的思想与人格的表现。令我们看了，不但欢喜赏玩，尤能发生感动，造成精神上的影响。"（《热风·随感录四十三》）这其实指向了风格的主体创造渊源以及其亲和力与精神感染力。同样，他也提及了风格形成与时代环境的关联，"有岛氏是白桦派，是一个觉醒的，所以有这等话；但里面也免不了带些眷恋凄怆的气息。这也是时代的关系。"（《热风·随感录六十三》）我们不妨考察一下鲁迅小说中的风格转换以及1927年其具体表现。

（一）基本基调：从沉郁到虚浮。

通览鲁迅的三部小说集，并考察其与同时代文学演进的关系，我们不难发现，鲁迅的小说其实经历了两次大的叙事模式的转变：一是从近代性到现代性，也即从小说古典性到《呐喊》、《彷徨》的转变；一是发生在鲁迅小说内部，从《彷徨》到《故事新编》。[2]

1. 从忧愤到阴冷：如何《彷徨》。通读过鲁迅小说的人可以感知，鲁迅小说的风格复杂、多变、独到，即使在大家惯常一并而论的《呐喊》、《彷徨》之间既有风格发展的一贯性，同时又有细微的差异。

鲁迅曾在《中国新文学大系小说二集·导言》中将自己的小说风格自评为"忧愤深广"，这当然是言简意赅之语，但同时，他也清醒意识到自己小说风格的

---

[1] 徐麟著《鲁迅：在言说与生存的边缘》（济南：山东文艺出版社，1997），页196。
[2] 具体可参拙著《张力的狂欢》（上海：上海三联书店，2006），页185—202。

内在演变，"此后虽然脱离了外国作家的影响，技巧稍为圆熟，刻画也稍加深切，如《肥皂》、《离婚》等，但一面也减少了热情，不为读者们所注意了。"① 同样，著名学者夏志清也敏锐的发现了这一点，"《彷徨》收集了一九二四至二五年间写成的十一篇小说。就总体而论，这一个集子比《呐喊》更好，但是由于它主要的气氛是悲观沮丧的，所以并没有受到更热烈的好评。然而作者是知道它的优点的。"② 易言之，《呐喊》与《彷徨》的风格之间，差异还是相对明显的。

【鲁迅《呐喊》初版封面】

（1）《呐喊》：忧愤与反抗。或许是因为要"听将令"，或许"却也并不愿将自以为苦的寂寞，再来传染给也如我那年青时候似的正做着好梦的青年"，这本小说集的整体风格与基调在忧愤之余，却的确是意在"引起疗救的注意"，因此，

---

① 鲁迅编选《中国新文学大系小说二集》（上海：上海文艺出版社，2003），导言页2。
② 夏志清著，刘绍铭等译《中国现代小说史》（香港：香港中文大学出版社，2001），页35。

它让人在忧愤之余,却自然葆有一丝毁坏这铁屋子的希望。①

我们可以将这个小说集的主题与风格稍作分类:相对比较积极的是《一件小事》、《兔和猫》、《鸭的喜剧》、《社戏》。其中,《一件小事》在进行自我解剖的同时却也不忘对实干精神与"劳工神圣"口号的积极回应与提倡,《兔和猫》、《鸭的喜剧》中不乏生命活力的气息,尽管其间也不乏进化论实践的悲戚感喟,而《社戏》则是鲁迅所有小说中最温暖与感人的一篇。

批判性较强的则有《狂人日记》、《孔乙己》、《阿Q正传》、《药》等。《狂人日记》作为鲁迅的第一篇白话小说,有振聋发聩之效,对历史文化吃人真相的揭露其实和"救救孩子"的呼吁紧密相关,虽然"封套"的叙事结构注定了这种呼吁不乏悲剧色彩。《孔乙己》则是一种含泪的笑,让人痛恨封建科举制度,企图砸碎其禁锢与束缚。《阿Q正传》则是以同情的笔触对国民劣根性予以总结和批判,其意在改良,而《药》算是基调相当压抑的一篇,但夏瑜坟上的花环,作为鲁迅有意的"曲笔"却是个缓冲。

剩下的一类则大多描写小人物。《明天》将矛头指向了中医和对看客帮闲们无赖性的批判,也叙写单四嫂子的孤寂,《头发的故事》则借头发的政治变迁来嘲讽人们的健忘;《风波》则通过辫子的事故(剪,还是留)来批判庸众的无聊、八卦和懦弱;《故乡》则通过闰土的嬗变来讽刺社会的黑暗和人与人之间的隔膜;而《端午节》则是嘲讽一类知识分子("差不多主义"者)的无能、懦弱与色厉内荏。总体而言,此类书写虽然入木三分,引发人们的警醒,但整体上其风格背后仍然彰显出创作主体的苦口婆心与良苦用心。不难看出,《呐喊》虽然忧愤,但大多居于朽木或可雕的类型,所以整体看来,反倒让读者生发出或打破、砸烂,或改良、建设的良性冲动。

(2)《彷徨》:阴冷与无望。毫无疑问,从整体书写的基调来看,《彷徨》中的

---

① 有关论述可参胡尹强著《毁坏铁屋子的希望》(北京:人民文学出版社,2001)。

【《彷徨》初版封面，陶元庆作品】

小说都是阴沉的，缺乏哪怕是人为的亮色。

从书写主题来看，毫无例外的令人抑郁。我们不妨从两个层面来看，一种是揭露性的批判。如《祝福》几乎就是对多人数、多层次的集体谋杀的清醒揭发；《肥皂》中间当然不乏对虚伪的道学家内在阴暗的曝光，当然也有更深层次的文化较力①；《示众》则是对庸众看客们表现群像原生态展览的大力批判，而《高老夫子》则是对不学无术的伪善道学家的鞭挞，《弟兄》则是对虚假兄弟情感以及中、西医高下的剖析。

另一类主题则是对反抗的希望进行取消，使反抗变成了无望。《在酒楼上》、《孤独者》中相对阴沉、压抑的氛围更揭示了启蒙者的失败乃至堕落，《长明灯》中疯子的清醒与特立独行敌不过传统世俗，《伤逝》则反映出立志与传统决裂并

---

① 具体可参拙文《"肥皂"隐喻的潜行与破解》，《名作欣赏》2008 年第 11 期，2008 年 6 月。

抗争的男女青年走向失败的惨剧，《离婚》则刻画了一个葆有有限反抗思想的泼辣妇女一步步给旧有文化及其帮凶击败的过程，而《幸福的家庭》则更描写了黄金未来的虚妄与纸上谈兵的可悲可怜。

同时，需要指出的是，《彷徨》中，鲁迅讽刺的手法有向内转的倾向，比如《肥皂》、《高老夫子》、《幸福的家庭》、《弟兄》等等，鲁迅相当机智地揭去其伪装，让人看到他们内心的隐秘和丑恶，《弟兄》中，"鲁迅正是藉由这种梦幻形式，来揭穿所谓'兄弟怡怡'之君子的伪装，让人们看到主角'张沛君'心灵深处的'私欲'。"① 但无论如何，无论是主题，还是叙述手法的变化，都让人感到格外的阴冷，这显然是《彷徨》与《呐喊》的差异。

2. 从沉郁到虚浮。在《故事新编·序言》中，鲁迅写道，"其中也还是速写居多，不足称为'文学概论'之所谓小说⋯而且因为自己的对于古人，不及对于今人的诚敬，所以仍不免时有油滑之处。"其中所透露的信息是丰富的，但最少有两重含义，第一，其风格不同于旧的小说划归；第二，书写风格上有油滑特征。

（1）走向狂欢。毫无疑问，鲁迅的《故事新编》是带有狂欢色彩的，这一点可以最少从三个层面看出。首先是文体的杂陈。相当明显的是，《起死》对戏剧文体的借鉴与跨越，而其他小说都或多或少出显示出杂性的特征——小说性中包容性、开放性的增强。②

其次是语言、话语的狂欢。其中既有方言土语，又有英文；既有古体文、歌谣、公文，同时又有白话以及适合人物角色的特色语言等。易言之，《故事新编》中，多篇小说都有语言混杂的张力，如《起死》中庄子和汉子的对话就有一种谐趣，庄子根本无法抵挡粗鄙而具有生活气息的汉子语言的强势攻击，虽然表面

---

① 蔡辉振著《鲁迅小说研究》（高雄：高雄复文图书出版社，2001），页310。
② 可参拙文《"小说性"与鲁迅小说叙事模式的转变——从〈呐喊〉、〈彷徨〉到〈故事新编〉》，《亚洲文化》（新加坡亚洲研究协会）总第28期，2004年8月。

上，庄子貌似哲学道行高深且是拯救者角色。

第三，意义的狂欢。这同样是《故事新编》风格独特，显得虚浮不实的要因。在我看来，《故事新编》中最少包含了三重意义的狂欢。第一重是对小说中涉猎的远古世界的再现与重构；第二重是书写主体现实生活的介入；第三重则是对超越性内涵与哲学的形构。①

而实际上，鲁迅把诸多思想大家、英雄高仙们并置，形成一种对抗、对话与争鸣的局面，这本身就有狂欢的色彩，同时，我们也可视为这是鲁迅对自我进行安抚与解脱的操作，他是在诸多焦虑之下的一种反弹，方式是重构经典。

【鲁迅《故事新编》封面】

（2）何处不油滑？油滑是《故事新编》中最众说纷纭的焦点之一。在笔者看来，油滑是小说内部结构的一种独特"镶嵌"，因为油滑的部分在小说中基本保

---

① 具体可参拙著《张力的狂欢》，页 220—235。

持了相对独立的特色。① 油滑或许对小说的内部发展造成一定的伤害或破绽，但毫无疑问，油滑却也使得整部《故事新编》的风格独树一帜。

毋庸讳言，正是"油滑"策略的使用，使得整部《故事新编》显示出虚浮不实的文学风格，其间密布了太多显而易见的张力，如题材上的古今杂糅，语言上的中西合璧、又对立冲突，意义上的崇高与猥亵、神圣与龌龊、肃穆与喧嚣，等等，诸多对立与融合遽然呈现。虽然不容忽略的是，在《呐喊》、《彷徨》中鲁迅也"成功地运用了寓庄于谐、寓泪于笑的艺术手法，把悲剧性与喜剧性有机地结合起来，以含泪的笑揭示出人生的悲苦"②，但这远远没法和《故事新编》的狂欢性相比。

（二）英雄情结的建构与溢出：《铸剑》的中间性。

在考察了鲁迅小说整体基调的流变后，我们有必要仔细探究一下广州鲁迅的唯一一篇小说创作《眉间尺》（后改为《铸剑》，所以可通用）。

1. "立人"与英雄情结。"立人"思想作为鲁迅思想的关键词之一毫无疑问是他一种自始至终的坚守，毋庸讳言，其内涵也相当复杂，但我们其实可从破与立两方面展开思考。

一方面，就是破的过程，这是立的非常重要又基础的前提。鲁迅毕生的书写中，破字立当头，至关重要，其中最引人注目的就是对国民劣根性的强力批判，这在鲁迅的杂文、小说中可谓比比皆是：在不同的阶层、身份、角色中，在不同的事件、现实中，鲁迅都是目光如炬，往往以不同的文体加以揭露与批驳。

立人的另一面就是立的过程。这一面则强调个性的健康、相对全面发展，这当然和尼采的"超人"理念不无关系。需要指出的是，这方面的论述和叙述在鲁迅的所有文本中比例相对较低，这或许是因为一方面，鲁迅对立人的正面要求和

---

① 具体可参拙著《张力的狂欢》，页244。
② 刘中树著《〈呐喊〉〈彷徨〉艺术论》（长春：吉林大学出版社，1999），页132。

标尺高度特别强调,而另一方面则是因为,鲁迅周边的现实中匮乏具有"强力意志"的高人。

回到鲁迅小说中来,无论是《呐喊》还是《彷徨》,具有独立人格的启蒙者、前驱往往一如凤毛麟角,鲁迅更多揭示了病态社会的症状,即使是某些清醒而独特的先锋主角,在严峻环境的强势打压下,加上自己本身的缺陷,往往不得不走向癫狂、疾病乃至死亡。[①]

不难理解,追求立人思想的鲁迅心中其实有一个和超人相关的英雄情结,而在之前的小说中往往难以确立,而1927年4月完成的《眉间尺》中,无论是眉间尺,还是黑色人都是其英雄观的投射,虽然前者相对稚嫩,后者貌似冰冷,如人所论,"在《呐喊》、《彷徨》中,鲁迅没有描绘过一个正面的、值得人们赞美的英雄人物。这是因为,鲁迅从当时的社会生活中还没有找到可以寄托自己社会理想的现实力量(对于辛亥革命是失望的),而他改造社会的愿望与理想又颇为强烈,因之在这方面他心理所出现的空缺只能由神话传说、历史故事中的英雄人物来弥补,只能由中华民族源远流长的历史文化传统中代代都有、前后相续的艰苦奋斗精神来弥补。"[②]

需要说明的是,对1927年广州时期《眉间尺》有关英雄情结的过渡性的强调不能太过分,事实上,无论是《不周山》(后来更名为《补天》,还是厦门时期的《奔月》,鲁迅或多或少都呈现了立人与英雄情结的连缀,《补天》其实更是创世纪神话的中国版,《奔月》中迟暮的英雄仍然有其不懈的坚守。当然,需要注意的是,鲁迅的杂文与《故事新编》中英雄情结的差异,如人所论,"虽然都与主体无意识中的英雄情结有关,但两者的具体情况仍有一定差别。前者中所投射的,主要包括反抗情结、论辩情结、讽刺情结,而后者中所投射的,主要包括创

[①] 具体可参王润华《五四小说人物的"狂"和"死"与反传统主题》,《文学评论》1990年第2期。
[②] 阎庆生著《鲁迅创作心理论》(西安:陕西人民教育出版社,1996),页375。

造情结、反抗情结、复仇情结和讽刺情结。鲁迅一生之所以在杂文创作上用力最多、历时最长，辛苦备尝，乐此不倦，除了他革命的人生观以外，不能不说同时与他的英雄情结有关……《故事新编》之所以不间断地运用'油滑'写法，虽欲罢而不能，历久而弥新，同样因为主体包容于英雄情结里讽刺情结十分强大。"①

2. "中间物"论与油滑气质。如前所述，我们不能过分强调鲁迅的英雄情结，甚至把它视为一种盲从，而实际上鲁迅的"中间物"意识恰恰可以让他突破这种迷恋的悖论，从而保持其独特清醒以及两难的思维结构。

在《我怎么做起小说来》中，鲁迅提及，"我做的《不周山》，原意是在描写性的发动和创造，以至衰亡的，而中途去看报章，见了一位道学的批评家攻击情诗的文章，心里很不以为然，于是小说里就有一个小人物跑到女娲的两腿之间来，不但不必有，且将结构的宏大毁坏了。"而在《故事新编·序言》里，鲁迅表达了类似的不满，"油滑是创作的大敌"。

一般而言，《故事新编》中所有的油滑都有其现实的导火索或促发，但同样，回到鲁迅的思想与逻辑理路中，在我看来，恰恰是"中间物"意识使得鲁迅的英雄情结不可能臻于完美，因此女娲大腿中间出现了猥琐的小东西，《奔月》中的羿不仅要面对学生逢蒙的剪径与暗害，而且还要面对物欲化妻子嫦娥狠心的抛弃。

回到《眉间尺》中来，鲁迅对油滑的操控是谨慎的，在油滑与认真并存的杂性中，在这篇作品中是相对较少的，甚至可以说更多是起到辅助作用——我们可以说，《眉间尺》打开了一扇窗口，可以让我们，也让鲁迅自己看到"小说性"中包容性的转化作用。《眉间尺》中的油滑主要可以体现为两点，一点是眉间尺成长中的人性体现，他玩弄红鼻子的小老鼠至死，另一点则是复仇歌谣第三首中暗藏的猥亵性元素。

---

① 阎庆生著《鲁迅创作心理论》，页379。

通过这样的方式，鲁迅对英雄们既有调侃，但同时又保持了充分的敬意，这就使得鲁迅的《故事新编》在整体上因此凸显出有节制的"油滑"气质，也成为一种新类型的典范操作。如此一来，通过《眉间尺》我们可以发现鲁迅文学风格的有力转换甚至是一种经典的转身，如高远东所言，"看来对于鲁迅既'循规'又'"倒"矩'的小说创作历程，对于其历史成就——不仅为中国现代小说贡献了规范的'经典'，而且贡献了反规范的'经典'，我们真的只有惊叹他'简直好像艺术家'了。"①

二、如何杂感：在《华盖集续编》与《三闲集》之间

论者指出，鲁迅杂文有其独特魅力，在思想与艺术的整合中功力卓著，"鲁迅思想以杂文为载体，不仅表现了他的思想是'零金细玉'式地蕴涵着和体现出来，也不仅表现了他的思想是艺术地表现出来的；而且，还表现出他的思想的尖锐、泼辣、生动、具体，针对性强，并在'具体而微'的思想中，始终贯彻着、体现着他的整体思想背景、思想体系和思想、理论的精神实质"。② 回到本论题上来，鲁迅的杂文虽然有不少共通性，但其实不同时期仍然会有局部的差异，本节则主要考察鲁迅 1926—1929 年杂文的主要差异，借此考察 1927 年其杂文风格的独特性与整体转换。

(一)《华盖集续编》：悲愤与庄严。

鲁迅在《华盖集续编·小引》中写道，"将我所遇到的，所想到的，所要说的，一任它怎样浅薄，怎样偏激，有时便都用笔写了下来。说得自夸一点，就如悲喜时节的歌哭一般，那时无非借此来释愤抒情，现在更不想和谁去抢夺所谓公理或正义。"(《鲁迅全集》第 3 卷，页 195) 鲁迅的这段感怀中自然有一种压抑不

---

① 高远东著《现代如何"拿来"——鲁迅的思想与文学论集》(上海：复旦大学出版社，2009)，页 158。
② 彭定安著《鲁迅学导论》(北京：中国社会科学出版社，2001)，页 78。

住的愤怒，同样亦有言外之意，即他对诸多真正正义与公理的探寻。实际上，整部集子也的确有类似的风格。

1. 主题归类：居中的意识形态。通览《华盖集续编》及《华盖集续编的续编》，有关家国政治的关注居然是相对集中的一类。《无花的蔷薇之二》中有对"三·一八"事件的严肃批判，《死地》中则继续对请愿发表观感，《可怜与可笑》则是继续批评政府的凶险，大家很是熟悉的《记念刘和珍君》更是一篇血写的文字，功力深厚、感情真挚、义正词严，《空谈》仍然在讨论"三·一八"惨剧，《如此"讨赤"》则是对时局进行点评，《无花的蔷薇之三》里面也不乏对时局的关注。

【鲁迅《华盖集续编》初版封面】

第二类分量较重的则是有关学界和学术的讨论。比如《杂论管闲事·做学问·灰色等》是对我们熟悉的陈源教授的戏耍，《学界"三魂"》则是批评章士钊之流的文章，《古书与白话》仍一如既往地坚持白话，《一点比喻》则是对类似于"头羊"的绅士们的精深总结，指出其欺骗性，《不是信》、《我还不能带住》则是对诸多污蔑，包括指责鲁迅剽窃盐谷温事件的强烈回应，《新的蔷薇》中不乏对学界的批评，《再来一次》则是对章士钊学术纰漏的无情嘲讽，《为半农题记〈何典〉后》则是一篇短序，《〈阿Q正传〉的成因》则是对其小说创作的说明，《关于〈三藏取经记〉等》是对有关学术议题——中国小说史的一种考辨。

第三类则是日记、通信与其他杂感。如《马上日记》、《马上支日记》、《马上支日记之二》、《上海通信》、《厦门通信（三）》、《有趣的消息》、《记"发薪"》、《送灶日漫笔》、《谈皇帝》等。

如人所论，这一时期的杂文，表面上看也是具体而微的，但实际上往往关涉了意识形态、学术政治、人品道德等，其背后仍然是宏大的时代、文化指涉。如刘一声分析了鲁迅前期作品（特别是杂文）产生的时代背景、思想意义等，并指出，"他对于敌人的攻击，每一击都有力，中了要害，使敌人受伤。"又说，"他的论文所攻击的对象都是所谓礼教，所谓国粹，精神文明，东方文化等等一类的封建思想。除了以推翻整个旧制度为专业的共产主义者而外，在中国思想界中，像鲁迅一般的坚决彻底反抗封建文化的理论，是很少的。"①

2. 风格旨趣：愤激与庄严。基于上述主题分类，我们明了鲁迅1926年的创作其实要么和意识形态密切相关，比如，典型事件是"三·一八"惨案；要么则是关涉自身的学术政治，如陈源的污蔑、章士钊的无理等等，在这样的前提下，其主体风格就难免愤激，同时又是庄严的，甚至正是因为他对政府的强有力批判，才引起当时段祺瑞政府的不满，将他列入通缉名单，鲁迅因此被逼南下。

比较而言，文学性相对较浓的是《送灶日漫笔》、《有趣的消息》和"蔷薇"系列。但其中，"蔷薇"系列往往又是关涉政治（包括学术政治）的，《送灶日漫笔》却是讨论从人处治和对付鬼神转向人处理人，并非肤浅的笑谈。《有趣的消息》算得上是其中最有趣味的一篇了，嬉笑怒骂、挥洒自如，非常典型的鲁迅杂文风格。

由上可见，杂文的幽默与反讽风格其实也是需要反省和酝酿的空间，当情绪过于激烈，事件过于庞杂时，作者难以抽身而出、冷眼旁观时，其文字自然还是愤激的，《华盖集续编》和《华盖集续编的续编》都是如此。

（二）亦庄亦谐：《而已集》的过渡性。

1927年广州时期的鲁迅杂文大多收在《而已集》中。通览该集，我们不难

---

① 一声《第三样时代的创造——我们应当欢迎的鲁迅》，《少年先锋》旬刊第二卷第十五期，1927年2月21日。后收入薛绥之主编《鲁迅生平史料汇编》（第四辑）（天津：天津人民出版社，1983），页218—219。

发现,在风格上,和1926年的《华盖集》系列有轻微的差异。

1. **主题扩张:杂感时代。**在《而已集·题辞》中,鲁迅写道,"这半年我又看见了许多血和许多泪,然而我只有杂感而已。泪揩了,血消了;屠伯们逍遥复逍遥,用钢刀的,用软刀的。然而我只有'杂感'而已。"此时的杂感已经成为一种见证或记录。

若从主题划分,《而已集》主题明显变得繁杂了,当然关涉时代的,尤其是革命的文章仍然不少,如《黄花节的杂感》、《革命时代的文学》、《通信》、《答有恒先生》、《扣丝杂感》、《革命文学》等等。这些文章可以呈现出鲁迅一贯的特色——关注时事,并且相当清醒又独立,如人所论,"杂文就是鲁迅的真正特凭:他是通过激昂的战斗,向几乎所有人投掷投枪和匕首来达到既与时代相依又作为时代突出部分,因而和时代相脱离的特殊性的。鲁迅的文字充当着时代与隐士之间的桥梁。它既退出时代,通向斗室,又进入时代,通向污秽的气味、黑色的光线以及人造的灾难。"[①]

但需要指出的是,《而已集》中的杂文主题已经变得分散和更多元化了。简单而言,对国民劣根性的批判,如《略论中国人的脸》;有关区域的观感和自我经历,如《略谈香港》、《再谈香港》、《读书杂谈》;对某些关键词或名词的重新界定、借用或批驳系列,如《辞"大义"》、《反"漫谈"》、《忧"天乳"》、《革"首领"》、《谈激烈》、《"公理"之所在》、《"可恶罪"》、《"意表之外"》、《新时代的放债法》等等。当然,也还有关于文学的演讲,著名的《魏晋风度及文章与药及酒之关系》;文学性较强的文章,《小杂感》等等。无疑,主题扩张其实意味着鲁迅杂文风格的变化基础扩建了。

2. **风格转向:一半是海水,一半是火焰。**如上所述,《而已集》中的主题是多元的,在涉及时代,尤其是革命的叙述时,鲁迅的笔触多是庄严的,发人深

[①] 敬文东著《失败的偶像:重读鲁迅》(广州:花城出版社,2003),页172—173。

省,此时的他更多是或者提出问题,引发警醒,或者是提出建议、查漏补缺,从这样的风格看来,鲁迅基本上沿袭了以往的杂文书写风格。但同样,在细节上却有所变化,比如,鲁迅变得不那么激烈了,而且同时在批判时,添加了不少趣味与活力。

比如,《魏晋风度及文章与药及酒之关系》一文,借古讽今,嬉笑怒骂,和受众等亦有良好的互动效果,这反映出鲁迅本身在一定压力下的游刃有余、张弛有致。而在广州时期类似的演讲文稿中,鲁迅都呈现出相对人性和活泼的特征以及魅力。所以曹聚仁对此评价很高,他指出,"《魏晋风度及文章与药及酒之关系》,《略论中国人的脸》,《通信》,《再谈香港》,和这《答有恒先生》,是我在《而已集》中认为最出色的杂感文字。"①

而在其他杂文中,鲁迅呈现出比 1926 年华盖集系列更灵活与生动的趣味来,如《革"首领"》里面对自己不断逃离、坐在西晒的白云楼上生痱子表述为宛若荔枝;《"公理"之所在》的结尾,在把人的观点痛批一顿后,鲁迅意犹未尽,"还有一问,是:'公理'几块钱一斤?"(第 3 卷,页 515)而在《"意表之外"》的结尾中,他同样表现出写与不写的吊诡。

总体而言,这样的风格表现出其一半是海水,一半是火焰的过渡风格。

(三)《三闲集》:反讽与潇洒。

1927 年 9 月底,鲁迅和许广平乘船离穗赴沪,而《三闲集》就是他赴沪后的第一本杂文集。在《序言》中,他也指出了杂文在当时的罕见,"*短短的批评,纵意而谈,就是所谓"杂感"者,却确乎很少见。*"(第 4 卷,页 3)这本集子收录了鲁迅 1927 年部分,1928—1929 年的作品,整体上看来,呈现出和《而已集》等某些不相同的文体风格,虽然从更大的角度来看,它们都属于杂感。

有论者指出,幽默和讽刺是鲁迅杂文的重大特点,也是其文学性的表征之

---

① 李长之著《鲁迅批判》(北京:北京出版社,2003),页 120。

一，并指出，"幽默是一种高级逻辑、高级智慧；讽刺是一种非常锋利而又有审美效应的战斗的批判武器。"① 但毋庸讳言，不同时期的鲁迅杂文即使在讽刺上也是有其可能的独特性的，我们不妨按照年代分别叙述。

1. 后广州时代的杂取：1927年。《三闲集》中，《无声的中国》是他在1927年2月香港演讲时的讲稿，《辞顾颉刚教授令"候审"》一文则是来沪前回复顾颉刚的信函，这个收录更多是纪念价值，看不出鲁迅内在的变化。但《怎么写》、《在钟楼上》的"夜记"系列则可以勘探出鲁迅特有的幽默和洒脱：痛定思痛，鲁迅以相当冷静而清醒的眼光审视曾经的自我经历时，却可以从容淡定，尤其是《在钟楼上》相当典型的呈现出鲁迅在反讽中凸显智慧和幽默的特色。

比如，有关大钟楼住所的描述，有关广州话、工友、众人的期待等的回忆，在不期然中都蒙上一层淡淡的美感和笑意，当然更有一丝难得的清醒，比如在喧嚣中对所谓革命的深切反省。

而《匪笔三篇》、《某笔两篇》、《吊与贺》、《述香港恭贺圣诞》则属于另外一种杂文的策略：通过发现奇闻轶事、剪贴报纸素材，然后加以犀利的点评，以展现作者的立场、态度以及对"社会相"的截取与揭露。这样的操作与策略往往是以前的杂文集所少见的。

2. 四两拨千斤：1928年。众所周知，1928年是鲁迅遭受太阳社和创造社诸君轮番轰炸的关键一年，但从其杂文看来，鲁迅对排山倒海式的文字轰炸和攻击似乎相当自如，水来土挡、兵来将挡，大有一种"谈笑间，樯橹灰飞烟灭"的气势和淡定。

有相当一批文章是用来批驳和因应的，如《醉眼中的朦胧》就是对创造社，尤其是成仿吾、李初梨等的潇洒驳斥，比如，其中对成仿吾所说的三个闲暇的调侃就颇有韵味。《头》中有对梁实秋的批评，《我的态度气量和年纪》则同样是对创造社

---

① 彭定安著《鲁迅学导论》，页213。

指责的有力批判，《革命咖啡店》则是对某些企图利用鲁迅的谣言的巧妙回应。

除此以外，相对集中的则是鲁迅对来信的回复，如《文艺与革命》、《通信》、《文坛的掌故》、《文学的阶级性》。当然，也有一些有关文学批评的文字，比如《扁》就是对不顾对象盲目批评的批判，《路》是对褊狭的伪"革命"批评的批判。对于时局，鲁迅也有论述，如《铲共大观》就是对意识形态黑暗性的剖析，《在上海的鲁迅启事》却是对假冒伪劣鲁迅的幽默驳斥，而《看司徒乔君的画》则是篇观画感。

不难看出，1928年的杂文书写，鲁迅在主题上也更多元化，同样在回应与批判上也会讲求艺术，即使是面对来势汹汹的攻击，他依然可以沉着应战，以四两拨千斤之法拆解对抗。

3. **付出与神游：1929年**。在鲁迅1929年的杂文中，相当大的一部分是要为他人做衣裳，比如《近代世界短篇小说集小引》、《叶永蓁作〈小小十年〉小引》、《柔石作〈二月〉小引》、《〈小彼得〉译本序》等，这些篇章，或是编辑说明，或是大力推介，集中呈现出鲁迅在彼时对青年作家生长以及为文学青年提供优秀资源的巨大努力。这从文体包含上看也是一次自我丰富。《"革命军马前卒"和落伍者》、《现今的新文学的概观》则是对革命掌故，以及所谓革命文学及批评的反思，而《"皇汉医学"》却也是由此及彼、点击革命批评家的幼稚和偏执，《流氓的变迁》表面上谈论流氓发展的简史，而实际上也包含了对当时所谓"革命文学"的嘲讽，而《新月社批评家的任务》则是对新月派批评悖论性的有力揭示。

其他，如《书籍和财色》则是对买卖书籍策略中财、色沆瀣一气的批判，《我和〈语丝〉的始终》、《鲁迅译著书目》等多算是资料性文章。但整体而言，在文体的丰富性上，1929年的鲁迅也是有所开拓的。需要指出的是，鲁迅后期杂文中文体书写的丰富性、讽刺手法的狂欢性、主题的芜杂性更多是一种整体趋势，我们不能过分坐实，采取简单的时间线性思维，认为时间越后，杂文性越强，越丰富，所以，从此意义上说，1927年广州时期的文学风格的转换性也更多是整体性的。当然，如果考察更多的杂文的特征，我们不仅要把时间推后，而同时更要关注鲁迅杂文的诗学表现特征，这方面已经有学者作出不错的研究。①

【鲁迅《三闲集》封面】

结语： 1927年广州时期的鲁迅虽然作品数量不多，而且纯文学作品相对较少，但从整体上看来，这些作品还是有其独特的价值的，如果把它们放到鲁迅创作的时间河流里检验，我们还可发现其存有文学风格上的转型性，一方面，在小说的风格上，它们从整体基调上的忧愤沉郁逐步走向虚浮，而《眉间尺》作为其代表作也反映出类似的变换，比如其油滑气质，以及题材上的英雄情结；另一方面，在杂文上1926—1929年的杂文书写中，鲁迅也呈现出程度不同的差异性，如1926年的悲愤与庄严，1927年的过渡性亦庄亦谐，和之后的反讽与潇洒。

---

① 具体可参沈金耀著《鲁迅杂文诗学研究》（福州：福建教育出版社，2006）和郝庆军著《诗学与政治：鲁迅晚年杂文研究（1933—1936）》（北京：文化艺术出版社，2007）等。

第三节　作品新论："几条杂感，就可以送命的"

　　1927年的广州鲁迅是一个多元、立体的精神存在，而其创造物同样值得我们继续探研，而实际上，相关的文本研究显得相对薄弱，大多数论者更多把广州鲁迅视为革命的符号，尤其是强调其思想革命的转型政治。既有的研究中，对《眉间尺》（后改名《铸剑》）、《野草·题辞》较多，而对其他篇目关注较少。值得一提的，如：吴宏聪对《答有恒先生》的细读（《鲁迅思想的飞跃与"妄想的破灭"》）、袁良骏的《读〈而已集〉》、俞元桂和严承章对《魏晋风度及文章与药及酒之关系》的关注等等。[1]但即便如此，上述论文大多仍偏重革命性元素，往往未能立足于多元和繁复的鲁迅形象基础上展开深入论述。

【雷蒙·威廉斯著，刘建基译《关键词：文化与社会的词汇》，三联书店，2005】

---

[1] 相关论文皆可参广东鲁迅研究小组编《论鲁迅在广州》（广州：广东鲁迅研究小组，1980）。

本节则力图另辟蹊径，以关键词（keywords）的方法进行研究。雷蒙·威廉斯（Raymond Williams）对关键词这样界定，"一方面，在某些情境及诠释里，它们是重要且相关的词。另一方面，在某些思想领域，它们是意味深长且具指示性的词。"而且他也指出关键词作法的意义，"对一连串的词汇下注解，并且分析某些词汇形塑的过程，这些是构成生动、活泼的词汇之基本要素。在文化、社会意涵形成的领域里，这是一种纪录、质询、探讨与呈现词义问题的方法。"① 不难看出，这种方法是一种行之有效的对某一语境的文化和社会意蕴进行提纲挈领总结的策略。

需要指出的是，本节是有限度的借用关键词的方法，不是对广州鲁迅的作品进行关键词的重新界定，而更多是借助某些关键词纲举目张，连缀和再现鲁迅文学内部及其生成语境的状况。同样，因为是借助此手法，本节并不奢望面面俱到，而更多考察和侧重被前人忽略的话语形成与蕴含，借此，笔者希望可以重绘广州鲁迅作品解读的意义地图。

一、新的文学生长点：革命·文学·杂感

1927年1月19日，身为知名作家的鲁迅在抵达矗立在"革命策源地"广州的中山大学时，想必在他牵挂爱人许广平的同时，首先映入眼帘或冲撞心灵的就是当时形形色色的"革命"图像。而等到他收到来自各方不同层次的欢迎、期待、寻访和呼唤后，他对革命的理解和感受在丰富性和鲜活性上自然会更具体可辨。当然，等到他亲自体验"四·一五"的血腥与残酷后，对革命的理解会显得更复杂莫名，甚至是"目瞪口呆"。但毋庸讳言，革命与文学是广州鲁迅最重要的关键词。所以，曹聚仁也敏锐的感受到这一点，"那时，鲁迅对于革命和文学，有着他自己

---

① 【英】雷蒙·威廉斯著，刘建基译《关键词：文化与社会的词汇》（北京：生活·读书·新知三联书店，2005），导言页7。

的看法，并不如后来那些所谓鲁迅的信徒一般，硬拉入另一种面孔中去的。"①

当然，广州鲁迅涉及到革命与文学的篇目也不算少，如《革命时代的文学》、《通信》、《答有恒先生》、《革命文学》、《无声的中国》、《扣丝杂志》、《在钟楼上》等。需要指出的是，本节此处并非反思其作品的文学性如何，而更多侧重于鲁迅对"革命""文学"杂糅的想象、理解与设计，在笔者看来，这恰是文学家鲁迅被革命浸染之后对新的文学生长点的寻找与总结。

(一) 理论：革命文学与文学革命。

按照"革命"与"文学"二词的排列组合，可以拼成"革命文学"和"文学革命"，我们不妨从这两个层面展开论述。

1. **"革命文学"：在正反之间。** 身处"红中夹白"的广州，来反省"革命文学"的可能性，鲁迅对此其实有着相当清醒的判断，这其中既有着对革命文学的正面设计，同时也有对它的负面/反面批评。

（1）如何确立：正面思考。在《革命时代的文学》（1927年4月8日黄埔军校演讲）中，鲁迅相当集中的探讨了革命与文学的关系，同时也指出革命文学的何以可能。从整体意义上说，鲁迅对所谓的"革命文学"是不抱太乐观的期待的，毕竟文学本身有其自主性，一旦变成命题作文，"那又何异于八股，在文学中并无价值，更说不到能否感动人了。"（《鲁迅全集》第3卷，页437）在此基础上，鲁迅也分析了大革命与文学的三种关系：大革命之前，叫苦和鸣不平的文学往往无用，怒吼的文学具有反抗性；而大革命时代，文学暂归沉寂；大革命后，或许会有讴歌革命的文学和对旧制度进行怀念的挽歌文学。

为此，鲁迅特别指出，首先要有"革命人"，"为革命起见，要有'革命人'，'革命文学'倒无须急急，革命人做出东西来，才是革命文学。所以，我想：革命，倒是与文章有关系的。"（第3卷，页437）同样，在《革命文学》中，他又

---

① 曹聚仁著《鲁迅评传》（上海：东方出版中心，1999），页93。

加以类似强调,"我以为根本问题是在作者可是一个'革命人',倘是的,则无论写的是什么事件,用的是什么材料,即都是'革命文学'。从喷泉里出来的都是水,从血管里出来的都是血。"(第3卷,页568)不难看出,鲁迅对作者身份的强调其实更凸显了有关文学的现实性书写必须和亲身体验密切相关。

(2) 疑窦重重:负面反省。思想上具有悖论性和复杂性的鲁迅在思考"革命文学"时更呈现出他的怀疑精神,往往进行更多反面的思考。当然,这里的反面也包含两重意思:一种是对"革命文学"界定和意蕴的怀疑;一种是正话反说,嘲讽某些被官方钦定的"革命文学"的反动性。

在《革命文学》中,鲁迅对两种伪"革命文学"进行否定,一种是"在一方的指挥刀的掩护之下,斥骂他的敌手的;一是纸面上写着许多'打,打','杀,杀',或'血,血'的。"(第3卷,页567)鲁迅毫不容情的指出第一种在安全状况下的对失败者所谓的"革命"讨伐,是怯懦的,又指出第二种的如"一面鼓"的虚张声势,也是虚假的。

类似的,鲁迅对"文艺是革命先驱"的说法也充满了怀疑,认为所谓的"革命""文学家"不过是革命军、人民代表之后的"第三先驱",无非是某些人用来"维持文艺"的(《文艺和革命》,第3卷,页583)。不难看出,鲁迅并不认为文学的革命性是其首要要义。

而在《扣丝杂感》中,鲁迅对"革命文学"的官方界定却是相当不满的,以至于正话反说,他先提及,"革命地方的文字,是要直截痛快,'革命!革命!'的,这才是'革命文学'。"这明显就是对假革命文学浮躁性的批驳。然后,他又说,"所以现在的'革命文学',是在顽固这一种反革命和共产党这一种反革命之间。"这当然引发鲁迅有意拿腔做调替政府担忧"赤化",而在犀利的言辞背后则直指官方钦定的"革命文学"的反动性和荒谬性。

2. "文学革命":在工具与思想之间。在对"革命文学"进行深切反省的同时,鲁迅也不忘鼓吹"文学革命"。在1927年提倡"文学革命",鲁迅往往会强调其源有自，那就是《新青年》与五四运动的大力推助。其实，大家同样也不会忘记 1925 年鲁迅在回答《京报副刊》青年必读书征求时的颇有争议的鲁迅特色的答复，"我以为要少——或者竟不——看中国书，多看外国书。"在鲁迅矫枉必须过正的策略中其实也包含着对"新青年"的再造苦心。[①]

在《无声的中国》（1927 年 2 月在香港青年会的演讲）中，鲁迅同样提出了文学革命的必要性，他指出，要用白话文写文章，但同样也要"思想革新"，鲁迅的最终目的其实是要中国活起来，"我们要说现代的，自己的话；用活着的白话，将自己的思想，感情直白地说出来"，同时，又指出，"只有真的声音，才能感动中国的人和世界的人，必须有了真的声音，才能和世界的人同在世界上生活。"（《鲁迅全集》第 4 卷，页 15）换言之，在鲁迅那里，语言的鲜活性和思想革新密不可分。

哪怕是在 7 月 16 日给广州知用中学生的演讲《读书杂谈》中，鲁迅谆谆教导孩子们要独立读书，要结合现实读书，把书读活，哪怕是在看了书的相关批评之后，"仍要看看本书，自己思索，自己做主。看别的书也一样，仍要自己思索，自己观察。倘只看书，便变成书橱，即使自己觉得有趣，而那趣味其实是已在逐渐硬化，逐渐死去了。"（第 3 卷，页 462）在这番言语的背后，是对读书所招致的"文学革命"思想活力的强调。

而在《扣丝杂谈》中，在对官方钦定的"革命文学"进行冷嘲热讽、阳奉阴违之余，鲁迅也略微探究一下原因，他将错就错，提出要避免"革命文学"趋于"赤化"，比如"攻击礼教和白话"，所以在此时，鲁迅仍将白话的工具性和其蕴含的思想的革命性并置，同时他对当时的教育部禁止白话不满，"我觉得连思想文字，也到处都将窒息，几句白话黑话，已经没有什么大关系了。"（第 3 卷，页

[①] 具体可参程凯《"不看中国书"与再造"新青年"》，《中国现代文学》（韩国）第 49 号，2009 年 6 月，页 1—15。

507）在一语双关的讽刺中，其实仍然有对白话所承载的思想革命的重视。

除此以外，还有一场热烈的论争。1933 年 10 月，《大晚报》副刊编辑崔万秋约施蛰存谈谈读书的事情。施蛰存写的是《庄子》和《文选》，然后做了一个小注"为青年文学修养之助"。鲁迅对此加以批判，你来我往，后来形成了一场不小的论争。刨除二人的意气用事因素，在此背后仍然可以凸显出鲁迅对白话语言工具性所承载的思想革命的重视和现代性的捍卫。

（二）实践：走向杂感。

如前所述，革命文学作为一种可能的新兴文学范式引起了鲁迅的兴趣和深入思考。在理论上，他显然对此更多呈现出一种怀疑精神，即使在积极的层面上，他也更强调"革命人"的作者身份基础，但在自身的实践上，鲁迅却有着坚定的操作与追求。实际上，杂感已经越来越成为他连缀革命、文学关键词的锐利武器。如人所论，"鲁迅杂文是一首首内容丰富的诗，他将深邃的思想感情灌注在变化的艺术形式中，或酣畅恣肆，或犀利峭拔，或含蓄凝练，'因事而异，因时而异'（《难得糊涂》），然而又各各独辟蹊径，自成天地，和谐地给人以理性上的启发和美感上的享受：浑然无间。"[①]

1. **刺激与记录。**今天来看，或者是从鲁迅同时代人看来，鲁迅的杂文有其巨大的成绩与影响，如李长之就认为，"就鲁迅自己而论，杂感是他在文字技巧上最显本领的所在，同时是他在思想情绪上最表现着那真实的面目的所在。就中国十七年来的新文学论，写这样好的杂感的人，真也还没有第二个。"[②] 但在当时，鲁迅选择杂文，原因复杂，既有他发自内心的积极主动一面，但同时又有来自外界的各种刺激一面，比如他其实相当在乎外人对其杂感的评价，无论褒贬。实际上，恰恰是贬抑更能起到相应的促发作用。

[①] 唐弢《鲁迅杂文一解》，唐弢著《鲁迅论集》（北京：文化艺术出版社，1991），页 391。
[②] 李长之著《鲁迅批判》（北京：北京出版社，2003），页 102。

在和李小峰的《通信》中，他就提及，"一种报上，已给我另定了一种头衔，曰：杂感家。评论是'特长即在他的尖锐的笔调，此外别无可称。'"（第 3 卷，页 467）鲁迅对此当然不满，所以在信中也会声明，"希望大家不要误解，以为我是坐在高台上指挥'思想革命'而已。"

而在"四·一五"事件后，鲁迅当然深知广州这个所谓"革命策源地"中的水深火热，创作《狂人日记》那样的社会语境已经不再，而且尚未被启蒙和开化的庸众们并不真正知道鲁迅是在攻击他们，"否则几条杂感，就可以送命的。"（第 3 卷，页 477）但鲁迅并没有被恐怖吓倒，也没有坐以待毙，"但我也在救助我自己，还是老法子：一是麻痹，二是忘却。一面挣扎着，还想以后淡下去的'淡淡的血痕中'看见一点东西，誊在纸片上。"（第 3 卷，页 477—478）貌似低调和颓唐，鲁迅在结尾却是表明自己选择杂文的坚定性，以及记录和批评的一贯性。

2. **反讽与出击**。在当时紧张的政治空气中，要对革命或时局做出锐利的判断并借助文字呈现及发表，是需要智勇双全的，鲁迅选择灵活多变的杂文作为斗争武器自然亦有类似的考量。同样，这也和鲁迅自身的性格和精神追求密切相关，"他不属于一个固定的地方，也不使用一种固定的文体。他通过不停的'走'，寻找一种反抗精神可以寄身的空间"。①

《扣丝杂感》中自然不乏对革命性元素的关联性考察，或许更耐人寻味的是结尾，"革命尚未成功"这样一句伟大的话语（既是伟人孙中山所言，又强调了革命的未完成性），鲁迅把它放在已经飘飘然以为革命成功的后方大部分人心里，"既然已经成功或将近成功，自己又是革命家，也就是中国的主人翁，则对于一切，当然有管理的权利和义务。刊物虽小事，自然也在看管之列。有近于赤化之虑者无论矣，而要说不吉利语，即可以说是颇有近于'反革命'的气息了，至

---

① 张柱林著《一体化时代的文学想象》（桂林：广西师范大学出版社，2009），页 152。

少,也很令人不欢。"(第3卷,页510)借此,鲁迅点明了《语丝》变成"扣丝"的荒唐理由,但鲁迅的机智之处在于,他恰恰借此指出了所谓"革命"的深层伪善和荒诞之处。

而在《"意表之外"》中,鲁迅既给敌人,又给自己开了个玩笑,"我的杂感常不免于骂。但今年发见了,我的骂对于被骂者是大抵有利的。"鲁迅接着指出他的骂可以让被骂者变成朋友、结成同盟,同样,骂人者却也要帮被骂者承担一些后者主动推卸过来的责任。但鲁迅却笔锋一转,"这种办法实在比'交战'厉害得多,能使我不敢写杂感。但再来一回罢,写'不敢写杂感'的杂感。"(第3卷,页518—519)鲁迅毕竟是幽默而勇敢的,这也是他出击的一种方式。

当然,选择杂感其实更是鲁迅通过调试文体来回应瞬息万变的社会的策略,也同样具有其独特的文学魅力和对革命理解的敏锐穿透力,"作为'精神界之战士',鲁迅一直在注视着他的目标,在寻找他的真正的'敌人'。他的犟脾气来源于他铁定不移的精神求索的目的,和他对现实和历史无与伦比的清醒的深刻的洞察。所以,不是创造力衰竭,不是才华的虚抛,而是更有在黑暗中奋飞的激情,更能让文学在压迫中充盈着摩罗的活力……杂感的选择是形式的改变,而不是鲁迅的改变,因而也绝非'鲁迅的诗'的改变。"[①]

二、文化政治缩略:广州・香港・中国

通览广州鲁迅1927年的作品,在革命、文学的关键词之外,鲁迅其实一直关注着地域的文化政治,毫无疑问,广州是他一生非常重要、温暖而又心寒的驿站。需要指出的是,鲁迅对地域文化的关注、思考,其背后的指向仍然是中国,或者更准确的说,是对中国国民性的深入挖掘与例证。

[①] 邓国伟《鲁迅杂感的意义》,见广东鲁迅研究会编《鲁迅的当代意义》(广州:广东人民出版社,2002),页20—21。

(一) 情系广州。

这里的情系广州其实最少有两层意思,这里的情可以是爱情,也即,鲁迅和许广平在广州的爱情逐步升温;第二重意思则是鲁迅的广州情结。遍览鲁迅广州时期的作品,绝大部分都关涉了广州,或者说广州成为底色,但同时,鲁迅也善意的指出和批判广州的不足,发人深省。

1. **作为底色的现实广州。**《而已集》中第一篇作品《黄花节的杂感》中,鲁迅提及了广州,显而易见,这时的广州是"革命策源地"的正面形象,但鲁迅也有期冀,即在热烈庆祝之余,也要培养"幸福的花果",而不该只是"赏玩"和"摘食"。

同样,在《略谈香港》中,鲁迅也写到了一个好心的广东人,告诉他在香港时的各种攻略,鲁迅写道,"我虽然觉得可笑,但我从真心里十分感谢他的好心,记得他的认真的脸相。"(第3卷,页446)而在《读书杂谈》中,为了更贴近听众,他举"荔支"【荔枝,下同,朱按】为例证明实地考察的重要性,"这回吃过了,和我猜想的不同,非到广东来吃就永不会知道。"(第3卷,页462)

【荔枝】

而鲁迅同样也关切广州的现实,比如,《忧"天乳"》一文中,文章的中心事件——广州禁女子束胸,鲁迅借此立论,强调社会思想和衣装改良双管齐下的必要性。而在广州稍久后,鲁迅也会就地取材,借广州来幽默一把,《革"首领"》中,提及自己屡被杀退,最后"逃到一间西晒的楼上,满身痱子,有如荔支,兢兢业业,一声不响,以为可以免于罪戾了罢。阿呀,还是不行。"(第3卷,页492)颇有点把自己本土化的调侃意味。而在《扣丝杂感》中,他也借助广州常用的词"猛人"来证明被包围的命运,这种举措显出他对本土事物的借重。

当然，最是集中凝聚了鲁迅对中山大学和广州描述的则是其《在钟楼上》，此文用语诙谐，却又情真意切，同时又有淡淡的无奈与嘲讽。其中提及了他对广州话、广东的热带水果的评价，在中山大学的忙碌、居住大钟楼上的尴尬等，娓娓道来，令人温暖。

2. 广州批判。在广州的居住时间只有8个多月，但鲁迅对广州的观察也是相当细致的，而其不多的批评却也一针见血。

(1) 文化的贫乏。在《略论中国人的脸》中，鲁迅大力挞伐中国人脸上呈现出的家畜性（奴性），鲁迅同时也提及了广州相关电影的丰富和国产影片的高票房，鲁迅写道，"广州现在也如上海一样，正在这样地修养他们的趣味。"（第3卷，页434）言辞中，对广州不高的文化品位有些失望。而在《革命时代的文学》中，鲁迅公开批评广东的守旧与"奉旨革命"，他说到，"广东报纸所讲的文学，都是旧的，新的很少，也可以证明广东社会没有受革命影响；没有对新的讴歌，也没有对旧的挽歌，广东仍然是十年前底广东。不但如此，并且也没有叫苦，没有鸣不平；止看见工会参加游行，但这是政府允许的，不是因压迫而反抗的，也不过是奉旨革命。"（第3卷，页440）这样的批评可谓入木三分。

(2) 革命中的反动。在《答有恒先生》中，鲁迅已经觉察到"四·一五"事件后广州政治氛围的复杂变化，"倘我一出中山大学即离广州，我想，是要被排进去的；但我不走"（第3卷，页476）。而《在钟楼上》一文中，鲁迅也通过回忆再次确认了广州革命中的反动元素，其实是可以从"革命策源地"变成"反革命策源地"的。

当然，在"四·一五"事件中，他也曾亲眼目睹青年们的分化，以及分化后部分人堕落、出卖自己和友人，部分人流血死亡的血腥事实，在1932年4月在写《三闲集·序言》时，他又提到，"我在广东，就目睹了同是青年，而分成两大阵营，或则投书告密，或则助官捕人的事实！我的思路因此轰毁，后来便时常用了怀疑的眼光去看青年,不再无条件的敬畏了。"(第 4 卷,页 5)无疑,这是鲁迅对革命和青年堕落与反动性的并行批判。

(二)文化政治:由香港到中国。

幸运或不幸的是,鲁迅在广州期间,也和香港不无缘分,除了专门前去演讲外,还包括他来穗和离穗时候的经停。

1. 作为"畏途"的香港。《略谈香港》一文中,鲁迅勾勒了一个思想守旧、殖民专制的香港,而其中的《工商报》、《循环日报》① 也曾造谣和污蔑过鲁迅,鲁迅曾写信要求澄清事实,但不被刊登。同样,鲁迅还通过全文抄录当时香港总督金文泰(Sir Cecil Clementi,1875—1947)的演讲词来说明其"保存国粹"、"光复旧物"的保守与愚民,最后,鲁迅还介绍了一则奇特的卖文广告来说明香港的莫名其妙、无奇不有。

《谈"激烈"》一文,鲁迅则又借《循环日报》的材料继续攻击香港的文化专制以及传统守旧。同样,《匪笔三篇》、《某笔两篇》也同样是利用《循环日报》的资料来揭露香港的"社会相"和丑陋"面目"。而在《再谈香港》中,鲁迅又叙述了自己亲身经历被海关的英属警察粗暴检查行李的遭遇,这帮所谓的高等华人在主子面前奴性十足,在同胞面前却耀武扬威,既要收受贿赂,又要破坏同胞的物件。从上可见,鲁迅对香港累积的恶感可谓不言而喻。

2. 由香港以至中国。1927 年 2 月 18 日,鲁迅在香港青年会演讲《无声的中国》时,他对香港的认识仍然是相对模糊的,在鼓励大家"活过来",说自己的话时,他说,"时代不同,情形也两样,孔子时代的香港不这样,孔子口调的'香港论'是无从做起的,'吁嗟阔哉香港也',不过是笑话。"(第 4 卷,页 15)

而在《略谈香港》中,他已经对金文泰的"保存国粹"(所谓古为洋用)进

---

① 有关这两份报纸的评介,可参薛绥之主编《鲁迅生平史料汇编》(第四辑)(天津:天津人民出版社,1983),页 450—451。

行有意批判、大发感慨，笔锋一转，"这样的感慨，在现今的中国，发起来是可以发不完的。"（第3卷，页452）显然，香港已经成为中国批判的引子。而到了《再谈香港》时，他更将香港自然而然视为中国文化政治的缩影，"香港虽只一岛，却活画着中国许多地方现在和将来的小照：中央几位洋主子，手下是若干颂德的'高等华人'和一伙作伥的奴气同胞。此外即全是默默吃苦的'土人'，能耐的死在洋场上，耐不住的逃入深山中，苗瑶是我们的前辈。"（第3卷，页565）

尽管如此，鲁迅似乎意犹未尽，在1932年的《三闲集·序言》中，他仍然在批评香港，并把它推而广之到整个中国，来大力挞伐其专制和守旧，"是这样的香港，但现在是这样的香港几乎要遍中国了。"耐人寻味的是，鲁迅在情系广州时，也有类似的言论，"我觉得广州究竟是中国的一部分，虽然奇异的花果，特别的语言，可以淆乱游子的耳目，但实际是和我所走过的别处都差不多的。"（第4卷，页33）为此，我们要看到鲁迅的超越性和深刻性，恰恰是立足于他日益了解的广州、香港，鲁迅目光如炬，深挖其间的反动、保守、专制、奴性，借而实现对其内在国民劣根性的鞭挞。

有论者指出，1927年鲁迅有关国民性改造的认识发生了几个变化：1. 鲁迅早期认为只有等国民性改造好了，即人立起来了才能改造社会，现在则认为，可以一边改造国民性，一边改造社会，即革命。2. 以前认为国民劣根性的根源就在于人本身，如今将之视为一定社会历史条件的产物，注意从封建剥削制度身上去寻"根"，把改造国民性的任务置于改造整个社会制度的总任务中。3. 早期过分看重人的主观精神，把物质和精神看做不可并存；如今更加重视物质，强调社会实践，真正认识到民族心理、民族性格、文化心态归根结底是离不开具体民族的具体物质生活条件的。① 虽然在广州、香港的身上鲁迅未必完全能够体现出所

---

① 朱正红《试论鲁迅广州时期杂文对国民传统文化心态的剖析》，广东鲁迅研究小组　广东鲁迅研究学会合编《在巨人的光照下（1987—1989年广东鲁迅研究论文选集）》（广州：中山大学出版社，1991），页243—244。

有的国民性改造的变化，但鲁迅对其间的问题、场域的作用以及解决手法在其精神上还是有所反映的。

三、名人效应的张力：通信·演讲·题辞

毋庸讳言，作为当时中国的名人，鲁迅来到广州以后必然也会有名人效应。这当然也会给他带来苦不堪言的骚扰、压力，所以，他写道，"然而苦矣！访问的，研究的，谈文学的，侦探思想的，要做序，题签的，请演说的，闹得个不亦乐乎。"（第3卷，页465）所以，当鲁迅身居大钟楼时，彼处可能不亚于熙熙攘攘的菜市场。但同样，名人效应也给鲁迅带来些意想不到的收获，比如被约去演讲，留下了不少精彩。曹聚仁指出，"我以为鲁迅的文字，就批评现实的匕首作用说，晚年的杂文自是强韧有力。但要理解他的思想体系，说得完整一点的，还得看他的几篇长的论文和讲稿的。"① 而这些论文和讲稿自然也包括他广州时期的几次精彩演讲。

（一）情绪释放：重读通信。

毫无疑问，作为一个中年男子，1927年47岁【虚岁，朱按】的鲁迅有着来自内外的多重压力，同样也因此有着不同的生理与精神焦虑困扰。为此，通信已经成为鲁迅一种非常重要的减压手段，但同时，鲁迅的通信往往不仅吐露自我心迹，而且亦由于其较高的文学性与思想性而成为一种另类的文学展览。

1. **宣泄情绪**。在给李小峰的《通信》中，鲁迅有相当大一部分篇幅都是宣泄情绪的。比如，批评中山大学的某些举措，压力干扰，同样也不满意于钟敬文不经作者审阅和同意就编出《鲁迅在广东》，还署上"鲁迅著"字样；当然，也说明自己的近况，包括和顾颉刚的官司，"四·一五"事件后他的反应，当然鲁迅也没有忘记为被打成"鲁迅派"的学生鸣冤，顺带也提及了自己对共产党和非

---

① 曹聚仁著《鲁迅评传》，页93。

共产党的认识等。

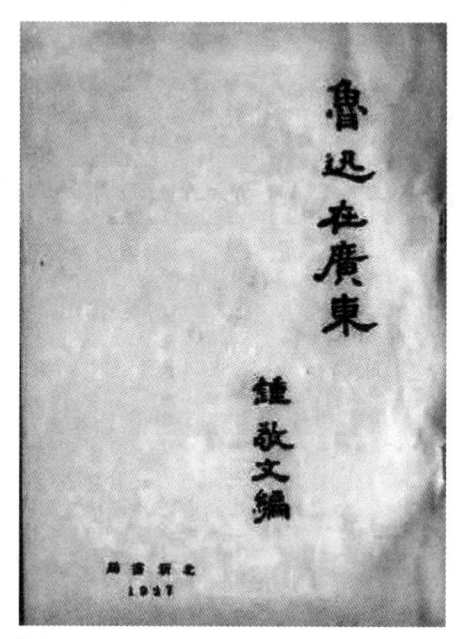

【钟敬文编《鲁迅在广东》，北新书局，1927】

在对上述条项罗列后，鲁迅自己写道，"以上算是牢骚。"（第3卷，页469）可谓相当坦诚，但鲁迅的批判并未结束，而是将笔锋转向"正人君子"陈源，反戈一击，这样才算稍微安稳些。

而在《答有恒先生》中，鲁迅的语气相对严肃了些，但同样也不乏对某些攻击和污蔑的情绪宣泄。比如，在提及厦门时期的遭遇时，就分析了四次打击的经历，比如，住在四周无邻的大洋楼上，三个椅子要被搬去两个，某教授嘲讽他发名士脾气，以及别人对他离开原因的无端揣摩（1. 没酒喝，2. 看别人家眷来不舒服）。不难看出，大部分事件都相对鸡毛蒜皮，这恰恰反衬出鲁迅对厦大的诸多不满。

同样，《辞顾颉刚教授令"候审"》，作为收入《三闲集》前未曾公开发表的私函，鲁迅在其中的言辞同样是冷嘲热讽、夸大其辞，相当强烈的表达出他对顾的不满和不屑。

2. 缕述思想。通信往往是公开的，或者至少在鲁迅心中，它们往往属于公开发表的文本。为此，它们在坦露鲁迅心迹时，往往也起到记录材料、缕述思想的功能。而相对有代表性的则是《答有恒先生》。

某种意义上说，《答有恒先生》已经变成思考和梳理鲁迅在广州思想转换的一个导引。吴宏聪先生虽然过分强调了此文的革命性，但对鲁迅在其间所流露出的"思想飞跃"的判断和细腻分析却是相当锐利的。[①]

考察这封公开信，发现其中鲁迅思想的变化其实主要有两层：①进化论的轰毁；②他对自己进行了深入的解剖和反省。前一条是对他坚守多年的思想加以修订，尤其是他发现青年们成为反动政治的帮凶后更是痛心疾首。而在第二个层面，我们的分析往往较少，其实其中更有值得探勘之处。

表面上看，鲁迅以"落伍"的字眼自贬，其实是正话反说：一个层次是，他看到了革命后相当多的投机分子热心"咸与"革命，这种虚泛反衬出他作为启蒙者的"落伍"；当然，所谓的"落伍"也包含了他旧有的书写方式似乎难以表达当下纷纷扰扰的心绪与思想。

"落伍"问题的另一个重要层次是，鲁迅发现自己似乎也是排宴席过程中炮制"醉虾"的帮手，这也是和《狂人日记》中的狂人的对吃人的自省有惊人的神似，鲁迅发现自己的过往启蒙业绩其实也成为当权者/统治者/杀人者得以观察和利用的对象，"我就是做这醉虾的帮手，弄清了老实而不幸的青年的脑子和弄敏了他们的感觉，使他万一遭灾时来尝加倍的苦痛，同时给憎恶他的人们赏玩这较灵的苦痛，得到格外的享乐。"（第3卷，页474）

毫无疑问，鲁迅是一个相当敏锐而深沉的自省者，所以才有作者文末所言，"我知道我自己，我解剖自己并不比解剖别人留情面。"（页477），所以，林贤治

---

① 吴宏聪《鲁迅思想的飞跃与"妄想的破灭"》，广东鲁迅研究小组编《论鲁迅在广州》，页1—15。

很形象地说,"他是一个'火鸦',悄悄放一把火,就又突然走掉,且走后依然放火:烧社会,烧自己。"①

(二)文化输出:作为公共知识分子的鲁迅。

依据鲁迅自己的判断,他不喜欢演讲,也不喜欢过分抛头露面,但无论如何,这都没有妨碍他成为一个公共知识分子,在广州时期同样如此。

1. 重审演讲:直接的刺激与宣扬。讲话带有绍兴口音,语调平缓的鲁迅似乎本是不善演讲的人,他本人也不喜欢命题作文式的演讲,"我尤其怕的是演说,因为它有指定的时候,不听拖延。临时到来一班青年,连劝带逼,将你绑了出去。而所说的话是大概有一定的题目的。命题作文,我最不擅长。否则,我在清朝不早进了秀才了么?然而不得已,也只好起承转合,上台去说几句。但我自有定例:至多以十分钟为限。可是心里还是不舒服,事前事后,我常常对熟人叹息说:不料我竟到'革命的策源地'来做洋八股了。"(第3卷,页465—466)但在广州期间,他其实参加过多次演讲,而且效果还相当不错。比较著名的则是他在黄埔军校、知用中学、广州夏期学术演讲会以及香港的几场演讲。

萨义德(Edward W. Said)认为,"知识分子的重任之一就是要努力破除限制人类思想和沟通的刻板印象(stereotypes)和化约式的类别(reductive categories)",同时,他也欣赏"反对的精神(a spirit in opposition)","因为知识分子生活的浪漫、兴趣及挑战在于对现况提出异议,面对为乏人代表的弱势团体奋斗的不公平处境"。②鲁迅的演讲中似乎也不乏类似的诉求。

香港的两场演讲中,无论是《无声的中国》,还是《老调子已经唱完》,都成为鲁迅鼓励听众奋起抗争、打破固有守旧传统,让人们更好的活下去的阵地,他号召人们不要被老调子唱衰、禁锢以及被彻底消音;同样,在《读书杂谈》中他

---

① 林贤治著《人间鲁迅》(下)(合肥:安徽教育出版社,2003),页589。
② [美]萨义德(Said, E. W.)著,单德兴译《知识分子论》(北京:生活·读书·新知三联书店,2002),页2、7。

也谆谆教导少年听众要确立自我，要结合实地、现实经验把书读活，要自由读书、学以致用。这些思想都可以直接刺激听众的神经，使他们努力改造自我。比如，有论者就指出，鲁迅在香港的演讲，"给香港的向往光明的青年群众，增添了无限勇气；同时，给予帝国主义及其奴才以沉重的打击。"①

当然，鲁迅不仅大力批判、破除不合理的旧传统，而且他也主张认真建设。在《革命时代的文学》中，他强调"革命人"的重要性，也分析了大革命与文学的关系。相较而言，他在革命的军校——黄埔军校中，对致力于建设新制度的战士及军官们更强调革命的重要性，"一首诗吓不走孙传芳，一炮就把孙传芳轰走了。"

【黄埔军校今貌】

除此以外，在《魏晋风度及文章与药及酒之关系》中，他借助学术研究这样

---

① 许涤新《鲁迅战斗在广州》，薛绥之主编《鲁迅生平史料汇编》（第四辑），页339。

一个公器，新见迭出，把对现实的精深思考含沙射影地投射到对历史时空与文学的观察与研究中，既可以借此浇自己胸中块垒，又可以激发听众对现实的深入思考和独特理解，如人所述，"鲁迅的观点是很敏锐、很鲜明、很革命的，所以说鲁迅是伟大的革命家、思想家和文学家。"①

2. 题辞：提携后进。除了演讲以外，鲁迅其实也帮人题辞，比如《写在〈劳动问题〉之前》一文其实不只是对台湾青年翻译张秀哲的支持，同时也是对台湾的挂念。而鲁迅在文中提及的"张我权"（张我军）其实也是优秀台湾青年代表，鲁迅在他身上同样寄托了浓厚的期望。②

当然，在1927年12月，已经身在上海的鲁迅也为黎锦明的《尘影》题辞，同样也为陶元庆的画展鼓吹，这都呈现出鲁迅对后进、友人的大力提携。当然，1929年，鲁迅的题辞和作序似乎达到一个小高潮。但无论如何，这些也是他名人效应的重要表现。当然，需要指出的是，鲁迅的题辞和序跋其实往往也有着很高的文艺价值，自然也有值得进一步探研之处，如林贤治所言，"序跋本来依附书籍而存在，鲁迅却能统摄全书的神魂而赋予它们很大的独立性，不即不离，若即若离，反客为主，挥洒自如，具有很高的文艺价值。"③

【黎锦明著《尘影》，开明书店，1927，鲁迅题辞】

---

① 欧阳山《光明的探索（摘录）》，薛绥之主编《鲁迅生平史料汇编》（第四辑），页355。
② 有关鲁迅和张我军关系的叙述，可参田建民著《张我军传》（北京：作家出版社，2006），页177—183。
③ 林贤治著《一个人的爱与死》（上海：东方出版中心，2006），页148。

结论：采用关键词方法重读鲁迅广州时期的作品，我们可以从中找寻一些可能新鲜的理解和更强的体系性，如"革命·文学·杂感"中，鲁迅对新兴文学的设想、质疑和实践值得我们三思；"广州·香港·中国"中鲁迅借助地域文化政治来探勘和批判背后略有差异又神似的国民劣根性；"通信·演讲·题辞"中阐发鲁迅作为公共知识分子的责任与创造之间的张力，这些都给我们带来新的路径。

第四节　鲁迅小说中的革命话语

顶着三大家（文学家、思想家、革命家）高帽的鲁迅先生最容易被确认的身份是文学家，思想家和革命家的头衔往往引人质疑，当然也有不少解释和辩护。而实际上鲁迅自己对"革命"二字有着清晰而深刻的认知，同时从某种角度看鲁迅先生并不认可一般人所界定的"革命者"内涵，根据许广平的回忆，弃医从文后的鲁迅颇有自知之明，"革命者叫你去做，你只得遵命，不许问的。我却要问，要估量这事的价值，所以我不能够做革命者。"[①] 耐人寻味的是，鲁迅所言的革命和普通认知的狭义革命（如抛头颅、洒热血、搞刺杀、上战场冲锋陷阵等）有较大差别，比如其中相当重要的面向就是思想革命，这也可以看出鲁迅的独特性和深刻性，如王富仁先生指出，鲁迅在他的《呐喊》《彷徨》等作品中所试图证明的是：中国需要一次深刻的、广泛的思想革命，政治革命若不伴随着深刻的思想革命，必将与辛亥革命一样半途夭折。[②]

所谓"革命话语"显然不是指源自《易经》的所谓"汤武革命，顺乎天而应

---

① 景宋（许广平）《民元前的鲁迅先生》，鲁迅博物馆等编选《鲁迅回忆录（专著）》（上册）（北京：北京出版社，1999），页97。
② 王富仁著《中国反封建思想革命的一面镜子：〈呐喊〉〈彷徨〉综论》（北京：北京师范大学出版社，1992），页32。

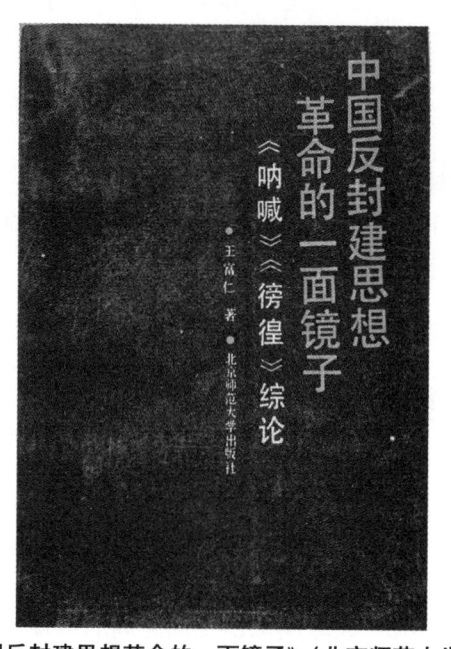

【王富仁著《中国反封建思想革命的一面镜子》(北京师范大学出版社，1992)】

乎人"的说法，往往指向了政治意义上的改朝换代，而更是指添加了西方 revolution 内涵的现代称谓，革命往往变成了自然界、社会界或思想界发生的重大变革，它当然包含了诸多思想大家的经典论述，包括马克思的阶级论观点。而即使是缩小范围，到了 20 世纪中国语境内，亦有各种发展理路和繁复论述。①

让鲁迅小说遭遇革命话语可以部分克服以意识形态定论解剖的刻板与先入为主，从而可以部分激活鲁迅先生固有的复杂性，尤其是，他以笔为旗为剑既战斗又韧性的丰富张力。毫无疑问，他在杂文书写（包括演讲中）屡屡提及文学与革命的关系，更大一点言之，也有文学与政治的关系，但以小说作为大家耳熟能详的文体进行观照，却亦有其独特进路与孔道。我们不妨从两大层面展开论述，一是革命的层次，二是革命的后果。

---

① 具体可参陈建华著《"革命"的现代性：中国革命话语考》(上海：上海古籍出版社，2000)。

一、革命的层次

不必多说,鲁迅是经历过多种革命存在的样式的,比如晚清诗学革命以及梁启超的影响,国学大师章太炎同时也是反清革命志士的言传身授,革命先驱孙中山先生的示范作用,甚至还包括留日同学的以死抗争(比如陈天华)、捐躯刺杀(比如徐锡麟、秋瑾等等)。鲁迅先生既有戎马书生的壮志和爱国激情,同时又有失败后痛定思痛的清醒与冷静,他选择了以自己的方式革命,也呈现出革命的丰厚层次,其中至少包括了思想革命与自我革命。而在书写时他也变成了听从将令的曲笔书写者,如其在《呐喊·自序》中所言,"在《药》的瑜儿的坟上平空添上一个花环,在《明天》里也不叙单四嫂子竟没有做到看见儿子的梦,因为那时的主将是不主张消极的。至于自己,却也并不愿将自以为苦的寂寞,再来传染给也如我那年青时候似的正做着好梦的青年。"

(一)思想革命:从制度到文化。

如人所论,鲁迅"他没有选择血的方式,而是选择了言说和输入精神食粮,这种对辛亥革命目标的独异呼应,贯穿一代。革命先觉者的鲜血当然也没有白流,至少换来了众声喧哗的舆论时代,才使得鲁迅这样的思想者成为时代的骄子。"[1]鲁迅先生在小说中对思想革命的的思考又涉及如下几个层面:

1. **制度更新**。鲁迅的第一篇小说《怀旧》虽然是文言文写作,但毫无疑问亦有现代性元素的闪耀:比如其中的儿童视角,如何判断私塾与传统文化等等。而结合有关论题思考,它也涉及了制度更新的问题,但习惯了"超稳定结构"集体无意识的人们并不会/不能认真区分动乱/革命的本质差别,不是惯常的朝代更替,而可能是现代性制度的更新,但吊诡的是,由于新制度往往脱胎于旧制度,

---

[1] 姜异新《经历·书写·虚构——鲁迅的辛亥与国民性经验的审美生成》,《鲁迅研究月刊》2013年第10期,页7。

甚至不乏合流之处，的确存在着敷衍的色彩和举动，比如《头发的故事》中提及，"我最佩服北京双十节的情形。早晨，警察到门，吩咐道'挂旗！''是，挂旗！'各家大半懒洋洋的踱出一个国民来，撅起一块斑驳陆离的洋布。这样一直到夜，——收了旗关门；几家偶然忘却的，便挂到第二天的上午。"

而真正涉猎民国理想事件的小说则在《药》《头发的故事》《阿Q正传》中尤显突出，而其中也呈现出鲁迅对不同时段革命发展的思考与精神回望，如人所论，"在鲁迅精神史上，民国理想和'民元记忆'是一个刻骨铭心的精神事件，也是鲁迅创作深层意识中难以抹除的历史烙印。鲁迅先后创作的《药》、《头发的故事》、《阿Q正传》三部与民元革命相关的小说中，分别塑造了的夏瑜、N先生、假洋鬼子三个面貌各异革命党形象。这三个革命党形象出现在民国革命的不同阶段，体现出民国革命不同时期的革命观念和精神状况，成为鲁迅探讨民国理想失落和民国来源失传的形象表述。"①

2. 文化革命：从批判到拟想。从第一篇白话小说《狂人日记》开始，鲁迅先生在小说中就展开了对传统文化及其糟粕的猛烈批判，它不仅揭示了其吃人本质，而且也直接叙写这种传统根深蒂固且绵延至今，"从易牙的儿子，一直吃到徐锡林；从徐锡林，又一直吃到狼子村捉住的人。去年城里杀了犯人，还有一个生痨病的人，用馒头蘸血舐。"其中亦有和《药》情节焦点的互文——人血馒头，也有和《头发的故事》中的环环相扣。

从此视角看，《长明灯》就是一篇高度象征/隐喻的小说实践：被命名为疯子的他其实看到了长明灯的变异，"你看，三头六臂的蓝脸，三只眼睛，长帽，半个的头，牛头和猪牙齿，都应该吹熄……吹熄。吹熄，我们就不会有蝗虫，不会有猪嘴瘟……。"而且力主要"熄掉他"或"我放火"，这种策略本身就是一种铲除乃至同归于尽的革命理路。

---

① 朱献贞《"民元记忆"与鲁迅小说中的革命党形象》，《齐鲁学刊》2014年第1期，页134。

当然，鲁迅先生也写到了力图革命的人或启蒙者面对强大传统文化的挫败。《孤独者》中的魏连殳在很多理念上都具有革命元素，如丧葬礼仪中对真性情的弘扬（表面恭顺、事后狼嚎）、对儿童尤其是青少年一代的平等与尊重（如果孩子们有变坏，也是环境使然，这就是进化论思想之一种）等等；而另一面则是传统礼教的收编、打压，这最终以物质生存的方式压倒了魏连殳。《在酒楼上》亦然，吕纬甫面对传统（包括温情）的围猎最终屈服，要么做无聊的无可无不可的事，要么顺应传统，"你还以为教的是 ABCD 么？我先是两个学生，一个读《诗经》，一个读《孟子》。新近又添了一个，女的，读《女儿经》。连算学也不教，不是我不教，他们不要教。"这恰恰反衬出传统文化的依然强大。

相当有意味的是，鲁迅先生对新文化也有一些拟想。《幸福的家庭》就是一篇颇有张力的书写，在拟想中，他们夫妇该是自由恋爱婚姻，"自由结婚的。他们订有四十多条条约，非常详细，所以非常平等，十分自由。而且受过高等教育，优美高尚……。东洋留学生已经不通行，——那么，假定为西洋留学生罢。主人始终穿洋服，硬领始终雪白；主妇是前头的头发始终烫得蓬蓬松松像一个麻雀窠，牙齿是始终雪白的露着，但衣服却是中国装，……"同时还要有宽敞的书房等等幻想，而另外一面则是冰冷的现实，缺钱少柴的羁绊、妻女琐事的纠葛等等，这彻底击碎了他的梦想/幻想。鲁迅设置了一个在现世或不平静的世界中的世外桃源：里面既有现代性元素，又有传统文化，大致可称为中体西用，但实际上鲁迅又打碎了这种可能性，尽管原本他对这种拟想就怀有强烈的讽刺感，"和对话体的叙事结构相吻合，鲁迅在小说中更彰显出理想与现实的尖锐对立，借此来证明在彼时现实中幸福的不可得。"[①]

（二）自我革命。

鲁迅对自我有着相当清晰的认知，在给许广平的信中说："凡做领导的人，

---

① 朱崇科、陈沁《反激的对流》，《中国文学研究》2014 年第 2 期，页 102。

一须勇猛,而我看事情太仔细,一仔细,即多疑虑,不易勇往直前,二须不惜用牺牲,而我最不愿使别人做牺牲(这其实还是革命以前的种种事情的刺激的结果),也就不能有大局面。"① 但在我看来,具有否定性思维的鲁迅反倒比一般人,甚至是同时代文化人更深邃的思考,那就是自我革命。

1. 解剖知识分子。知识分子主题是鲁迅先生小说书写的焦点和强项关怀,也恰恰从此类书写中呈现出鲁迅先生对自我革命思考的复杂性、独特性和深刻性。

《伤逝》当然可以有多重读法,比如其间的可能的兄弟失和元素②,但同样如果作为一篇爱情小说解读的话,又有相当有趣的向度和内涵:我们可以理解子君和涓生的勇敢,当他们一致对外时,他们无论是姿态还是口号都是振奋人心令人刮目相看的。毕竟,这指向了制度乃至伦理道德的革命,但最终走向了挫败,不少人把二人恋爱的悲剧归结为物质困窘,而实际上在我看来最大的精神缺陷却是来自于他们自我革命的乏力和失败:比如子君身上的虚荣心、肤浅,缺乏自我更新的能力;涓生身上的大男子主义、现代性伦理中强调自我真实的自私与过度务实乃至冷酷,前者的依赖性和后者的自私让他们难以持续各种打压之下的恋爱事业,缺乏包容、相互支撑的爱的能力。

《端午节》中表面上看批判的是方玄绰的差不多主义,剖析人性的复杂性和劣根性,但实际上鲁迅在小说中有更丰富的剖析面向:一方面鲁迅揭示出方的无力自我革命,他只是理解和包容/纵容自己懦弱的劣根性,这是显性的一面,另一方面他却利用自己的文化资本来欺压没受过教育的太太,"他脸色一变,方太太料想他是在恼着伊的无教育,便赶紧退开,没有说完话。方玄绰也没有说完话,将腰一伸,咿咿呜呜的就念《尝试集》。"这再一次论证了他不仅革自己的命

---

① 鲁迅著《两地书八》,《鲁迅全集》第 11 卷(北京:人民文学出版社,2005),第 33 页。
② 具体可参朱崇科、陈沁《鲁迅作品中的"兄弟失和"纠结及其超克——以〈伤逝〉为中心》,《文艺争鸣》2015 年第 11 期。

难，而且还变本加厉，以现代知识为幌子去欺压而非启蒙自己的太太从而遮蔽实情则更彰显了自己的阴险与懦弱。

2. 流民革命的悖论。有论者指出，"阿Q的所言所行，正是一个处于社会底层的人既受到欺压又想要保持自己作为人的尊严的自卫反应。我们面对如此一个弱者，不是同情他所遭受的不幸，反而对他的'精神胜利'喋喋不休，多少有些让人大跌眼镜。"[1] 我们至少可以从两个层面探讨作为流民的阿Q的革命问题：

其中一个层面就是其革命权利的问题。从此角度看，阿Q自己对革命是有需求的，虽然同时也懵懂，但是可以看出彼时的辛亥革命完全忽略了这一点，阿Q被排除在外，比如赵秀才"写了一封'黄伞格'的信，托假洋鬼子带上城，而且托他给自己介绍介绍，去进自由党。假洋鬼子回来时，向秀才讨还了四块洋钱，秀才便有一块银桃子挂在大襟上了；未庄人都惊服，说这是柿油党的顶子，抵得一个翰林；赵太爷因此也骤然大阔，远过于他儿子初隽秀才的时候，所以目空一切，见了阿Q，也就很有些不放在眼里了。"同时也被剥夺了这种权利，而且最后成了新旧势力沆瀣一气的牺牲品，这一方面反映出革命者/启蒙者的傲慢，另一方面却又反衬出革命的浮浅与潦草。毕竟，身为底层备受侮辱的阿Q本身也该有自己的权利，也是被动员（如果不是被拯救）的对象。

另一个层面我们也要看到阿Q是没有能力进行自我革命的。他更多只有革命的冲动/欲望，同时他又挟裹了不少个体的劣根性。从此角度看，他所谓的革命和传统意义上的造反并无太大差别，无非是指向了物质、权力、女人，可以理解的是，阿Q的革命注定会失败，也了无新意。显而易见，从此角度看，他身上的劣根性和"精神胜利法"是中华民族的集体精神糟粕的凝练，他没有能力进行自我濯洗与革命，但同时他又有参与革命、提升自我的权利。

表面上看，从制度到文化的思想革命与自我革命相距甚远，而实际上在某些

---

[1] 魏巍《迷茫与反思：当前鲁迅小说几个误读的检讨》，《鲁迅研究月刊》2015年第8期，页29。

英雄形象身上又得到了巧妙融合，比如《理水》。治水的大禹力挽狂澜，实践出真知，以"导"的手法替代了传统的"湮"，这本身是卓有成效虽然阻力较大的思想革命，禹辩护道，"有人说我的爸爸变了黄熊，也有人说他变了三足鳖，也有人说我在求名，图利。说就是了。我要说的是我查了山泽的情形，征了百姓的意见，已经看透实情，打定主意，无论如何，非'导'不可！这些同事，也都和我同意。"但从自我革命的角度看，他的务实、能干、俭朴一度给当时的官场带来了冲击和清风，但最终他还是不得不腐化①，走向了同流合污，"幸而禹爷自从回京以后，态度也改变一点了：吃喝不考究，但做起祭祀和法事来，是阔绰的；衣服很随便，但上朝和拜客时候的穿著，是要漂亮的。所以市面仍旧不很受影响，不多久，商人们就又说禹爷的行为真该学，皋爷的新法令也很不错；终于太平到连百兽都会跳舞，凤凰也飞来凑热闹了。"禹的腐化/被同化却又再一次证明了自我革命远比制度更新困难。

二、革命的后果

不管是辛亥革命，还是参与稍后的新文化运动，还是之后的起伏、逆流等等，鲁迅先生对有关革命（无论是政治还是文化层面）是有着深切历史现场感受的，所以他在《自选集自序》中说，"见过辛亥革命，见过二次革命，见过袁世凯称帝，张勋复辟，看来看去，就看得怀疑起来，于是失望，颓唐得很了……不过我却又怀疑于自己的失望，因为我所见过的人们，事件，是有限得很的，这想头，就给了我提笔的力量。"但鲁迅的情感表述与其文学实践总有张力，"知其不可为而为之"的韧性坚守往往更是一种不必言说的实践常态，他对于革命显然有着更丰富的认知，尤其是，他也会以革命的结果来反思革命的成效、限制与更深层问题。

---

① 具体可参拙著《张力的狂欢——论鲁迅及其来者之故事新编小说中的主体介入》（上海：上海三联书店，2006)，页 225。

（一）话语的辩证：以辫子书写为中心。

革命话语本身中似乎天然地安放了现代性元素，但其从理念落地，尤其是变成了一种思想文化实践完成范式转换（paradigm shift）绝非轻而易举。比如辛亥革命之于鲁迅的重要性，他看到了它的划时代意义，心存感激与兴奋，力图以文字进行强化与巩固，但同时他也看到了其问题，政治革命相对容易，但涉及灵魂——精神转换时却举步维艰，"辛亥的确是鲁迅一生无法取代的重要时空坐标，当革命发生时，已是而立之年的他，有着自己独特的判断和立场，对后来一代是一个传说，对于鲁迅，却是用笔墨干预过的亲历和见证。而追求思想革命的辛亥使鲁迅找到了归属，真正理解了革命的内涵，才于之后奉献出一系列关于革命的真知灼见。"[1] 我们不妨以辫子为中心探究这种话语的辩证。

1. **顽固而狡猾的传统**。无需多言，现代意义上的革命对于传统来说是颇具震撼力乃至翻天覆地的大事，但是由于后者往往一时难以理解革命的新颖性，它往往采取了熟悉的惯性模式进行应对，以为这就是另一次改朝换代，同时即使随着时间的推移，即使它能够部分理解革命、现代性，但由于思维的惰性或既得利益的惯性捍卫，它在整体取舍上依然是反革命的，无论是集体还是个体，无论是腹中空空还是满腹经纶。

《风波》如果从此视角看，恰恰是从两个层面展现出辛亥革命、张勋复辟之于"超稳定结构"底层单位的影响。一方面是他们如何从宏观上认知重大现代事件，无一例外的是，他们把辛亥革命简化为剪辫事件，好比当年满清入关时留辫、太平天国起义要求剪辫一样，而且顽固保守的赵七爷还习惯了留辫，把张勋理解为张翼德的后代加以美化，当然也是为了公报私仇曾经酒醉时骂他"贱胎"的七斤。另一个层面则是七斤内部家庭如何应对危机，其中呈现出平凡或无名的

---

[1] 姜异新《经历・书写・虚构——鲁迅的辛亥与国民性经验的审美生成》，《鲁迅研究月刊》2013 年第 10 期，页 8。

恶：无非是七斤夫妇互相指责或者把不满发泄到更年轻的弱者一辈身上，而文末六斤又成了糟粕传统惯习的牺牲品——辛亥革命后数年她依然被残忍的裹了小脚，这一切都表现出传统的强大。

《肥皂》中鲁迅先生刻画出了另一个复杂的传统卫道者形象——四铭。在生理上，他是一个伪道学，明明对女丐有着流氓一样的欲望流动，却以买肥皂给太太用的方式进行转移利比多出口，在宣泄一度受阻后，恼羞成怒的他却一方面把火气洒向了在洋学堂就读的儿子学程，另一方面却又痛恨嘲笑和辱骂他 old fool 的（女）学生们，"秀儿她们也不必进什么学堂了。'女孩子，念什么书？'九公公先前这样说，反对女学的时候，我还攻击他呢；可是现在看起来，究竟是老年人的话对。你想，女人一阵一阵的在街上走，已经很不雅观的了，她们却还要剪头发。我最恨的就是那些剪了头发的女学生，我简直说，军人土匪倒还情有可原，搅乱天下的就是她们，应该很严的办一办……。"某种意义上说，恰恰是因为女学生的现代知识框架严重超出了四铭的理解力，他才更会把这种无奈、恐惧与不满发泄到以剪辫为载体的女学生身上去，但他的发泄淫欲却又不得不借助现代化的产品——肥皂，的确是吊诡重重。①

相当耐人寻味的是，上述两篇小说呈现出鲁迅小说书写的精湛技艺，《风波》中彰显了传统集体与个体对现代事件的"大化小"特征，辛亥革命被矮化成一个辫子事件，而《肥皂》中的方法却是"小变大"套路，无能懦弱的四铭却将女学生的剪辫视为比土匪还要严重的挑衅和恶劣行径，但无论如何，这都呈现出传统的强大与顽固。

2. 暧昧而脆弱的现代。可以理解的是，革命话语的现代转换需要时间换空间，同时又要不断反省自身的限制乃至缺陷。在鲁迅的小说中，绝大多数革命者在呈现出革命性之余都或多或少彰显出一些劣根性，但同时却又反衬出革命现代

---

① 具体可参拙文《"肥皂"隐喻的潜行与破解——鲁迅〈肥皂〉精读》，《名作欣赏》2008年第11期。

性的暧昧与脆弱。

回到辫子书写上来，《头发的故事》从小说性（novelness）角度来看似乎颇为尴尬：它过于说理，近乎毫无情节，更多是言论表述的只言片语或者是片段经历拼贴，但其中却蕴含了丰富的革命话语描述。其一就是对健忘和敷衍的批判，比如N先生一再强调双十节的意义，其实就是变相为现代革命张目乃至文字立碑。从辫子惨痛的历史一直讲到民国元年，正是因为双十节剪辫才成为一种个人自由，"只是元年冬天到北京，还被人骂过几次，后来骂我的人也被警察剪去了辫子，我就不再被人辱骂了；但我没有到乡间去。"

另外就是批判革命的简单与脆弱。即使回到剪辫事件中来亦然。让女人剪辫在社会包容度低旧传统依然强大之时无异于加重了她们的痛苦，毕竟简单而言，她们还要遭受传统与男权的多重压迫，从此角度看，革命也要讲求策略、手腕，更要保持清醒头脑韧性战斗，这样才有资格对抗传统并建立新传统。某种意义上说，这种源自血的教训的谆谆教导与诚恳告诫必须坚决贯彻，这是鲁迅先生愿意让小说显得说教的核心原因。

(二) 悲剧机制：败与死。

可以理解的是，正是因为革命的对象相当强大、历史绵长且狡诈顽固，革命的后果往往也多以悲剧收场，甚至形成了一种悲剧机制，比如革命者的往往挫败乃至死亡，而这里的死亡要么是精神幻灭（如《在酒楼上》的吕纬甫），要么则是肉体被消亡（如《药》中的夏瑜），结合革命话语考察来看，也有几种形态和理由：

1. **妖魔化革命**。统治阶层中的既得利益者及周边在对待革命时一方面可能是无法理解，另一方面则往往是出于剿灭心理而进行妖魔化处理，《药》中的夏瑜作为一条暗线主角其形象是被刽子手康大叔讲述出来的，而夏瑜的劝人革命就被表述为更容易理解的"造反"，"这小东西也真不成东西！关在牢里，还要劝牢头造反。"同时，面对牢头的侮辱，夏瑜却偏说反革命们"可怜"。但无论如何，夏瑜还是英勇就义，并被消费为人血馒头，死后的经历也成为茶余饭后的谈资。

《阿Q正传》中则有两种妖魔化并存：一种是具有革命意愿的阿Q因为愚昧无知，共享了和统治阶层类似的关于现代革命的认知，毕竟阿Q的精神资源主要是来自于民间戏曲和统治阶层，"阿Q的耳朵里，本来早听到过革命党这一句话，今年又亲眼见过杀掉革命党。但他有一种不知从那里来的意见，以为革命党便是造反，造反便是与他为难，所以一向是'深恶而痛绝之'的。殊不料这却使百里闻名的举人老爷有这样怕，于是他未免也有些'神往'了，况且未庄的一群鸟男女的慌张的神情，也使阿Q更快意。"而另一种则是由于革命软弱性导致的新旧合流，而这最终导致阿Q成为牺牲品而被处死——他原本该是革命队伍中的一员的，如人所论，"国旗已经改变，民间没有改变；国号已经改变，上下阶层都没有改变。这就是鲁迅小说写给我们的辛亥后现实。辛亥前后平民的思想依旧，生活与地位依旧，仍然是被压迫、被奴役、被统治，因为革命既没有改变社会制度，又没有改变等级观念；既没有改变人际关系，也没有改变习惯与人情"。①

2. **突围寂寞与再突围**。面对旧传统的强势围剿，革命作为新生事物往往显得脆弱而又节节败退。相较而言，革命者往往显得寂寞、孤独，具有较强的挫败感。

《鸭的喜剧》往往被解读为具有童心的小说，但实际上作为小说主人公的爱罗先珂却也是一位革命志士，他是因为日本当局因"宣传危险思想"罪的驱逐才来到北京入住八道湾11号的。表面上看，在这篇小说中呈现出的是爱罗先珂的关于声音的物质的寂寞，但实际上是精神的寂寞。因为他的理念颇具现代性，强调自食其力，"常说女人可以畜牧，男人就应该种田。所以遇到很熟的友人，他

---

① 张铁荣《在骨子"依旧"中上下求索——鲁迅小说中的辛亥革命言说》，《鲁迅研究月刊》2011年第9期，页24。

便要劝诱他就在院子里种白菜;也屡次对仲密夫人劝告,劝伊养蜂,养鸡,养猪,养牛,养骆驼。后来仲密家果然有了许多小鸡,满院飞跑,啄完了铺地锦的嫩叶,大约也许就是这劝告的结果了。"通篇小说洋溢着一种怀念而又淡淡忧伤的气氛,借此鲁迅其实也彰显了主体创作者自身的寂寞。

需要警醒的是,鲁迅小说中的革命话语中也提及了伪革命的倾向。比如《离婚》中的爱姑,或许因为她是一个泼辣的农妇出身,有论者出于意识形态先行的研究导向把她夸大为婚姻革命的女先驱,实际上她远远不是:首先她的抗争其实更多是撒泼,七大人多管齐下遏制了其身体反抗和言语暴力;其次她反抗的依据思想却又是陈旧的传统伦理和婚姻道德,最后的离婚抗争变成了加多十元的闹剧。从这两个层面看,爱姑都算不上革命者。而其中特别引人注目的还有七大人,作为传统捍卫者和执行人的他是老奸巨猾的:他动用传统糟粕的神秘性作为文化资本以及打手作为震慑恐吓爱姑并不令人惊讶,但相当遗憾的是,他却收编了假洋鬼子/洋学堂读书人为其效劳,(北京洋学堂回来的)"尖下巴少爷赶忙挺直了身子,必恭必敬地低声说"。这其实已经证明了最可能进行思想革命的人士已被收编,新旧合流沆瀣一气彻底击溃了农村妇女爱姑。实际上,鲁迅先生对革命中间的悖论性乃至波诡云谲了若指掌,在《小杂感》中写道,"革命的被杀于反革命的。反革命的被杀于革命的。不革命的或当作革命的而被杀于反革命的,或当作反革命的而被杀于革命的,或并不当作什么而被杀于革命的或反革命的。"于是,中国的社会历史无非就是"革命,革革命,革革革命,革革……"①

结语: 鲁迅小说中的革命话语自有其特色和关怀,在书写层次上,他强调并呈现出思想革命的重要性,并从制度到文化层面进行了批判,同时他更侧重深入个体灵魂的自我革命,并以知识分子与游民为典型进行剖析。鲁迅先生还考察了革命话语的后果,呈现了其悲剧机制,指出其中可能的形态与原因,同时也有主

---

① 鲁迅《小杂感》,《鲁迅全集》第3卷(北京:人民文学出版社,2005),页556。

题性书写，比如辫子和现代革命的纠葛。整体而言，小说作为一种文体，呈现出鲁迅的革命反思自有其特色和优势，其象征、隐喻、互文性、小说性等特质都让这种话语实践显得丰富而独特。

第三章：周树人主任？

鲁迅同时担任了中山大学文学系主任、教务主任和文科教授的多重职务。他既是有关教务政策的制定者、决策者，又是实践者。为了更清楚的理解鲁迅有关思想的发展，我们不妨首先思考他和厦门大学校长林文庆的多重纠葛或冲突，我们不难发现林、鲁最重要的文化冲突其实更是两种现代化过程中面对传统的文化模式角力的结果；而在人事学术层面的冲突，则更凸显出二人的身份、位置所带来的不同思考与处世立场；同样，在经济（人格）层面二人亦有冲突，当然这也和二人的不同经历和体验密切关联。

作为中山大学的首任教务主任，鲁迅虽然履职只有两月余，但他对中大的教务既有实质的工作业绩奉献，也有精神思想层面的文化遗产。鲁迅如何实际执掌教务处，又在这些实践背后呈现出怎样的教务思想和精神无疑值得关注，同样，鲁迅的教务思想在今天喧嚣的教育界其实仍然不乏启发意义。

鲁迅虽然不乏优秀学者的基本素质，但担任专职教授的时间很短暂，考察其原因，既有来自内部的思想的、性格的矛盾和相关气质起作用，同时又有来自外力的不断拒斥，既有经济的、政治的因素的伤害，又有人格的、学术的技术性压制，而在1927年弃绝教授其实更是多种元素水到渠成后的产物。鲁迅对教授的弃绝和批判也应该引起我们对学术技术体制以及政治限制的反省。

鲁迅小说中的公务镜像颇耐人寻味，作为一个深谙官场习俗做过14年公务员的小说家，他的作品对此主题关注甚多。毫无疑问，他刻画出了官本位思想的悖谬：一方面言及其传统根深蒂固，另一方面却又呈现出新旧社会转型中的尴尬。相当犀利的是，他也再现了官场中的败德，如伪善阴损、无聊刻板等。而在鲁迅的个人经历与公务镜像呈现出亦有一种风格的关联与变换：北京时期呈现出多元的写实主义，而厦门广州上海时期则显得"虚浮不实"走向狂欢。

第一节　林文庆与鲁迅的多重纠葛

毫无疑问，鲁迅和厦门大学校长林文庆（Lim Boon Keng，1869－1957）的复杂纠葛是一个令人兴趣盎然却又望而却步的艰深议题。从议题内部来说，一方面，二人都是不同区域华人社会丰富而重要的精神存在，鲁迅的世人皆知自是不必多言，林文庆甚至被尊称为"新加坡圣人"；而另一方面，二人之间却更有着遭遇时角色扮演之外的诸多层面的重大差异。如果从议题研究层面来看，一方面，由于时间相对久远，二人交集的一手资料相对较少增添了研究难度，另一方面，由于意识形态介入的巨大力量，特别是鲁迅的长时期被神化和片面化，让二人的关系长时间内出现一面倒的抑林崇鲁实践，但21世纪以来却又出现为林文庆树碑立传中矫枉过正的过度辩护现象（比如评价林文庆时，主张要和鲁迅研究专家们有所切割），但毋庸讳言，要想真正厘清二人的复杂纠葛不偏不倚，则迫切需要既知道鲁迅研究又了解新马华人史的跨学科思维与实践。

【厦门大学校长、新加坡华人林文庆】

考察目前相关研究，大多数论述略显平淡。直接相关的论述，要么是简述二人的冲突，如陈漱渝《鲁迅与林文庆的冲突》(《同舟共进》2009 年第 1 期)和观点类似、篇幅加长的《林文庆一位难勾脸谱的历史人物——兼谈鲁迅跟厦门大学一些人的分歧》(《鲁迅研究月刊》2009 年第 1 期);而有的则对夸大化了的二人冲突加以反拨,如严春宝《在想象中被人为夸大了的思想冲突——剖析鲁迅在厦门大学期间和校长林文庆之间的"矛盾"》(《河南师范大学学报》2010 年第 1 期)。相对疏离的则是考察鲁迅与厦门大学(国学院)的关系,如桑兵《厦门大学国学院风波——鲁迅与现代评论派冲突的余波》(《近代史研究》2000 年第 5 期)就细致分析了顾颉刚和鲁迅冲突的方方面面,既有私人恩怨,也有师承和派系的冲突;而苗体君、窦春芳《鲁迅与厦门大学的是是非非》(《文史精华》2009 年第 4 期)进行了整体性的概述。其他研究,也会从林文庆的角度立论,比如探究林文庆的教育思想、儒家思想等,相对集中的论述主要是严春宝著述的《一生真伪有谁知:大学校长林文庆》(福建教育出版社,2010)。而在林文庆的故乡新加坡,李元瑾博士的相关研究则最为丰富,[①] 而她编著的《林文庆的厦大情缘》(新加坡:南大中华语言文化中心、八方文化创作室联合出版,2009)其实也是她一直以来戮力为林文庆呼吁正名的实践之一,里面又收入 6 篇她多年来对林文庆整体思想的探究以及应有地位的呼吁的各类论文/文论。

但合而言之,上述多数论述在拓展了我们对林文庆、鲁迅的认知视野以外,其实并没有完全令人信服的详细阐述、论证并挖掘林鲁二人复杂纠葛的深层动因、生成模式,本节则企图结合二人交往的细节和要事重新阐释二人纠葛的层次、要因,并得出一己的判断。为此,本节主要从如下三个层面展开分析:1. 文化冲突;2. 学术人事纠葛;3. 经济(人格)冲突。

[①] 李元瑾有关林文庆的专著主要有《林文庆的思想:中西文化的汇流与矛盾》(新加坡:新加坡亚洲研究会,1991)、《东西文化的撞击与新华知识分子的三种回应:邱菽园、林文庆、宋旺相的比较研究》(新加坡:新加坡国立大学中文系、八方文化企业公司,2001)等。也多谢李博士热心提供资料上的帮助。

一、如何现代：林鲁文化差异

某种意义上说，林文庆、鲁迅最大最深的冲突层面其实更是文化差异/冲突，从更复杂而深刻的意义上说，他们表面的"国学"（含儒学）纠缠其实更是两种"现代"模式如何处理传统的对话，只可惜他们二人对彼此的内心世界相知太少，更缺乏足够的时间与合适的机缘互动，后人们在理解这种冲突时往往隔靴搔痒，制造不少人为的误读，乃至以讹传讹。史学大师王赓武（1930—　）相对较早时就犀利地指出人们对林文庆的相对忽略乃至误读，"在中国，只因鲁迅（1881—1936）于1926—1927年有短短几个月在该校执教，许多作家才记起了林文庆这个人物。不过他们提到林文庆，毫无溢美之词，大多是对他认真提倡儒家思想的努力寥及数语，不以为然。中国的当代政治已经把鲁迅和陈嘉庚两人誉为中国人民的楷模，而林文庆则由于他的'儒家信徒'形象，召致了人们严厉的指责。看来现在他只能企望从他的新加坡同胞那里得到比较宽厚的对待了。"① 为此，我们必须指出林、鲁面对传统时所呈现出的巨大文化差异以及模式。

（一）林文庆模式：多元文化认同中的儒学坚守。熟悉新马政治、历史、文化与文学的读者都知道，新马华人的文化认同变迁有其相对复杂的历史，哪怕单纯是国家认同，其历史也是耐人寻味。② 同样，如果从中国性（Chineseness）视角考察华人对中华文化的迷恋（obsession with China），则仍然可见别有一番不同于中国大陆母体的别致风情。

1. 多元文化认同中的儒学坚守。相较而言，新马华人有着比其他区域，尤其是中国大陆华人更加复杂的认同模式，也就是王赓武教授所言的多元文化认同

---

① 王赓武著《中国与海外华人》（香港：香港商务印书馆有限公司，1994），页174。
② 相当精彩的论述，可参崔贵强著《新马华人国家认同的转向》（厦门：厦门大学出版社，1989）。

(multiple-identities)。① 毋庸讳言，多重认同的形成其实和复杂多变的历史语境息息相关，而同时多元种族文化的冲击、现代化与殖民主义的介入与反拨，政治认同、文化认同、民族认同与本土认同等多元混杂。林文庆恰恰出生并成长于这个世事多变、认同纠葛的时期。我们其实也可以从林的好友邱菽园（"南洋第一诗人"）身上看出这种多元认同的痕迹：作为笃定认同自己是中国人的邱其诗作中却也或多或少有意无意呈现出不同层次的本土关怀的缝隙和情愫，甚至我们也可视之为新马华文文学本土性萌蘖的源头之一。②

【王赓武教授】

同样需要强调的是，面临现代性的冲击，作为对自己华人身份的强调，在新

---

① Wang Gungwu," The Study of Chinese Identities In Southeast Asian", see Jennifer W. Cushman and Wang Gungwu (ed.) *Changing Identities of the Southeast Asian Chinese since World War II.* (Hong Kong: Hong Kong University Press, 1988), pp. 1-22.
② 具体可参朱崇科《本土意识的萌蘖抑或"起源"语境——论邱菽园诗作中的本土关怀》，《南大语言文化学报》（新加坡南洋理工大学）第七卷第一期，页223—248。

马（马来亚时期）时空里，传统和现代的冲突并未达到剑拔弩张、水火不容的境地；恰恰相反，它们更多是相对融洽的兼容并蓄。以"五四运动"为例，我们可以看到，当时的新马社会与文化界对此反应是相对迅速而及时的，比如新加坡《国民日报》副刊《国民俱乐部》的编辑在 1919 年 6 月 5 日开始正式提倡"新文艺"，这往往也被学界视为马华新文学史的起点。① 同时更耐人寻味的是，马来亚"五四运动"的提倡者恰恰是旧派文人，正是有感于文化水平不高的同胞因为难以掌握传统文化而带来诸多不便，他们才更积极的倡导新文化来开启民智。②

当然，从更复杂的意义上说，这些华人的反殖民意识觉醒时，儒学（含孔学）也成为一种对抗性的工具，这和我们一直所认为的封建文化残余与糟粕的简单界定的确大不相同，"林文庆等人组织孔教会，举办国语班，大力宣传儒家学说，正是为了唤醒流徙华人的民族意识。这是一场跟殖民者'归化政策'相对抗的'归顺运动'"。③

正是在此语境下，虽然传统和儒学在马来亚时空也曾经遭受过一定的冲击，但它们的发展与变异却是一直卓有成效的展开着，远没有达到中国国内一度"过街老鼠，人人喊打"的局面，而相应的，民间宗教和文化甚至保存得比中国大陆母体还要原汁原味。而林文庆、邱菽园、陈嘉庚等华人亦都呈现出大致相似的多元认同模式，他们既传统又现代，既革命又保皇，既具有民族主义的心志，又包容异族与他者。当然，如果细分起来，新马华人的认同模式亦有微妙的差异，如

---

① 可参郭惠芬《马华新文学史起点的新界定：〈国民日报〉与〈益群报〉探析》，见新加坡《亚洲文化》第 24 期（2000 年 6 月）。
② 具体可参杨松年著述的《新马华文现代文学史初编》（新加坡：BPL 教育出版社，2000），页 33—55。他发现了文学传播与推行的独特性以及与区域性特质的关联，原因等。
③ 陈漱渝《林文庆—一位难勾脸谱的历史人物——兼谈鲁迅跟厦门大学一些人的分歧》，《鲁迅研究月刊》2009 年第 1 期，页 52。

宋旺相、林文庆、辜鸿铭、邱菽园等等还是各有千秋的。① 甚至哪怕只是将范围锁定在民族主义（nationalism）议题中，也有相似和差异之处，如海外华人中也有不同的民族主义模式，比如伍连德、林文庆的差别。②

【严春宝著《他乡的圣人：林文庆的儒学思想》，广西师范大学出版社，2017】

2. 峇峇身份与补偿机制。同样要强调的是，林文庆是一个峇峇（Baba）。③ 这种身份对于中国性本土化的葆有大有裨益，虽然对于操持中文（华语）的人来说这种状态似乎不无尴尬。而值得一提的是，林文庆还是一个锐意改革、坚守中

---

① 具体可参李元瑾的论述《东西文化的撞击与新华知识分子的三种回应：邱菽园、林文庆、宋旺相的比较研究》等。
② 可参李叔飞《海峡华人知识精英的民族主义观念——伍连德与林文庆的比较研究》，《华侨华人历史研究》2009 年第 4 期。
③ 相当著名的研究来自陈志明教授 Tan Chee-Beng, *The Baba of Melaka：Culture and Identity of a Chinese Peranakan Community in Malaysia*（Malaysia Petaling Jaya：Pelanduk Publications, 1988）.

华文化的峇峇,他对于华语与文化有着高亢的热情与高度的崇敬,而且,他也对凭借中华文化传统维持华人属性有着精深的认知和坚定的实践,"在峇峇华人社会中,最令林文庆不能容忍的,就是峇峇们那种只顾追求西方生活却轻视中华语言文化的态度,他甚至将那些有意误导以致引起峇峇们憎恶中国传统文化、礼俗、宗教和语言文字的人视之为敌人,因而,他极力地要在海峡华人中恢复中华语言和文化。"① 甚至林文庆把华语这种母语称之为"父语",他不断在各种演讲中告诫海峡华人,"要是可能的话,让我们除却不知父语(father tongue)的污名,让汉族的每一个儿子学习宝贵的语言"。②

从峇峇身份来看,由于更要借助外语(往往是英文,或部分马来文和少数闽南方言)维系自我的华人文化身份,他们其实比传统的华人有着更深的失根恐惧以及反向的对中华传统文化热烈拥抱的过度补偿的激情,这似乎也暗合了某类海外华人"再中华化"(re-Sinicizing)的某种必然性,而这种情结往往挥之不去,而且由于某种机遇一旦掌握了华语,他们往往会如饥似渴的汲汲于传统经典的崇拜与吸纳。辜鸿铭(1857—1928)是如此,林文庆对于儒学的一生坚守更是如此,如人所论,"林文庆对于儒家思想的痴迷与坚持,可以从他对儒家思想的热切推行上反映出来:他不但在理论上为儒家思想展开辩护,更以其实际的行动,在现实生活当中来推展儒家的伦理思想",③ 这也包括在他掌校的厦门大学。

但整体而言,林文庆的思想主线是相对传统的,更是以儒学为中心的多元并存的认同确认,如人所论,"林文庆兼具多重身份,而将这些身份连接起来的是他对中华文化,特别是对儒学文化的认同与回归。"④

---

① 严春宝著《一生真伪有谁知:大学校长林文庆》,页 77。
② Lim Boon Keng, "We are a peculiar people", *Straits Chinese Magazine*, Vol. 6, No. 24, June, 1898, p. 167.
③ 严春宝著《一生真伪有谁知:大学校长林文庆》,页 298。
④ 张亚群《从西洋文化回归儒学文化——林文庆大学教育思想解析》,《高等教育研究》2010 年第 1 期,页 93。

【辜鸿铭】

（二）鲁迅模式：革故鼎新中的矫枉过正。出身传统、直面现代的鲁迅则呈现出别样的文化模式，严格说来，鲁迅本身是一个难以简化处理或标签化的精神存在。

1. **"别立新宗"：反思性现代性。**如果套用西方术语"现代性"来归纳和探勘鲁迅对现代性的追求和借鉴的话，我们或许最好使用"反思性现代性"（reflective modernity）一词来加以概括，这意味着，一方面，鲁迅对现代性的追求不遗余力，是有着发展性和科学性特征的，比如，从进化论、个人的无治主义、人道主义到马克思主义等理论都曾经和鲁迅发生过千丝万缕的纠葛。需要指出的是，上述思潮在鲁迅的思想脉络中并非是单纯的线性关系，而是在不同时期各有侧重，但往往是犬牙参差、纵横交错的。另一方面，鲁迅对西方现代性其实不无反思意味，在早期的数篇文言论文中，如《文化偏至论》、《科学史教篇》、《摩罗诗力说》等，鲁迅既对现代化/现代性的积极一面加以热烈拥抱，但同时又对其问题和缺憾进行了相对犀利的批判，如对科技"物化"人类可能性的副作用加以批评，还有包括少数服从多数民主模式中可能的集体暴政倾向等等，都进行了不遗余力的反省。

从此意义上说，我们要看到对现代性进行整体拥抱、局部批判的鲁迅相当积极的建构性的一面，他的"立人"核心理念为此尤显突出，"立人"而后建立"人国"。同时需要强调的是，鲁迅的反思性现代性中间还潜藏了他对本土的深沉思考，正是立足于本土的文化传统和现实状况同时反省西方现代化，鲁迅才逐步形成了自己的本土现代性模式——他未必是追新逐旧、引领潮流的新文化主将，但他却一直坚忍不拔，迂回前进，即使在新文化运动陷入低潮后依旧"荷戟独彷徨"，成为诸多"唯新是从"人马作鸟兽散后的有力坚守者和孤独战斗者。从此视角看，鲁迅一直是一个相当清醒而务实的"本土现代性"的实践家。

【朱崇科著《张力的狂欢》，上海三联书店，2006】

2. "取今复古"：决绝于传统。表面上看，鲁迅得益于传统良多，而相当长一段时期内，无论是其早期的相对艰涩而精深的古文创作，还是其在北京各大学兼课时名声在外的《中国小说史略》，无论是其书写《狂人日记》之前十年沉潜在故纸堆里，还是他生命精神中魏晋风度的镌刻，[①] 这一切似乎都注定了鲁迅和

---

① 有关鲁迅和传统的关系可参李城希著《接受 偏离 回归——鲁迅与中国传统文化》（昆明：云南人民出版社，2006）和田刚著《鲁迅与中国士人传统》（北京：中国社会科学出版社，2005）等。

中国文化传统的命定式关联。但命定并不意味着主观抉择的顺从性和被强迫性，从更宏阔的视野来看，鲁迅对中国文化传统，尤其是作为糟粕日益猖狂、国民劣根性日益凸显的载体身份的传统、"国学"等等，态度是相当决绝的。

即使是比对于对中国人影响深远的孔子，鲁迅也是有着他截然不同的人生价值关怀和取向的，如王得后所言，"鲁迅的为人生，是要改良这人生，疗救社会的病态，改善人性，推动社会向前发展。孔子的为人生，是想挽救王纲解纽的社会，培养君子，把社会拉回周王朝的鼎盛时期。因此，鲁迅与孔子分歧多于认同，而且分歧是重大的、根本的。"[1] 为此，鲁迅为了呈现出他对"新"和现代性的理性坚守与实践，他往往采取了矫枉过正的策略。

从此视角看，我们才可以真正理解鲁迅旧传统的逻辑思路、文化模式及其间的决绝精神。他不仅在自己的小说创作《呐喊》、《彷徨》、《故事新编》中加以猛烈批判，同时作为文明批评和社会批评的杂文更是一种强有力的精神清扫，有论者指出鲁迅这种说狠话的决绝风格还有来自文体——杂文方面的制约和塑造。[2] 同样，在现实事务中，他也坚持此类观点，比如 1925 年 1 月，《京报副刊》刊登启事，向社会征求"青年爱读书"和"青年必读书"书目（各十种）。2 月 21 日，该报发表了鲁迅应约所作的答复，"我以为要少——或者竟不——看中国书，多看外国书。少看中国书，其结果不过不能作文而已。但现在的青年最要紧的是'行'，而不是'言'。只要是活人，不能作文算什么大不了的事。"这种观点自然在当时引起轩然大波，其实这其中恰恰蕴含了鲁迅对"破"的坚定理解。

当然还有令人印象非常深刻的文学言辞，鲁迅在 1926 年发表的《二十四孝图》中指出，"我总要上下四方寻求，得到一种最黑，最黑，最黑的咒文，先来诅咒一切反对白话，妨害白话者。即使人死了真有灵魂，因这最恶的心，应该堕

---

[1] 王得后著《鲁迅与孔子》（北京：人民文学出版社，2010），页 410。
[2] 具体可参陈平原《分裂的趣味与抵抗的立场——鲁迅的述学文体及其接受》，《文学评论》2005 年第 5 期。

入地狱，也将决不改悔，总要先来诅咒一切反对白话，妨害白话者。"毫无疑问，鲁迅在整体原则上，对新的坚守和对旧的批判绝对是截然分明的，虽然骨子里他对传统浸淫极深。哪怕是到了他晚年的1933年10月，鲁迅和施蛰存又发生了关于《庄子》、《文选》的论争。排除其中二人的意气成分，表面上看，鲁迅似乎过于钻牛角尖了，对传统经典和精华似乎缺乏必要的理性和包容性，实际上里面恰恰体现出鲁迅的破旧立新立场以及要坚守和巩固现代性成果的不依不饶。

也有论者会另外读出鲁迅企图借用传统"复古"的目的，并结合魏晋风度和《故事新编》加以论证。① 无疑，复古和启蒙在鲁迅那里是有着复杂的张力的，但在我看来，鲁迅"取今复古"的侧重点指向了"别立新宗"，即使结合鲁迅的《故事新编》加以分析也是如此，鲁迅更是借小说回击了企图依靠传统救彼时中国的虚妄性。② 同样，在鲁迅的古文创作中，无论是文学作品，还是学术论著，其实都涌动着现代性反思的新气象以及评价乃至重估传统的崭新视角，这是必须加以说明的。

林文庆、鲁迅二人的直接文化冲突并不多见，但无疑，在不同文化认同模式中长大和成熟的林文庆是无法真正理解鲁迅的，虽然他以重金聘请鲁迅前来厦大担任教授。林鲁直接的文化角力发生在1926年10月14日上午9点，林文庆邀请鲁迅到群贤楼上发表演讲，题目是"少读中国书，做好事之徒"，结果"演讲词的前半，关于'少读中国书'部分，被校长林文庆删去，所以在《厦大周刊》登出时，看不到了。鲁迅先生自知他的见解与当局相反，不受采纳，以后林文庆再要请他演讲，他都婉言辞绝了。"③

---

① 可参廖诗忠著《回归经典：鲁迅与先秦文化的深层关系》（上海：上海三联书店，2005）和袁盛勇著《鲁迅：从复古走向启蒙》（上海：上海三联书店，2006）。
② 可参拙著《张力的狂欢——论鲁迅及其来者之故事新编小说中的主体介入》（上海：上海三联书店，2006）中编。
③ 陈梦韶《鲁迅在厦门的五次演讲》，薛绥之主编《鲁迅生平史料汇编》（第四辑）（天津：天津人民出版社，1983），页96—97。

平心而论，鲁迅的观点其实还是延续了他1925年开列书单时的认知，正是在新与旧不破不立的决绝中，鲁迅坚持否认了传统的合法性，借此来捍卫新文化来之不易的并未牢固的地位，而这当然与需要以中华传统安身立命的林文庆有着根本的差异，这个差异乃至冲突其实更是两种思想模式的对抗。需要强调的是，今人在理解和剖析林、鲁冲突时一定要谨记回到历史现场的重要性，而不要简单把差异和后人导致的不公变成了另一种偏执的辩解，无疑，这对真正理解林、鲁关系又是一种新的伤害。

二、瑜亮相争：学术人事纠葛

林、鲁之间的冲突还表现在有关学术人事上。结合当时的历史语境，厦门大学可谓在起步中百废待兴，相关规章的完善与执行都有待进一步提升，加上文科、理科之间，本地人和外江佬之间，还有大学内部的一些派系斗争，千丝万缕，这都有可能引发或牵出林、鲁的某种纠葛，此处只涉及直接关联的事件。

（一）学术考核：工具理性压迫与戏弄。 作为教授的周树人与作为作家的鲁迅其实是有一种身份兼顾的内在张力的，这一点无论是鲁迅本人的感受，还是他的性格与教学研究事业的冲突都可见一斑。当然，我们知道，在后来的中山大学辞职后，鲁迅从此就弃绝了教授。① 但毋庸讳言，教授这个职业中其实既有让人在思想上感到激情与自由创造喜悦的一面，同时又有各种考核、制度化措施等所带来的工具理性压迫的一面。

可以理解的是，为厦大发展鞠躬尽瘁的的林文庆通过重金礼聘名教授前来"布道"，自然也希望人尽其用、性价比高，他自然也希望教授们（包括鲁迅）拿出自己的成果来作为证明和顺便考核，同时又为厦大的声誉增砖添瓦。在10月4日的《两地书》中，鲁迅就提及，"校长是尊孔的，对于我和兼士，倒还没什么，

---

① 具体可参本书中《周树人教授，还是鲁迅先生？——论鲁迅对学院教授的弃绝》。

但因为花了这许多钱,汲汲要有成效,如以好草喂牛,要挤些牛乳一般。"

林文庆在有关会议上提出,希望大家半年内就有一些成绩,鲁迅则觉得半年时间不够。但为门面起见,也可以付印自己整理的古小说钩沉,"院长当时很慷慨的说了,大意是:只怕没有稿子,有时便可立即付印,请就拿给他看。鲁迅的稿子果然拿出了(可证他——鲁迅——并未吹牛),来往不到半点钟,这部稿子转了回来,以后便没有声息,稿子也就到鲁迅的箱里去休息了。"①

如果我们从鲁迅的做事风格考察,他是一个崇尚认真、埋头苦干并身体力行的人,如增田涉在回忆中就指出,"认真——诚实是他最喜欢的。"② 鲁迅对学术的态度是虔敬的,又是认真的,坚韧不拔的,在未达到一定水准的情况下,他不会轻易出手,但这和某种意味上有些急功近利的学术考核是背道而驰的,这自然也是一种压迫;同时,把辛辛苦苦整理的成果交上去却又难以出版,这种戏弄和鲁迅的认真又形成巨大反差,无疑林文庆这种举措会让鲁迅感觉相当不舒服,在《两地书·七五》中,他就写道,"国学院也无非装门面,不要实际。对于教员的成绩,常要查问,上星期我气起来,就对校长说,我原已辑好了古小说十本,只须略加整理,学校既如此着急,月内便去付印就是了。于是他们就从此没有后文。你没有稿子,他们就天天催,一有,却并不真准备付印的。"(《鲁迅全集》第11卷,页208)

从鲁迅来厦大之前的现实设计考察,许广平回忆道,鲁迅来厦门之前就考虑到,"教书的事,绝不可以作为终生事业来看待,因为社会上的不合理遭遇,政治上的黑暗压力,做短期的喘息一下的打算则可,永远长此下去,自己也忍受不住。"③ 可见鲁迅一开始就没有把担任教授当作是长远之计,而更多是一种生活

---

① 卓治《有关鲁迅在厦门大学的回忆》,薛绥之主编《鲁迅生平史料汇编》(第四辑),页45。
② 增田涉著,钟敬文译《鲁迅的印象》,可参钟敬文著/译《寻找鲁迅·鲁迅印象》(北京:北京出版社,2002),页289。
③ 许广平《鲁迅离北京去厦门》,薛绥之主编《鲁迅生平史料汇编》(第四辑),页6。

缓冲，既解决了生计，同时又避开了当时北京政府的高压，但在骨子里，鲁迅对自己的定位仍旧是作家，尽管表面上看，著有《中国小说史略》以及着手撰写断代文学史的鲁迅完全算得上一位相当称职，乃至优秀的学者。

（二）与现代评论派：时空转换中的持续纠葛。 某种意义上说，林文庆无意从人事上给鲁迅制造麻烦，但就是在无意之中，求才心切的的林文庆亦把当时的史学新锐顾颉刚（1893—1980）请到厦大，这就意味着"现代评论派"和"语丝派"的二大主将同时把战火从北京燃烧到了厦大。

【顾颉刚教授，鲁迅一生为数不多的私敌之一】

在一般人看来，作为史学家的顾颉刚算得上谦谦君子，而鲁迅往往攻击性强，生性多疑，所以，在顾、鲁的私人恩怨冲突中错误多在鲁迅。而实际情况则是大谬不然。简而言之，除了性格、籍贯、学校、老师门派等表面因素以外，鲁迅和顾颉刚真正的结怨原因则是鲁迅的"剽窃"事件——也就是所谓的鲁迅的《中国小说史略》似乎剽窃了日本学者盐谷温的文学史论述。当现代评论派陈西滢和鲁迅论战时，陈就抬出了此观点对鲁迅大加嘲讽。毫无疑问，说鲁迅剽窃无疑是对素来认真工作，而且凝结了无数心血的著作的亵渎，更是对鲁迅人格的污蔑，但真正的幕后始作俑者就是顾颉刚，在饭局上或聊天中谈到了鲁迅剽窃的事件，所以虽然和陈源打笔战，但鲁迅对"幕后黑手"——顾颉刚却是耿耿于怀的。1935年，鲁迅的《中国小说史略》被增田涉译成日文，而盐谷温的著作也已经被翻译成中文。1935年12月，鲁迅在《且介亭杂文二集·后记》继续表达他的愤愤不平，"两国的读者，有目共见，有谁指出我的'剽窃'来呢？呜呼，'男盗女娼'，是人间大可耻事，我负了十年'剽窃'的恶名，现在总算可以卸下，并且将'谎狗'的旗子，回敬自称'正人君子'的陈源教授，倘他无法洗刷，就只好插着生活，一直带进坟墓里去了。"可见，剽窃说对具有道德洁癖的鲁迅伤害极大。

事实证明，剽窃说是对鲁迅的巨大诽谤和污蔑，然而无论是鲁迅生前和死后，当事人都未曾向鲁迅道歉；而顾颉刚的女儿顾潮写了本《南下的坎坷》为其父辩护，但却"在无意当中承认了顾颉刚是最早的诬陷者，如此说来胡适论证的'一个小人'应该换一换人了！总而观之，统而论之，顾潮通篇都在为自己的父亲洗刷并欲泼鲁迅先生一身污水，但可怜一片女儿心，却无法洗尽历史的真实。"①

因此，表面上看来，鲁迅一直在抱怨"现代评论派"在厦大拉帮结派、乌烟瘴气，鲁迅在师生交往和同事合作中也从未孤单影只，而实际上鲁迅的意味显然不在于此，所谓"项庄舞剑，意在沛公"，鲁迅对造谣者顾颉刚有种发自内心的鄙视与愤怒，才会一直耿耿于怀。当然，我们也可以看到，如果从帮派的角度看，似乎鲁迅也有自己的帮派，林语堂、孙伏园等。尤其耐人寻味的是，在做人的圆滑程度上，少年得志的顾颉刚却更显得八面玲珑，明显比人到中年依然梗直刚硬的鲁迅容易讨人欢心。比如就在校长林文庆大力提倡国学、尊奉孔学的时候，顾颉刚却也不失时机的趁热打铁，大讲特讲孔子，向厦大广大师生宣讲《孔子何以成为圣人》，而且，其演讲稿分为三期连载在《厦大周刊》160—162期。②或许顾颉刚有关孔子的演讲不乏可取之处，但鲁迅势必会对他的涉嫌钻营的举措

---

① 徐文海《从〈南下的坎坷〉看顾颉刚和鲁迅的矛盾冲突》，《内蒙古民族大学学报》2003年第5期，页25。

② 具体可参薛绥之主编《鲁迅生平史料汇编》（第四辑），页109—116。

带上一些相对不屑的感情色彩，从此意义上说，鲁迅亦会反过来感受到自己在厦大的挫败感。

当然，还需要提及的是，1924年下半年，厦大曾经发生过学潮，当时有100多名学生脱离厦大，在上海成立大厦大学（后更名大夏大学），林文庆虽然在陈嘉庚的大力支持下最后力挽狂澜，让学潮平息[1]，但他在处理这些事情时也是有一些问题和弊端的，因为在文化认知上，林文庆还是相对传统的，有一种大家长式的强硬，有学者指出，"就东西方文化方面而言，林文庆是从西方文化回返中国文化的怀抱，而就新旧文化方面而言，他又是坚守旧文化抗拒新文化！"[2] 比如其思想陈腐、学潮中出现了流血事件等。而鲁迅到了厦大以后，也了解到类似史实，无疑，他对林文庆处理学潮时的强硬手段和问题还是近乎历历在目的，这当然也会在潜意识中影响到鲁迅对林文庆的判断而造成隔阂，毕竟，长期以来，鲁迅多是站在弱势群体和青年（学生）的立场上思考的，而北京的学潮及其后果对于奔赴厦门的鲁迅可谓一如昨日再现、栩栩如生。

三、义利之辩：经济（人格）冲突

林鲁之间的冲突还表现在他们彼此的经济（人格）差异上，某种意义上说，作为厦大国学研究院一家之长的林文庆和校方重金礼聘的名教授周树人对于金钱的看法的确迥异，鲁迅在离开厦大前的1927年给友人的信中对厦大的"人格"就颇有微词，比如1月8日致韦素园的信中就提及，厦大"是一个不死不活的学校，大部分是许多坏人，在骗取陈嘉庚之钱而分之，学课如何，全所不顾。且盛行妾妇之道，'学者'屈膝于银子面前之丑恶，真是好看，然而难受"。12日致翟永坤的信中又说，"学校是一个秘密世界，外面谁也不明白内情。据我所觉得

---

[1] 有关大夏大学的发展以及学潮的详细描述，可参林坚编著《芙蓉湖畔忆"三林"：林文庆、林语堂、林惠祥的厦大岁月》（厦门：厦门大学出版社，2011）上篇。
[2] 严春宝著《一生真伪有谁知：大学校长林文庆》，页10。

的，中枢是'钱'，绕着这东西的是争夺，骗取，斗宠，献媚，叩头。没有希望的。近来因我的辞职，学生们发生了一个改良运动，但必无望，因为这样的运动，三年前已经失败过一次了"。相关言论不乏愤激之词，但可以看出鲁迅和厦大（林文庆）之间的跟金钱关涉的人格冲突。我们可从两个层面展开论述：

（一）宏观冲突：命运与话事权旁落。林鲁的经济（人格）冲突首先体现在一些较大的层面，比如国学研究院的建设等等。

1. 经费削减：惨淡的未来。毫无疑问，林文庆在筹建厦大国学研究院的时候是野心勃勃的，他对国学也有着自己相对独特的认知，如人所论，"林文庆虽然尊孔，但他没有把国学等同于儒学，反而认为国学作为中国固有的文化，其内容涉及所有的学科门类"。① 同时，他也礼延下士，给教授们开出了很高的月薪，比如鲁迅的 400 银元，这远远超出了当时国立大学的教授月薪（大约 200—300 元）。② 何况当时由于北方军阀混战，甚至连这些规定的月薪往往要打个折扣？

但是，可惜好景不长，由于陈嘉庚那时在南洋的生意开始亏损，使得林文庆不得不勒紧裤腰带过活，甚至牵连到了国学研究院的经济预算（缩减），为此鲁迅在《两地书·八一》中表达了他的不满，"近日因为校长要减少国学院预算，玉堂颇愤慨，要辞去主任，我因劝其离开此地，他极以为然。今天和校长开谈话会，我即提出强硬之抗议，以去留为孤注"。

同时还需指出的是，前述学术考核中鲁迅也曾把《古小说钩沉》应要求拿出来，却又因为资金紧张而无法出版，毫无疑问，这种失信是令言出必行的鲁迅感到不满乃至愤懑的。无疑，鲁迅对金钱是既看重又看轻的，有着他自己独特的理解和体认，这在其小说中也有所体现。③ 但林文庆的做法，即使有其现实苦衷和无奈，但还是会令人不爽，因为这体现了某种经济人格的低落和降格。

---

① 杨国桢《20 世纪 20 年代的厦门大学国学研究院》，《厦门大学学报》2006 年第 5 期，页 7。
② 有关教授的收入情况可参陈明远著《文化人的经济生活》（上海：文汇出版社，2005）。
③ 具体可参拙文《论鲁迅小说中的经济话语》，《中山大学学报》2009 年第 5 期。

2. 经济资本与话事权的角力。有关鲁迅所说的"我也有钱，我有发言权！"的故事流传很广，版本也不少。① 当然其中也寄托了不少的含义，或者是呈现出鲁迅的机智、幽默，或者是传达出他对"发言权"中平等观念的强调，不一而足。暂时抛开这个故事细节的真实/虚构纠葛，我们其实可以从中看出林文庆和鲁迅的经济人格差异。

一方面，我们可以看到林文庆对董事会/经济资本所带来的"话事权"（决定权）的尊重，这是他从一校之长的角度得出的亲身感受。但毫无疑问，他和创校者、校董陈嘉庚先生（1874—1961）关系极其密切与融洽。在厦大建校三周年时，林文庆就指出，"今年为本校建校三周年，即为本校校董陈嘉庚先生知天命之年。陈先生在南洋经商，最为发达，以其血汗之资，创办集美学校及本大学，其尚义为国人所共知，而其商业发达皆由信用所致。"② 无疑，他对陈嘉庚从创业到兴学都相当崇敬，而且对于如何办大学又是冷暖自知，林文庆自然对经济资本带来的"话事权"是认同的。

同时我们可以看到，彼时无论林文庆，还是陈嘉庚都是把自己当作是中国人的，甚至民族主义情绪会比一般国人显得更激进，"历史地看，在19世纪末20世纪初的海峡殖民地，现代国家观念尚未确立，当地华人在身份认同上仍倾向于把自己界定为中国人。与本土国人不同，海峡华人往往将对于祖国的认同与自己在域外的生存状况联系在一起，加上与西方长期接触，他们的民族意识往往表现得更为激进。"③

而另一面，鲁迅则不尽如此。鲁迅当然知道经济的重要性，杂文自不必说，小说中《伤逝》、《幸福的家庭》等等，其核心命题都是直接关涉了金钱，探讨它

---

① 有关说明和分析可参严春宝著《一生真伪有谁知：大学校长林文庆》，页194—196。
② 《校庆三周年校长演说辞》，引自厦门大学校史编委会编《厦门大学校史资料》第一辑（1921—1937）（厦门：厦门大学出版社，1987）。
③ 李珊《义和团时期西方特别的华人声音——林文庆〈中国内部之危机〉一书论析》，《福建论坛·人文社会科学版》2009年第8期，页72。

对家庭、爱恋的深刻乃至致命影响。但不容忽略的是，鲁迅对经济资本所带来的权力是有警惕心和怀疑的，易言之，他更看重权利中的平等、公平、正义等普世原则。有学者批评鲁迅不能理解林文庆办校的艰难，而对厦大的物质条件颇有怨言，然后得出结论说，"鲁迅尽管思想非常敏锐，对事物的认识往往也需要一个过程和具备必要的条件，无论多么伟大的人物，也不能从母亲的肚子里带出一贯正确的意见，因而出口未必就是金科玉律。鲁迅当然也不能例外。"① 但实际上，鲁迅这个视角有其合理之处，而且符合他一贯的启蒙者和代言人立场，他其实更期待更多国人可以发言，甚至有"话事权"。

（二）私我冲突：日常的困顿。某种意义上说，细节未必可以完全决定事物的去向，但细节绝对可以影响一个人对事务的判断和最终决定。而鲁迅在厦大所遭受的生活不便与困顿自然也会顺便强化或恶化他和一校之长林文庆的矛盾。

1. **日常的束缚：巧妇难为无米之炊**。通览《两地书》里的厦门通信，我们可以深刻感受到平素并不讲究日常的鲁迅在生活中体悟到的深深的困顿与无奈。吃喝住都有问题，比如喝白开水中的问题，米饭中的沙粒，菜极差，教授们只好自己动手、"丰衣足食"。而住的方面，往往要搬来搬去，居无定所，校舍也不敷使用，卫生条件相对较差，甚至上个洗手间都要"千里迢迢"（要走160步）"山高水远"（上上下下石级），而且"颇多小蛇，常见被打死者，鄂部多不膨大，大抵是没有什么毒的，但到天暗，我便不到草地上走，连夜间小解也不下楼去了，就用磁的唾壶装着，看夜半无人时，即从窗口泼下去。这虽然近于无赖，但学校的设备如此不完全，我也只得如此。"（《两地书·六二》）类似的通信一方面可以反映出鲁迅和许广平的甜蜜爱情中鲁迅的偶尔淘气，另一方面却又反映出厦大当时条件的不完善，乃至问题重重。

上述日常的困顿亦可能带来人际纠纷，比如，鲁迅和理科教授刘树杞

---

① 洪丝丝《〈陈嘉庚兴学记〉序》，王增炳、余纲著《陈嘉庚兴学记》（福州：福建教育出版社，1981）。

（1890—1935）、鲁迅和工作人员黄坚之间就存有不愉快，而这毫无疑问和对有限资源的争夺不无关系。但无疑这一切又会影响到鲁迅的工作（心境），如许广平的分析所言，"然而厦门大学的实际，并不如先生去时所想象。一般连伙食也时常需要自己动手，在特别优待的借口下，几乎处处被人作弄。对学校设施，先生又深深感到难有所作为。"①

2. *最高月薪＝理解万岁？* 为林文庆写传而且辩护的严春宝博士指出，"就算是鲁迅离开厦门大学之后前往执教的中山大学，所能提供给鲁迅的月薪也不过280元而已，由此可见厦门大学教授待遇之优厚。"② 言辞之下，不难看出有对鲁迅不厚道的不满之意。无独有偶，这样的误解之前也曾发生过，陈占彪在其论文《学术与批评之间的徘徊与选择——论鲁迅的身份困惑与角色体认》（《海南师范大学学报》2008年第5期）指出，鲁迅的中山大学月收入当为280元，同时还以许广平回信（《两地书·七七》卷11，页212）为佐证，"况中大薪水，必低于厦门"，并指责陈明远著述的《文化人的经济生活》（文汇出版社，2005）第192页有关鲁迅中大的月收入是500元论断缺乏根据。

上述论断，其实可以反证出二人读书不够认真或者为了替传主辩护而不够细致，实际上，根据鲁迅日记、《两地书》的后续通信这两种直接材料，我们可以发现，鲁迅的薪水在中大聘任他的过程中其实不断在提升，因为后来中大对他日益重视，而薪水自然水涨船高，所以俟后他还兼任系主任、教务主任等领导职务；而转换到实际生活中，中大开给鲁迅的薪水是月薪大约500银元（当然有时会有票券和汇率折算问题），而且是从1927年1月一直到5月（4月中旬鲁迅就宣布辞职，6月6日中大在挽留数次未果后批准）。③

---

① 许广平《鲁迅离北京去厦门》，薛绥之主编《鲁迅生平史料汇编》（第四辑），页8。
② 严春宝著《一生真伪有谁知：大学校长林文庆》，页151。
③ 有关简单论证可参朱崇科《中大到底开给鲁迅多少月薪》，《羊城晚报·羊城沧桑》2011年3月12日b10版。

同时需要指出的是，单纯指责一个重金礼聘的教授不能体谅校长难处是不公平的。因为二者分工不同，校长的工作重心就是要找钱、招揽优秀师生，而教授的职责就是教书育人、传承学术。真要指望一个教授理解大学校长的难处，并设身处地为学校着想并且同患难共呼吸，还真得需要教授本身对大学有着强烈的认同感和献身精神，这一点扪心自问，当时的厦大对自身角色的责任承担就问题多多，因此我认为为林文庆辩护的人也不应苛责名满天下的周树人教授。

【严春宝著《一生真伪有谁知：大学校长林文庆》，福建教育出版社，2010】

结论： 我们当然不能过分夸大林文庆与鲁迅二人之间的冲突或纠葛，同时我们更应该回到历史现场设身处地才能真正理解其冲突。通过考察，我们不难发现林、鲁最重要的文化冲突其实更是两种现代化过程中面对传统的文化模式角力的结果；而在人事学术层面的冲突，则更凸显出二人的身份、位置所带来的不同思考与处世立场；同样，在经济（人格）层面二人亦有冲突，当然这也和二人的不同经历和体验密切关联。通过还原历史，条分缕析，我们希望可以"了解之同情"深入剖析二人冲突的内在要因,从文化史上说,二人都是巨人,然而从缘分看的话,二人的交集太少,鲁迅在辞别信中固然因为文体风格和礼貌关系而有所褒贬,但难以共存却是事实,某种意义上说,这也是对他和林文庆关系的评定,所谓"屡叨盛饯,尤感雅意,然自知薄劣,无君子风,本分不安,速去为是。"这当然是令人遗憾的事情,然而这也是人生的真相和常态。

第二节 时为中大教务主任的鲁迅

据鲁迅1927年2月10日日记记载,"被任为文学系主任兼教务主任,开第一次教务会议。"(《鲁迅全集》第16卷,页8)这自然也是鲁迅担任中山大学教务主任并履新的最早当事人记载,而彼时新闻触角敏锐的《广州民国日报》也在当天题为《中山大学新聘定之各科系主任》的新闻中加以报道。值得注意的是,中山大学教务处成立于1927年1月,鲁迅先生是第一任正主任,同时,也很可能是迄今为止最为知名的中国大学教务主任。

表面上看,鲁迅担任中大教务主任的时间只有两个多月、70天,似乎在时间的长河中,哪怕是中大90余年的教务史上感觉无足轻重,但实际上,做事一向认真的鲁迅先生却为此投入了大量心血,他在《致章廷谦》(270225)一信中指出,"中大定于三月二日开学,里面的情形,非常曲折,真是一言难尽,不说也罢。我是来教书的,不意套上了文学系(非科)主任兼教务主任,不但睡觉,连吃饭的工夫也没有了---不过我以为教书可比办事务经久些,近来实在也跑得吃力了---我想不做'名人'了。玩玩。一变'名人','自己'没有了。"(《鲁迅全集》卷12,页20—21)

值得反问的是,孜孜不倦、兢兢业业的鲁迅是否在70天的雷厉风行的任职中也形成了令人激赏的教务思想与精神?更进一步,这种教务思想具有何样内容?对今天的教务有何借鉴意义?

考察前人对此课题的相关研究，多数有关鲁迅的相关传记都会提及此事实，但或由于资料限制，或认识的偏差（认为此课题太过技术性，和鲁迅的革命性相比不太重要），因此也多数语焉不详。目前最集中且成就最大的无疑是已故中山大学中文系教授李伟江先生。一方面，他对史料的考辨颇显功力，在薛绥之主编的《鲁迅生平史料汇编》（第四辑）（天津人民出版社，1983）中的"鲁迅在广州"部分，他是排名第一的考据者（另两名是饶鸿竞、吴宏聪），而在该书中，几乎囊括了有关鲁迅的所有教务资料。而且，难能可贵的是，还加上了编者参考诸多文献比照之后的细致校订说明。另一方面，在其遗著《鲁迅粤港时期史实考述》（长沙：岳麓书社，2007）中的《鲁迅与中山大学》一文中，他对鲁迅的教务工作与思想亦作了细致的考辨与分析，尤其值得尊敬与感激。笔者的论述恰恰也是立足于他牢固的学术根基上期待做进一步的推进。

一、概述：经济资本与文化资本之间的徘徊

在法国思想家布迪厄（Pierre Bourdieu）看来，权力场是一个复杂的混合体，"权力场也是一个斗争的场，或许在这个意义上可以比作一个游戏：配置，也就是说全部的混合特征，其中包括优雅、富有甚或美丽，以及各种形式的资本、经济资本、文化资本、社会资本，构成了起统帅作用的王牌和游戏的态度及游戏的成功"。① 不难看出，在其中，经济资本和文化资本也会起到相应的作用，在他看来，经济资本是资本的最有效形式，表现了资本主义的特性；也可更轻易与有效地被转换成象征资本（即社会资本和文化资本），反之则不然。

回到鲁迅作为教务主任的身份上来，我们不难发现，表面上看，教务主任似乎更多是一种政治资本，而实际上，结合民国大学现代建设的实验模式与精

---

① 【法】皮埃尔·布迪厄著，刘晖译《艺术的法则：文学场的生成和结构》（北京：中央编译出版社，2001），页15。

神[1]，教务主任的背后其实更是经济资本与文化资本的纠葛。

【布迪厄著，刘晖译《艺术的法则，中央编译出版社，2001】

(一) 经济资本：在理论与现实之间。

在布迪厄看来，作家或艺术家获取收入的另外一种方式是副业，"作家或艺术家的'职业'毕竟是最不系统化的职业之一；最不能完全确定（和养活）自诩为作家或艺术家的人。他们通常要想保证主业，只有做副业，从中获取主要收入。但是我们看到了这双重身份带来的主体效益，明确的身份有助于满足所有所谓供衣食的小行当"。[2] 上述观点未必完全符合鲁迅的主体选择，但不得不指出的是，教书和做教务主任恰恰是鲁迅挣钱、谋划未来的重要方式，因为1926年从北京南下时，他和许广平也约定要进行两年的艰苦创业。

---

[1] 有关分析可参金以林著《近代中国大学研究》（北京：中央文献出版社，2000）。
[2] 【法】皮埃尔·布迪厄著，刘晖译《艺术的法则：文学场的生成和结构》，页274。

同时需要指出的是，鲁迅自身的学术生涯成绩其实也为其经济资本的升值提供了更多可能性，比如他在北京做公务员时期曾经在北京各大高校的良好的兼职讲师业绩，尤其是《中国小说史》讲授的广泛影响力。因为"社会认可和照例分派的一切形式，包括高贵社会出身赋予的形式，学术上的巨大成功或对作家来说得到同行的承认，其作用是增加最稀罕的可能性的权利，并通过这种保证，增加实现这些可能性的主观能力。"① 何况他当时同时又是一纸风行的新时代小说家呢？

回到鲁迅自身上来，从厦门大学提前辞职、未完成既定两年计划的鲁迅来中山大学之前，是抱定了薪水/收入比厦大低的，毕竟，因为彼时陈嘉庚经济良好而财大气粗的厦大当时给他的月薪是400元。而实际上，时在厦门的鲁迅在给许广平的1926年11月15日的信（《两地书·七三》）中也提及，"我已收到中大聘书，月薪二百八，无年限的，大约那计画是将以教授治校，所以凡认为非军阀帮闲的，就不立年限。"（卷11，页203）。而在随后的11月20日（《两地书·七九》），又表明他去中大的决心，"中大的薪水是二百八十元，可以不搭库券"（卷11，页215）。

表面上看，中大的薪水是比厦大低的，因此有学者指出鲁迅的中山大学月收入当为280元，同时还以许广平回信（《两地书·七七》，卷11，页212）为佐证，"况中大薪水，必低于厦门"。并指责陈明远著述的《文化人的经济生活》（上海：文汇出版社，2005）第192页有关鲁迅中大的月收入是500元论断缺乏根据。② 但事实果真如此吗？

我们可从两方面进行思考和论证：

---

① 【法】皮埃尔·布迪厄著，刘晖译《艺术的法则：文学场的生成和结构》，页309。
② 陈占彪《学术与批评之间的徘徊与选择——论鲁迅的身份困惑与角色洽认》，《海南师范大学学报》2008年第5期，页54。

一方面，不妨继续从《两地书》入手。仔细阅读该书，我们不难发现中大给鲁迅的薪水额度也有一个发展的过程，在《两地书·九五》，鲁迅提及，"中大又有信来，催我速去，且云教员薪水，当设法增加"。（《鲁迅全集》卷11，页251），这当然是明确的说明；而在《两地书·九八》（1926年12月23日）中又云，"次日又得中大委员会十五来信，言所定'正教授'只我一人，催我速往。那么，恐怕是主任了。"（《鲁迅全集》卷11，页258）这一段话则是暗示，鲁迅会得到不同的待遇。所以，前面所提学者以许广平的来信（《两地书·七七》）来加以佐证，貌似言之凿凿，其实也有自己的问题。那段话其实是许广平和鲁迅谈论林语堂（玉堂）先生来穗的情况的，一般而言，中大薪水会比厦大低，但中大对待鲁迅则不可同日而语，所以自然不能和鲁迅混为一谈。

另一方面，更具说服力的或许是鲁迅先生自己的日记，鲁迅素来对经济账精打细算，这种认知也反映到他的小说书写中。① 我们不妨考察一下鲁迅日记：

---

① 具体可参拙文《论鲁迅小说中的经济话语》，《中山大学学报》2009年第5期。

日期（1927）	日记记载内容	《鲁迅全集》
1月28日	收本月薪水小洋及库券各二百五十	卷16，页4
3月9日	收二月分薪水泉五百	卷16，页12
4月9日	下午收三月分薪水泉五百	卷16，页17
5月20日	收中大四月薪水二百五十	卷16，页22
6月3日	收中大四月分半月薪水二百五十	卷16，页24
6月6日	上午得中大委员会信，允辞职	卷16，页24
6月30日	收中山大学送来五月分薪水泉五百	卷16，页27

分析上述日记，不难看出，中大付给鲁迅的薪水的确是大约500元（各地洋钱汇率不同），其实从第一个月开始，我们可以感受到中大当局要重用鲁迅的想法，因为他身兼数职，系主任、教务主任、教授，所以最后其薪水居然超过了当时经济尚佳的厦大国学院的高薪。尤其是值得一提的是，在"四·一五"流血事件发生后，鲁迅积极营救学生未果在4月21日愤而辞职，中大仍然很厚道的给予了他四、五月份的全额薪水，从结果也可看出中大校方对鲁迅的高度重视和诚意。

当然，鲁迅对中大其实也不乏认同感和责任感，除了做好本职工作以外，离职后，身在广州的他仍然对中大颇为关注，这在1927年5月30日《致章廷谦》信（有关中大邹、朱派系斗争，卷12，页35）以及9月19日致翟永坤信（"听说很乐观，已成为中国第一个大学"，卷12，页67）都有说明；哪怕是离开广州，奔赴上海后，他对中大的发展与动态也是密切关注。

（二）矛盾的鲁迅：做事业与恶当官

身居权力场的个体，在平衡各种事务时难免会碰到诸多矛盾，而知识分子因为其身份的特殊性更是如此，如人所论，"知识分子是一个矛盾的造物，我们永远无法照他们本来的样子来理解他们……知识分子是双维的人"。[①]

[①]【法】皮埃尔·布迪厄著，刘晖译《艺术的法则：文学场的生成和结构》，页396。

当然，如果遵照布迪厄的理论，文化生产者本身因其文化资本可以产生权力，他们"能够生产社会世界系统的和批评的表现，尤其在危机时期为自身提供一种权力，他们能够利用权力，动员被统治者的潜在力量，帮助颠覆权力场的既定秩序。"① 同时，存在于不同文化生产方式（如纯艺术和"商业艺术"）的张力关系以及相关信念的推进也和场息息相关，"坚持艺术生产的对立特性和坚持艺术家的身份的人之间的斗争以决定性方式推进了信念的生产与再生产，这个信念既是场运行的一个基本条件，也是场运行的一个结果。"②

需要说明的是，鲁迅思想中的悖论性和矛盾性特征早已成为一道迷人的风景和招牌，而在做事务和憎恶官场之间也是张力十足。早在他在教育部担任官员时就有所呈现，有论者指出，"是创作拯救了鲁迅，重新振起他沉沦下级官僚的卑微生活。"和他主要的官员身份相比，"文学家是鲁迅新获的社会身份，他就是要用业余时间的创作在现代文坛'凑凑热闹'。渐渐地，他的身边团聚起新的族群，生命有了全新的确认与归属，灰色的生活得以刷新。"③

需要指出的是，一方面，鲁迅对中大是寄予了很多期待的，他屡屡表明自己的立场。比如，"到中大后，也许不难择一并不空耗精力而较有益于学校或社会的事。"（《两地书・七九》，卷11，页215）；"中大如有可为，我还想为之尽一点力，但自然以不损自己之身心为限。"（《两地书・一〇二》，卷11，页263）；又说，"只要中大的文科办得还像样，我的目的就达到了。"（《两地书・一〇五》，卷11，页268）。

但另一方面，鲁迅对做官其实是有着逼不得已的苦衷的。早在1925年4月28日致许广平的信（《两地书・一七》）中，他就表达出对公务员生涯的无奈及其可能美好的人生理想设计，"近来整天的和人谈话，颇觉得有点苦了，割去舌

---

① 【法】皮埃尔・布迪厄著，刘晖译《艺术的法则：文学场的生成和结构》，页300。
② 【法】皮埃尔・布迪厄著，刘晖译《艺术的法则：文学场的生成和结构》，页203。
③ 吴海勇著《时为公务员的鲁迅》（桂林：广西师范大学出版社，2005），页201—202。

头,则一者免得教书,二者免得陪客,三者免得做官,四者免得讲应酬话,五者免得演说,从此可以专心做报章文字,岂不舒服。"(卷11,页63)同样,对于中大给他的官职安排,同样也有出乎其意料之处,不爽也潜存心中。当然,这和他当初离开厦大时的满怀期待颇有落差,"离开此地之后,我必须改变我的农奴生活;为社会方面,则我想除教书外,仍然继续做文艺运动,或其他更好的工作,俟那时再定。"(《两地书·八三》卷11,页226)

剖析鲁迅在理想/期待与现实/实践之间的矛盾,我们毋宁说,这其实更是经济资本背后的规定与鲁迅自身的文化资本的自主性之间的冲突,正因为他既得益于经济资本,同时又对它充满警醒,才会屡屡呈现二者之间的张力。但无论如何,面对中大的热切期待与厚爱,鲁迅"在其位,谋其政",亦呈现出真心实意的回馈与精神灌注。

二、如何执掌:务实的教务

俗话说,"新官上任三把火"。变成教务主任后的鲁迅似乎也不例外,而且加上其特有的认真精神,① 鲁迅对中大的教务程序运作其实颇有些开创意味,但同时又"但开风气不为师",尽职尽责。有学者指出,"筹备开学的忙碌工作,'秘藏题目',分配卷子,学生考试,编排时间工作表,发通知书,讨论,计分,发榜等等,都要自己动手。他说:'我这一个多月,竟然在漩涡中,忙乱不堪,不但看书,连想想的工夫也没有。'"②

(一)巨细无遗与规章创制。

考察鲁迅日记,有关参与中大教务会议的记载如下:

---

① 正如增田涉后来对鲁迅的回忆,"认真——诚实是他最喜欢的。",可参增田涉著,钟敬文译《鲁迅的印象》(长沙:湖南人民出版社,1980),页19。
② 张竞著《鲁迅在广州》(广州:广东人民出版社,1977年11月),页19。

时间（1927）	内容	出处
2月10日	开第一次教务会议	卷16，页8
2月12日	上午开文科教授会议	卷16，页8
2月15日	午后开第二次教务会议	卷16，页8
2月21日	午后开第三次教务会议	卷16，页9
2月24日	赴文科教授会	卷16，页9
2月25日	开第四次教务会议	卷16，页9
3月1日	午中山大学行开学典礼，演说十分钟	卷16，页11
3月11日	午后开第五次教务会议	卷16，页12
3月25日	开教务会议	卷16，页14
3月31日	下午开组织委员会	卷16，页14—15
4月14日	下午开教务会议	卷16，页17
4月15日	赴中大各主任紧急会议	卷16，页18

当然，就参加会议的记录来看，鲁迅日记中其实还遗漏了4月3日他列席的"预科第三次国文教务会议"。①

从上表可以看出，从2月10日被任命为教务主任开始，半个月内，鲁迅居然召开了四次教务会议，外加两次文科教授会议，这当然可以看出教务处初创期的艰难，更可以看出鲁迅先生对此投入了巨大精力和心血。需要提醒注意的是，身为首届教务主任，鲁迅难免要筚路蓝缕，付出极大的精力，也难怪他不断慨叹自己在其既定的计划里近乎一事无成。

在3月份正式开学后，鲁迅先生共召开两次教务会议，并在月初出席学校开学典礼，在月末参加组织委员会议。需要指出的是，恰恰是在3月1日，中山大学制定了《国立中山大学规程》，对教务主席的权利作了相对具体规定，"教务会议主席召集教务会议，并总持教务处执行议决案。"这表明鲁迅在教务事务上的决定性作用。同时，该规程也对教务处功能进行说明，"教务会议职司各科教务

---

① 具体可参薛绥之主编《鲁迅生平史料汇编》（第四辑）（天津人民出版社，1983），页264—265。

之整齐，并会同下列事件：（一）审议学生之入学作业及考试事件；（二）审议本校之学术演讲及出版事件；（三）草拟预算之按科分配；（四）学系之增废建议于评议会；（五）其他教务之不专属于任何一科者。"①

【中山大学文学院院长傅斯年教授】

尤其值得一提的是，鲁迅和傅斯年（1896—1950）共同负责对中山大学的教务通则予以拟定，这在《本校组织委员会第一次会议纪事录》有所说明，"教务处办事通则，请周树人，傅斯年两位委员担任整理。事务管理办事通则，请饶炎，杨子毅两委员担任整理。"② 同时，他也是当时学校新成立的组织委员会委员之一，对此有关新闻也有报道《组织委员会已成立》，"本校各科院散处，范围广大，科部繁多，非有严密之组织，不足以收统率联络之效。委员会特聘请杨子毅，饶炎，黎国昌，傅斯年，周树人诸先生为本校组织委员会委员，以杨子毅先生为主席。昨已宣告成立，并开始讨论各种规则云。"③

---

① 此规程标点由李伟江教授加注，可参氏著《鲁迅粤港时期史实考述》（长沙：岳麓书社，2007），页15。
② 具体可参《本校组织委员会第一次会议纪事录（三月三十一日下午四时半）》，可参1927年4月18日《国立中山大学校报》第9期。
③ 可参1927年4月18日《国立中山大学校报》第9期。

不难看出，彼时的中山大学已经考虑到综合性大学科系化（和多区域办学）可能带来的弊端而对症下药：鲁迅在3月底被委以重任，其实既可以看出校方对他的高度信任与重用，同时又可以反衬出鲁迅先生在处理此类事务上也有其独特的向心力、整合力和丰富的办事经验，毕竟，鲁迅先生在中华民国教育部曾经担任了14年的公务员（1912—1926）。[①] 显而易见，此时的组织委员会不同于今天的组织部，它所关注的不是个别人事的分配与调整，而更多是着眼于学校层面结构的整体大业——对于一个处于上升期、蒸蒸日上的多学科、多校区大学，毫无疑问，协调差异、共同发展则是中大一个非常重要和必须的任务。可惜，这项职能也随着鲁迅的辞职而未能充分得以阐发和实践。

（二）躬行教务。

根据中山大学第一至七次教务会议纪事录，教务主任鲁迅主要带领教务处做了如下工作：

1. **召集会议**。在教务处创业初期，鲁迅需要不断和各个学科、校级领导以及本处的同僚思考、探讨教务事务的处理、发展与进步事宜，召开教务会议是他实现这些目的的行之有效的方法。鲁迅在职期间七次教务会议的主要内容如下：

序次	主要内容
第1次	议决学制、课程设置（含教材、科目等）、编级考试、讲师薪水等
第2次	编级学生考试、外校生转学、选科日期
第3次	议决补考、编级试验、本校转科系方法时间、教员参加教务规定、医科学生学制、各科沟通等
第4次	议决转学重考、补考，社会学组文科生转入经济、政治系，台湾、朝鲜学生入学审查及优待，收旁听生及规定
第5次	议决补考办法、转学生编级、理本科取录标准、考试犯规、点名、政治训育排课时间、个别学生事务
第6次	议决学生编级考试办法，个别学生事务处理
第7次	议决咨送留法学生梁天咏补本校学额，学生、教员请假规则，个别学生事务。

[①] 具体情况可参吴海勇著《时为公务员的鲁迅》（桂林：广西师范大学出版社，2005）。

稍作分析，我们可以发现，在鲁迅执掌教务处并召集会议的议决中，既有对个体具体事务的处理，同时也不乏对师生员工有关规则的制定，当然，更多的则是跟课业有关。

2. **编级试验与补考复试**。仔细挑选关键词，我们不难发现，编级考试出现了6次，毫无疑问，这是最重要的关键词。我们不妨考察一下这个和学生培养密切相关的事务。

鲁迅未来中大以前，广东大学改名中山大学后，中大同时也改校长制为委员制，因此按照国民政府训令"全体学生一律复试，分别去取"。结果，本科及格者865人，不及格者101人；预科及格者752人，不及格者175人。但同时亦规定，如因故未参加前次考试，可予补考，时间分别为1927年2月16—18日及3月4—5日，结果本预科及格者23人。① 鲁迅1927年1月19日"移入"中大后，2月10日变成教务主任，就是要会同各科主任办理、补考事宜。

同时，当时教务处重要的事宜还包括编级试验，针对对象主要有两类：一类是原广东大学专修学院停办后，其学生通过审查后可编级试验，安插进中大相应班次学习；第二类是则是来自外地的大学生，他们或因反抗斗争被迫离学，或因追随鲁迅先生转学，他们也被中大热情接纳，进入时只需办理编级试验即可。

当然，考试范围其实也涵盖了本校转科系学生，在第三次教务会议记录表明，中大对转科系学生也有严格规定，"凡有请求转科系之人，必须于所转之科系之基本科目，补充修习，如法考试，再由学校核准"。②

3. **开学与备课**。如前所述，虽然身兼数职，但作为教授的鲁迅却必须上课。恰恰是在2月12日召开的第一次文科教授会议中规定，"本日将应定之科目，及每人认定之科目，草拟妥当，并实行每人十二小时之规定。"③ 为此，鲁迅也上

---

① 具体情况可参李伟江著《鲁迅粤港时期史实考述》，页15—16。
② 可参1927年3月14日《国立中山大学校报》第6期。
③ 《本校文史科第一次教授会议纪事录》，可参1927年6月20日《国立中山大学校报》第16期。

报了自己 12 小时工作量的课程安排。

鲁迅中山大学所开课程

文史科选修科目：

文艺论　三小时　选修学生　二〇四人

文学系中国文学组必修科目：

文艺论　三小时　学生二〇四人

中国文学上古至隋　三小时　学生五十人

中国小说史　三小时　学生七十九人

文学系中国文学组选修科目：

中国字体变迁史（暂缓开始）　三小时

英国文学组必修科目：

文艺论　三小时[①]

　　毫无疑问，为了上好上述几门课程，鲁迅必须认真备课，虽然这几门课多数都是鲁迅擅长和熟悉的领域："文艺论"所采用的教材是鲁迅翻译的厨川白村的《苦闷的象征》、《出了象牙塔》，但要结合中国文艺现象生发点染；"中国文学史"的教材则是重印厦大时的油印讲义《中国文学史略》，并更名为《古代汉文学史纲要》，也即后来的《汉文学史纲要》；"中国小说史"则完全是他的强项，当年在北大兼职授课时就闻名遐迩，时已出版的《中国小说史略》则作为教材。"中国字体变迁史"暂缓开设，但最后因为鲁迅离开中大而宣告流产。

　　同样，作为青年才俊们热爱的知名作家，中山大学文学系主任和教务主任，鲁迅在参加学校开学典礼上也必然被隆重推出，因此，演讲也在所难免，虽然他很不喜欢被人摆布，最后只讲了十分钟左右，但这样的场合必然要面对。面对师生演说，也是他作为教务主任的份内之事。

---

① 可参 1927 年 3 月《国立中山大学开学纪念册》。

【厨川白村（1880—1923）著、鲁迅译《苦闷的象征》】

4. 处理琐事。通览七次教务会议纪事录，不难发现，有关个别学生不同情况的议决比比皆是，这些学生来自不同专业，也有不同情况/原因/请求，但毫无疑问，这些事情都显得鸡零狗碎。同时，也有一些少量人数群体提出议案和申请，请求处理，很多也是琐碎不堪，但鲁迅及其所率领的教务处并没有因此置之不理，他们都认真进行了处理，同时也有一定的策略性，建立惯例制度，以个案作为例照，其他依此办理。

在第五次教务会议纪事录中，所涉及的主要是群体申请，比如预二医科学生请将第七二号布告收回，被议决否决；台湾学生联合会，保送四人；农科学生、预一乙部、预科复试落榜生、补习班课程问题等，这些都属于群体提出的议案。而到了第六、七次会议纪事录中，则基本上属于个别案例的申请，人数计超过20人次，而要求也是五花八门，比如因病请假如今要求补考，或者请求照"华侨子女入学例"，或以"特别生由"，或将某课程改为选修，或要求将某些课程化归其他学院，或要求可以旁听，或请准插班，或介绍韩国学生优待入学，或申请增加某些科目时间等等，不一而足。但无论如何，这些要求都得到积极回应。

综合七次会议记录里面的个案结果处理，我们可以发现，多数都被拒绝或者是依照前按办理，不予通融，这也符合鲁迅先生严谨认真的办事作风。但同时，在拒绝时，往往有理有据、合情合理；当然，对于某些合理建议，他也予以有原则的支持。如在第七次教务会议纪事录中提及，预科不同班级同学提出不同要求，曾申请或增理化一或二小时，或增算学一小时，或减国文、英文、体育各一小时，教务批复如下，"只准各增理化各一小时，以后如有各项请求，概不受理。"①

不难看出，作为教务主任的鲁迅对教务各项事务，不分大小、巨细无遗的进行兢兢业业的处理，鞠躬尽瘁。其中既有大的方向的定位、规则设置，又有小的细节上的个别对待、批复，甚至也包括他自己百忙之中仍以身作则、呕心沥血，上好本科生的课程。据当年常上鲁迅课的欧阳山回忆道，他上课很活跃、很有生气，听课的人盛况空前，"他非常幽默，常常讲一些引人发笑的话，但自己却不笑；因为他的态度那么严肃，更引得课堂里的学生们哈哈大笑。"②

三、怎样提升：务虚的思想

从严格意义上说，将中山大学教务会议纪事录完全视为鲁迅先生的设计和观点当然有值得商榷之处，但毫无疑问，在这些议决的背后，贯穿了鲁迅先生的智慧与思想。尤其是，从这些简单的文字记录里，结合当时的社会语境，我们甚至可以透视出鲁迅先生苦心孤诣的教务思想。

（一）学生至上。

通览相关教务会议记录，最具视觉冲击力的事件往往和学生密切相关，无论

---

① 刊 1927 年 5 月 16 日《国立中山大学校报》第 12 期。
② 欧阳山《革命的探索（摘录）》，可参薛绥之主编《鲁迅生平史料汇编》（第四辑），页 347。

是具体而微的事件单列，还是规章制度方面的宏观调控与查漏补缺；无论是对学生的严格要求，还是酌情优待处理，诸多表现与层面上都可以呈现出鲁迅先生对青年学子的拳拳爱护之心。从此意义上说，鲁迅的教务思想首先呈现出许多国际化一流大学的灵魂原则——学生至上。当然，如果结合鲁迅自身的思想轨迹，这毋宁更是他"立人"思想的教务实践。

1. **坚守原则：尊重与严格**。对待青年学子的成长，鲁迅先生坚守了自己的原则，一方面既要热切的尊重、提携与爱护，另一方面，却又从严要求。在补考复试和编级试验上，鲁迅在绝大多数的教务会议上从坚持高要求，择优录取，既维护了公平与正义原则，又保证了中山大学应有的水准。据当事人回忆，"当时各地受迫害的青年学生云集广州，纷纷要求转学中大，他们没有任何证明，程度不一，但都自报原来是三四年级学生，鲁迅先生主张对他们进行一次测验，按考核成绩分班，有些学生因成绩不好大有意见，甚至把贴出来的榜都撕毁了，还埋怨鲁迅先生说：'我们因为革命才受到反动派迫害的，成绩不好也应该原谅。'鲁迅先生针对这种情况说，'革命本来不要求人原谅，既要革命，又要人原谅，那么革命大可就不必了。'先生深为不满那些空谈革命又不肯花气力还想从中得到个人好处的人。"①

而浏览会议纪事录，我们也不难发现鲁迅先生同时也会捍卫教学、专业与课堂的尊严。在转专业事务上，允许操作，但对学生素质专业严格要求，而且时间方面也有限制。在开放旁听生制度上，也可以看出鲁迅的相关态度：一方面，他坚持与社会共享大学的资源、知识，允许别人旁听，但另一方面，为了维护课堂、学术的尊严，他同时要求要提前定位，同时还要按章处理，不能过于松懈和随便。类似的，在第七次教务会议上，他还设立学生请假制度，有法可依、有法

---

① 林楚君《鲁迅热切关怀文艺青年——记鲁迅与"南中国文学会"青年的一次会见》，见薛绥之主编《鲁迅生平史料汇编》（第四辑），页359—360。

必依。这诸多操作和议决其实都体现了鲁迅先生做事和为人的风格，严谨认真、一丝不苟，但其中却又渗透着浓浓的责任感和爱意。

2. **充满深情：优待与呵护**。我们可从如下几个方面论述：

① 同情并支持被压迫学生入学。当时成都华西大学、杭州浙江工专、厦门大学的学生都因反抗专制、黑暗或者压迫，而被逼离校，同时，也有一些学生作为鲁迅先生的粉丝（fans）[①]不断追随他迁徙来到中山大学，鲁迅先生对这些学生给予充分的同情、支持与呵护，其实哪怕是稍微回忆一下之前的史实，比如1926年"三·一八"事件，或者是更早的北京女子师范大学事件发生后，鲁迅对青年学子们往往抱以真诚的同情与支持。

这次当然也不例外，鲁迅先生不仅同意他们经过编级试验后入读中山大学继续学业，甚至对那些落榜生也进行了后续处理，或者设立补习班，或者送他们到相应级别的学校就读。从这个角度看，鲁迅先生对这些学子的读书可谓仁至义尽。

② 优待朝鲜和台湾学生。毋庸讳言，对于当时备受压迫的朝鲜和台湾学子，考虑到他们还处于日寇的铁蹄下水深火热，鲁迅先生也对属于上述情况的学生入读中山大学时在进行"严格审查"确定是该处之人后进行优待：第一是免除学费，第二，在进行编级复试时也会从宽处理，"**倘因此而程度不能与本校学生一致，则设法助之补习**"（《本校第四次教务会议纪事录》）。

需要提醒的是，这不是一种廉价的同情，而是对同样是受压迫者的人道主义关怀，其实，我们甚至可以从鲁迅的翻译中看出类似的倾向——他对被压迫民族和小

[①] 比较典型的则是谢玉生，1926年从南京金陵大学转学到厦门大学国文系，成为鲁迅的学生兼粉丝，他也曾邀请鲁迅到他兼职的厦门中山中学演讲；1927年春，他和厦大七人转学中山大学，继续追随鲁迅。鲁迅辞职后，是他首先写信给在武汉《中央副刊》的孙伏园。类似的个案还有廖立峨，1927年1月随鲁迅从厦大转学至中大，1928年甚至和友人、爱人寄宿到鲁迅上海的家中，最后因为鲁迅无法满足他的太多无理要求而和鲁迅断绝关系。

国家的文学向来关注，如今的切实优待倒更能反映出鲁迅先生了解之同情的可贵。

③"四·一五"后积极救人。毫无疑问，"四·一五"事件对鲁迅有着巨大的影响，如人所论，"他对反动派的残酷和凶狠，虽然是有所估计，却还估计得不够充分，正是这个刮着腥风血雨的大屠杀，使他感到了从未有过的震惊，这是他一生中受到过的最剧烈的刺激。"①

"四·一五"事件后，或许是为了强调鲁迅的革命性，何思源（1896—1982）在回忆鲁迅的作用时，强调是他主持召开了营救被当局逮捕的学生的会议②，也有学者对是否是鲁迅召开"四·一五"事件后的教务会议感到质疑，"学校当局不会同意召开营救学生的紧急会议，教务主任的鲁迅也无权召开这样的会议…注意斗争策略的鲁迅也不会干这样'赤膊上阵'的事。笔者估计，这是学校当局召开的，讨论面对突发事件怎样进行正常教学工作的会议，所以要教务主任鲁迅来主持会议。"③ 基本上，笔者也赞同上述观点。

但不管是否是鲁迅亲自召开上述会议，无论如何，鲁迅积极参加救人工作，在会上是据理力争，希望校方妥善处理此事，而且会后于16日"下午捐慰问被捕学生泉十。"（《鲁迅全集》卷16，页18）

甚至鲁迅先生在营救无效后，在4月21日宣布辞职。我们可以认为，尽管是否主持开会与辞职背后的动因很复杂，未必在此事件居主要影响地位，但毫无疑问，这个事件是个诱因，而且，借此我们可以看到鲁迅先生对青年学生的爱护是深入骨髓的，毕竟，青年在他的心中举足轻重，甚至反映到其小说中，也有相当的关注。④

---

① 林非、刘再复著《鲁迅传》（北京：中国社会科学出版社，1981），页207。
② 何思源《回忆鲁迅在中山大学的情况》，收入柳亚子等著《高山仰止：社会名流忆鲁迅》（石家庄：河北教育出版社，2000）。
③ 倪墨炎著《鲁迅的社会活动》（上海：上海人民出版社，2006），页119。
④ 具体可参读文《鲁迅小说中的青年话语》，收入拙著《鲁迅小说中的话语形构："实人生"的枭鸣》（北京：人民出版社，2011），页78—87。

(二) 读书与革命。

鲁迅先生在执掌中山大学教务以前,对革命和读书的关系就有着独特而深入的见解,而身临其境之后,他对这二者的关系不仅有着更深入的体会,同时也会贯彻到其教务实践中去。有论者描述道,1927年3月1日,担任文学系主任和教务主任职务的鲁迅,神采奕奕地坐在主席台上。"他看到会场上一片热烈情景,思潮起伏。他憎恨旧教育制度,曾经说过:'现在的所谓教育,世界上无论那一国,其实都不过是制造许多适应环境的机器的方法罢了。'他所考虑的是:学校怎样才能成为造就革命人才的阵地?青年学生在学校读书与革命,这两者的正确关系应该是怎样的呢?"①

当然,二者之间在鲁迅那里存在着一种辩证关系。一方面,读书学好专业必须有好的指导原则,因为念书"也可以念成不革命,念成反革命",为此中山大学"必须为革命的精神所弥漫",而且在革命的氛围里可以更好的学习;另一方面,他又强调青年学子应有的革命性,"应该以从读书得来的东西为武器,向他们进攻"。② 李伟江教授也提出类似的分析,一方面,他勉励青年学生在平静的环境中要努力探索学术,认真读书,另一方面,他要求青年学生积极从事革命工作,把革命的伟力扩大。③

1. **对中山先生(精神)的拥护与继承。**需要指出的是,鲁迅先生在强调革命与读书的关系时,其实也内在的包含了对孙中山先生革命性的内在拥护与继承。早在厦门时期,在中山中学演讲时,鲁迅就指出,"你们尤其不可忘记:革命是在前线。要效法孙中山先生,因为他常常站在革命的前线,走在革命最前头——你们还有更重要的革命工作。你们不但要有推翻'吃人'宴席的魄力,还

---

① 张竞著《鲁迅在广州》,页38。
② 鲁迅《读书与革命》,收入中山大学中文系编《鲁迅在广州》(广州:广东人民出版社,1976),页18—19。
③ 李伟江著《鲁迅粤港时期史实考述》,页18。

【中山大学创办人孙中山先生（1866—1925）】

要有赶走世间'妖魔'造起地上'乐园'的志气和勇气。我即将到广州中山大学去，这是真的。我到中山大学去，不只是为了教书，也是为了要做'更有益于社会'的工作。希望你们毕业后要升学，能够在那边中山大学相见！"[①]

同样在他来到中山大学后，他也屡屡做此表示。1927年3月1日开学典礼上的发言《读书与革命》其实就是对孙中山先生的名言"读书不忘革命，革命不忘读书"的最直接发挥、阐述和发展。更关键的是，我们同样也可把鲁迅的有关学生读书和革命的教务观点视为他整体革命思想的一部分：他在来广州之前对革命的关注、向往以及来之后的警醒都在呈现出他对中山先生思想、成果的维护与发展。[②]

2. 重读"四·一五"事件：与异化革命的决裂。如前所述，"四·一五"事

[①] 《八、在中山中学的演讲》，见厦门大学中文系编《鲁迅在厦门资料汇编》（第一集）（厦门：厦门大学中文系，1976），页129。

[②] 有关鲁迅和孙中山关系的简单论述可参【日】山田敬三著，秦刚译《鲁迅：无意识的存在主义》（北京：北京大学出版社，2012），页129—143。

件发生后,鲁迅先生不顾危险冒雨参加会议,积极介入斡旋此事,[1] 但最后的结果却不如人意,鲁迅先生最后拂袖而去。

今天重新解读此事件,我们不难发现鲁迅对革命的独特理解与态度。此事发生以后,作为执政者的学校当局其实更加紧密的配合了国民政府有关当局的举措,他们把政治因素包装成技术性的教务操作,这样就可以掩人耳目、瞒天过海,轻易化解此事。但在鲁迅这里,这个事件却是双重性的。一方面,中山大学作为伟人手创的大学,理应贯彻主张、发扬光大,拥有充分的革命性,而且,他也附和中山先生,强调读书和革命的不可分割,为此,专心读书并拥护革命的学生被抓,对鲁迅来说,首先也是革命问题,绝对不只是安抚学生如何回归课堂的技术层面;另一方面,鲁迅同时也看到了打着革命旗号的国民党的异化与堕落,"中国国民党的政变,已使它作为孙中山领导中国革命的政党,异化为反共反人民的走向反动的政党。鲁迅亲眼目睹国民党的背信弃义,亲眼目睹许多朝气蓬勃参加革命事业的共产党人被国民党逮捕和杀害,他是愤慨和不满的。"[2]

不难看出,鲁迅先生的拂袖而去其实不只是将愤怒撒向校方当局,其实,更是和革命的异化与反革命决裂。这种态度,其实也是贯彻了他对青年学子们读书和革命关系精神的实践理解。而且,从更开阔的视野思考,这一事件毋宁更让对民国有所期待的鲁迅终于死心和走向绝望与反抗绝望,"从1911年到1927年,鲁迅也在等待,到1927年,他也失望了……1927年的结果使鲁迅难以接受。他感情上没有承认这个新的国家权威的合法性"[3]。

值得一提的是,中山大学一方面在薪水上对鲁迅进行安抚,极尽怀柔之能事,也派出各路代表三番五次对鲁迅进行劝说,但同时另一方面却也做出实际上

---

[1] 关于鲁迅如何营救学生的情况描述可参薛绥之主编《鲁迅生平史料汇编》(第四辑),页364—367。
[2] 倪墨炎著《鲁迅的社会活动》,页121。
[3] 李新宇著《鲁迅的选择》(郑州:河南人民出版社,2003),页27。

比较强硬的措施，比如当时的文科主任傅斯年教授在 5 月 18 日签署《文史科为缺课问题重要布告》，第一条则是，"本科教授周树人先生辞职，委员会正在挽留，在周先生未回校以前，所担功课，不能解决，但文艺论及小说史两科，有书可研究，如周先生本学期不能上课，将来仍可考试，给予单位。中国文学史，因已讲甚少，为单位计，须改选他课。"① 这个布告实际上已经告知鲁迅校方做好了双手准备。但去意已决的鲁迅丝毫不为所动。

3. *政治训育*。这里的政治训育可以分为两个层面，第一个是中山大学政治训育部出版的刊物《政治训育》；第二个则是七次教务会议中呈现出来的政治训育。

《政治训育》在 1926 年 12 月 27 日创刊，创刊号至第十期（1927 年 4 月 30 日）为旬刊，从第十一期（5 月 9 日）后改为周刊，实际编辑是周学棠、孙侃争等。但整体而言，这份刊物在"四·一五"事变之前还算是比较开明的，在创刊号《编余赘语》中，周学棠声明，"《政治训育》以实现本党所定的中大政治训育大纲为目的，但我们所公开讨论的态度，你们如有关于政治问题，农工问题，和各种问题的著作，欲在本刊发表者，我们必极诚欢迎的"。但"四·一五"事变后，该刊基本上变为"党化教育"的工具。但在 1927 年 3 月 29 日第七期刊物上，还是刊载了鲁迅的《黄花节的杂感》，颇具革命性。也曾在第四期刊登过有关鲁迅的一些消息。

在鲁迅执掌时期的教务会议记录中，有关政治训育的记录共出现三次。

第一次教务会议第 6 条规定，"规定每星期一三下午二时半后，不排任何功课，以备政治训育之用。"可见当时学校对政治训育的重视，我们知道，彼时的教育相对开明，加上广州属于革命的发源地，自然此时的政治训育有其必要性和合理性。这也和鲁迅强调读书和革命的兼顾主张互相吻合。在《本校第五次教务

---

① 刊载 1927 年 5 月 19 日《国立中山大学校报》第 10 期。

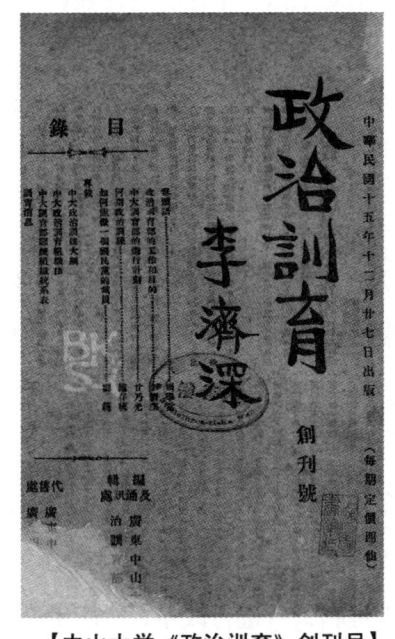

【中山大学《政治训育》创刊号】

会议纪事录》中第2条其实对此更多是加以强调,"政治训育部函商,仍照第一次教务会议议决案,每星期一三两日下午两时半以后,不排课由;(议决)通知各科查照。"

而在第七次教务会议纪事录中,第11条同样有所涉及,"政治训育部函询政治训育讲演,是否列为必修科,及其学分如何计算由。

议决:政治训育讲演,为必修科,不另计学分,若缺席到四分之一者,将该学期必修科学分总数,内扣除二学分,缺席四分之二者,扣四学分,以上类推。预科学生,于该科缺席,不得过六分之一,逾额者,不予毕业。"这一条耐人寻味,一方面既要强调政治训育的实际功能,列入必修科,但同时却又不计学分,灵活处理,可以扣除其他必修科学分;另一方面,对预科和本科生分开处理,在教务处看来,预科生似乎更需要强化类似的教育。这样的措辞和态度其实不难看出,即使在革命时期,鲁迅对政治训育也并非毫无保留,他可能担心此类教育扩张后的奴化功能，这和鲁迅对个体、个性的内在强调和尊重也不无关系。

（三）博雅与专攻。

同样需要注意的是，鲁迅的教务思想中也闪烁着博雅和专攻的辩证的痕迹，虽然这些操作是零星的，没有大规模全方位执行。

1. **教学改革。** 根据本、预科的差异，采取的制度也有区隔。"*预科用学年制。本科寓学年制于学分制之中*"。这样的处理方式可以使预科生安心提升或进修，却可以使本科生在掌握重要知识的基础上调动自己的灵活性，关键是也可以借此开拓视界。同样，鲁迅本人该学期开始的《文艺论》课程既是文学系中国文学组必修科目，也是英国文学组必修科目，同时又是文史科选修科目，可见，彼时的学科界限并非像如今如此壁垒分明，大的文史培养方式实际上属于我们平常所说的博雅教育（liberal arts education）思路。

同时，教务处也对教材和科目进行改革，"*科目中比较不重要者，删去该科目。教材中比较不重要者，删去不重要部分。*"（第一次会议记录）可见，鲁迅的目的其实是想删繁就简，老师少教，让学生们能够自己多思考，而不主张填鸭式教学。

而在《本校文史科第二次教授会议纪事录》中更是规定，"*讲义问题：最好能将讲义编出，不得已，则编详细纲目。*"可见彼时对教授的教材和讲义有着相对严格的要求，不能单凭一张口夸夸其谈、愚弄学生、误人子弟。而在《预科第三次国文教务会议纪事录》中，更是对三种语言文体（学术思想文、古代文、近代文）的时间分配进行说明，而在学术文选择方面，"*以北京大学出版之学术思想文，及模范文学标准*"，可见当时的中大对国文是极其重视的，而且也是高标准要求的。结合今天教育部对英文的刻意强调态度和对中文态度的差异，明显可以看出内在的自信力不足，而且急功近利，缺乏应有的博雅实践。同时，由于英文教学更多是死板的、为了考试的教学，实际上的效果并不佳，多数是哑巴英语或者语法考试英语。

同样，在第七次教务会议，颇有一些学生对每周加理化各一小时等提出申请，也有人要求，"请减国文、英文、体育各一小时"，但教务处最后"只准增理化各一小时"，这样的结论其实可以看出鲁迅及教务处对核心学科科目的坚守，国文和英文不可减，一方为母语根基，另一方则为国际语言，同时体育亦不可减，这和鲁迅对身体的强调同样可能密切相关。[①] 而在第六次会议中，则对世界语绩点问题进行议决，"为自由选修之科目，不计学分。"鲁迅本人对世界语一度非常支持，但一旦涉及学子们广泛的切身利益，他和教务处对前途未卜、未能成为经典和确认的语文实验其实还是抱有应有的怀疑的。

2. 师生的学术道德要求高。一个一流的大学，必然有高素质和高水准的师生。鲁迅和教务处对师生的道德水准都有着严格的监控。如前所述的教授要有12个小时工作量的要求其实恰恰也是对学生负责——将为数不多、待遇丰厚的教授们赶到一线，让学子们可以欣飨教授们的风采、学识。

教师方面，"本校原有教员，自二月十五日后，既不参加教务，教授，各科系会议，开课后，又不到校上课者，二月份起，所有薪水，即停止发给，并失去其教员资格；其已参加参加各会议，而开课后十日尚不到校上课，又无特别理由，函达委员会得许可者，只发其在校时薪水，自三月份起，即失去其教员资格。"（第三次教务会议）当时文科刘云门[②]教授离校赴南昌工作，因此被扣发二月份薪水，以示惩罚和制裁。某种意义上说，这样严格的规定既是对教师的严格要求，也是对学生的高度负责，因为只有这样，教授才成为真正的教授。

同样，在第五次教务会议记录中，对学生补考复试中的可能作弊也有严格处

[①] 鲁迅在小说中其实对身体话语别有认知，具体可参拙文《论鲁迅小说中的身体话语》，《上海鲁迅研究》2008秋，上海社会科学院出版社，2008年10月，页34—45。
[②] 刘云门（1875—1932），清末最后一科举人，留学日本早稻田大学、京都大学，在东京参加孙中山的同盟会，曾谋刺过摄政王戴沣（即溥仪的父亲）未遂。大革命时期到广州，在中山大学任教授，与共产党人毕磊等组织"社会科学研究会"，任干事，北伐时以军医身份随军突进至武汉。1932年，上海"一·二八"事变爆发，日寇轰炸上海，刘牺牲于日寇炮火中。

罚,"犯规问题:夹带扣平均分五分,交谈旁窥扣平均分三分,枪替不取。"同样,也有对人品的强调。而在该次会议中,"预一文科转学生杨怀新,查系冒名,拟不录取案;(议决)通过。"同样对弄虚作假严惩不贷。

表面上看,上述道德要求似乎管得过宽,而实际上,这恰恰是博雅教育对品德强调的规定:在自由的专业基础上,同样必须强调对道德素质、人格的提升与培养。说到底,学习的最终目的还是为了培养人才,而且是全方位的多层次的人才。

结论: 考察鲁迅先生执掌教务处的实践操作以及其思想精神其实对我们有着重要的意义,鲁迅虽然担任教务主任只有70天,但他对中山大学的教务既有实质的工作业绩奉献,也有精神思想层面的文化遗产,我们必须要明确并加以珍惜。换言之,鲁迅的教务思想在今天喧嚣的教育界其实仍然不乏启发意义,虽然发生的历史时间是1927年。

【1927年中山大学校务会议室】

第三节　周树人教授，还是鲁迅先生？
——论鲁迅对学院教授的弃绝

从 1909 年以海归身份执教于浙江两级师范学堂到 1910 年的绍兴府中学堂，从 1920 年开始在公务员之余先后在北京的八所学校兼课，到 1926 年的厦门大学国学研究院教授，再到 1927 年同样昙花一现的广州中山大学教授、文学系主任、教务主任，教师身份显然在鲁迅的生涯中占有重要的一席之地——在鲁迅 55 周岁的人生历史中，教师生涯断断续续大约占到 10 年左右，不可谓短。

考察这十年的教学历程，鲁迅和大学的遭遇似乎也耐人寻味，从兼职讲师到专任教授的过程中，不难发现，鲁迅真正担任学院专任教授的时间可谓屈指可数，合起来不到一年。更细致一点，1927 年居然成了鲁迅弃绝教授身份的转捩点，而在其最后的十年[①]中，尽管其写作的内容所指非常开阔和广泛，在文体创新上也是继续进取，但毋庸讳言，其基本身份可以定义为"自由撰稿人"。如人所论，"鲁迅不再教书，是早有考虑的。一则他觉得教育界和政界一样的浑浊，二则，他认为教书与写作是有矛盾的，难以两全"，"经过长时间的认真考虑，又目睹了大学里的各种倾轧斗争，鲁迅到上海之后，是决定不再教书，而专事写作的了。他有时自称为'游民'或'流民'，其实也就是今之所谓'自由撰稿人'。"[②]

本节的问题意识在于，学院教授之于鲁迅意味着什么？它具有怎样的功能？又在鲁迅身上打下了怎样的印记？同时，到底是何原因使得鲁迅痛下决心弃绝了令时人羡慕的教授身份？而 1927 年的广州和中山大学之于鲁迅教授生涯的转换

---

① 更多精彩的分析，可参林贤治著《鲁迅的最后 10 年》（北京：中国社会科学出版社，2003）。
② 吴中杰著《鲁迅传》（上海：复旦大学出版社，2008），页 290—291。

意义何在？

通览前人对此课题的研究，则大多局限于对不同历史时空鲁迅教学活动的整理与考辨，也即，鲁迅的特定时间的教学活动不过是某个时间段的一项活动，因此往往对他全部教授生涯的内在关联缺乏必要和充分的认知。当然，前人的研究，尤其是在史料考据方面，给我们后来的研究者提供了极大的便利，虽然，有些也需要继续校勘。本节的目的不是为了缕述鲁迅在不同时空大学的教学活动，而毋宁更是以 1927 为中心，通过历时性思考来考察鲁迅弃绝教授的深层原因。为此，本节会依照时间顺序来依次处理不同时空中鲁迅的教授体验、伤害与转向。

一、北京：责任与创伤

1920 年 8 月 6 日的鲁迅日记记载，"晚马幼渔来送大学聘书。"（《鲁迅全集》卷 15，页 408）聘书内容如下：敬　　聘

周树人先生为本校讲师

　　此订

　　　　国立北京大学校长　　　　蔡元培

　　　　　　中华民国九年八月二日①

但鲁迅真正开始大学教师的身份实践却是始于该年 12 月 24 日，"午后往大学讲。"（卷 15，页 417）寥寥数语，却掀开了鲁迅先生人生经历中崭新的一页，他的亦官亦教实践由此开始。彼时，鲁迅就开始了其精彩纷呈的中国小说史讲授生涯，当然这件事情的促成也和其弟周作人的推荐不无关系。②

除此以外，鲁迅还在北京师范大学、北京女子师范大学、中国大学兼课，而

---

① 可参薛绥之主编《鲁迅生平史料汇编》第三辑（天津：天津人民出版社，1983），页 211。
② 周作人《鲁迅北大讲小说史缘起》，可参薛绥之主编《鲁迅生平史料汇编》第三辑，页 198。

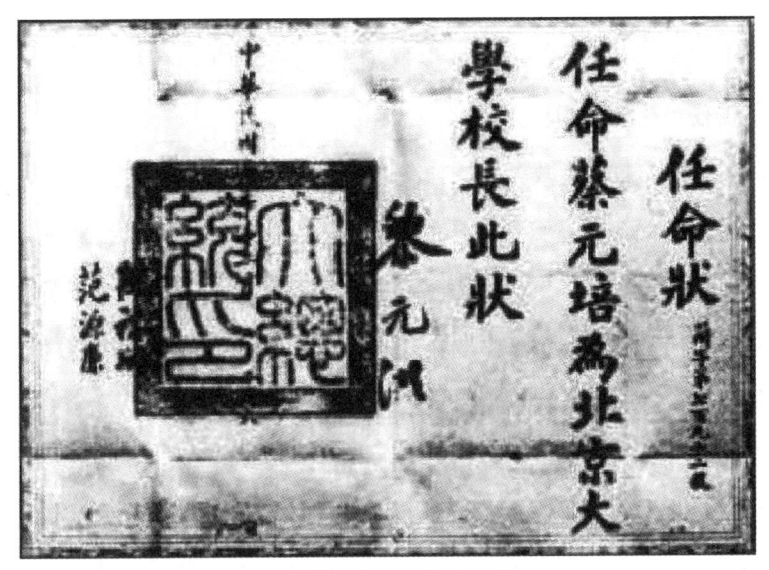

【蔡元培北大校长任命状】

在北大（6年）、北师大（6年）、女师大（3年）这三所兼课最长。值得一提的是，从1926年2月起至是年8月，鲁迅被聘为国文系教授，这也是鲁迅生平第一个学院教授头衔，其聘书如下：

北京女子师范大学聘书（二）

兹聘请

周树人先生为本大学国文系教授

此订

国立北京女子师范大学校长

易培基

中华民国十五年[1]

若考察北京学院教授身份之于鲁迅的功能和作用，简单而言，我们或许可用

---

[1] 可参薛绥之主编《鲁迅生平史料汇编》第三辑，页213。

两个关键词进行概括,"责任"与"创伤"。作为鲁迅公务员①之余的兼职,学院教授对于鲁迅其实远非可以置身事外那么潇洒,也并非乐在其中那样惬意。

(一)责任:从踌躇到介入。

据推荐鲁迅前去北大教书的周作人回忆说,本来他自己想借鲁迅所辑的《古小说钩沉》作为基础来上小说史,但"再一考虑觉得不很妥当,便同鲁迅说,不如由他担任了更是适宜。他虽然踌躇,可是终于答应了。"② 在鲁迅的踌躇中,以今天的眼光推断,涉及的考量可能不少,如自己的时间分配,教材等等问题,但毋庸讳言,里面却也深深地凝聚着"责任"二字。

王富仁曾经犀利地指出,"鲁迅在北京高校的任课,除了经济的原因外,体现的是他作为一个新文化运动的发起者的文化选择,而不是作为一个教育部官员的政治选择。在他的教育实践中贯彻的是他的思想革命和文化革命的独立意志,而不是作为一个教育部官员的国家意志和长官意志。"③ 的确是中肯之论。

1. *经济责任*。作为家族的长子长孙,鲁迅所肩负的家庭责任感似乎远远高于其他两个兄弟。而实际上,他的于1909年从日本回国就业教书,也包含了养家糊口支撑其他人继续实现理想的考量。在北京担任大学兼职讲师的鲁迅其实也戮力担起了其应付的经济责任,而其中非常重要的一条就是和房子密切相关。

1919年,鲁迅在绍兴的周家旧屋由六房联手卖出,母亲、朱安、兄弟等一家大小有意投靠身在北京的鲁迅。鲁迅多方奔走、打听、选择,最后确定好购买北京八道湾11号的三进大院子。房价计3500元,分三次付清款项,而且又花了近600元稍作修整并购买了一些家具。11月21日,周作人夫妇和鲁迅率先移入

---

① 具体可参吴海勇著《时为公务员的鲁迅》(桂林:广西师范大学出版社,2005)。
② 周作人《鲁迅北大讲小说史缘起》,可参薛绥之主编《鲁迅生平史料汇编》第三辑,页198。
③ 王富仁《厦门时期的鲁迅:穿越学院文化》,见朱水涌等编《鲁迅:厦门与世界》(厦门:厦门大学出版社,2008),页12—13。

新居，12月29日，接绍兴家人来京居住。①

应当说，八道湾住处是一个房间多、院落大的好居处，鲁迅在其身上投射了"齐家"的儒家思想理路——其乐融融、共享天伦的美好期待，他曾经对许寿裳说，"我取其空地很宽大，宜于儿童的游玩。"②但同样，大家人口兴隆和睦、家大业大风光无限的背后其实需要巨大的财力支撑，买屋的债务和整个家庭运转的开支令鲁迅左支右绌，他的经济状况因此变得困窘，日记里亦不断有向好友齐寿山（1881—1965）等人借钱的记载，我们不妨考察一下1919年底到1921年的借钱情况：

时间	内容	全集卷15
1919年 11月13日	"上午托齐寿山假他人泉五百，息一分三厘。"	页383
1920年2月9、16、17日	分三次将200、100、200元逐步归还	页396
3月4日	"午后从齐寿山假泉五十"	页397
3月30日	"午后从戴螺舲假泉百"	页400
5月22日	"托二弟从齐寿山假泉百"	页402
6月11日	"从戴螺舲假泉五十"	页404
7月10日	"又从齐寿山假泉四十"	页406
7月27日、29日	又分别从齐寿山处借钱10元、20元	页407
8月2日	"午后从徐吉轩假泉十五。从戴芦舲假泉廿。"	页407
8月20日、24日	两次分别向齐寿山借钱10元	页408—409
9月11日	"午后访宋子佩，假泉六十"	页410
10月27日	"上午从齐寿山假泉二百"	页413
11月27日	"上午从齐寿山假泉十"	页415
12月1日	"上午从李遐卿假泉卅"	页416
12月15日	"上午从齐寿山假泉五十"	页416
12月28，29日	分别向齐寿山、朱孝荃借钱20、50元	页417

---

① 《八道湾故居简介》，可参薛绥之主编《鲁迅生平史料汇编》第三辑，页25。
② 《八道湾故居简介》，可参薛绥之主编《鲁迅生平史料汇编》第三辑，页26。

续表

时间	内容	全集卷 15
1921 年 3 月 29 日	"从齐寿山假泉五十。下午二弟进山本医院"	页 427
4 月 1 日	"午后从许季市假泉百"	页 428
4 月 5 日	"上午从齐寿山假泉五十"	页 428
4 月 12 日	"下午托齐寿山从义兴局借泉二百,息分半"	页 429
4 月 26 日	"午后从齐寿山假泉廿"	页 430
5 月 30 日	"下午从李遐卿假泉四十"	页 433
6 月 4 日	"下午从齐寿山假泉五十"	页 434
8 月 6 日	"上午从许季市假泉百。"	页 439
8 月 10 日、12 日	分别向宋从子佩借泉 100,50	页 439
11 月 3 日	"晚从齐寿山借泉卅"	页 448
11 月 9 日	"下午从大同号假泉二百,月息一分"	页 448
1923 年 9 月 22 日	"下午往表背胡同访齐寿山,假得泉二百"	页 482
10 月 9 日	"季市来部,假我泉四百,即托寿山暂储"	页 483

　　通过上述表格,我们不难看出,在当时那个时间段,鲁迅兼职其实也是无奈之举。鲁迅的经济条件在一段时期内其实有恶化的情况,周作人的生病、疗养更是雪上加霜,而且,学校方面也开始欠薪,所以,鲁迅时不时向友人借钱实在令人同情,而且有时数额较小,方便向不同人借,直至 1923 年 7 月 14 日,兄弟失和,"是夜始改在自室吃饭,自具一肴,此可记也。"(卷 15,页 475)尽管今天为止,兄弟失和的原因仍然众说纷纭,但毫无疑问,经济压力与相关的纠纷绝对是一个不容忽视的要因。

　　1923 年 8 月 2 日,鲁迅日记记载,"下午携妇迁居砖塔胡同六十一号"(卷 15,页 477),后鲁迅又借钱买下阜成门内西三条胡同 21 号 6 间旧房,根据 1924 年 5 月 25 日日记,"晨移居西三条胡同新屋"(卷 15,页 513),自此在砖塔胡同借居 9 个多月的鲁迅在北京终于有了定居之所。但毫无疑问,经济压力同样巨大,此房要价 800 元,鲁迅向许寿裳、齐寿山各借 400 元,直到鲁迅去厦门大学教书时才全部还清。可以理解的是,鲁迅在 1925 年甚至前去中学兼课,比如黎明中学、大中公学等。① 想必也和经济压力有关。

2. **护犊责任**。如果仅仅把鲁迅在北京高校的兼职视为赚取外快的工具性操作，则显然是简单化了鲁迅的教育实践及其革命思想。毕竟，彼时的鲁迅同时还是已经崭露头角，甚至可以称得上名满天下的作家，而他对青年学子们亦有其独特的吸引力和亲和力，当时旁听他课程的尚钺如此回忆并评价道，"这是一个地道中国的平凡而正直的严肃先生，既无名流学者自炫崇高的气息，也无教授绅士自我肥胖的风度。这典型，我们不仅只在'呐喊'这本著作中到处可以看见，即在中国各地似乎也处处都有着他的影子。"② 很显然，鲁迅先生绝不是被仅仅视为一个当时的普通教授，而是颇有点"公共知识分子"的风范。

而另一面，鲁迅对自己所从事的事务慢慢有了更强烈的介入感，正如鲁迅所提倡的现代父亲精神，"自己背着因袭的重担，肩住了黑暗的闸门，放他们到宽阔光明的地方去；此后幸福的度日，合理的做人。"（《我们现在怎样做父亲》，《鲁迅全集》卷1，页135）而其实际表现在两大典型事件中最为惹眼，那就是"女师大风潮"和"三·一八惨案"。

（1）**女师大风潮：从旁观到力挺**。鲁迅一开始到女师大上课，由于是兼任教师，加上他非常忙碌（教育部、家庭事务等），使得他在风潮乍起时，基本保持沉默态度，但一旦当他了解到杨荫榆压迫学生、无理开除学生自治会 6 名骨干成员时，他开始介入并主持公道。第一件重要举措就是起草《对于北京女子师范大学风潮宣言》，并邀请马裕藻、沈尹默、钱玄同、沈兼士等人和他联名发表，证明学生被无辜开除，而她们品学兼优。③ 同时，针对"正人君子"之流的流言与污蔑，鲁迅撰文开始回击并加以淋漓尽致的反驳。

---

① 陈漱渝《鲁迅在北京的教学活动》，可参薛绥之主编《鲁迅生平史料汇编》第三辑，页196。
② 尚钺《听鲁迅先生讲课》，可参薛绥之主编《鲁迅生平史料汇编》第三辑，页201。
③ 许广平《回忆鲁迅在女师大风潮中的斗争》，可参薛绥之主编《鲁迅生平史料汇编》第三辑，页218—219。

但事情却进一步恶化，1925年7月底—8月底间，杨荫榆先是动用武装警察、特务和老妈子近百人进入女师大，紧锁校门、掐断电话、围攻殴打学生，而此后的8月份，在刘百昭的带领下，更多流氓打手多次闯入学校，打人、抓人。

鲁迅此时挺身而出，而在章士钊决定关闭女师大后，8月25日，鲁迅又一次"赴维持会"，决定另租校舍，教员开始义务上课，借此维持女师大的教学生命，也与官方所谓的"女子大学"分庭抗礼。但毫无疑问，这对鲁迅是一个巨大的牺牲，不论是物质上，还是精神上，如人所论，"鲁迅从此在女师大义务授课，且将其课时增加一倍。那阶段他的经济情况恶化，身体状况也不佳，终于累病了，吐血了。在'保校'斗争中，鲁迅尽了最大的努力，也做出了最大的牺牲。"①

（2）"三·一八惨案"：出离愤怒。如果说在"女师大风潮"中，鲁迅在事件伊始仍有不便插手的旁观阶段和沉默应对，而到了1926年"三·一八惨案"中，其直接反应甚至有些令人惊讶。毫无疑问，鲁迅对"三·一八惨案"的愤怒与出发点绝不仅是他对学生的爱护，而且更是寄托了他对暴力机构、专制逻辑以及卖国行径的大力鞭挞。但同时，鲁迅出于一个知识分子的责任感，出于一个学院教师的愤怒和正义感可谓一目了然。

值得一提的是，鲁迅不仅把这一天视为"民国以来最黑暗的一天"，同时又写下了势大力沉、悲愤沉郁的《记念刘和珍君》，同样其引子和要因都是纪念和悼念不幸殉难的青年学生的，当然，其风格也和周作人有很大的差异。② 除此以外，鲁迅同样更加反击流言，和统治阶层及其文化帮闲，比如"正人君子"之流继续笔战。而鲁迅如此这样介入的结果也令人出乎意料，他因此也陷入了被段祺瑞政府通缉的境地，甚至被迫躲到D医院住了十天暂避风头。③

---

① 吴海勇著《时为公务员的鲁迅》，页250。
② 具体可参拙文《周氏兄弟有关"3·18事件"的文本比较研究》，见《广东鲁迅研究》1999年第3期。
③ 许寿裳《三·一八惨案》，参薛绥之主编《鲁迅生平史料汇编》第三辑，页374。

(二) 创伤：双重打击。

鲁迅在北京担任学院教授的时期其实也不乏伤害与打击。某种意义上说，这些伤害与打击既给鲁迅造成了一时的困扰，有些甚至也埋下了以后弃绝的伏笔，为他以后对教授的彻底绝望打下了深切而绵长的基础。

1. 学院政治与传统打压。鲁迅在北京时期只是兼任教师，但背后确实有着贯串其始终的长线的人格支撑，"用无我的爱，自己牺牲于后起新人。"（鲁迅《我们现在怎样做父亲》）所以在讲授《中国小说史》时往往既能够随手拈来、深入浅出，又能够了然于胸、洞见迭出，很受欢迎。这当然也是一种革新的实践，无论教学，还是对于传统文化的认知。但同时，学院政治，或者政治对学术的操控却未曾停歇。

女师大事件中，鲁迅被章士钊免职一事其实亦可放在这样的语境下思考。表面上看，章士钊罢免教育部佥事鲁迅其实更多属于行政事件，而实际上这却是由于"女师大风潮"战火波及后的产物，不可单纯视为政治事件，而更多属于学院政治或政治对学术的粗暴干预。1925年8月14日，鲁迅得知自己被罢免后，决定以法律形式向平政院①起诉，不请律师，结果得以伸张正义终得复职。

反思这一事件，章士钊假借整顿学风的口实行使行政欺压之实，着实有其阴险和理屈之处，所以陈思和指出，原因之一"是鲁迅支持了学生运动，别的教员他管不了，鲁迅是他属下的佥事，自然觉得好欺，但鲁迅当时所做的都是公开的合法的斗争，他抓不住什么把柄"，"章本来也经历过大风大浪，应该是个豁达的人，可是一朝权在手就变得不那么费厄泼赖了"。② 但不管怎样，"女师大风潮"中鲁迅和对手们虽然各有胜负，但学院派中的某些乌烟瘴气，旧有传统和国民劣根性的呈现肯定让鲁迅厌恶。

---

① 有关平政院的介绍可参考蔡云《平政院与北洋时期的行政诉讼制度》，《民国档案》2008年第2期。
② 陈思和《再论鲁迅的骂人》，可参氏著《新文学传统与当代立场》（济南：山东教育出版社，1999），页46—47。

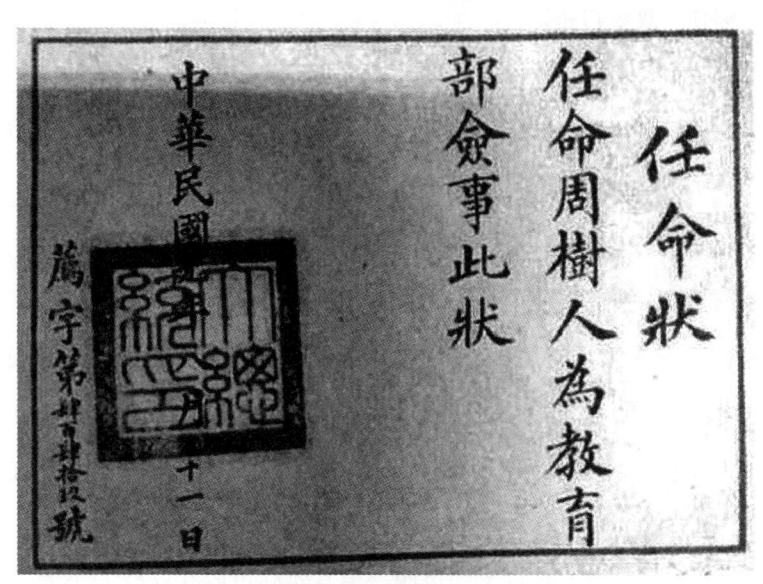

【鲁迅教育部佥事任命状】

2. 人格攻击：与陈西滢之交恶。某种意义上说，陈源（陈西滢 1896—1970）与鲁迅的论战在排除某些意气成分外，其实更体现了不同类别的文化知识分子在与现实的互动中所持文化立场的差异。而实际上，陈源也是鲁迅先生相关论见呈现和诠释的很好对手，他也被论者视为"鲁迅的第一个论敌"，"是鲁迅认真对付、刻骨铭心的第一个论敌"。[①] 鲁、陈之论战涉及方方面面，但彼此与学院教授相关的核心论题可以基本归结为如下两个议题：

（1）"学者文人"的批判。虽然一开始这个词并无恶意，但一旦涉及到鲁陈之争，其内涵就在逐步转变。在写于 1925 年 9 月 15 日的《"碰壁"之余》里，鲁迅提及对学者封号的奉还，"我今年已经有两次被封为'学者'，而发表之后，也就即刻取消。"可以想见，当类似的名号被置于论争中间用作攻击工具后，鲁迅不惜将错就错，暂时放低类似的名号。实际上，在 1925 年 5 月所作的《导师》

---

① 阎晶明著《鲁迅与陈西滢》（石家庄：河北人民出版社，2002），页 2—3。

一文中，鲁迅就主张不要寻找所谓"乌烟瘴气的鸟导师"，同时鼓励青年"**不如寻朋友，联合起来，同向着似乎可以生存的方向走。**"此中已经包含了对所谓"思想界权威"、"学者文人"的不满和批判。这些批评虽然并未点名道姓，但背后的靶子却是陈西滢。

而到了后来，矛头所向已经日益分明，比如1926年2月15日《华盖集·后记》里面，鲁迅对于曾误将杨荫榆请客并预谋开除学生自治会6名学生的"西安酒店"写作"太平湖饭店"有如下的解释，"请客的饭馆是那一个，和紧要关键没有什么大相干，但从'所有的批评都本于学理和事实'的所谓'文士'学者之流看来，也许又是'捏造事实'。"很显然，鲁迅对那种借小错搪塞和洗刷大错的帮闲行径极尽嬉笑怒骂之能事，此时的陈源已经明确成为论战的敌手，而"文士"学者和"学者文人"等执其一端的迂腐则成为鲁迅批判的对象，所以，这样的称号"在鲁迅笔下就这样成了一种言行不一，前后矛盾，自我否定，出尔反尔的特殊群体。"①

（2）人格污蔑："剽窃"见高下。在1925年11月21日出版的《现代评论》2卷50期上发表"闲话"《剽窃与抄袭》，一方面以不点名的方式攻击鲁迅，"整大本的剽窃"；另一方面替凌叔华（1900—1989）进行辩护，"在我们不宏博的人看来，'剽窃''抄袭'有一定的意思，不能看见两篇东西稍有相同之点便滥用这样的名字。"而在1926年1月30日《晨报副刊》，陈源发表《闲话的闲话之闲话引出来的几封信》，则说得非常明确了，"他常常挖苦别人家抄袭。有一个学生抄了沫若的几句诗，他老先生骂得刻骨镂心的痛快。可是他自己的《中国小说史略》却就是根据日本人盐谷温的《支那文学概论讲话》里面的《小说》一部分。其实拿人家的著述做你自己的蓝本，本可以原谅，只要你书中有那样的声明。可是鲁迅先生就没有那样的声明。在我们看来，你自己做了不正当的事也就罢了，何苦

---

① 阎晶明著《鲁迅与陈西滢》，页43。

再挖苦一个可怜的学生，可是他还尽量的把人家刻薄。"①

鲁迅对此当然予以回击，在1926年2月1日的《不是信》中表明了自己的立场，他承认参考过盐谷温的大作，但并未抄袭，而是有自己的判断。甚至一直到了1935年12月，鲁迅在《且介亭杂文二集·后记》也借着盐谷温著作有了汉译本，鲁迅的《中国小说史略》有了日译本后再次作答，"两国的读者，有目共见，有谁指出我的'剽窃'来呢？呜呼，'男盗女娼'，是人间大可耻事，我负了十年'剽窃'的恶名，现在总算可以卸下，并且将'谎狗'的旗子，回敬自称'正人君子'的陈源教授，倘他无法洗刷，就只好插着生活，一直带进坟墓里去了。"

通过鲁迅十年之后仍然对此事耿耿于怀的事实，可以推断鲁迅所受伤害之大，同时可以推断，尽管对"学者文人"的帽子和行径不满，但鲁迅对做人的起码诚信原则还是相当坚守的，毕竟，这不只是学者的要求，也是做人的底线。正因为如此，在以后的岁月中，鲁迅和现代评论派的公仇私怨更加恶化与延续，当然，这也慢慢成为鲁迅弃绝教授的深层导火索之一。

二、厦门：逃离与再逃

王富仁曾经犀利的指出，鲁迅离开北京，除了躲避段祺瑞政府的通缉和迫害，和许广平"双雁南飞"以外，还有一个"逃离"的原因，"逃离已经严重国家主义化了的北京学界，寻找一个对于自己相对自由、即使战斗也能在心灵上感到更加轻松的文化空间。"② 当然事实上，厦门的实际和鲁迅的期待似乎颇有落差，在1926年10月23日致章廷谦的信中说，"至于学校，则难言之矣。北京如

---

① 陈源《闲话的闲话之闲话引出来的几封信》，参梁实秋等著《围剿集》（石家庄：河北教育出版社，2000），页5。
② 王富仁《厦门时期的鲁迅：穿越学院文化》，见朱水涌等编《鲁迅：厦门与世界》，页13。

大沟，厦门则小沟也，大沟污浊，小沟独干净乎哉?"（卷11，页583）

但同时，我们也要看到，厦门时期的鲁迅其实还是"玩玩的时候多"。在10月28日给许广平的信中，他提及，"至于工作，其实也并不多，闲工夫尽有，但我总不做什么事，拿本无聊的书，玩玩的时候多，倘连编三四点钟讲义，便觉影响于睡眠，不易睡着，所以我讲义也编得很慢，而且少爷们来催我做文章时，大抵置之不理"（卷11，页591）；11月3日在给许广平的信中又说，"我又在玩——我这几天不大用功，玩着的时候多……"（卷11，页600）所以，如人所论，"厦门时期的'慵懒'，是鲁迅一生中的特例。"①

毋庸讳言，被聘为厦门大学国学院专任教授的鲁迅其实也正面临他人生中第一个全职学院岗位，在此，经济条件优越，"在他那个较为纯粹的教授学者时期，并非是一个'横眉冷对'的斗士形象"②；但同时，厦大教授的身份体验也给他带了不少负面感受。

（一）文化创造内驱力的匮乏。

朱水涌在总结厦门时期的鲁迅时，用了三个关键词，其中一个就是"无聊"，"作为一位独立的思想者，一个对'立人'和社会、文明有着自己思考和想象的知识分子，鲁迅即使是在重新思考自己命运之旅的厦门时期，也是无法对'十字街头'的平庸与浑噩视而不见、无法排除自己的疑虑与悲哀的。"③当然，在这样的字眼以外，其实还可以加上荒蛮、闭塞、传统等描述的。

1. 新文化活力的萎缩。毫无疑问，时为中国文化中心的北京显然有着鲁迅难以割舍的文化便利与优势，作为一个各种文化并存、众声喧哗的文化场域，其高等教育的发展有着得天独厚的氛围，更为关键的是，高校作为文化的创造地和引领者，营创了一种现代的极富活力的学术语境。

---

① 房向东著《孤岛过客：鲁迅在厦门的135天》（武汉：崇文书局，2009），页103。
② 朱水涌《厦门时期的鲁迅：温暖、无聊、寻路》，见朱水涌等编《鲁迅：厦门与世界》，页22。
③ 朱水涌《厦门时期的鲁迅：温暖、无聊、寻路》，见朱水涌等编《鲁迅：厦门与世界》，页29。

彼时的厦大则无法提供类似的文化多元汇聚，就好象鲁迅先生自己的描述，"硬将一排洋房，摆在荒岛的海边。"而相关的吃住条件都相当一般，在1926年10月3日致章廷谦的信中提及，"若夫房子，确是问题，我初来时，即被陈列于生物院四层楼上者三星期，欲至平地，一上一下，扶梯就有一百九十二级，要练脚力，甚合式也。"（卷11，页561）同时，周围环境也相当荒凉。从此意义上说，曾经身居当时文化重镇北京的鲁迅难免有一种被流放的寂寞感，尽管同时，鲁迅先生的诸多粉丝从北大、青岛大学、金陵大学、南洋大学等转学厦门①，但从更大的意义上说，鲁迅在厦门无法找到适合的对话者（偶尔有孙伏园作陪），因为他更多是一个精神/文化输出者。

不仅如此，厦门时期的鲁迅更可感受到彼时旧有文化传统的强大，"尊经读孔"的潮流得不到有效的抵制和批判，甚至成为校长林文庆②在丰赡自己海外华人的文化认同之余变成国学研究院的重大使命之一，这对于文化斗士和新文化运动的代表之一的鲁迅不啻是个绝妙的讽刺。

2. **经济撑腰的悖论**。作为陈嘉庚先生捐建的私立大学，彼时的厦大显然有着不同的财政支撑与体系，而如何利用既定的资本办好事情想必是校长林文庆先生魂牵梦萦的事情，同时经济支撑的背后也有其悖论性，经济也完全可以异化人、机构，甚至成为一种独特的话语操作实践。③

其中相当著名的典故就是钱和话语权挂钩的事件。据陈敦仁（陈梦韶）在《忆鲁迅先生在闽南》一文中回忆道，国学研究院的预算经费从十万元缩减为五万元后，鲁迅据理和林文庆力争，林文庆说，"关于这事，是有钱的人，才有发

---

① 房向东著《孤岛过客：鲁迅在厦门的135天》，页51。
② 有关林文庆的情况，可参李元瑾著《东西文化的撞击与新华知识分子的三种回应：邱菽园、林文庆、宋旺相的比较研究》（新加坡：新加坡国立大学、八方文化企业公司，2001）。
③ 很简单而言，单纯在鲁迅小说中，就不乏类似的书写，可参朱崇科《论鲁迅小说中的经济话语》，《中山大学学报》2009年第5期。

言权的。"鲁迅先生很气愤,也很幽默,马上从口袋里掏出两个银角子(或铜板)说,"我也有钱,我有发言权。"据说当时校长十分狼狈、尴尬的陪着笑脸,赶忙结束了会议。① 这件事情当然反映出鲁迅处世态度的机智和幽默,但另外一面,却也可以看出金钱对学术体制的异化,如人所论,"厦大也有两面性:一是它的封建性……一是它的带有资本主义社会色彩的铜臭气。"②

同样在参加厦门平民学校的创办与演讲中,鲁迅在给许广平的信中(《两地书·九三》)提及此事,"有一曾经留学西洋之教授曰:这学校之有益于平民也,例如底下人认识了字,送信不再会送错,主人就喜欢他,要用他,有饭吃,……。我感佩之极,溜出会场"(卷11,页244)。在和同校教授演讲的比较中,可以感到,鲁迅更是着眼于警惕金钱对人的异化,而另外那位教授则是更指向"有奶便是娘"的实在,"教授的实在,是希望这些下层人坐稳奴才的位置,成为更受主子喜欢的更有用的奴才。"③

厦大整体环境的不尽如人意,对于想干一番事业的鲁迅当然是个打击,但同时学校当局对于学术的虚名的追求、考核与对本真追求的干扰却又是另外一重压抑。

(二)技术压抑与人际纠葛。

毫无疑问,学术的技术性也给鲁迅造成了压抑感,他曾经写道,"别的学者们教授们又作别论,从我们平常人看来,教书和写东西是势不两立的,或者死心塌地地教书,或者发狂变死地写东西,一个人走不了方向不同的两条路。"(《华盖集续编·厦门通信(二)》,《鲁迅全集》卷3,页391)鲁迅的这番话似乎有些感性和夸张,但可能说出了一个崇尚自由的创作者对学术的直观判断,厦大的

---

① 此故事也有四个不同版本,但此处以为陈梦韶的最为可信,具体可参可参薛绥之主编《鲁迅生平史料汇编》第三辑,页55—56。
② 房向东著《孤岛过客:鲁迅在厦门的135天》,页185。
③ 房向东著《孤岛过客:鲁迅在厦门的135天》,页81。

确也给鲁迅带来了压抑感。

  1. **技术压抑与经济考量**。创校不久的厦大其实也是有其做大的雄心壮志的，但因此亦有急功近利的举措，就好比当下的教育大跃进，各种评估数据需要量化，还要涉及各种项目、基金、刊物级别、影响力等等，大学教授往往变成了"表格教授"，俨然一副表面热火朝天的学术评估气象，实则充斥着和学术无关的喧嚣，乃至逼人弄虚作假。① 当时的厦大亦有类似的学术考核要求。

  我们可以从鲁迅给许广平的两封信比较中看出端倪，在《两地书·四二》中，他抱怨道，"学校当局又急于事功，问履历，问著作，问计画，问年底有什么成绩发表，令人看得心烦。其实我只要将《古小说钩沈》整理一下拿出去，就可以作为研究教授三四年的成绩了，其余都可以置之不理"（卷11，页121）。不难看出，鲁迅在此函中既有对厦大考核的不满，但也有自己的对策。

  令他想不到的是，所谓的考核实质其实出人意料，在《两地书·七五》中，他又对许广平吐槽道，"国学院也无非装门面，不要实际。对于教员的成绩，常要查问，上星期我气起来，就对校长说，我原已辑好了古小说十本，只须略加整理，学校既如此着急，月内便去付印就是了。于是他们就从此没有后文。你没有稿子，他们就天天催，一有，却并不真准备付印的。"（卷11，页208）

  不难看出，因为鲁迅的编辑钩沉古小说算不上可以争荣誉、吸引眼球的赚钱货，所以备受冷遇也属常态，但厦大此时的技术要求更多是侧重虚名和实利，当鲁迅把耗时费力的冷僻学术作品拿出来后，自然就击碎了其华丽的表面，但同时也给鲁迅对学术的恶感涂上了浓重的一笔。有学者为此指出，"这折射出了一个信息，鲁迅不仅在厦大待不久，就是以后去中大或别的什么大，也不会待长久的……鲁迅的心灵是自由的，虽然鲁迅从事的职业已经很有弹性了，但他还是觉

---

① 有关描述可参蒋寅著《学术的年轮》（北京：中国文联出版社2000）和陈平原著《大学何为》（北京：北京大学出版社，2006）等。

得那是羁绊。"①

1927年1月2日鲁迅摄于厦门南普陀
鲁迅："我坐在厦门的坟中间"

2. 人际关系恶化。同时，在厦大也还有着不让人愉快的人际关系。比如，貌似强势的国学院经费的问题显示出其外强中干，更大的困扰则是来自于"现代评论"派的渗透，"现代评论派的色彩，将弥漫厦大。"

（1）与顾颉刚②直面。1926年顾颉刚也来到厦大国学院担任教授，这就给鲁迅带来了被包围和排挤的感觉。更关键的是，顾颉刚不是单枪匹马来的，"安排的羽翼，竟有七人之多……他已在开始排斥我，说我是'名士派'"（《两地书·四八》，卷11，页137）。

不难想象，顾曾宣称自己只佩服胡适和陈源的，鲁迅离开北京时，陈源抛给他"剽窃"的烫手山芋记忆犹新，而顾颉刚们的到来无疑又重揭了鲁迅的心灵伤疤。所以，从此意义上看来，顾颉刚被鲁迅视为北京论战的余绪，鲁迅对这个派

---

① 房向东著《孤岛过客：鲁迅在厦门的135天》，页151。
② 至于有关顾颉刚与厦大国学院史学建设的关系的研究，可参张侃 李建安《"边缘"地带的"主流"趋向：20世纪20—30年代厦门大学的史学活动》，收入《厦大史学》第1辑（厦门：厦门大学出版社，2005）。

别已经有相对固定的印象,很难彻底改变,何况他面对的是一群人?①

(2)厌烦"走卒"黄坚。特别值得一提的还有顾颉刚推荐的黄坚。这个人在北京时期就担任过杨荫榆的"走卒",这当然不会引起鲁迅的好感。而且,在多次事件中,黄坚都表现出令人厌恶的行径。比如,在鲁迅参加国学院的古物展览会时,他只给鲁迅一张小书桌和小方桌,害得鲁迅不得不把展览物放在地上挑选,孙伏园想帮忙,却被叫走,沈兼士想过来,也遭到喝了一点酒的他的百般阻挠。鲁迅为此很气愤,"正如明朝的太监,可以依靠权势,胡作非为"(《两地书·五三》,卷11,页151)。

尽管如此,黄坚却是一个油滑的人,和鲁迅实际关系不好,却对外宣称自己如何如何,鲁迅在给许广平的信中相当厌烦的描述他道,"'我是他的学生呀,感情当然很好的。'他今天还要办酒给我饯行,你想这酒是多么难喝下去。"(《两地书·一〇九》,卷11,页274)毫无疑问,鲁迅对这样性格的人是不喜欢的,当然,这也可以把他归结到现代评论派的交恶中去。

(3)和刘树杞的矛盾。值得一提的还有鲁迅和当时任校秘书的刘树杞之间的矛盾。刘本人在理科教学、科研方面均表现优异,当时却对国学院的创办极力反对。而林文庆为了团结他,曾提出要任命他为国学院顾问,但被国学院拒绝,而鲁迅就表示"国学院无须请化学家作顾问之必要"。此后,刘树杞及理科某些教授多次在场地、资金方面挤兑国学院诸人,使得相关人等短期内纷纷离厦,最终国学院也树倒猢狲散。

1927年1月4日,鲁迅决定前往中山大学执教,文科学生引发了一场以"驱刘"为中心的学潮,宣称"刘树杞不去,厦大无望",并成立了驱刘执委会;同时,理科师生也群起声援刘树杞,要与其共进退。3月刘树杞离开厦大,国学院

---

① 相关精彩论述,还可参桑兵《厦门大学国学院风波——鲁迅与现代评论派冲突的余波》,《近代史研究》2000年第5期。

随之停办，顾颉刚等人也相继离开。①

考察这一事件中的冲突，本来，鲁迅和刘树杞并无直接的冲突，但作为同校且不同学科的知名教授与专家，却因为对学科理念的差异而产生现实的冲突实在令人遗憾。但不管怎样，这样的事件对于鲁迅对所谓教授的认知/体认却更多提供了反面的例证。所以，1926年10月23日，鲁迅在信中写道，"这学校，就如一坐梁山泊，你枪我剑，好看煞人。"（261023致许广平，卷11，页585）而在1927年1月12日给翟永坤的信中又写道，"据我所觉得的，中枢是'钱'，绕着这东西的是争夺，骗取，斗宠，献媚，叩头。没有希望的。"（270112致翟永坤，卷12，页13）

总结起来，鲁迅在厦大的确是感受到了学院内部的人生百态，也感受到了百无聊赖与难以排解的孤独、寂寞、肮脏、黑暗，这或许可以令他的创作更进一步，"诗穷而后工"，但同时，也注定了他下一次的逃离。在王富仁看来，"鲁迅从厦门到广州，意欲寻找的是将自己的文化活动与现代革命运动更密切地联系起来的环境。"②

三、广州："始乱"与"终弃"

1927年1月18日，鲁迅乘船抵达广州，第二天在许寿裳和许广平帮助下移入中山大学。但很遗憾，"四·一五"事件后，不久鲁迅选择辞职，而中大最终也在6月6日经数次挽留无效后，同意鲁迅的辞职。毫无疑问，鲁迅先生本来也想在中大大展拳脚，或至少为中大的文科尽些力量、干一番事业的，但结果也是以悲剧和不愉快收场。据鲁迅后来回顾这段经历，他说，"我何尝不想了解广州，批评广州呢，无奈慨自被供在大钟楼上以来，工友以我为教授，学生以我为先

---

① 具体可参厦门大学校史编委会编《厦门大学校史》第1卷（厦门：厦门大学出版社，1990），页78—87。
② 王富仁《厦门时期的鲁迅：穿越学院文化》，见朱水涌等编《鲁迅：厦门与世界》，页16。

生，广州人以我为'外江佬'，孤子特立，无从考查。"(《三闲集·在钟楼上（夜记之二）》，卷4，页32）不难读出里面身为教授的无奈和矛盾，他在那时往往变成了一个被供奉的符号。

某种意义上说，鲁迅在广州之初，日子过得既温暖又杂乱，除了教授以外，他还担任文学系主任、教务主任，从工作压力的角度看，鲁迅在广州其实比在厦门有着更大的压力，教学方面，在厦门只须每周5小时，而在中大则是12小时/周。坦白说，每周的工作量换到今日也是令人敬佩，尽管同时，虽然爱人许广平可以朝夕相伴。反思广州鲁迅对教授的弃绝，可以相信，"冰冻三尺，非一日之寒"，毋宁说，广州同时更是鲁迅对教授厌倦达到极点之后的发泄地和弃绝地。因此本节小标题化用"始乱"与"终弃"，而非原来的"始乱终弃"。

（一）内心的冲突：拒绝的惯性。

我们不妨从内外两个层次来考察鲁迅弃绝教授的根本原因。需要指出的是，最主要的则是来自于其内心的矛盾和冲突。

1. **内心的召唤：学术败于批评。**从鲁迅内心选择的角度看，学术/教授行当或许更像是北京时期的选择——兼职，而非第一兴趣或志业。尤其是，等到他担任厦大国学院教授、亲身体验学界的龌龊和无奇不有后更是如此，他内心的矛盾尤其显得强烈。而其实在临去厦门以前，鲁迅就有自己的打算，短期（最多两年）教书赚钱，绝非长久之计。

回到广州的具体语境，通过考察鲁迅开设的课程我们不难发现，鲁迅的课程（"文艺论"，"中国小说史"，"中国文学上古至隋"）多数是他驾轻就熟的课程，可以相信，他原想在上课之外，可以实现自己创作或革命（攻击旧势力）的理想预设，但最后的结果却是无奈的失败。表面上看，"四·一五"事件是鲁迅抗议暴政和与异化的国民党及其政府决裂的标志，但回到其教授身份，其实更是他不堪忍受学院教授限度而得以爆发的导火索，他最终选择了杂文式的批评，而抛弃了学术和讲课。如人所言，"中山大学的短时间的再度尝试及其失败其实正是学术败于批评的又一次再现!"①

2. 怀疑精神与永远的过客。鲁迅应当属于多血质的人,由于其自身经历的坎坷与敏感性格,使得他自然具有了强烈的怀疑精神,甚至是多疑②思维,同时也使他在精神气质上秉承了过客的禀性;同时,在对诸多事务上,他也形成了批判的看待和拒绝的惯性。易言之,对于他原本就犹疑的教授行当其实是难以持久的,正如增田涉所指出的,"所谓多疑,另一面可说是想象力丰富。这是由于苦心或多忧虑产生的,总之是不能安闲地静观事象的气质。"③

包括在广州中大的开学典礼上,他也面对诸多压力,提出了自己对创作和讲课兼顾的矛盾心态,"我要做教员,我便不能创作。我要创作便不能做教员。编讲义的工作是用理性的,而创作需要感情。如今天编讲义用理性,明天来创作用感情,后天又来编讲义又变为用理性,大后天又来创作,又来用感情,这样放了理性来讲感情,或放了感情,便来讲理性,一高一低,是很使人不舒服的。"

"或者我将来的讲义编得不好,而创作也弄得不好,所谓一无所成,这是没有法子的事。"④

反向观之,杂文书写其实更适合其文化的"流动战术"原则和批判的内在性格,而实际上,后期杂文恰恰也呈现出类似的精神意蕴,"作为代偿性的自我肯定,后期杂文用一种破坏性的冲动填充了《野草》中欲望断裂的真空地带。作为

---

① 陈占彪《学术与批评之间的徘徊与选择——论鲁迅的身份困惑与角色体认》,《海南师范大学学报》2008年第5期,页54。
② 具体可参刘春勇著《多疑鲁迅》(北京:中国传媒大学出版社,2009)。
③ 增田涉著,钟敬文译《鲁迅的印象》(长沙:湖南人民出版社,1980),页92。
④ 林霖记录《鲁迅先生的演说——在中山大学学生会欢迎会席上》,收入马蹄疾著《鲁迅演讲考》(哈尔滨:黑龙江人民出版社,1981),页129—130。

欲望宣泄的直接途径，杂文写作成为一种对'暴力'的直接模仿。"①

简而言之，鲁迅的性格其实更多属于解构的策略，注重消解、攻击和批判，同时，他也不喜欢把"一切主义"和"世界观"从外部带入，而和"终末论"息息相关，也即，"一方面认识到现实世界几乎不可能变革，一方面又将自己投放到其中，面对眼前零散琐屑的现实付出极为踏实的、科学的，而且不知疲倦的持续不断的努力（有责任的参与）；同时，令这种活法成为可能的，是与终极意义上的绝对否定者的相遇——可以将其试表述为根植于终极意义的'死'的、伦理的和意志的活法"。②

（二）外在的伤害：逆推的累积。

除了鲁迅内心深处的矛盾和冲突以外，在大学体制内外的压制却又是另外一种不可忽略的推力，确切地说，这些推力强化了鲁迅最终弃绝教授的冲动。

1. 学术的摧残与争夺。事实上，鲁迅内心的冲突和担忧并非毫无道理，他在中大的教授生涯其实过于忙碌，甚至颇有些摧残意味。鲁迅后来在反思这一段时间的极度忙碌时写道，"现在想起那时的辩论来，人是多么和有限的生命开着玩笑呵。然而那时却并无怨尤，只有一事觉得颇为变得特别：对于收到的长信渐渐有些仇视了。"（《三闲集·在钟楼上（夜记之二）》，卷4，页34）

同样的，鲁迅作为名人的附带功能更令人疲倦，加之他又不喜欢演讲，却偏偏有无数人前来邀约，川流不息谈话，这对鲁迅的个性、天性似乎也是一个巨大的压制，正如在《致章廷谦》（270225）中所言，"我是来教书的，不意套上了文学系（非科）主任兼教务主任，不但睡觉，连吃饭的工夫也没有了……不过我以为教书可比办事务经久些，近来实在也跑得吃力了……我想不做'名人'了。玩

---

① 张闳《听与说：汉语文学言说的问题史》，见氏著《声音的诗学》（北京：中国人民大学出版社，2003），页14。
② 【日】伊藤虎丸著，李冬木译《鲁迅与终末论：近代现实主义的成立》（北京：生活·读书·新知三联书店，2008），页182—185。

玩。一变'名人','自己'没有了。"(《鲁迅全集》卷12,页20—21)个中苦闷溢于言表。

而且,鲁迅在担任教务主任时同样也不得不面对诸多琐碎事务的挤压和烦扰,这当然使得他倍觉焦虑,"是忙碌的时期。学校大事,盖无过于补考与开课也,与别的一切学校同。于是点头开会,排时间表,发通知书,秘藏题目,分配卷子,……于是又开会,讨论,计分,发榜。工友规矩,下午五点以后是不做工的,于是一个事务员请门房都忙,连夜贴一丈多长的榜。但到第二天的早晨,就被撕掉了,于是又写榜。于是辩论……。这样地一天一天的过去,而每夜是十多匹——或二十匹——老鼠的驰骋,早上是三位工友的响亮的歌声。"(《三闲集·在钟楼上(夜记之二)》,卷4,页34)

或许不容忽视的还有来自青年们不同层次的需求:革命的、小说的、杂文的、名人题签题字的,等等,一声声追问,"鲁迅先生往哪里躲?"让人无处安身无法安生,也使得中大时期的鲁迅其实相当压抑。

2. 政治的玩弄。广州时期的鲁迅其实也难免被偶像化的命运,而同时,政治对人的玩弄却也令人无奈以及忧伤。某种意义上说,"井井有序的学术世界在杂乱的社会现实中显得近乎是一种时代错位。"① 当然,这里的政治可分为学院政治以及现实的政治。

在学院政治方面,鲁迅主要面临诸多领导们有关革命的言辞,比如朱家骅在开学仪式上对鲁迅的赞美,称其为了革命跑到广州来了(其实不乏自我标榜之意),"他一开口就把朱家骅的卑鄙的奉承,通通打回去。他严肃的说道,'朱先生的那一套,我不能接受。我对朱先生的话要声明:我不是什么'战士',也不是什么'革命家'"。② 不难想见,身处要职的文化名人鲁迅在大学里面,必须

---

① 张芸著《别求新声于异邦——鲁迅与西方文化》(北京:中国社会科学出版社,2004),页357—358。
② 许涤新《鲁迅战斗在广州》,《论鲁迅在广州》(广州:广东鲁迅研究小组,1980),页303。

面临来自于不同流派、党派、团体等的拉拢或利用。

在现实政治方面,"四·一五"事变反映出鲁迅对当时现代国家、政府的绝望,对当时革命被异化的愤怒,同时也是对大学受制于这种体制、国家的堕落表示不满。有论者在论述鲁迅的辞职时指出,辞职的主要原因,"应该是国民党反动派的'清党'运动。""鲁迅辞去中山大学一切职务,主要原因是抗议国民党反动派捕杀革命青年的暴行,同时也与顾颉刚矛盾的发展有关。鲁迅正式辞职的时间应为四月二十九日。"① 同时,在事后鲁迅也感慨说"教界这东西,我实在有点怕了,并不比政界干净。"(《致章廷谦1927年5月15日》,卷12,页33)

3. 人格的攻击与人际的障碍。需要指出的是,鲁迅即使到了广州,现代评论派的阴魂仍然不散。之前是陈源,厦门时期就有顾颉刚,而到了广州,顾颉刚仍然是主旋律。

在一开始时,是算上厦门时期的旧账的,"我在厦门时,很受几个'现代'派的人排挤,我离开的原因,一半也在此。但我为从北京请去的教员留面子,秘而不说。不料其中之一,终于在那里也站不住,已经钻到此地来做教授。此辈的阴险性质是不会改变的,自然不久还是排挤,营私。我在此的教务,功课,已经够多的了,那可以再加上防暗箭,淘闲气。所以我决计于二三日内辞去一切职务,离开中大。"(1927年4月20日 致李霁野,卷12,页29—30)

鲁迅在自己辞职后,和顾颉刚的直接冲突源自一封书信——《二、鲁迅先生的来信》,刊于汉口《中央副刊》1927年5月11日,信中提及,"我真想不到,在厦门那么反对民党,使兼士愤愤的顾颉刚,竟到这里来做教授了。那么,这里的情形,难免要变成厦大,硬直者逐,改革者开除。而且据我看来,或者会比不上厦大,这是我新得的感觉。"这封信令顾颉刚勃然大怒,1927年7月24日,顾颉刚给鲁迅写了一封信:

---

① 李伟江著《鲁迅粤港时期史实考述》(长沙:岳麓书社,2007),页25—29。

鲁迅先生：

颉刚不知以何事开罪于先生，使先生对于颉刚竟作如此强烈之攻击，未即承教，良用耿耿。前日见汉口《中央日报副刊》上，先生及谢玉生先生通信，始悉先生等所以反对颉刚者，盖欲伸党国大义，而颉刚所作之罪恶直为天地所不容，无任惶骇。诚恐此中是非，非笔墨口舌所可明了，拟于九月中回粤后提起诉讼，听候法律解决。如颉刚确有反革命之事实，虽受死刑，亦所甘心，否则先生等自负发言之责任。务请先生及谢先生暂勿离粤，以俟开审，不胜感盼。

鲁迅当然没有应承顾颉刚在广东打官司，而是在写了一封相当嘲讽的回信后不久前往上海去了。反思顾颉刚和鲁迅的广州冲突，自然二人都有意气成分，鲁迅在此事件中言辞也不乏尖刻偏激之处，但鲁迅显然是把顾颉刚当成是现代评论派的代表性人物了，冲突难以避免，"诚如鲁迅先生所说的，哪里有鲁迅，哪里就有陈源，无论厦门也罢，广州也罢，现在想想，鲁迅先生怎么能和他们一团和气的长期共处呢？他总要突出重围，寻找他自己的道路的，有时也会单枪匹马的冲入重围去的。他怕什么！"①

或许很多人对鲁迅的不依不饶和不宽容感到愤怒和遗憾，但看看鲁迅的对手们的举措，我们或许会更心平气和些，回到陈源所污蔑的"剽窃"骂名，多年以后胡适（1891—1962）希望可以为鲁迅平反，"鲁迅自有他的长处。如他的早年文学作品，如他的小说史研究，皆是上等工作。通伯先生当日误信一个小人□□□之言，说鲁迅之小说史是抄袭盐谷温的，就使鲁迅终身不忘此仇恨！现今

---

① 川岛《和鲁迅先生在厦门相处的日子里》，薛绥之主编《鲁迅生平史料汇编》（第四辑）（天津：天津人民出版社，1983），页77。

盐谷温的文学史已由孙俍工译出了,其书是未见我和鲁迅之小说研究以前的作品,其考据部分浅陋可笑。说鲁迅抄盐谷温,真是万分的冤枉。盐谷一案,我们应该为鲁迅洗刷明白,最好是由通伯先生写一篇短文,此是'gentleman 的臭架子',值得摆的。"① 但即使在鲁迅死后,陈源似乎也没有给出应给的说法,表现出绅士风度。

同时,根据增田涉(1903—1977)的回忆,恰恰是鲁迅的《中国小说史略》给当时东京帝国大学的盐谷温带来了巨大的冲击,"那材料的丰富和体系的完整使人惊异……受了它的刺激,盐谷温先生完成了明代小说三言(《喻世明言》、《警世通言》、《醒世恒言》)二拍(《拍案惊奇》、《二刻拍案惊奇》)的研究,弄明白了《今古奇观》的成立系统。"②

当然,更进一步反思鲁迅和陈源的论战,其实背后的深刻蕴含是颇具典型性的,有论者指出,"鲁迅与陈西滢的恩怨,是现代中国社会具有人道感的个性主义意识,与绅士阶级交锋的一种典型。陈氏的许多思维方式和价值态度,在中国知识阶层,是有代表性的。鲁迅在这类人的举止言谈中,看到了上层知识界的要害的东西。他觉得,在'正人君子'那里,蕴含着可怕的劣根性;绅士阶级的人生态度,以及维护'公理'的精神意志,是中国腐败政府赖以生存的精神土壤。"③

鲁迅在离开中山大学后,也有朋友推荐鲁迅到正在筹备中的浙江大学研究院工作,他拒绝了,"然而我有何物可研究呢?古史乎,鼻已'辨'了;文学乎,胡适之已'革命'了,所余者,只有'可恶'而已。"(《致章廷谦 1927 年 6 月 12 日》,卷 12,页 37)而同样,在即将离开广州以前,他在给友人的信中继续坚持

---

① 胡适在 1936 年 12 月 14 日回复苏雪林的回信中《关于当前文化动态的讨论(通信)》,梁实秋等著《围剿集》(石家庄:河北教育出版社,2000),页 159。
② 增田涉著,钟敬文译《鲁迅的印象》,页 6。
③ 孙郁《编选后记》,梁实秋等著《围剿集》,页 207。

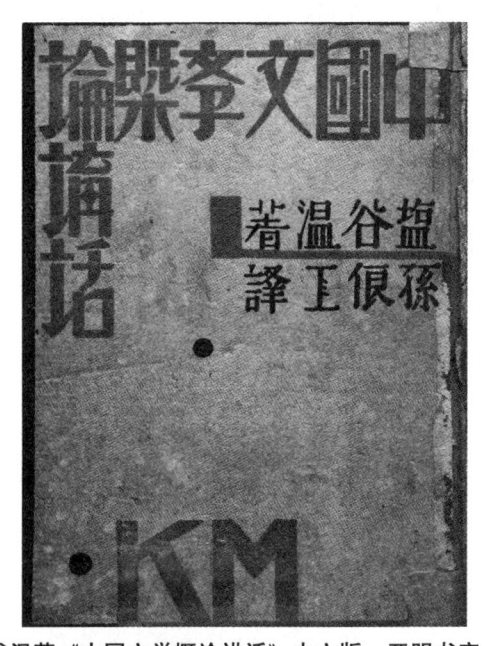

【盐谷温著《中国文学概论讲话》中文版，开明书店，1931】

自己的看法，"政，教两界，我不想涉足，因为实在外行，莫名其妙。"（《致翟永坤1927年9月19日》，卷12，页67）最后，鲁迅终于弃绝了学院教授，而逃往上海，从此开始了其真正意义上的"自由撰稿人"生活。值得一提的是，鲁迅对教授的弃绝行为和思想不能被纳入丹麦思想家克尔凯郭尔（Soren Aabye Kierkegaard, 1813‑1855）所言的"无限弃绝"概念中去，因为在后者那里，"无限弃绝是通向信仰的最后阶段……只有在无限弃绝中，我才能悟出我永恒的有效性，也只有到了这个时候，才谈得上依靠信仰的力量去把握存在。"① 显然，鲁迅对教授的弃绝不是通向某种信仰，而是走向自己更切合的志趣。

结论：鲁迅对教授的弃绝其实不是一时冲动的产物，而是有诸多的不同时期的原因累积，既有来自内部的思想的、性格的矛盾和相关气质起作用，同时又有

---

① 【丹麦】日兰·克尔凯郭尔著，一谌等译《恐惧与战栗》（北京：华夏出版社，1999），页40—41。

来自外力的不断拒斥，既有经济的、政治的因素的伤害，又有人格的、学术的技术性压制，而在1927年弃绝教授其实更是多种元素水到渠成后的产物。但无论如何，鲁迅对教授的批判、弃绝除了学理上的意义以外，也应该引起我们对学术技术体制以及政治限制的反省，如学术评估量化制度，人际交往中的帮派政治等等，都值得我们深入的思考以及卓有成效的改进。

第四节　鲁迅小说中的公务镜像

从人生经历或成长际遇来说，鲁迅先生也是一个相当繁复的存在，在作为文学家的大纛背后其实相当长一段时间内（1912—1926）隐藏着中华民国佥事的公务身份（期间亦有在北京高校的兼课讲师角色），在短暂一年成为专职教授（厦门大学、中山大学）以后，他却选择了自由撰稿人的身份角色，当然期间也牵涉到由官场到文坛的收入变化，"鲁迅在北京的经济收入在1915年前后比较稳定，生活安定，1921年前后政府拖欠薪水显著，经常举债，为生计奔波。鲁迅经济收入在1924年是个转折点，出现业余收入高于工资收入，统计发现，讲课费、稿酬、版税占全年收入的59%。从经济上讲，鲁迅开始了由公务员向自由职业者身份的转变。"[1]

对于鲁迅14年担任教育部官员的历史，吴海勇曾用《时为公务员的鲁迅》（广西师范大学出版社，2005）一本书的篇幅进行了专门描述，相当清晰的梳理了鲁迅不同时间段的公务生涯、优胜劣汰记略、上司与同事、公余时间、气质契合与否，资料翔实，亦有一些论断切中肯綮，他曾经如此界定公务员，"公务员，顾名思义，也就是服务于政府机关的公职人员。试用于民国时期的中国公务员制

---

[1] 韩大强《鲁迅由北京官场转向上海文场的心路历程——基于鲁迅日记中关于经济收入记载的分析》，《鲁迅研究月刊》2015年第12期，页16。

度，是西方现代政治体制的'舶来品'，而西方的公务员制度又转受中国科举取仕传统的启发，缘此公务员原本是中国士人的势力范围，具有天然的亲和力。鲁迅如何就不能做这个'官'？任职教育部十数年而最终离去，鲁迅实在是民国早期公务员制度的一个生动案例。"①

相当耐人寻味的是，作为文学家的鲁迅相当厚重的再现了这种经历乃至气质，其杂文具有相当凌厉的杀伤力，其中亦有一丝"绍兴师爷"气，可谓是旧传统与现代政治体制岗位的糅合。可以理解的是，他自身的气质个性鲜明，具有强烈的孤绝风格，对自己所从事的行当，不只是公务员，还有兼职/专职的大学教师/学者身份亦相当不满，因为时事政治、学院政治、经济纠纷、考核机制等如影相随，他最终弃绝了教授。②

当然，如果历数鲁迅公务员经历中特别令他印象深刻甚至伤脑筋的事情主要有：一、陈源对他绍兴师爷出身及文字风格的大力批判。鲁迅先生在《不是信》的正式回应可以显示出在嬉笑怒骂之余他还是耿耿于怀的，"这几天，我的'捏……言'罪案，仿佛只等于昙花一现了，《一束通信》的主要部分中，似乎也承情没有将我'流'进去，不过在后屁股的《西滢致志摩》是附带的对我的专论，虽然并非一案，却因为亲属关系而灭族，或文字狱的株连一般。灭族呀，株连呀，又有点'刑名师爷'口吻了，其实这是事实，法家不过给他起了一个名，所谓'正人君子'是不肯说的，虽然不妨这样做。此外如甲对乙先用流言，后来却说乙制造流言这一类事，'刑名师爷'的笔下就简括到只有两个字：'反噬'。呜呼，这实在形容得痛快淋漓。然而古语说，'察见渊鱼者不祥'，所以'刑名师爷'总没有好结果，这是我早经知道的。"③ 某种意义上说，陈源是鲁迅笔战的第一个真正对手，即使他们不属一个重量级，但我们要认真对待陈源和鲁迅之间

---

① 吴海勇著《时为公务员的鲁迅》（桂林：广西师范大学出版社，2005），页8。
② 具体可参拙文《论鲁迅对学院教授的弃绝》，《南京师范大学文学院学报》2012年第3期。
③ 鲁迅《不是信》，《鲁迅全集》（第3卷）（北京：人民文学出版社，2005），页237。

就此事展开的论辩，要认真探究并借此发现与辨析鲁迅和绍兴师爷行当有交叉但更多是貌似而神异的存在。①

二、鲁迅和当时教育总长章士钊之间的笔墨官司。尤其是在女师大事件中章士钊非法免去了他在教育部的职务，鲁迅写有理有据、笔锋老辣的诉状进行申诉，终究获胜：1926年1月16日，新任教育总长易培基以此案乃前任章总长办理为由取消了过去对鲁迅的免职处分，而平政院于2月23日开会做出裁决，判定鲁迅诉胜，正式取消章士钊对鲁迅的处分。不必多说，这些现实事件会对鲁迅造成可能深远的影响，尤其是在他有关公务的小说创作中会有或直接或曲折乃至另类的呈现和反思。

更令人兴趣盎然的是，作为"中国现代小说之父"的鲁迅如何在小说中展开整体批判时呈现公务？毕竟，小说作为一种独特的文体，和现实存在着繁复而迷人的对话关系，而鲁迅最精彩的小说创作《呐喊》《彷徨》都是在北京完成，争议不断的《故事新编》是一部写了13年的跨时空创制，但亦和公务息息相关，简而言之，鲁迅大约有6成小说涉及了公务。当然，这里的公务不只是现代语境里的指涉，由于鲁迅小说世界涵容广阔，尤其是其间既有古老帝国晚清时段的落日余晖，甚至亦有先秦诸子、历史神话传说的早期指涉，所以这里的公务亦包括貌似没有编制的民间乡绅系统及其类似模型。

相较而言，此类现实与虚构关系的精深研究并不多见，论者多关注鲁迅公务员相关身份的日常，或文学作品的文本分析，或者进行单篇小说分析时偶有涉及，不成系统。为此，本节从三个层面展开论述：一、官本位的悖谬；二、败德的镜像；三、际遇与再现的技艺，关注公务员生涯之于鲁迅创作风格的可能影响。

---

① 具体可参陈越《摆脱陈源的阴影：也谈鲁迅与"绍兴师爷"》，《鲁迅研究月刊》2004年第10期。

一、官本位的悖谬

毫无疑问，鲁迅先生小说书写的重要指向就是批判国民劣根性，而官本位却是中间相当重要的一环。作为历史的"中间物"，鲁迅既有祖父中翰林以后做知县的历史传承与群众期待，同时又在新型体制中摸爬滚打的体验，他对官本位思想的实际感知与文本再现都是相当深邃而全面的。

（一）官本位传统根深蒂固。 或许是由于过长的封建王朝统治，围绕官本位的理念与实践在中国人头脑中变成了代代相传的文化基因或集体无意识，这种认知让官本位高高在上，成为某种特权思想，甚至成为一种救赎。

《狂人日记》作为鲁迅先生第一篇白话小说，引人注目的是其"封套"结构（古文楔子＋白话正文）展示的张力，令人心潮澎湃乃至振聋发聩的"吃人"真相的揭露和"救救孩子"的呼声其实已是过眼云烟，因为托名的男主人公"然已早愈，赴某地候补矣。"这个和鲁迅祖父周福清（1838—1904）一度相似的候补经历相当吊诡的呈现出鲁迅背后的悲愤与无奈：被官方收编（或主动招安）和具有中西方文化思想元素的清醒狂人[①]居然是对立统一的存在。

《长明灯》当然具有丰富的隐喻。吉光屯及长明灯其实就是传统文化（糟粕）的象征，他们为对付企图熄灭此灯的疯子可谓不遗余力、群策群力。其中愤怒的阔亭曾经想打死他，"这样的东西，打死也就完了，吓！"灰五婶否定这一做法，"那怎么行！他的祖父不是捏过印靶子的么？"于是众人难免面面相觑。相当有意味的是，这种情况甚至到了中华民国新时代似乎仍有余韵。《伤逝》中和子君冲破习俗的涓生其身份也是一个公务员，"我所豫期的打击果然到来。双十节的前一晚，我呆坐着，她在洗碗。听到打门声，我去开门时，是局里的信差，交给我一张油印的纸条。"正是因为被辞退，他们才失去了赖以支撑的经济来源，可见

[①] 具体可参拙文《论鲁迅小说中的癫狂话语》，《中山大学学报》2008年第4期。

在鲁迅或者时人的心目中，公务员依然是不错的差事。《故乡》中亦然：一方面是"豆腐西施"杨二嫂对"我"的奉承，"你放了道台了"，而另一方面儿时的伙伴历经岁月摧残后中老年闰土见面后吐出的居然是"老爷"。

某种意义上说，对官本位的崇拜和奴性养成往往是一体两面，而奴性的形成机制却又可以繁复多样，或威逼利诱或狐假虎威，或以苛律严令冷酷拷打逼他们就范，但也会形成一种令统治者不愿看到的效果，"酷的教育，使人们见酷而不再觉其酷，……人民真被治得好像厚皮的，没有感觉的癞象一样了，但正因为成了癞皮，所以又会踏着残酷前进，这也是虎吏和暴君所不及料，而即使料及，也还是毫无办法的。"① 从此角度看，《孔乙己》中的孔乙己作为高不成低不就的科举应试失败者，做一个怪胎和卑贱物，成了底层人士的谈资和笑话而不自知，他也有自己的小毛病，如懒惰和小偷小摸，终于偷到丁举人家去了，"'他总仍旧是偷。这一回，是自己发昏，竟偷到丁举人家里去了。他家的东西，偷得的么？''后来怎么样？''怎么样？先写服辩，后来是打，打了大半夜，再打折了腿。''后来呢？''后来打折了腿了。''打折了怎样呢？''怎样？……谁晓得？许是死了。'"对成功者的莫名崇拜和对失败者的冷酷践踏令人不寒而栗。类似的还有《白光》中的陈士成，作为一个官本位理念深重却又是生活中的失败者，连他自己的私塾小童都看不起他，最后他发了疯，追寻白光而死，鲁迅写道，"至于死因，那当然是没有问题的，剥取死尸的衣服本来是常有的事，够不上疑心到谋害去：而且仵作也证明是生前的落水，因为他确凿曾在水底里挣命，所以十个指甲里都满嵌着河底泥。"结尾这段话中恰恰反衬出普通人和世界的残酷，即使成了尸体，他也缺乏应有的被尊重。

（二）转换中的尴尬。鲁迅的深刻和伟大之处之一就体现在他对文化革命的深切认知上，政权的更替，甚至是政治体制的转换都可以在短时间内完成，但

---

① 鲁迅《偶成》，《鲁迅全集》第4卷（北京：人民文学出版社，2005），页600—601。

有关思想的更新和文化范式的转换却往往显得缓慢而沉重。吴海勇指出公务员系统的"办公室恶俗","同事怠懒、懈怠，只顾喋喋不休，那是流言、小道消息的滋生和散布之地，还有不得不打交道的势利小人。更可恨的是有人道德严重滑坡甚至作奸犯科，让人惭愧悔恨与其曾经共事。"[①] 从更切实的角度说，这更多是一种现象描述，而更深层的原因是官本位劣根性的跨时空表征及其新式发展。

1. **新的悖论**。可以理解的是，《示众》中看客们的焦点，"一个是淡黄制服的挂刀的面黄肌瘦的巡警，手里牵着绳头，绳的那头就拴在别一个穿蓝布大衫上罩白背心的男人的臂膊上。"易言之，这里的现代公务成为愚昧无知看客们猎奇化、符号化的存在，类似的《一件小事》中的巡警成为一个中立的仲裁或执法者。而《起死》中的巡士的存在却是帮好事之徒庄子收拾残局的国家机器，甚至面对五百年前复生的固守彼时历史记忆的汉子也自顾不暇，鲁迅用这个故事狠狠的嘲弄了那些企图以古代中国传统文化拯救现代中国人的妄想和迷梦。

但更常见的往往是新的溃败。《孤独者》阐述了一个时代转换中"失败的成功、成功的失败"的悲剧故事。一开始葆有理想和激情的魏连殳要面对谋生的压力和逼迫，但此时却是失败的成功，因为信念还在；无奈之下，他转向自己革命的对象——杜师长做幕僚，貌似得意狂欢，最终却自戕而死，变成了"成功的失败"，因为他背叛了自己的理想和追求。而其中最大的反讽之一就是，启蒙者/革命者却倒向了旧式的官本位机制。

《药》中的夏瑜是一个被叙述的暗线，他的失败之处在于，作为一个被囚禁于牢狱的革命者，他却备受被启蒙者的嘲讽和命名（疯了），甚至被亲人出卖求荣获利，"你要晓得红眼睛阿义是去盘盘底细的，他却和他攀谈了。他说：这大

---

① 吴海勇著《时为公务员的鲁迅》（广西师范大学出版社，2005），页 220—221。

清的天下是我们大家的。你想：这是人话么？红眼睛原知道他家里只有一个老娘，可是没有料到他竟会这么穷，榨不出一点油水，已经气破肚皮了。他还要老虎头上搔痒，便给他两个嘴巴！"这当然可以彰显出夏瑜面对旧式公务系统的失败、悲剧性以及反讽意义。

2. 旧的逆袭和新旧合流。《离婚》中的七大人作为地方乡绅的代表他对泼辣少妇爱姑的打压却是采用了多管齐下的方式：以旧文化糟粕（如墓里出土的古人屁塞）的神秘性进行文化资本炫耀、以打手进行人身威吓、以假洋鬼子的言辞进行堵截，最终逼迫爱姑以 90 元大洋离婚就范。其中耐人寻味的是，旧对新的收编（如对假洋鬼子的狐假虎威使用）。

而另一个值得反思的个案文本则是《阿Q正传》，具有革命意愿、基础和部分行动力的阿Q最终却被出卖：他先是被机关枪伺候，一群人（兵、团丁、警察、侦探们）一拥而上，他是被现代国家机器的执行者捕获的。接着是走程序的审判，审判者对阿Q奴性的蔑视，在"不要跪"的斥责中，"阿Q虽然似乎懂得，但总觉得站不住，身不由己的蹲了下去，而且终于趁势改为跪下。"而过程其实也就是诱引就范的展开，阿Q被定了死罪，签字画押时，不识字的阿Q面对这种规矩却难免羞愧，"阿Q要画圆圈了，那手捏着笔却只是抖。于是那人替他将纸铺在地上，阿Q伏下去，使尽了平生的力气画圆圈。他生怕被人笑话，立志要画得圆，但这可恶的笔不但很沉重，并且不听话，刚刚一抖一抖的几乎要合缝，却又向外一耸，画成瓜子模样了。"最终阿Q被枪毙了，但反思现代（新）的发展，不难发现，它更多是被旧传统逆袭后的新式装扮，骨子里依然是旧的，它是非不分，对底层依然是蔑视且缺乏起码的理解、认知的，并最终实现新旧合流，也呈现出辛亥革命的某些弊端。

二、败德的镜像

鲁迅在教育部的主要工作（所谓"做官课程表"）包括：1. 阅处公文；

2. 开会；3. 办会；4. 外出调研；5. 部门交涉；6. 应酬与仪式；7. 其他领导交办之事。① 这些事务，多数都是相当琐碎而繁冗的，尤其是，这个巨大的行政机器运转中，个体往往是相对渺小无力的，而且往往被异化成螺丝钉或其他零件。但作为权力运行的齿轮之一，他们中间的某些分子深谙官本位中的权钱、权色交换之道，大肆谋取私利，即便如此，这种行当/职业也对个体人形成了性格镌刻，鲁迅小说中不乏对"败德"的描述。

（一）**伪善阴损**。一般而言，普通公务员具有较大压力，一方面他们需要面对上级领导，这关系到其升迁改派调动等命运，时间久了难免滋生奴性，而另一方面他们又要面对琐屑事务的煎熬，因此在处理下层或普通人事务时又可能要耍官腔，利用小权力折腾下人或宣泄压力，尤其是经过长时间锤炼，性格中难免有分裂阴损成分。鲁迅在小说中不乏此类书写。

《端午节》这篇小说叠合了鲁迅的现实身份——既是公务员又是兼职大学讲师，鲁迅亦有被欠薪的经历，茅盾指出，"我以为《端午节》的表面虽颇似作者藉此发泄牢骚，但是内在的主要意义却还是剥露人性的弱点，而以'差不多说'为表现手段。在这里，作者很巧妙地刻画出'易地则皆然'的人类的自利心来；并且很坦白地告诉我们，他自己也不是怎样例外的圣人。"② 不必多说，鲁迅在小说中呈现出对人性的理解之同情——也即，屁股决定脑袋的合理性，但同时鲁迅也对其奉行"差不多主义"进行批判：从此角度看，他缺乏践行的能力，大的事务方面，在教员们集体游行讨薪时，"他仍安坐在衙门中，照例的并不一同去讨债。"在家庭事务的微观层面，他无力面对无米下炊的现实，只会对妻子闹脾气耍横，让小厮赊酒自爽，甚至以知识的面具来躲避现实，也打压妻子的不满，而这种阴柔性格恰恰是老吏懦弱阴损而又自私的表现。

---

① 具体可参吴海勇著《时为公务员的鲁迅》（桂林：广西师范大学出版社，2005），页 57—59。
② 茅盾《鲁迅论》，中国社会科学院文学研究所鲁迅研究室编《鲁迅研究学术论著资料汇编（1913—1983）》第 1 册（北京：中国文联出版公司，1985），页 291。

《弟兄》作为一篇不太容易理解的小说亦与公务员身份密切相关。小说开头在无聊八卦的公益局同事面前的沛君呈现出"矮子里面选将军"的优越性，而在他弟弟靖甫出疹子诊断未出疑似猩红热时他也帮忙热心看病，在中西医先后确诊搞定病情后，他却梦到弟弟去世，自己却要照顾其一家人等大家人口操持的琐碎、粗暴，揭示出其内心怕承担责任的私心。幸好这只是梦，靖甫醒来后表示要译书挣钱，而他在推迟上班后，却积极处理关于无名男尸的公文，"沛君便十分安心似的沉静地走到自己的桌前，看着呈文，一面伸手去揭开了绿锈斑斓的墨盒盖。"如人所论，"作品写张沛君的这种思想变化的脉络，对于反映小公务员在那个社会里生活维艰之中的窘迫状况，展示出在这种状况下思想演变的轨迹，是异常真切的，是合情合理的。如果不问具体情由，不考虑人物所处的特定境遇，就把这种思想上的闪念称之为是人物本质上的'伪善面目'的暴露，恐怕是于理不通的罢。"[1] 这当然揭露了常人可能有的缺点，但因为其公务员身份而显得更引人注目，而其伪善宛如精神分析般的呈现成为他不懈怠的理由——他远没有和他人对称出来的那样伟大。

《采薇》中鲁迅亦表现出对公务系统的嘲讽，如贰臣小丙君毫无气节，既是害死伯夷叔齐的元凶（其婢女阿金鹦鹉学舌"普天之下、莫非王土"，击倒了二老的坚守），同时又在二老死后拒绝为其石碑题字，而其却享受现实的荣华富贵，颇为反讽。鲁迅相当精准的地方还有对正面人物的人性挖掘，小说中的姜子牙面对二老冲撞指责周王发时士兵要严惩他们时说道，"义士呢，放他们去罢！"结果是，"到得背后，甲士们便又恭敬的立正，放了手，用力在他们俩的脊梁上一推。两人只叫得一声'阿呀'，跄跄踉踉的颠了周尺一丈路远近，这才扑通的倒在地面上。叔齐还好，用手支着，只印了一脸泥；伯夷究竟比较的有了年纪，脑袋又恰巧磕在石头上，便晕过去了。"毫无疑问，姜子牙是高效、睿智做事的人，但

---

[1] 王嘉良《鲁迅小说〈弟兄〉主旨新探》，《求索》1985年第5期，页120。

也精于公务,周王朝刚刚推翻纣王,需要收买人心,何况伯夷叔齐手无缚鸡之力老迈垂死必将自行灭亡,何苦他来承担凶手罪名呢?

(二)无聊刻板。不必多说,鲁迅对公务员行当无聊刻板有着相当清晰而深切的体验,毕竟他又是敏感多情而又锐利的人。按照《鲁迅日记》,他1912年5月5日鲁迅抵达北京,6日"坐骡车赴教育部,即归。"10日,"晨九时至下午四时至教育部视事,枯坐终日,极无聊赖。"到了月末29日,日记中只有"无事"二字,而这天是星期三,教育部的工作日。自此开始,"无事"二字频繁地出现在鲁迅日记当中,似乎已成了一种常态。据刘克敌的统计,"1912年自5月至年底,八个月的时间出现了12次,最多的一个月有4次。1913年则大致与1912年相同,'无事'之记载每月出现1到2次,全年为20次。1914年为22次,1915年为20次,1916年为19次,1917年为35次,1918年为40次。"他认为,"被鲁迅以文字方式记录下来的这些有关个人日常生活的叙事绝不会令人兴奋,因为毫无惊险和刺激可言,它们只能给读者,也给鲁迅自己带来更多的无聊与空虚感受……即便像鲁迅这样的意志坚强者,如果不甘于被这种日常生活所控制和免于堕落的命运,就必然要寻求一些外力以获得支援力量,这也是我们从其日记中所看到的。"[①]

《补天》中最令女娲感到讶异的是公务员身份的小东西,"然而更异样了,累累坠坠的用什么布似的东西挂了一身,腰间又格外挂上十几条布,头上也罩着些不知什么,顶上是一块乌黑的小小的长方板,手里拿着一片物件,刺伊脚趾的便是这东西。"不仅如此,他还指斥自己的神圣母亲不合规矩,"裸裎淫佚,失德蔑礼败度,禽兽行。国有常刑,惟禁!"而一旦不理会他,却还会哭,"方板底下的小眼睛里含着两粒比芥子还小的眼泪"。不难看出,鲁迅的"油滑"源自于对这

---

① 刘克敌《"无事可做"的"鲁迅"与"忙忙碌碌"的"周树人"——从日记看民国初年鲁迅的日常生活》,《中国现代文学研究丛刊》2011年第3期,页138。

些刻板而又虚伪的官员们的厌恶和愤怒。《出关》中则描述了关尹喜的伪善,表面上他对老子是尊敬的,其实不过是例行公事,并且剥削他在木札上刻出自己的演讲稿,但也不真尊重,最好不过是"提起两串木札来,放在堆着充公的盐,胡麻,布,大豆,饽饽等类的架子上。"同时他又以世俗人的精明看清楚走流沙的老子必然会折返来,从而洞穿了知识分子的弱点。

相当具有杀伤力的描述则是来自《理水》。鲁迅在其中对公务、官员、官场恶习的描写相当精彩。文化山上的的学者们无聊琐碎、自以为是已经令人大开眼界,巡视的大员们之表现则更令人作呕:他们既颠倒黑白,又敷衍塞责,"第二天,说是因为路上劳顿,不办公,也不见客;第三天是学者们公请在最高峰上赏偃盖古松,下半天又同往山背后钓黄鳝,一直玩到黄昏。第四天,说是因为考察劳顿了,不办公,也不见客;第五天的午后,就传见下民的代表。"而且,他们还谎报灾情弄虚作假,这一切都反衬出默默无闻、脚踏实地、无私奉献的禹的伟大(甚至禹太太无法见自己的老公也是一种侧面证明,当然也反衬出衙门的势利和偏见),但等到大禹治水成功上京后,情况也发生了变化,"吃喝不考究,但做起祭祀和法事来,是阔绰的;衣服很随便,但上朝和拜客时候的穿著,是要漂亮的。所以市面仍旧不很受影响,不多久,商人们就又说禹爷的行为真该学,皋爷的新法令也很不错;终于太平到连百兽都会跳舞,凤凰也飞来凑热闹了。"在我看来,这是浮华腐化的官场习气对大禹的同化与腐蚀。①

从更宏阔的视角看,公务系统的劣根性其实是中华民族劣根性的重要组成部分,其衍生的奴性、大染缸阴损、虚伪等败德特征,一直是鲁迅大力批判的对象,也可以理解鲁迅在其小说中对公务的书写往往是批判的、负面的。

---

① 具体可参拙著《张力的狂欢——论鲁迅及其来者之故事新编小说中的主体介入》(上海:上海三联书店,2006),页225。

（三）际遇与再现的技艺

本节标题的关键词之一是"镜像"，换言之，鲁迅的公务书写可谓其来有自，我们有必要探讨其人生现实的际遇与小说虚构的繁复关联，当然，这种书写并非是直接对应，也可能是折射，甚至是一种创造性的凝练或臆想。

（一）北京时期：写实的多元。作为鲁迅担任公务员最为集中的时空，北京时期可谓格外引人注目。鲁迅出仕自然有他的多重原因，如人所论，"是国家的革故鼎新激发了鲁迅的从政热情，遵循传统文化士官路径的余绪，在继承祖业、重振家风的实际需要和潜意识作用下，鲁迅出仕了。"① 但无论如何，公务员行当并非与鲁迅的核心气质相吻合，因此加上欠薪、怠懒的制度等等对人的打击，再加上新文化运动风起云涌的推助，从周树人到鲁迅的转换也就势在必然。某种意义上说，鲁迅此时的书写既是一种自我排解，又是一种公开的使命（启蒙、为人生等）宣扬，同时恰恰是由于正在感同身受，其小说风格往往也是写实的。

这一时期的有关公务书写的创作主要收集在《呐喊》《彷徨》中，还有《不周山》（后更名《补天》收入《故事新编》）。不难看出，从整体风格上看，此时的鲁迅往往是相对沉郁的、悲凉的（早期是悲壮），或许是近距离勾画，书写时恰恰是置身其间，内容上现实关怀较重，所以鲁迅先生也显得恳切实在。《风波》中的赵七爷，这个底层乡绅，靠其残缺的《三国演义》知识治理附近的村庄，在听说八一嫂提及"衙门里的大老爷没有告示后"变得怒气冲冲，"'大兵是就要到的。你可知道，这回保驾的是张大帅，张大帅就是燕人张翼德的后代，他一支丈八蛇矛，就有万夫不当之勇，谁能抵挡他，'他两手同时捏起空拳，仿佛握着无形的蛇矛模样，向八一嫂抢进几步道，'你能抵挡他么！'"表面上看颇有喜剧效果，但对于文化"超稳定结构"坚固的乡间却又自成一统，鲁迅写出了其间的波澜不惊与自身的逻辑。这恰恰也是《呐喊》的风格，指出问题所在，引起"疗救

---

① 吴海勇著《时为公务员的鲁迅》（桂林：广西师范大学出版社，2005），页26。

的注意",让人努力前行。

鲁迅也写出了公务系统逻辑对人的圈限与伤害。比如《孤独者》中的魏连殳,他在做了杜师长幕僚之后的变化,前后对比鲜明,"他先前不是像一个哑子,见我是叫老太太的么?后来就叫'老家伙'。唉唉,真是有趣。人送他仙居术,他自己是不吃的,就摔在院子里,——就是这地方,——叫道,'老家伙,你吃去罢。'他交运之后,人来人往,我把正屋也让给他住了,自己便搬在这厢房里。他也真是一走红运,就与众不同,我们就常常这样说笑。要是你早来一个月,还赶得上看这里的热闹,三日两头的猜拳行令,说的说,笑的笑,唱的唱,做诗的做诗,打牌的打牌……。"通过遵从世俗的快意人生与及时行乐来排解痛苦、压力,而在对大良、二良们的态度转变中也呈现出他抛弃进化论而转向旧传统把小孩当作附属品/财物的观念。某种意义上说,鲁迅通过这种风格呈现出《彷徨》的整体格调,发自内心的挫败感、孤独悲凉及忧郁气质。

相当耐人寻味的是,在批判挞伐之余,鲁迅对公务员行当亦有着了解之同情,不管是在《孤独者》中的魏连殳身上投射了痛苦的自我,还是在《端午节》中对方玄绰也不乏理解:个体为谋生进入公务员系统之后的无奈乃至变异,我们不得不说,这其实是鲁迅的一种自我排解与抒怀,如人所论,"鲁迅花了大量的篇幅来描写方玄绰要秉持'差不多'的精神使自己'仍旧做官',根本原因还在于鲁迅当时所面临的严峻问题,是必须努力摆脱由'无事'而带来的绝望与空虚。但真正能给予方玄绰希望的,仍是文学者的道路。"①

(二)厦穗沪时期:"虚浮不实"。1926年8月,鲁迅离开北京经上海奔赴厦门,在厦门大学他虽未担任行政职务,去也亲身感受到校园政治——新加坡华人

---

① 崔琦《从〈游戏〉到〈端午节〉——试论鲁迅翻译与创作之间的互文性》,《中国现代文学研究丛刊》2016年第3期,页114。

校长林文庆与他的多重冲突①；1927年1月，鲁迅到达中山大学，担任文学系主任、教务主任以及学校组织委员，忙得连轴转，作为大学里的学官，他也深切感受到复杂的学术政治、时事政治、人事纠纷的缠绕；1927年9月底，他离穗赴沪，表面上看他未再担任行政职务，事实上从1930—1936年他就任左联盟主，成为了"两个左联"的精神领袖却没有实权而被另一个听从将令的左联小鬼们摆布得七窍生烟，从四条汉子到重病中答复徐懋庸的公开信等等，让他倍尝无形公务缠身之苦，甚至也加速了他死亡的进度。

上述种种，也就足以说明为何《故事新编》除了《奔月》以外遍涉公务，而无一例外的是，他对于其间的公务极尽嬉笑怒骂之能事。程度相对较轻的，如《非攻》中，楚王的角色只是一个不太聪明的见证人，"楚王和侍臣虽然莫明其妙，但看见公输般首先放下木片，脸上露出扫兴的神色，就知道他攻守两面，全都失败了。"而《铸剑》始作于厦门时期，广州时期的4月份才完稿，这个被称为相对严谨正面书写的小说中也有狂欢元素，比如歌谣中的猥亵小曲元素，但即使从对王的刻画角度来看，他也近乎是五毒俱全的：一有权就任性，杀害了眉间尺的造剑名师父亲，他父亲描述到，"大王是向来善于猜疑，又极残忍的。这回我给他炼成了世间无二的剑，他一定要杀掉我，免得我再去给别人炼剑，来和他匹敌，或者超过他。"王貌似威严却又百无聊赖，"游山并不能使国王觉得有趣；加上了路上将有刺客的密报，更使他扫兴而还。那夜他很生气，说是连第九个妃子的头发，也没有昨天那样的黑得好看了。幸而她撒娇坐在他的御膝上，特别扭了七十多回，这才使龙眉之间的皱纹渐渐地舒展。"当然围绕他的一切近乎是繁文缛节，即使在死后，"当夜便开了一个王公大臣会议，想决定那一个是王的头，但结果还同白天一样。并且连须发也发生了问题。白的自然是王的，然而因为花白，所以黑的也很难处置。讨论了小半夜，只将几根红色的胡子选出；接着因为

---

① 具体可参拙文《林文庆与鲁迅的多重纠葛及原因》，《四川大学学报》2013年第2期。

第九个王妃抗议,说她确曾看见王有几根通黄的胡子,现在怎么能知道决没有一根红的呢。于是也只好重行归并,作为疑案了。"

相较而言,此一时期的公务书写风格大多"虚浮不实",题材上往往指向了诸子百家、远古历史乃至传说。可以理解的是,此一时段的鲁迅,尤其是上海时期,身体健康每况愈下,作为自由撰稿人,也面临谋生(天天码字)的巨大压力;同时作为努力扶持后进、甘心做梯子又胸怀天下的他来说,其实太多焦虑、紧张需要疏解。而在文化上亦有旧传统的可能反扑,更有对新传统的遗忘,如1933年和施蛰存关于《庄子》《文选》的论争等。这些生存周边都让鲁迅在处理公务议题时选择了另类的风格:一方面是自我纾解,以乐写悲更显其悲,同时也是借各种幽默/反讽解压,另一方面是继续刨"坏种们的祖坟",借较古的议题批判复古的幻想与建议。

需要指出的是,鲁迅的公务书写对于阅读其小说来说只是一个层面或一个主题探究,他自然有他的整体性、超越性乃至客观性,这当然是服务于他的国民劣根性批判与"立人"追求的,就如他小说中的辛亥革命书写一样,也有其高度和独特形式,如人所论,"正是因为爱在他的心灵中扎下了根,他才会在虚构和想象时,没有被自己个人的道德信念遮蔽住,而能成功听到另一个超个人智慧的声音。对于鲁迅而言,辛亥是激发他创造性和形成独特小说风格的重要资源。鲁迅的辛亥故事不是自传,不是史实记录,纯粹是鲁迅式的幻想,是特殊的鲁迅式晶体。"①

结语:鲁迅小说中的公务镜像颇耐人寻味,作为一个深谙官场习俗做过14年公务员的小说家,他的作品对此主题关注甚多。毫无疑问,他刻画出了官本位思想的悖谬:一方面言及其传统根深蒂固,另一方面却又呈现出新旧社会转型中

---

① 姜异新《经历·书写·虚构——鲁迅的辛亥与国民性经验的审美生成》,《鲁迅研究月刊》2013年第10期,页13。

的尴尬。相当犀利的是，他也再现了官场中的败德，如伪善阴损、无聊刻板等。而在鲁迅的个人经历与公务镜像呈现出亦有一种风格的关联与变换：北京时期呈现出多元的写实主义，而厦门广州上海时期则显得"虚浮不实"走向狂欢。当然公务书写只是上述小说的一个考察面向，我们不可忽略其整体性、超越性和立体性。

第四章： 中年男人危/机

不必讳言，中年男人由于往往身居要位或者是是社会中坚，往往既具有较强的责任感，又具有厚重的压力感，但同时，中年往往也是人身体逐步老化、走向老年人的过渡期和转型期，如人所论，"如果说中年人的智力处于巅峰期，那么同时也意味着衰变开始的另一面的存在。中年人的智力恰处于巅峰期向老年期演化的阶段，既有其成熟性一面，又有其衰变性一面。进入中年期以后，人的感知能力、记忆能力、动作反应进度等方面，比之青年期，都进入了衰减过程，并随着年龄的增长，而不断加快其衰减速度。"① 因此，中年人也难免危机感和有关调试（比如新角色和身份转换）所带来的不适应。

毋庸讳言，对于中年人来说，紧张和压力是难免的，如人所论，"一定的紧张是中年人特殊的特征，中年人是社会的主要决策者，由此中年期充满了重负和竞争的压力。如果责任太重大，可能要在其他方面得到过渡补偿，直到压力解决。"② 甚至可以说，不同的角色、工种、身份带来的压力感和宣泄方式也不同，比如，一般来说，白领工人在此时期感受到最经常感到的一个特别尖锐的问题是，"由逐步地感觉到最终完全认识到他们将永远达不到某种他们长期所向往实现的目标了。他

---

① 薄惠茹　孙中国主编《中年社会学——中国人生解析》(北京：中国人事出版社，1992)，页44—45。
② 【美】多洛西·罗杰斯著，张承芬　宫燕明译《不惑之年——中年心理引论》(济南：济南出版社，1990)，页41—42。

们认为，这个目标的完成，就是一个人作为一个男子汉的自我实现，如果失掉它，就是失掉自我非常重要的一个方面。这种损失将导致中年人陷入严重的危机，不顾一切地以其他目标和价值观来填补由此造成的空白。"①

很多时候，相关学界也会讨论男性更年期的问题，虽然未必如女性更年期的生理变化那样明显，但似乎有些数据和蛛丝马迹也可表明中年男性的部分变化——虽然信息不多，个体有差异，但还是有变化，如"各种变化都可能出现：睡眠或记忆障碍、开始秃顶、脾气变化无常、疲倦和酸痛、暂时性抑郁、尿障碍……在这方面，没有统一的标准（如同女性在更年期一样），但在期限和强度方面，彼此间的差异很大。"②

大体而言，在诸多层面上，中年男性在走向老年的过程中都可能引发新的变异，比如，事业方面的十字路口感受，往上爬则提升很难，往下走则肯定心有不甘，"男性若在青年期奠定了良好的事业基础，进入中年后通常会保持继续发展，但同时他们在职业上还需迎接更为严峻的挑战，以提升自己在工作方面的地位或得到更多的报酬。"③

其次，比较常见的还有中年人的心理疲劳。中年人的心理疲劳是由长期的精神负担造成的，"他们由于工作、开创事业、处理人际关系和扮演家庭角色以及对事业和家庭的不断权衡等的需要，总是处于一种思考、焦虑、烦闷、恐惧、抑郁的压力之中，从而使心理陷入'逐渐衰竭'的状态。"④

---

① 【美】多洛西·罗杰斯著，张承芬　宫燕明译《不惑之年——中年心理引论》，页131。
② 【法】V. 马莱尔（Viviane Mahler）、E. 德尔贝克（Hélène Delebecque）合著，袁粮钢译《中年危机：事业、健康、爱情与性》（深圳：海天出版社，2003），页215。
③ 陈刚主编《中年人的心理健康：一个被忽视的领域》（杭州：浙江大学出版社，2005），页5。
④ 陈刚主编《中年人的心理健康：一个被忽视的领域》，页24。

当然，严重者也可能带来心理的不健康，影响中年人心理健康的消极因素主要有：1. 过重的心理压力；2. 忧郁；3. 愤怒；4. 多疑。"多疑之人，不仅造成奋斗目标动摇，人际关系紧张，阻碍事业开拓，也会使自己的心理负担沉重，终日处于惶惶然的紧张的忧虑状态。"①

第三，也包括新时段的角色困惑问题。一般认为，中年人通常是知识较丰富，经验也有相当积累，自我意识相对较发展和成熟，但也可能因为身份和地位提升而不断面对新的挑战，因而"在承担一种角色过程中，往往要经过一种角色与'自我'的调整和平衡过程。在这个过程中，中年人常常可能遇到由领悟角色而引起角色困惑问题。"②

整体而言，我们不妨把中年男人的状况称为具有辩证法的"中年生活危机"，所谓"危"的一面是必须直面来自身体老化、精神压力、工作疲惫、兴趣压缩等的诸多层面的高要求、高标准被索取，所谓"机"的一面就是，适应者完全可以在此基础上更上一层楼，不仅奠定和巩固既有的影响力，而且还可以实现质的飞跃，成功实现新转型，"从最好的方面说，危机能使人获得解放，因为它使人'重新考察自己的周围的环境，而且产生一种新的才智、成熟和自知力，这是青年人所不及的。从最坏的方面说，危机阻止人们恰当的、充分的认识自己，以致不仅损伤自己而且损伤他人。'"③

很多时候，我们往往会忽略掉鲁迅作为 47 岁中年男人的身份。从此角度考察，鲁迅的角色变得清晰而又复杂。我们当然可以借此看出鲁迅在生理焦虑等压力下的不同反应。从此意义上说，鲁迅初到广州后的老夫聊发少年狂，喜欢饮食、游玩，活跃并清洁身体，这都和力比多转

---

① 薄惠茹、孙中国主编《中年社会学——中国人生解析》，页 49—51。
② 薄惠茹、孙中国主编《中年社会学——中国人生解析》，页 96。
③ 【美】多洛西·罗杰斯著，张承芬　宫燕明译《不惑之年——中年心理引论》，页 48。

移密切相关,而大钟楼时期、白云楼时期则分别呈现出不同的暧昧。

作为中年男人的鲁迅,人在广州时,他不仅要面临爱情和水土带来的生理焦虑,同时更要面对方方面面的精神焦虑,这既有外在的压力,比如中大的教务、社会的呼吁、探访、演讲,革命的利用、打压与吹捧,也包括青年们对其作品的期待,当然也有来自其内部的影响,比如他在"中间物"论指导下的量力而行、韧性战斗、坚持个性等等,也包括他最终选择弃绝教授,回归最擅长的文艺创作。

我们当然也可以仔细考察广州在1927年所拍摄的照片,这无疑也可部分反映出作为中年男人的一种生活姿态。从整体上说来,鲁迅广州照相的最基本功能仍然是为了纪念,留着那份真诚的友谊、爱情,当然,在涉及到其个人选择的实践动机上时,我们毋宁说这同时又是鲁迅对现代性的热烈拥抱。

鲁迅"义子"廖立峨往往被视为负面道德形象的代表或者作为无关紧要的小人物加以忽略。其实我们完全可以将廖、鲁关系中的廖立峨视作广东符号的"这一个",可以发现"义子"事件其实反证了鲁迅进化论观念的复杂性与延续性,同时有助于提醒我们从鲁迅的广州情结角度另辟蹊径。当然,我们可以从鲁廖二人内部的心态加以探研,考察前者的宽容心态与后者的人性弱点。从此视角说,这也是广州鲁迅作为中年男人的不愉快情感延续。

《魔祟》作为许广平逝世后才发表的作品,其实有其独特价值。其身份的模糊性让它具有了文本的开放性,我们当然可以众声喧哗、多元并存。但将一个极具虚构元素的现代独幕剧坐实为许鲁二人初次性爱的记录,而将发生时间、地点煞有介事的具体化,这固然是学术自由的表现之一,但只在这样的传统现实主义视野内兜圈,无疑是偏执的、褊狭的,《魔祟》呈现出爱与责的纠结,表达/再现了许广平对鲁迅的思念/

纪念，它更是一个极具象征意义的剧本，是许鲁二人爱的"中间物"。无论如何，这篇作品即使在鲁、许逝世后依然和广州鲁迅息息相关，的确也算是冥冥之中的缘分，潜意识里又和中年男人鲁迅的焦虑藕断丝连。

第一节　广州鲁迅的生理痛快

在写于1927年9月24日的《小杂感》中，鲁迅提及，"创作是有社会性的。但有时只要有一个人看便满足：好友、爱人。"又说，"一见短袖子，立刻想到白臂膊，立刻想到全裸体，立刻想到生殖器，立刻想到性交，立刻想到杂交，立刻想到私生子。中国人的想象惟在这一层能够如此跃进。"（《鲁迅全集》第3卷，页556—557）这两段貌似风马牛不相及的杂感其实恰恰说明了鲁迅先生有关欲望一个内在关联的判断：他既肯定欲望的合理性，如文艺创作可以把拟想读者锁定为爱人；同时，他也强调对于欲望的超越性，因此，批判国人身体意识方面进化的猥琐，如王乾坤所言，"鲁迅执着地下，执着现在，包括着对各种生活欲望的肯定。他当然认为欲望需要按照正当性超越，而从不认为任何欲望都是罪恶，从而应该禁止的。"[①]

长期以来，我们一方面既为鲁迅的丰富与深刻欣喜不已，当然，也有人抓耳挠腮无力安置他；另一方面，我们其实又习惯了对鲁迅的庄严化（卡里斯玛情结 charisma complex）和繁复化。带来的相关问题或后遗症就是，鲁迅似乎日益不可爱，而且往往被过度诠释或随意打扮，让后来者平添几分对鲁迅的疏离感乃至厌恶感；同时，由于鲁研界对于插科打诨或不按套路出拳的游戏式或恶意攻击缺乏适宜的应对策略，往往只是不屑或僵化掉书袋，则更强化了人们

[①] 王乾坤著《鲁迅的生命哲学》（北京：人民文学出版社，1999），页281。

对鲁迅的恶感。因此，我们也需要对鲁迅身上的各类添加和寄生物进行"除魅"。

回到1927广州场域上的鲁迅身上来，我们很容易注意到他的作家身份、教务主任/教授角色，甚至是"革命家"头衔，但是我们往往忽略了彼时的鲁迅恰巧又是一个47岁（按鲁迅习惯的虚岁）的中年男人。毫无疑问，鲁迅为此具有一些中年男人所经常面临的问题，比如转型的焦虑等；当然，彼时的鲁迅也有特殊性，比如，尚未真正体验到真爱的长久浸润，而且对未来亦有一种不安定因素/不安全感。毋庸讳言，从此视角思考，1927年的鲁迅更容易被还原成一个具有立体感和鲜活力的多元鲁迅。本节主要从情爱角度考察鲁迅的生理焦虑及部分后果。

考察有关此论题的研究情况，直接切题的研究极其罕见。相关研究，也即剖析1927年鲁迅与许广平情爱关系的叙述也不太多。常见的操作是，将二人置于广州时期更重要或重大的政治事件下观照，比如"四·一五"事变等，而对二人的情感层面则往往不愿涉及或语焉不详，比如《论鲁迅在广州》这本论文集中，几乎未曾涉及二人的情爱关联。[1] 已有的其他论述，则往往大同小异，借助二人或他人很有限的回忆文字进行复述，广州时期的鲁、许爱情既是苍白的，又是短暂的。[2] 这样的研究难免错过了探勘鲁迅中年男人角色对广州经验的重大影响的良机，在我看来，这恰恰是开启多元鲁迅的一扇重要窗口。

一、广州向心力：精神恋爱的愉悦及焦灼

1926年8月，鲁迅和许广平约定打拼两年为将来生计攒钱后再见，但结果是鲁迅只在厦门大学待了四个多月后就逃往广州。许广平在解释此事时将原因

---

[1] 具体可参广东鲁迅研究小组编《论鲁迅在广州》（广州：广东鲁迅研究小组，1980）。
[2] 相关论述如王建周著《鲁迅情爱世界探秘》（桂林：漓江出版社，1993）、李允经著《鲁迅的婚姻和家庭》（北京：北京十月文艺出版社，1990）等皆属此类论著，而有关传记类则更是简单，乃至过于朴素。

指向厦大,"厦门大学的乌烟瘴气,怀着美丽的憧憬的鲁迅,触到现实而粉碎了。于是原想由二年教课而缩短到不及半年即离去了。"① 可以理解,毕竟作为鲁迅的爱人,无论是从革命的高大上角度还是从私人的谦逊角度考虑,她不能承认鲁迅因她而来广州。朱寿桐提出了不同的看法,他一一驳斥了常人的观点,并剖析了鲁迅来广州以及中山大学的原因,而更多将之归结为是一种要做大事的孤绝中的"人生仪式感",并认为这是出于鲁迅自己的"一点野心"。② 当然,也有论者对朱的看法提出商榷。③ 我们当然也可以逆向思考,这恰恰说明广州有强烈的向心力,它吸引了继续追求的鲁迅,而其中最重要的动力之一或许就是爱情,尤其是对于久旱逢甘霖的中年男人鲁迅来说,意义更是非同寻常。

(一) 中年男人的焦虑叙述。

将鲁迅还原为中年男人,其实并非是对鲁迅的矮化,而是借此勘探鲁迅对这一角色的印证与突破,呈现出多元的姿彩。

1. **理论概述:焦虑的中年男人。** 众所周知,人到中年往往意味着诸多层次的转型期的到来,成功的中年(男)人往往是各项事业的中坚或支柱,是家庭维持的顶梁柱,也是诸多伦理、文化和价值的传承者;但同样令人尴尬的是,中年亦是人生盛极而衰的过渡,为此会出现心理学意义上的中年危机,"人到中年后由于自身及环境的变化而出现的显著的不适应感。"其产生和三个因素相关,更年期的影响,空巢症候群的影响,事业发展不尽如人意。④

---

① 许广平《回忆鲁迅在广州的时候》,见马蹄疾辑录《许广平忆鲁迅》(广州:广东人民出版社,1979),页 575。
② 具体可参朱寿桐著《孤绝的旗帜——论鲁迅传统及其资源意义》(北京:文化艺术出版社,2005),页 314—320。
③ 比如房向东在他的《孤岛过客:鲁迅在厦门的 135 天》(武汉:崇文书局,2009)页 297—305 进行逐一驳斥。
④ 汪建新著《现代人的焦虑——理论、现状及对策》(石家庄:河北人民出版社,2001),页 106。

【维雷娜·卡斯特著（Verena Kast），陈瑛译《克服焦虑》，三联书店，2003】

  需要指出的是，焦虑既是一种"肉体状态"，比如身体疾病可引发焦虑，又是一种与身体相关的精神不快，比如可能由自我同一性分裂导致，所以，论者指出，"当我们觉察到一种以平常的方式对付不了的危险情境时就会感到焦虑，我们无法估量这种情境的危险性，它也许太复杂，太模糊，或者我们对此毫无准备。最严重的焦虑往往是因为担心损失、失败，或者很可能会失去自己觉得非常重要的东西而产生的。"[1]

  毋庸讳言，焦虑的诱发因素多种多样，它也可能帮助我们重新找寻迷失或破碎的自我，但其所表现出来的情绪与感受却更多是负面的，"焦虑是一种极其复杂的情绪体验，伴随在其中的还有强烈的相对剥夺感，自卑与失落感，愤怒与攻

---

[1]【瑞士】维雷娜·卡斯特著（Verena Kast），陈瑛译《克服焦虑》（北京：生活·读书·新知三联书店，2003）导言，页 11。

击感，抑郁和放弃感等。"① 中年男人未必都有类似于妇女的更年期性格，但其或隐或显的消极情绪却同样存在，工作、家庭、情爱的危机感与压力往往更令身体上开始走下坡路的他们颇有些忧心忡忡，乃至无所适从，或转向内心的彷徨抑郁，或对外具有（潜在）攻击性、情绪急躁，易冲动。

2. 鲁迅实际：如何焦虑？毋庸讳言，47 岁时从厦门急急忙忙赶赴广州的鲁迅其实也有着中年男人的痕迹。虽然事业上已经名声在外，但也仍有其上升空间，不仅仅要有稳定的收入维系他的爱情，而且更要在创作名声上更上一层楼，而他在心理上或生理上也有走下坡路的迹象。简而言之，鲁迅同样需要面对类似的中年危机，颇有压力则毋庸置疑。

但有所不同的是，此时的鲁迅在生活上却是独居，而同时他又处于爱情的诱惑和滋润中，爱情当然也是一种新的焦虑导火索。有研究者指出，一方面，我们为爱情所占有，"甚至觉得自己只是爱情欲望的玩偶，束手就擒于相关的愿望，这当然会引发对爱情炽热性的焦虑"，同时，另一方面，爱情又赋予我们极大的活力与自由，使我们更好的发展自我，但"如果我们觉得爱情给我们带来了生机，那么另一种焦虑就在于害怕失去这种生机，害怕突然再次陷入空虚无望的生活情境之中。"②

不难看出，爱情完全可以成为双刃剑，既可以让人幸福和安静，又可以诱发焦虑，无论是置身其中的人得到或失去真爱，而鲁迅的生理焦虑从此视角看，的确也有着耐人寻味的意蕴。

(二)《两地书》中的情爱纠葛。

从整体意义上说，《两地书》其实就是爱情勃发的"生理焦虑"平复的文字再现，在这样的鸿雁往来中，鲁迅未必表现出初恋少年的轻狂、激烈或直接，但

---

① 汪建新著《现代人的焦虑——理论、现状及对策》，页 132。
② 【瑞士】维雷娜·卡斯特著（Verena Kast），陈瑛译《克服焦虑》，页 192。

亦有其中年男人的幽默、张弛感与内敛的热切。我们当然可以从二人的书信中发现更多主题，但此处却只考察与爱情直接相关的部分。

1. **爱的长驱直入**。鲁迅和许广平天各一方、广州晤面前往往是通过书信联系的，《两地书》就见证了他们的爱情历程，虽然由于诸多原因导致如今呈现出的文字没有凸显出常规二人世界中旁若无人的热度和肉麻，但无论如何，我们还是可以揣摩得到其感情的递增与升温。

（1）直抒胸臆。鲁、许爱情中其实也有坦诚和直接的元素。实际上，二人各自搭船甫一分手，便开始在船上各自思念对方：鲁迅开始疑神疑鬼，以为附近的船只就是伊人那只，而无独有偶，许广平却"总是蓦地一件事压上心头，十分不自在，我因想，此别以后的日子，不知怎么样？"（《鲁迅全集》卷11，页109）明显也是分离后由于思念引发的轻微焦虑。

同样，二人刚开始工作，鲁迅则有点度"月"如年，希望合同年限早满，而许却又是明知故问，"你是因为觉得诸多不惯，又不懂话，起居饮食不便么？如果对于身体的确不好，甚至有碍健康，则还不如辞去的好。然而，你不是要'去作工'么？你这样的不安，怎么可以安心作工!？你有更好的方法解决没有？或者于衣食抄写有需我帮忙的地方，也不妨通知，从长讨论。"（卷11，页132）此间的欲擒故纵战术应用相当娴熟，但剪不断、理还乱。而鲁迅却又加以解释，既说此地不错，能吃能睡，"也许肥胖一点了罢"，"不过总有些无聊，有些不高兴，**好像不能安居乐业似的**"（卷11，页136—137）个中原因旁观者清，其实就是思念引发的生理焦虑，因为爱人不在场的缘故。

不难想见，他们更多是借向对方嘘寒问暖之际传达爱意，除此以外，他们也表达精神上的相知，比如，许广平开导鲁迅，"总之，现在是还有一个人在劝你，希望你容纳这个意思的。"（卷11，页215）他们都是对方的"一个人"。

直至最后，可以理解，在许广平的支持下，鲁迅终于在1927年1月11日勇敢喊出"我可以爱"，"我先前偶一想到爱，总立刻自己惭愧，怕不配，因而也不敢爱某一个人，但看清了他们的言行思想的内幕，便使我自信我决不是必须自己贬抑到那么样的人了，我可以爱！"（卷 11，页 280）

（2）共享隐私。毋庸讳言，二人世界或真爱往往需要细节来建构和丰富，尤其是不为外人所知的细节，在鲁迅和许广平之间也同样如此。比如，他们共享了不少为外人所不知的身体隐私。

刚到厦门后不久，鲁迅提及海水浴，"但我多年没有浮水了，又想，倘若你在这里，恐怕一定不赞成我这种举动，所以没有去洗，以后也不去洗罢，学校有洗浴处的。"（卷 11，页 117）设若爱人在场，其实颇有些假设的偷窥、监控成分，当然也有共享幸福的设想；无独有偶，在 9 月 17 日的回信中，许广平也初步涉及，"日常自早八时至晚五时才从办公室退至寝室，此后是沐浴和豫备教课"（卷 11，页 124）。

男女之间，故意（让对方）吃醋似乎也别有情趣，某种意义上也是必然环节，鲁迅在 9 月 30 日的信中写道，"听课的学生倒多起来了，大概有许多是别科的。女生共五人。我决定目不邪视，而且将来永远如此，直到离开了厦门。"（卷 11，页 138）而许广平则投桃报李，写道，"我从前太任性了，现今正该多加磨练，以销尽我的锋芒，那时变成什么，请你监视我就是了。"（卷 11，页 148）而在回应"邪视"时许广平点评道，"这封信特别的'孩子气'，幸而我收到。"（卷 11，页 163）当然撒娇也是要看对象的。

同样，鲁迅也涉及通过吃水果（香蕉）来治疗便秘（页 160），而许广平，也提及自己"伤风"、"着了些冷"（页 162）。而尤其值得一提的是，鲁迅的许多孩子气行为，比如，跳楼下花圃的铁丝被刺果给了两个小伤，"一股上，一膝旁，可是并不深，至多不过一分。"同样，因为担心蛇多，到天黑后，"连夜间小解也不下楼去了，就用磁的唾壶装着，看夜半无人时，即从窗口泼下去。这虽然近乎无赖，但学校的设备如此不完全，我也只得如此。"（卷 11，页 181）正如人所论，"爱情也唤醒了我们身上大量的童性"，"也许可以将其视做神的产儿的原型","更新变化,冲破旧壳,这种感觉属于爱情的感觉。或者由别人重新认识我们,或者由我们自己发现自己身上以前未曾显现的方面。"①

当然,值得关注的是,鲁迅和许广平那时已经在经济上坦诚相待,收入较高的鲁迅为此向辛勤劳作的许广平关心道,"你收入这样少,够用么?我希望你通知我。"(卷11,页155),而许则回答道,"用度自然量入为出"(页177)。但鲁迅还是为许广平抱打不平,并劝她"适可而止","可以省下的路少走几趟,可以不管的事少做几件,自己也是国民之一,应该爱惜的,谁也没有要求独独几个人应该做得劳苦而死的权利。"(页179)显然,立足点是泛指的个体公民的,但语气中充满了对许的爱意。

2. 迂回前进成正果。哪怕是在厦门短短的数月中,鲁迅许广平之间也因为诸多困扰而难免有小风波,同时,二人也更是以曲折的方式互诉衷肠。

(1) 爱的风波。在分居两地的过程中,二人之间发生了两件风波。其中之一是汕头事件。心绪不安、工作不顺的许广平想去汕头工作,这难免让想去广州的鲁迅起疑,毕竟,如果许去了汕头,他去了广州,跟两个人之前的厦门、广州分居差别不大,毕竟那时的广、汕交通颇不方便。于是在《两地书·七三》中,鲁迅把自己的人生之路走法和盘托出,低调的要求许给他"一条光"(页204)而在《两地书·八二》中,许广平终于说出了自己的意见,"我们也是人,谁也没有逼我们独来吃苦的权利,我们也没有必须受苦的义务的,得一日尽人事,求生活,即努力做去就是了。"(页224)这自然坚定了彼此的信心,所以王得后先生指出,"景宋的考虑是周详的:社会、家庭'过去、现在、将来;朱安女士、母亲、鲁迅和自己,各个方面都一一权衡利害,具体分析……毫无疑义,在爱情这个问题上,景宋给了鲁迅以力量。"② 当然,事情也圆满解决,最终鲁迅坚持赴

---

① 【瑞士】维雷娜·卡斯特著(Verena Kast),陈瑛译《克服焦虑》,页192—193。
② 王得后著《〈两地书〉研究》(天津:天津人民出版社,1982),页304。

穗,但也提出需要"害马"(许广平"害群之马"的昵称)帮忙,"但我极希望H. M. 也在同地,至少可以时常谈谈,鼓励我再做些有益于人的工作。"(页226)而许广平也给予积极答复,"汕头我没有答应去,决意下学期仍在广州,即使有经济压迫,我想抵抗它试试看,看是它胜过我,还是我打倒它。"(页234—235)

另一个风波则是高长虹(1898—1954)事件。面对曾经帮助、提携过的青年来自内部的反戈一击,鲁迅自然相当"不爽"(失望、恼怒),但一开始鲁迅则是淡漠处置(卷11,页179),但一旦涉及到爱情话题,在爱人面前,曾经犹豫的鲁迅却表现出决绝的勇气,"无论如何,用这样的手段,想来征服我,是不行的,我先前对于青年的唯唯听命,乃是退让,何尝是无力战斗。现既逼迫不完,我就偏又出来做些事,而且偏在广州,看他们躲在黑暗里的诸公其奈我何。"(卷11,页263—264)

【高长虹,颇神经质】

毋庸讳言,这样的风波在实际上强化了鲁迅和许广平的爱情关系,也难怪哪怕是到了1927年9月在编好《唐宋传奇集》后,鲁迅在结尾写道,"时大夜弥天,碧月澄照,饕蚊遥叹,余在广州。"此言往往会被革命论者视为鲁迅向专制黑暗的国民政府示威,但这似乎更当解读为鲁迅的情海戏语,"他是痴情的,总忘不了在这些细微之处,向恋人献献自己的衷情;他又是敏感自尊的,总忘不了在这些细微之处,对情敌捎带一刺——两者结合,就是一个完整的,活的鲁迅!"[①] 既向许广平示爱,又向高长虹示威。

(2)暖背心及"傻气"。鲁迅在小说《伤逝》中曾提及,"人必生活着,爱才有所附丽。"而《两地书》中有一个值得关注的关键词——"背心"其实也是对

[①] 曾智中著《三人行——鲁迅与许广平、朱安》(北京:中国青年出版社,1990),页310。

这种理念的回应。

文字描述（《鲁迅全集》卷11）	出处	点评
现在织开一件毛绒小半臂，系藏青色，成后打算寄上，现已做了大半了。不见得心细，手工佳，但也是一点意思。	页206	很有意味的"意思"
昨日游行，下午就回校，虽小小疲倦，却还可以坐着织绒背心。	页210	动力与寄托
兹寄上图章一个，夹在绒背心内，但外面则写围巾一条。你打开时小心些，图章落地易碎的。	页219	处处爱的叮咛
我十七日寄上一信及印章背心，此时或者将到了	页222	很在乎
图章并不是贵重品，不过颇别致耳，即使打碎，也勿介意。现必收到了罢？收到就通知我一声。	页228	继续在乎
包裹已经来了，背心已经穿在小衫外，很暖，我看这样就可以过冬，无需棉袍了。印章很好，其实这大概就是称为"金果石"的，并不是"玻璃"。我已经写信到上海去买印泥，因为旧有的一盒油太多，印在书上是不合适的。（鲁迅致许广平）	页230	不枉三番五次叮嘱，特别重视。
穿上背心，冷了还是要加棉袄，棉袍……的。"这样就可以过冬"么？傻子！一个新印章，何必特地向上海买印泥去呢，真是多事。	页241	欲擒故纵，正话反说
今晚大风，窗外呼呼有声，空气骤冷。我已经穿上了夹裤、呢裙，毛绒背心及绒衫。	页244	信物重提，彼此温暖

当然，类似的关键词还有"傻子"，这恰恰既是恋人间打情骂俏的常用术语，也可以反映出恋爱使人神魂颠倒，智商暂时降低的实情。许广平担心鲁迅写完信后夜半前去寄信，非常不安全，于是写道，"现在我要下命令了：以后不准自己将信'半夜放在邮筒中'。"并说，"殊不必以傻气的傻子，而疑'代办所里的伙计'为'呆气'的呆子，其实半斤八两相等也。"（卷11，页242）当然，鲁迅赴穗心切，算错了日期，他解释道，"我离厦门的日子，还有四十多天，说'三十多'，少算了十天了，然则心粗而傻，似乎也和"傻气的傻子"差不多，'半斤八两相等也'。"（页254）类似的语气已经是一唱一和，变成恋人间的打趣了。甚至到了1926年12月30日，许广平致信时还是故意重复，"'又幸而只有'三'十天了'。"（页272）

不难想见，背心，由物质到身体，再到精神关联，其实都是爱的象征，据说，这件背心鲁迅到了上海后也一直穿着它，作为爱的见证，当然，也是鲁迅艰苦朴素风格的延伸。同样，恋爱中的人往往智商降低，童性或傻气大发，这从反面也可论证，《两地书》中许、鲁二人爱情的平凡与不凡魔力，所以最后会师广州成为热恋中男女的不二选择。

【身着许广平手织毛衣的鲁迅】

二、身陷广州：饮食、男女与本土缠绕

有学者指出，"肉搏是鲁迅独有的伦理学。不理解这种伦理学，我们就不大可能把鲁迅当作是一个真正肉体凡胎的活人，也无法理解他的社会批评（即鲁迅式革命）为什么会达到那样激烈的程度。身体的状况肯定是造成这种后果的主要原因之一"。[①] 当我们将目光锁定在1927年的广州鲁迅时，我们仍然可以看到其"肉搏"的实践，而在这背后，焦虑也起到至关重要的作用。

同样，鲁迅作为一个中年男人，也还是得面对自己的生理需求问题，如郁达夫回忆道，"（我，郁达夫，朱按）同一个来访我的学生，谈起了鲁迅。他说：'鲁迅虽在冬天，也不穿棉裤，是抑制性欲的意思。他和他的旧式的夫人是不要

[①] 敬文东著《失败的偶像：重读鲁迅》（广州：花城出版社，2003），页31。

好的。'因此，我就想起了那天去访问他时，来开门的那一位清秀的中年妇人。她人亦矮小，缠足梳头，完全是一个典型的绍兴太太。"① 当鲁迅和许广平在广州可以经常见面以后，热恋中的他们如何面对这样的生理焦虑呢？

（一）老夫聊发少年狂：活在广州。

当鲁迅抵达广州后，青年们对鲁迅有着很高的期待，在很有代表性的《鲁迅先生往哪里躲》一文中，宋云彬写道，"我知道鲁迅先生没有和他的故乡失掉了关系，但他不曾在城市上（至少是广州）把生活固定。鲁迅先生！你莫厌恶异乡的新年爆竹声；你莫尽自在大学教授室里编你的讲义。你更莫仅叫青年们尽情地喊，尽量地写，自己却默然无语，跳出了现代的社会。"② 仔细反思这句话，也可发现其要求中的不实之处，实际上，鲁迅是真正活在广州的。

1. **饮食游玩"叹"广州**。根据《鲁迅日记》，广州时期鲁迅到过的茶楼餐馆主要有：荟芳园、小北园、别有春、陆园（6）、大观园、妙奇香（2）、国民饭店、一景酒家、大观茶店、国民餐店（4）、福来居（3）、大新公司、松花馆、东方饭店、珠江冰店、拱北楼、陶陶居、晋华斋（2）、八景饭店、宝汉茶店、新北园、美洲饭店、安乐园（吃雪糕）、南园、山泉、亚洲酒店、太平分馆、山茶店（2）、美利权（吃冰酪）等，上述名字还不包括鲁迅去过的未署名的饭店、茶楼和友人家。需要说明的是，鲁迅下馆子吃饭、饮茶相对集中的时间是 1927 年 4 月以前，而上述餐馆后（）内的数字表示日记中光顾此店的次数。

在《两地书》中，许广平曾多次对广州的饮食风气表示不满，"广东一桌翅席，只几样菜，就要二十多元，外加茶水，酒之类，所以平常请七八个客，叫七八样好菜，动不动就是四五十元。这种应酬上的消耗，实在利害，然而社会上习

---

① 郁达夫《回忆鲁迅》，鲁迅博物馆等选编《鲁迅回忆录：散篇》（上册）（北京：北京出版社，1999），页 150。
② 宋云彬《鲁迅先生往哪里躲》，薛绥之主编《鲁迅生平史料汇编》（第四辑）（天津：天津人民出版社，1983），页 223。

惯了，往往不能避免，真是恶习。"（五一，页 145）之后又对鲁迅说，"在广州最讨厌的是请吃饭，你来我往，每一回辄四五十元，或十余元，实不经济。但你是一向拒绝这事的，或者可以避免。"（七七，页 212）

但最终的结果却是，鲁迅在广州的早期，似乎对饮食、游玩等乐此不疲，为何？需要说明的是，"食在广州"也并非浪得虚名，广州的茶楼很多外来名人都很喜欢，比如毛泽东、郁达夫等。有论者道明了其中原因，首先是茶楼的广州特色——"楼层高耸，地方通爽，座位舒适"；其次是"水滚茶香"；第三是点心精美多样。① 许广平也对他们的选择点出了一些理由，"在广州，我们也时常到专门的茶室去吃茶点，那些点心真精致，小巧，并不太饱，茶又清香，都很合口味。而生活除了教书之外，着实单薄，遇到朋友，就不期然地也会相约去饮茶了。"②

但在我看来，鲁迅对饮食的热衷的确也可谓"醉翁之意不在酒"，其主要原因仍然是一种结合"食在广州"具体情况之后的一种力比多转移和宣泄：在爱人居住的城市，收入不菲，自然也要和爱人、友人大快朵颐。

【昔日繁华的高第街】

---

① 龙劲风《品茶在当年》，张遇、王娟编《老广州写照》（合肥：安徽文艺出版社，1999），页 183。
② 许广平《鲁迅先生的娱乐》，《许广平文集》（第二卷）（南京：江苏文艺出版社，1998），页 96。

其次，就是游玩。比如，游览公园，其中包括海珠公园、毓秀山（越秀山）、中央公园等。或者考察市容，比如游览北门田野、游沙面、逛高第街观七夕供物。或者看电影，比如鲁迅曾去过国民电影院、永汉电影院等。当然，也可以和友人照相等等。

需要说明的是，上述活动往往都是许广平在侧，我们毋宁说，鲁迅频频参加此类活动、放松心境其实更当是他和许广平释放爱意的方式，借此他们可以愉悦身心、加深感情。

同样不容忽略的是，鲁迅是一个嗜烟者。根据研究，一般认为，"嗜烟者一般具有好交往、合群、喜冒险、行事轻率、冲动、易发脾气、情绪控制力差等个性特征。"[1] 鲁迅虽然不同凡人，但也有上述规律的规定性特征，同时，爱情的牵引和刺激更不可忽视。

2. **身体：活跃与清洁**。如前所述，鲁迅的游玩是跟身体相关的，表现出相当的活跃度，比较典型的则是游越秀山，他居然"老夫聊发少年狂"，根据日记记载，2月4日，"晴。上午同廖立峨等游毓秀山，午后从高处跃下伤足，坐车归。"（卷16，页7）简单的文字叙述中可以看出鲁迅相当高昂的兴致。

同样，熟悉鲁迅的人是知道鲁迅讨厌公开演讲的，但在广州，他却多次发表演讲，甚至在扭伤脚后仍然接受邀约赴港演讲。毫无疑问，其愿意赴港传播革命火种的精神值得钦佩，但另一要因也不容忽略——许广平自始至终陪伴在侧照顾起居、兼做翻译。我们其实也可以说，香港演讲其实也是鲁迅和许广平在不同时空中亲密合作、公私兼顾的有意味的实践。

同样值得关注的还有，《鲁迅日记》中多次出现沐浴等记录。我们不妨以表格形式呈现出来：

---

[1] 陈刚主编《中年人的心理健康：一个被忽视的领域》，页123。

月份	清洁身体描述	次数
1	29日，晚同伏园至大兴公司浴	1
3	26日，濯足；28日，濯足	2
4	3日，下午浴；	1
5	14日，下午浴；21日，夜浴；29日，夜浴	3
6	2日，浴；8日，午后理发；11日，夜浴；16日，夜浴；22日，浴；24日，夜浴；27日，夜浴	7
7	12日，夜澡身；15日，夜浴；22日，夜浴；31日，夜澡身	4
8	3日，夜浴；11日，澡身；13日，晚浴；17日，夜浴；19日，夜沐；23日，夜浴；29日，夜浴；31日，理发	8
9	15日，夜浴	1

鲁迅清洁身体的次数，在广州期间算是较多的，这里的"濯足"、沐浴有人根据推导认为是性生活，其实过于坐实和臆测，不太准确，因为鲁迅日记并非皇帝的起居注，是写给自己看的，有很大的随意性。[①] 从天气方面考虑，鲁迅沐浴次数的增多恰恰说明他是在因应广州的炎热气候，经常"冲凉"，有些本土化倾向[②]，当然，沐浴的确也可收到神清气爽之效，和情人见面时更是自信满满、共享美好。

（二）在场的缺席：暧昧的性。

学者们和鲁迅的友人们一再指出，鲁迅和许广平同居是在1927年10月的上海，如

【薛利清著《晚清民初南洋华人社群的文化建构》（三联书店，2015）】

[①] 具体可参陈漱渝《鲁迅的婚恋——兼驳有关讹传谬说》，《长城》2000年第3期。
[②] 冲凉的日常生活不只是一种因应现实的必须，也是文化日常和习惯，具体可参薛利清著《晚清民初南洋华人社群的文化建构》（北京：生活·读书·新知三联书店，2015）第六章。

郁达夫曾经回忆道，"他因和林文庆博士闹意见，从厦门大学回上海的那一年暑假，我上旅馆去看他，就约他以及景宋女士与在座的许钦文去吃饭。在吃完饭后，茶房端上咖啡来，鲁迅却很热情地向正在搅咖啡杯的许女士看了一眼，又用诚告亲属似地热情的口气，对许女士说：'密斯许，你胃不行，咖啡还是不吃的好，吃些生果罢！'在这一个极微细的告诫里，我才第一次看出了他和许女士中间的爱情。"① 这段回忆可以看出郁达夫的心细如发或过度敏感，尽管如此，在这样定格鲁迅许广平岁月静好的光影背后，我们不能忽略或放过广州时期的独特作用。

需要说明的是，笔者对此话题的重提，并非是窥淫癖（voyeurism）发作或无聊至极，而是想借此再现并关联、解释许多貌似无关的事件，呈现彼时鲁迅的复杂心态。

1. **大钟楼时期**。这时的鲁迅和许广平暂时告别了厦门的煎熬而可以朝夕相对，但限于当时的流言以及社会环境，他们无法同居，如人所论，"从重逢的18日起，到现在已是一周，除了23日这一天外，两人天天见面，上街吃饭，游乐，饭后看电影——这在终生辛劳的鲁迅，是少有的休息，少有的精神上的大解脱……只是这些只宜二人的场合，统统都邀了伏园——是照顾朋友情谊？还是因为此地是许广平故里，自然当谨慎一些？人们不得而知。"②

考察鲁迅日记，大钟楼时期的鲁迅往往参加了很多次各类活动，无论是因公还是因私，这一时段中，"广平来"成为日记中的关键词之一。由于大钟楼地处当时的中山大学核心地段，而当时的文明路又是市中心，鲁迅又是名人，探望宾客络绎不绝，自然居住其上的鲁迅也倍觉困扰，因为他实在缺乏一个工作和生活的私人空间，所以，才有了3月29日移居白云楼的举动。

---

① 郁达夫《回忆鲁迅》，鲁迅博物馆等选编《鲁迅回忆录：散篇》（上册），页154。
② 曾智中著《三人行——鲁迅与许广平、朱安》，页294。

毫无疑问，鲁迅在大钟楼时期既是忙碌的，也是兴奋的，所以，无论游玩、吃饭、演讲，他大多乐在其中，而许广平很细心的照料人生地不熟的鲁迅和许寿裳，同时她"对鲁迅的照料更为体贴。鲁迅觉得广州菜淡而无味，而且往往烧不熟，因此不喜欢吃。许广平便不断从家里送来精美的食品和土鲮鱼等，这使得鲁迅很觉不安。许广平却跟他开玩笑说：'这不要紧，我家的钱，原是取于浙江，现在又用之于浙江人好了。'"①

需要指出的是，生理上相对焦虑的鲁迅除了靠做事、饮食、游玩来转移以外，也呈现出一定的攻击性，虽然在上海回忆他的广州经验时他说自己一开始对广州并无爱憎。但彼时，面对日本友人的访问，他也可能爆出自己被压抑之后的真心话，大力批评广州，作为一种焦虑的释放，如林守仁回忆道，"听着到此以后还不上十天的鲁迅痛骂广州的那种辛辣刺骨的言论，笔者立刻就想到：'这样，他是不会在广州长久呆下去的吧。即便想呆下去，也是无法做到的……。'笔者这个杞忧果然并不止以杞忧告终。"②

2. **白云楼时期。**1927 年 3 月底，鲁迅、许广平、许寿裳三人移居白云楼。白云楼的房子也是三人同住，鲁迅、许寿裳、许广平每人一间。许广平作为鲁迅在广州的得力助手，或协助工作，或兼做翻译，或做向导，甚至还让小妹许月平前来打理鲁迅新开的北新书屋的业务。这些行动原本很自然，但在当时却受人关注，"正是在这一点上，鲁迅体现了对她最大的爱心：他离不开许广平，但又不忍心她受流言的包围，于是压抑着自己的热情之火，在许多有许广平在的场合，都周到的邀请到了别的友人，包括这一次移居。这对两颗热恋的心，将是多大的煎熬，多么的无可奈何呀"。③

---

① 范志亭著《鲁迅与许广平》（郑州：河南人民出版社，1986），页 60。
② 【日】林守仁作　李芒译《鲁迅的死和广州的回忆（摘录）》，薛绥之主编《鲁迅生平史料汇编》（第四辑），页 301。
③ 曾智中著《三人行——鲁迅与许广平、朱安》，页 303。

【白云楼今貌】

移居白云楼上不久，广州发生了著名的"四·一五"政治事变。鲁迅着力主张拯救被捕学生，无效。加上他所憎恶的顾颉刚也被邀请到中大来教书，鲁迅借此辞去教授位置，许广平、许寿裳也同时辞职。在6月5日，早被批准辞职的许寿裳离开广州，奔赴上海（《鲁迅全集》卷16，页24），原本三人居住的白云楼就成为许、鲁相视而笑的乐园。

6月份以后的鲁迅和许广平感情日益加深，我们从鲁迅日记也可窥得一斑。许广平在鲁迅日记中出现的次数分别是，1月（从18开始）9次，2月14次，3月12次，4月7次。所以，4月份以前常见的"广平来"字眼日益减少，从6月份开始，"托广平"变成了替代词，而且频率开始减少，6月1次，7月4次，8月4次，9月3次。

广平字眼次数的减少并不意味着鲁迅对许广平热度的降低，这恰恰可以从侧面证明鲁迅和许广平的关系日益稳定，在鲁迅的潜意识里面，许广平已经成为相亲相爱值得信赖的一家人。

　　同样，根据前面表格对鲁迅清洁身体次数的统计，我们不难发现，鲁迅在6—8月的沐浴、理发等操作次数频繁。如前所言，这当然可能跟广州气候相关，但同样不容忽略的是，"女为悦己者容"，这些对身体的清洁倒同样可视为这是鲁迅对和爱人许广平朝夕相处身体的重视，也是对许广平的尊敬。我们固然不能捕风捉影，说濯足和沐浴皆是性关系的表示，但我们也很难排除沐浴、更衣的仪式性和身体亲密接触的关联。恰恰在此基础上，鲁迅和许广平在上海的同居才显得自然而然、水到渠成。所以，吴俊也指出，"正是由于有了广州的这八个月左右的共同生活，才使他们到上海的同居事实来临得如此迅速成为必然。"①

　　从此角度说，我们不能断言广州是鲁迅和许广平的身体结合地，但毫无疑问，温暖的广州至少是他们二人爱情疯狂成长并成熟的酝酿地，尽管表面上看来，这种关系含有较多的暧昧空间。虽然彼时的社会环境对于鲁迅来说仍然不乏危机，但他们的二人世界却是坚固的、温润的。曹聚仁指出，"关于鲁迅的恋爱生活，我觉得他的《野草》（散文诗）有一节题名《腊叶》的，颇耐寻味，从其中，可以体会到他俩的情怀。这是他对于'爱我者'的感激。我们把'病叶'看成作者，把作者的口气转给'爱我者'，这样好些关节自然解通了。"② 在广州完成《野草》编纂并加上《题辞》的鲁迅对此想必有更深的内在体验。

　　结论： 将广州时期的鲁迅还原成一个中年男人的角色并非是想矮化鲁迅，而是多了一个可以观察多元鲁迅的窗口，为此可以看出鲁迅在生理焦虑等压力下的不同反应。从此意义上说，鲁迅初到广州后的老夫聊发少年狂，喜欢饮食、游玩，活跃并清洁身体，这都和力比多转移密切相关，而大钟楼时期、白云楼时期则分别呈现出不同的暧昧。

---

① 吴俊著《暗夜里的过客——一个你所不知道的鲁迅》（上海：东方出版中心，2006），页140。
② 曹聚仁《我与鲁迅》，鲁迅博物馆等选编《鲁迅回忆录：散篇》（中册）（北京：北京出版社，1999），页802。

第二节　广州鲁迅的精神焦虑

1927年5月1日，身在广州的鲁迅写道，"广州的天气热得真早，夕阳从西窗射入，逼得人只能勉强穿一件单衣。书桌上的一盆'水横枝'，是我先前没有见过的：就是一段树，只要浸在水中，枝叶便青葱得可爱。看看绿叶，编编旧稿，总算也在做一点事。做着这等事，真是虽生之日，犹死之年，很可以驱除炎热的。"（《朝花夕拾·小引》，《鲁迅全集》第2卷，页235）某种意义上说，上述颇富张力的文字中藏匿着鲁迅的一种中年心境：在现实与理念之间、绿叶的生机盎然与自己的混天聊日编旧稿之间彰显出淡淡的煎熬、不甘与无奈。

毋庸讳言，中年男人需要面临一个转型的问题，适应新的中年角色比适应身体上的变化更难。47岁的广州鲁迅也要或多或少面临中年危机，或至少有一种焦虑感，而这种焦虑感往往既是生理的、物质的，又是精神的、思想的。此处侧重后者。

整体上说来，鲁迅在广州的思想生活是活跃的，却也是相当焦虑的，尤其是来自不同层面的诸多事件的冲击、骚扰使得鲁迅的中年转型磕磕绊绊，尽管同时，身居爱人许广平所在的故乡城市，他的物质生活可谓相当滋润：比如在1927年1—2月的日记中，就三次提到广平的细心照料加物质馈赠，"广平来并赠土鲮鱼四尾"，"广平来并赠土鲮鱼六尾"，"午广平来并赠食品四种"。（分见《鲁迅全集》卷16，页4，5，7）

考察前人对此议题的研究，整体上而言，论者更侧重鲁迅的革命性，往往不愿或不能直面其精神焦虑和苦闷。即使偶尔涉及，往往也是更强调其积极性或最终转向共产主义的层面，甚至可以借此看出鲁迅不够革命的限度。[1]但显然，多

---

[1] 如广东鲁迅研究小组编《论鲁迅在广州》（广州：广东鲁迅研究小组，1980）大多持此类观点。

数论者并没有从鲁迅的立场剖析其作为中年男人的精神焦虑，包括其诱因、层次及其对策与后果等。

许广平曾经这样回顾他和鲁迅的思想关联，"L 是知名的著作家，然而他的生活是那么孤独，一切几乎都要亲手处理。我呢，从学问请益和政治关系，有机会和他更多的接近，于是就时常为了工作在他的左右。不晓得怎么一来彼此就爱上了，也许是大家的思想差不多，意气相投吧，总之，后来到上海就生活在一起了。"① 但总体看来，对于广州鲁迅的表述仍然是语焉不详的，她并未真正涉及鲁迅内心深处的焦虑，这当然可以理解，无论是出于为尊者讳的考虑，还是基于对这方面观察不够的原因。为此，本节主要从两大层面进行分析：一是外在压力，二是鲁迅的内在反应。

一、外在压力：事业、革命和创作的逼迫

有论者指出，可以引发焦虑的工作压力源包括五个方面，第一，工作构成；第二，工作环境；第三，工作关系；第四，社会成员本人的状况；第五，来自组织的压力。② 回到鲁迅自身，我们可以将其相对繁复的压力加以系统梳理，大致可分三大层面：

（一）事业：以教务为中心。

1927 年 4 月 29 日鲁迅辞去中山大学一切职务。③ 校方三番五次从上而下进行挽留，其中《挽留周树人教授》一文中写道，"本校革新伊始，主理教务，正赖鸿猷，何可遽予舍去。承示日内归里，怅望至殷，切希查照前函早日返校，共

---

① 许广平《从女性的立场说女性》，见马蹄疾辑录《许广平忆鲁迅》（广州：广东人民出版社，1979），页 261。
② 汪建新著《现代人的焦虑——理论、现状及对策》（石家庄：河北人民出版社，2001），页 41—42。
③ 具体考证可参李伟江著《鲁迅粤港时期史实考述》（长沙：岳麓书社，2007），页 29。

策进行。"① 此文中因挽留需要对鲁迅的成绩或不乏强调和恭维意味，但身在中大的鲁迅，对教务工作至关重要似乎也是板上钉钉的事实。

1. **工作构成及环境**。作为中山大学首任教务主任，鲁迅的工作内容可谓相当复杂。依照规定，他必须召集教务会议，并总持教务处执行决议案。更大的问题在于，作为工作细致认真的主持者，他事务无论巨细都要过问。其相关义务主要如下：①补考复试和编级试验；②召开会议并草拟文告；③制定相关师生守则，建立良好教学秩序等。② 同时需要指出的是，上述事务大多琐碎繁杂，加上当时重视学生，经常要处理单个或班级学生的教务，更是费时耗力。所以，鲁迅在270530致章廷谦信中说，"中大当初开学，实在不易，因内情纠纷，我费去气力不少。"(《鲁迅全集》卷12，页35）

【彼时的中山大学大钟楼】

除此以外，身为中山大学正教授，他还必须亲自上课，而且还要保证每周

---

① 可参薛绥之主编《鲁迅生平史料汇编》（第四辑）（天津：天津人民出版社，1983），页206。
② 有关分析可参李伟江著《鲁迅粤港时期史实考述》，页14—21。

12课时。可以想象，鲁迅在中大的工作量是相当繁重的。这难免给他带来压力，正如他初来广州，一开始游玩享受美食的兴致很高，随着开学的临近和繁杂事务的渐次展开，他不得不豪兴顿减，主要原因就是因为压力大增，且忙得脚不沾地团团转。

2. 工作关系。应当说，作为教务主任，鲁迅拥有较大的生杀大权，尤其是在1927年3月底，为解决中大各科系散处复杂、联络困难的境况，中大特别成立了5人（杨子毅、饶炎、黎国昌、傅斯年、周树人）的组织委员会加以调节和沟通，杨子毅为主席，而教务处的事务通则则是由鲁迅和傅斯年负责。① 实际上，鲁迅的权力比以前更加集中了，当然这也意味着责任更大。

鲁迅在搬至白云楼后，中大（尤其是文学院院长傅斯年教授力主）拟聘请顾颉刚来任教，鲁迅反应比较激烈，宣称"鼻来我走"，后来在《略谈香港》中提及"我因为谨避'学者'，搬出中山大学…"。（《鲁迅全集》卷3，页448）无论这个原因是否真正属实，或最关键，但应当说，这样的工作关系令鲁迅非常不快却是贴切的，即使有争议，这的确是他辞职的要因之一。

3. 工作者本人状况。需要指出的是，如果考察鲁迅本人意愿层面，其实他和今天的某些潮流迥异，当时并不想做学官，所以他在270225致章廷谦的信中说，"我是来教书的，不意套上了文学系（非科）主任兼教务主任，不但睡觉，连吃饭的功夫也没有了。"（《鲁迅全集》卷12，页21）所以，当鲁迅不得不接受任职，履新后当然也会勤勉工作，但内心的消极因素也会因工作环境的恶化而累积、发酵。

同时，鲁迅在厦门时也担心中大的工作量繁重，他在《两地书·六九》中写道，"中大的薪水比厦大少，这我倒并不在意，所虑的是功课多，听说每周最多可至十二小时，而做文章一定也万不能免，即如伏园所办的副刊，就非投稿不

---

① 《组织委员会已成立》，可参薛绥之主编《鲁迅生平史料汇编》（第四辑），页205。

可，倘再加上别的事情，我就又须吃药做文章了。"（《鲁迅全集》卷11，页194）而事实的确和他的担心差别不大。

综合多方面因素，事业方面给鲁迅造成很大的压力，其焦虑似乎在所难免，尽管在未来广州之前，他还想多做一些事情，既有创造一条联合战线攻击旧社会和思想的革命要求，又有企图为中大文科出点力的良好初衷。

(二) 革命：期待或利用。

毫无疑问，1927年的广州鲁迅在知识人中间已经是一个响当当的文化符号，尤其是其小说《呐喊》、《彷徨》和大量的杂文形成了巨大冲击力，但同时其革命性也因此或多或少被误读。

1. 期待或拔高。鲁迅对于当时的青年人显然有着更强的吸引力，尤其是1925年，他主张中国青少年少读，乃至不读中国书，更是引发满天风雨，支持者甚众，但批判者也不少。甚至有当代论者指出，鲁迅的主张"正是缘于对历史传统的'失聪'"，"视觉中心主义思维惹致的躁动情绪一直搅扰着鲁迅的心境，迫使他根本无法聆听、领会包蕴在中国典籍之中的深广静默。"[①] 这当然是对鲁迅的片面误读，因为彼时的鲁迅更强调的是要民心和民气活起来、动起来，要以现代意识"撄人心"，而中国书则往往使人过于沉静，乃至让神州大地变成"无声的中国"，而实际上，鲁迅对自信力、活力、毅力、实干精神是褒扬有加的，这些优点本来也不分新旧的。

可以想见，1927年1月，鲁迅刚刚抵达广州，广州青年们在欢迎之余就提出了"思想革命"的任务，希望鲁迅引领大家勇敢前进，"我们久处在这工商业化的广州，心灵真是感觉枯燥极了，烦恼极了！我们很希望鲁迅先生能多做些作品惠与我们，给我们以艺术精神上的安慰。同时，希望先生继续历年来所担负的'思想革命'的工作，引导我们一齐到'思想革命'的战线上去！进一步，更望

---

① 路文彬著《视觉文化与中国文学的现代性失聪》（合肥：安徽教育出版社，2008），页140。

他能以其夙所抱持的那种战斗奋进的精神和那种刚毅不挠的态度风示我们一辈子的青年，使人人都有和先生同一的精神同一的态度以及反抗一切的恶势力。"① 这的确是切中肯綮，彼时的广州如此，即使今天的广东在文化与精神创建上依然相对薄弱或滞后，尤其是和经济排头兵的地位相比。

当然，更进一步，这种呼唤也会把丰富的鲁迅简单化，把他不懈坚持思想革命的介入举措拔高为战士风采，或者革命家实践，比如朱家骅当时就在欢送会上这样称呼鲁迅，这是一种恭维，当然，也是一种自我表扬的借力。

2. 利用或打压。文化资本符号鲁迅，其革命性成色似乎往往也受到时间和空间流动性的拷问，僵化的各种主义分子往往以后起的时间及生吞活剥的新式理论武器来质疑对手——鲁迅的革命性，比如，《阿Q正传》被质疑的问题就有，它是否更多只是旧社会的产物？无法适应新的时代，如大革命、北伐等等？这样的质疑当然只会就事论事，而看不到鲁迅及其文本的革命性的时代性和超越性共存性特征。

欧阳山（1908—2000）指出，在当时的广州青年中，"有一批由中国共产党的叛徒变为国民党的御用文人，所谓'革命文学社'的那些人特别反对鲁迅，认为鲁迅不是革命作家，他的作品算不上革命的文学。"② 毋庸讳言，这样的观点对鲁迅或许是一种冲击，因为这更像是1928年和左联时期大规模文字围殴鲁迅的预演，在那时鲁迅受到了前所未有的群体攻击，但那时的鲁迅却是锐利又成熟，他曾经指出，左翼的某些思想貌似革命和激进，其实很容易变成右翼的。但这批广州反动青年的指责却也给鲁迅一种震撼，让他可以更好反思革命理论和实践之间的张力。

当然，也有一些更狡诈的势力，狐假虎威，甚至是拉大旗作虎皮，借革命旗

---

① 鸣銮《欢迎鲁迅先生》，1927年1月27日《广州民国日报》副刊《现代青年》第26期，或可参薛绥之主编《鲁迅生平史料汇编》（第四辑），页211。
② 欧阳山《光明的探索（摘录）》，薛绥之主编《鲁迅生平史料汇编》（第四辑），页348。

号洗清自己并重新镀金。当时的国民党报纸就刊登广告说，鲁迅先生南来，一扫文坛之寂寞，先后创办了"《做什么》、《这样做》的刊物。闻《这样做》为革命文学社定期出版物之一"。而实际上，鲁迅对此毫不知情，这使他非常惊讶，后来才了解，两份刊物前者是共产主义青年们的刊物，后者是国民党青年的刊物，两者性质相反，更是某报社通过并置、添加私货的龌龊行径，"由于这一类的实际的教训，他不得不提高警惕，言论就特别当心些。"① 可以想见，无论是拔高、利用，还是打压，都给鲁迅造成了不必要的困扰，这也可能导致和引发思想和精神的焦虑。

（三）创作：夹缝中突破/逼迫。

毋庸讳言，无论是广大读者，还是鲁迅本人，对他角色的定位首先是作家，为此创作本该成为他的重中之重。但如前所述，不管是他作为教务主任、文学系主任和教授的事业，还是他被寄予了厚望、充斥了利用与打压的革命家角色，都令鲁迅分身乏术，颇觉焦虑，而创作方面的相对青黄不接和困顿似乎也就在所难免了，在1927年3月17日致李霁野的信中抱怨道，"我太忙，每天胡里胡涂的过去，文章久不作了，连《莽原》的稿子也没有寄，想到就很焦急。但住在校内是不行的，从早十点至夜十点，都有人来找。我想搬出去，晚上不见客，或者可以看点书及作文。"（《鲁迅全集》卷12，页24）

需要说明的是，由于事务繁杂，鲁迅几乎停止了他的小说创作，《眉间尺》虽然完成于广州，但在厦门时期的精心构思和准备却功不可没。相较而言，鲁迅在广州时期的绝大部分作品属于见缝插针、灵活机动的杂文，这当然是鲁迅因应时局和公务的无奈操作，却又可以反衬出鲁迅在此逼迫下的巨大精神焦虑。同时，鲁迅广州时期的作品中不乏对困顿、挫败的书写，虽然他身处革命策源地，这或许不是偶然，尽管有论者指出，"鲁迅的深刻和鲁迅最吸引人的地方，并不

---

① 何春才《鲁迅在广州的生活点滴》，薛绥之主编《鲁迅生平史料汇编》（第四辑），页372。

仅仅是他那些极少数的优秀作品，更在于他对失败和失败者身份深入骨髓的体验。"①

二、内在反应：挺进与规避

王乾坤在考察鲁迅的生命哲学时指出，"中间物"论是鲁迅的生命哲学，"'中间物'构成了鲁迅全部思想的一个轴心概念。其它思想可以看作这个轴心的一个个展开。而从研究的角度看，'中间物'也就成了释读其思想的总向导。这个总向导不能代替具体的方法，但却是根本性的。离开了这个领会态势，有关鲁迅的文学、美学、伦理学、社会学研究，就很有可能切不到点子上。"②

可以理解的是，若对此概念理解得不够辩证，或对鲁迅的悖论性思想缺乏全面的考量，论者往往容易自以为是的宣称找到鲁迅的死穴或限制。比如路文彬就认为，"苦闷与彷徨的现代性焦虑不只关乎其个我意识的诞生，最主要的是，这一个我由于出身的缺席始终无法找到自己于现实中的位属。现实和历史的断裂提供的是一处悬空的境遇。此种欲进不能，欲退不得的尴尬处境从根本上制约着鲁迅关于现实的认知，因此我以为他在那一时代的判断力只能是有限的。"③ 而实际上，这种貌似的尴尬其实也是鲁迅"中间物"论的一种践行姿态。

鲁迅面对诸多压力所产生的某种焦虑必须找寻一个合理的出口，如果我们认同"中间物"论的话，广州鲁迅的精神焦虑同样也是对这种生命哲学的一种独特铭刻和自我意识上的主动赓续，他既建构，也解构。所以王乾坤早就以辩证思考堵住了某些学者的质疑，"但这些学者没有想到，鲁迅本人正是一个'克里斯玛'神话的拆解者；更忘记或者忽视了，'中间物'这样一个帽子乃是鲁迅自作自戴，

---

① 敬文东著《失败的偶像：重读鲁迅》（广州：花城出版社，2003），页298—299。
② 王乾坤著《鲁迅的生命哲学》（北京：人民文学出版社，1999），页14。
③ 路文彬著《视觉文化与中国文学的现代性失聪》，页136。

【王乾坤著《鲁迅的生命哲学》，人民文学出版社，1999】

'坟'也是鲁迅自掘自埋。"① 我们不妨看鲁迅如何处置精神焦虑。

(一) 迂回与进入：慢半拍的先锋。

面对各个层面的压力，鲁迅先生也不乏见招拆招的老练，同时由于长期面临各种战斗、论争、污蔑、背后捅刀子等伎俩，他也形成了韧性的战斗精神。

1. 消解称号与韧性战斗。敬文东曾经指出鲁迅的黄昏意识，"黄昏很早就来到了鲁迅身上，它不仅仅是一个外部事实，更是一种内部的心理事件。是时代、社会、消灭理想的生活以及它们诱发出的鲁迅的斜视和讨厌心境共同培养了鲁迅的黄昏意识。"② 稍加反思，其实这种心理更是鲁迅惯有的怀疑精神和"中间物"意识的混杂，在行动表现上就是慢半拍，而在内质上，却是真正的清醒先锋。

---

① 王乾坤著《鲁迅的生命哲学》，页 16。
② 敬文东著《失败的偶像：重读鲁迅》，页 151—152。

【敬文东著《失败的偶像：重读鲁迅》，花城出版社，2003】

鲁迅面对革命家的堂皇"桂冠"，他首先是清醒进行消解，并指出，倘是战士或革命家，就应该北伐或者呆在北京，而不是跑到革命的后方——广州。当然，这并不意味着对立面的鲁迅的懦弱与退缩，而是说明他更实事求是的讲求策略。而且，如前所述，鲁迅先生是深知革命话语中的流动性与多变性的，与其被无谓的话语收编，倒不如保护自我，更好的战斗。正如爱默生（Ralph Waldo Emerson, 1803—1882）所言，"谁要获取不朽的荣誉，决不可被善的空名义牵累，而必须弄清它是否就是善。"[1]

"四·一五"事件后，鲁迅估计国民党当局对他不至于赶尽杀绝，所以，他可以放心呆在广州，但心境相对抑郁，"既悲且愤，复又感到落漠，这一段时间

---

[1]【美】拉尔夫·瓦尔多·爱默生著，蒲隆译《自立》Self-reliance（北京：法律出版社，2009），页6。

精神上是很为痛苦的。"① 但同时，鲁迅也学会保护自己，如致电《循环日报》要求澄清流言，声明他在广州的事实，最后未能如愿；同时，他也写信给广州市公安局长报告自己的住址，"表示随时听候逮捕，虽然公安局长回信安慰他，又有些有力者保证他的安全，而他似乎仍不免有些愤闷，烦躁。"②

2. 保护个性、实践操守。鲁迅的讲求策略并非等同于犬儒主义，他在《小杂感》中就提及，"蜜蜂的刺，一用即丧失了它自己的生命；犬儒的刺，一用则苟延了他自己的生命。他们就是如此不同。"(《鲁迅全集》卷3，页554) 言辞中凸显出鲁迅对个性的坚守，但同时又自我保护，预留致命一击的能力。

"四·一五"事件中，他没有明哲保身，而是挺身而出，为营救被捕学生大声呼吁，不遗余力，甚至也冒着危险拯救友人，包括某些中共党员（如毕磊等)③，而在营救青年们的过程中，各种努力无效后，他最后愤而宣布辞职。毫无疑问，这一举措中张扬着鲁迅的个性，如李育中所言，"他在广州的工作正如他的身份所决定，岗位是在教坛和文坛，对革命有利的事情他是愿意干的，但仍然不是主要的，谁也不能指挥他，除非自觉的要这样干。"④

同样值得一提的是，"四·一五"后，他虽然被鲜血吓得目瞪口呆，也曾被友人善意警告过，但还是选择留在广州。但他既能够注意自我保护，同时又选择以相对安全的方式针砭现实。比如7月份的夏期演讲会《魏晋风度及文章与药及酒之关系》，在除了变形的革命性宣扬和现实批判之外，"他借魏晋间的知识分子的遭遇和苦闷来对照他自己目前的遭遇和苦闷，正合着一句成语：'借他人酒杯，

---

① 李育中《鲁迅在广州的若干问题》，广东鲁迅研究小组编《论鲁迅在广州》，页518。
② 尸一《可记的旧事》，见薛绥之主编《鲁迅生平史料汇编》（第四辑），页286。
③ 徐彬如《回忆鲁迅一九二七年在广州的情况》，见薛绥之主编《鲁迅生平史料汇编》（第四辑），页322—323。
④ 李育中《鲁迅在广州的若干问题》，广东鲁迅研究小组编《论鲁迅在广州》，页506。

浇自己块垒'。"①

需要指出的是，鲁迅先生在实践相关策略的时候，并不意味着精神焦虑的彻底平复，而更多是一种转移或宣泄，而新的焦虑似乎总是源源不断，但尽管如此，这样量力而为的对操守的坚持是更符合鲁迅先生的精神惯性的。

（二）百转千回、回归创作。

面对来自教务、事业、革命等多方面的压力以及由此引发的精神焦虑，鲁迅是深明其理的，经过慎重考虑，鲁迅决定还是回归创作。

1. *弃绝教授*。在常人看来，民国时期的教授是一个众人艳羡的头衔，关键是，身为正教授的鲁迅的收入更是令人咂舌，比如厦大国学院时期的月薪400大洋，中大时期的大致500元月薪。但令人意外的是，1927年4月下旬，鲁迅最终决定辞去中大教职，而且自此以后，彻底弃绝教授。

除去之前所言的工作压力巨大的深切影响之外，其实鲁迅一直生活在学术与创作权重的纠结中。②而在厦大时期，《两地书·六六》中，他就对能否身兼两职感到犹豫，"兼作两样的，倘不认真，使两面都油滑浅薄，倘都认真，则一时使热血沸腾，一时使心平气和，精神便不胜困惫，结果也还是两面不讨好……或者还不如做些有益的文章，至于研究，则于余暇时做，不过倘使应酬一多，可又不行了。"（《鲁迅全集》卷11，页187—188）

而无独有偶，在1927年7月16日广州知用中学的演讲中，他又重提此话题，似乎为自己的选择开脱，"研究是要用理智，要冷静的，而创作须情感，至少总得发点热，于是忽冷忽热，弄得头昏，——这也是职业和嗜好不能合一的苦处。苦倒也罢了，结果还是什么都弄不好。那证据，是试翻世界文学史，那里面

---

① 宋云彬《回忆鲁迅在广州》，见薛绥之主编《鲁迅生平史料汇编》（第四辑），页379。
② 有关分析，可参陈占彪《学术与批评之间的徘徊与选择——论鲁迅的身份困惑与角色体认》，《海南师范大学学报》2008年第5期，页52—59。

的人,几乎没有兼作教授的。"(《鲁迅全集》卷 3,页 460)当然,鲁迅弃绝教授的原因亦相当芜杂,既有学术事业本身的限制、局限性作祟,又有人际关系困扰,同时又有一些个人交往中所带来的精神伤害等。

2. 回归创作。相较而言,广州时期的鲁迅创作相对薄弱,这和他工作量的过于繁重、社会事务过于繁多有密切关系。但实际上,鲁迅其实一直惦记着创作。

鲁迅曾经批评广东文艺氛围淡薄,可读之书甚少,于是他接过孙伏园租过的芳草街 44 号开始创办北新书屋,而且累计自掏腰包 60 元付房租,并于 3 月 25 日开业。① 该书屋在鲁迅离开前的 8 月 15 日停业,经结算,却还要鲁迅补上 80 元左右。但毋庸讳言,该书屋对彼时的文艺青年们是个好去处,"青年们像蜜蜂飞进花丛一般,尽情地采撷着珍贵的养分……鲁迅为了让生活在沉闷中的青年呼吸到一点新鲜空气,丝毫不计较自己付出的代价。"② 除此以外,鲁迅也会出席各种的文学团体座谈,并加以指导,而且也跟他们分享自己的创作体会。

鲁迅最终选择回归文艺创作,更多是其自我认同确认的结果,与其勉强于繁琐的学术和行政事务,倍觉焦虑,还不如安心返回本真与自己的最大擅长、兴趣。如鲁迅所翻译的厨川白村的《苦闷的象征》中就提及,"在里面烧着的生命的力成为个性而发挥出来的时候,就是人们为内底要求所催促,想要表现自己的个性的时候,其间就有着真的创造创作的生活。"③ 显然,个性强烈的鲁迅在创作中才更能发挥创造的伟力。当然,毋庸讳言,彼时的稿酬制度完全可以让名作家鲁迅经济独立,并体面的生活也是一个前提,无论如何,回归创作可以缓解那时鲁迅的精神焦虑。

---

① 景宋《北新书屋》,薛绥之主编《鲁迅生平史料汇编》(第四辑),页 227。
② 李伟江著《鲁迅粤港时期史实考述》,页 13。
③ 北京鲁迅博物馆编《鲁迅译文全集》第二卷(福州:福建教育出版社,2008),页 226。

（三）逃离广州。

就在即将离开广州的 1927 年 9 月 3 日，鲁迅在给李小峰的通信中如此谈及他对广州生活的小结，"访问的，研究的，谈文学的，侦探思想的，要作序，题签的，请演说的，闹得不亦乐乎。我尤其怕的是演说，因为它有指定的时候，不听拖延---事前事后，我常常对熟人叹息说，不料我竟到'革命的策源地'来做洋八股了。"（《鲁迅全集》卷 3，页 465—466）其实，这已经预示着鲁迅不得不逃离广州。

1. **伤害与出路：广州积淀。** 尽管广州给了鲁迅很多美好的体验，如美食、爱人、高额收入、粉丝们的热切等等，但同样，广州也给了鲁迅不少伤害，同时，也让鲁迅不得不进行自我调整，乃至转型。

比如，他是在中大之后彻底弃绝教授的，虽然起因并非在中大生发；他见证了革命策源地到反革命策源地的真切转换，被淋漓鲜血吓得失语，同时更关键的是，他也受了"革命"的欺骗，很强烈的感受到政治的翻手为云、覆手为雨及其背后的肮脏。更深层的原因是，通过这样一个现代性事件，鲁迅深切的感受到了自我、体制等的"有限性"，而"意识中的有限性就是焦虑。或者说绝望的焦虑来自意识中的有限性……有限性是任何人固有的属性，但是只有从根本上消解了形上终极，体验到、意识到了的有限性或中间物性才有可能形成焦虑，才配有真正的痛苦。没有体验到'无'的人永远不会有这样的痛苦。"①

鲁迅不得不离开广州的另一重要原因就是，他不得不为他接近水到渠成的和许广平的婚恋提供更合适的安置空间，而令人伤心和"红中夹白"的广州已经不再适宜。有见证者回忆道，"鲁迅搬入大钟楼之初，许女士怎样替他布置卧室，挂窗帘，买东西一类的事，我早已看在眼内"，而有一次前去探望时，"室内只有他和许二人，许手中的小本线装书还未放下，起来招呼我。就相对坐谈书的

---

① 王乾坤著《鲁迅的生命哲学》，页 191—192。

情形看来，二人的超过师徒的感情，是不待想而知的。"而迁居白云楼后，"我第一次去采访时，他谈话之间，好象故意使我明白他们俩的关系似的，其实我早已明白，只是一字不提"。① 毫无疑问，鲁、许的感情已经日益升温了，而广州作为许广平的故乡，其亲戚友人大多还未能做好坦荡迎接这段老少配的准备。

需要说明的是，其实生理焦虑和精神焦虑往往是合二为一的，以其中的的吃为例，显然鲁迅热爱广州的美食，但同样吃也是具有文化内涵的，吃"虽然是人类作为满足生理需求而普遍存在的行为，但其形式却在很大程度上受到文化的影响，因此饮食实践能够充当编码和表述社会关系的复杂结构"②，不仅如此，鲁迅的吃在广州其实也是抵抗生理和精神焦虑的策略之一。

2. 无奈中的展望：预览上海。就当鲁迅不得不学会韧性战斗，在白色恐怖中量力而为时，当鲁迅最终决定弃绝教授及学术，回归创作后，当他和许广平的爱需要进一步升华或现实化重新安妥后，最好的选择地点似乎只能是出版业发达、华洋混杂、现代化的国际大都市上海。③

面对复杂多变的国内国际政治局势，上海（含其租界）为鲁迅的安全提供了更好的屏障，虽然厕身帝国主义的保护下亦是一种无可奈何的羞辱。当然，实际上，由于国共实力的对抗、国际势力的介入，在混乱之中鲁迅反倒相对安全。据曹聚仁分析，整体而言，鲁迅在上海"那十年间，有惊无险，太严重的迫害，并不曾有过。"④

同时，上海作为一个国际化大都市，文化出版事业发达，是当时的文化和

---

① 尸一《可记的旧事》，薛绥之主编《鲁迅生平史料汇编》（第四辑），页285。
② 黄秀玲著，詹乔等译《从必需到奢侈：解读亚裔美国文学》（北京：中国社会科学出版社，2007），页29。
③ 陈丹青在演讲中曾指出，鲁迅选择上海是因为后者有租界而且很大气，可参陈丹青《鲁迅为什么选择上海？》，《南都周刊》第208期，2008年4月11日。
④ 曹聚仁著《鲁迅评传》（上海：东方出版中心，1999），页100。

经济中心，① 以知名作家身份驾临的鲁迅完全可以靠稿费和版税体面的生存。不容忽略的是，居住上海，他还可以较好的安置许广平，使她在名分上有所亏欠的心相对得到尊敬和呵护，而朱安所在的北京显然很难顺妥的承担这一任务。

而实际上，我们如果检点鲁迅最后十年的收获，其硕果累累令人震惊，"鲁迅译著共五十余种，而在一九二六至一九三六年出版的，不下四十种。也就是说，他十年间的成就，超过他全生涯，约占到五分之四"，② 这当然更多是从量上着眼评论的；同时，在质上，也是齐头并进，令人欣慰。这在在说明，鲁迅选择晚年终老上海是明智的。

【上海鲁迅故居】

---

① 比较典型的论述可参尾崎秀树著《上海1930年》（东京：岩波书店，1989）和 Leo Oufan Lee, *Shanghai Modern: The Flowering of a New Urban Culture in China, 1930–1945* (Cambridge: Harvard University Press, 1999) 等。

② 许广平《鲁迅先生的晚年》，见马蹄疾辑录《许广平忆鲁迅》，页467。

结论： 作为中年男人的广州鲁迅，他不仅要面临爱情和水土带来的生理焦虑，同时更要面对方方面面的精神焦虑，这既有外在的压力，比如中大的教务、社会的呼吁、探访、演讲，革命的利用、打压与吹捧，也包括青年们对其作品的期待，当然也有来自其内部的影响，比如他在"中间物"论指导下的量力而行、韧性战斗、坚持个性等等，也包括他最终选择弃绝教授，回归最擅长的文艺创作。

面对焦虑，鲁迅先生也选择了化解乃至克服焦虑，如论者所言，"我们不仅仅有焦虑，我还要有面对焦虑的勇气。我们不仅仅会死亡，而且，虽然我们会死亡，我们还是能够有很多作为，能够忍受、体验、改变，而不是简单地听任焦虑的摆布。而且，我们不仅有面对焦虑的勇气，还有希望，还有生活的信心。"[1] 最终，鲁迅先生选择逃离广州，奔赴上海，这已经是他各种焦虑环绕中的最佳选择，尽管以后的各种各样的焦虑仍会继续，而新的焦虑亦会产生或旧疾复发乃至加重。

第三节　照相及广州鲁迅的复杂定格

表面上看，照相作为一个我们日常生活中的一个行动实践，是一个再普通不过的选择，虽然有时也会是必须，如形形色色的证件照，和身份确认息息相关。但可以想见，在20世纪上半叶，尤其是早期，照相却是现代性的标志之一，具有非常繁复的功能与意义，而对某些时人来说，也有吸引和禁忌。当然，推而广之，从照相扩展到图像（picture），其背后的理论[2]纠缠则可能令人眼花缭乱乃至目瞪口呆。

---

[1]【瑞士】维雷娜·卡斯特著（Verena Kast），陈瑛译《克服焦虑》（北京：生活·读书·新知三联书店，2003），页11。
[2] Williams J. Mitchell, *Picture Theory* (Chicago: The University of Chicago Press, 1994)；中文版请参米歇尔著，陈永国、胡文征译《图像理论》（北京：北京大学出版社，2006）。

鲁迅当然和照相之间有着密切的关联，某种意义上说，照相已经成为鲁迅存在的一种方式，这和看电影一样，成为他寥寥可数的娱乐。在北京教育部任职以前，他单独拍摄的照片并不多。正如黄乔生的研究所发现的，"他渐渐地注重起照相了。这状态的转变当然与生活态度的变化有关。恋爱对人的生活状态、精神气质的影响，是怎么估计也不过分的。正是在与许广平恋爱以后，鲁迅不但注重起照相，而且开始追求照相的效果了。"① 当然，广州时期，鲁迅有数次专门照相的经历，到了上海时期，他的生活相对稳定，照片则显然更多。正是在此基础上，研究者才可以画传再现鲁迅的一生。② 但限于篇幅和研究重点需要，本节则主要将个案解读聚焦于1927年广州的鲁迅照相。

一、现代性、日常与补偿性写作

毫无疑问，照相和我们今天的日常相关，同时也不乏现代性的因子。当然，如果我们把照片置换成意义更宽广的图像，其功能则更为繁复与强悍。如人所论，"图像传达信息，提供快乐和悲伤，影响风格，决定消费，并且调节权力关系。我们看到谁？看不到谁？谁有特权处在威势赫赫的体制内部？历史上过去的事件哪些方面实际上拥有流通性视觉表征，哪些方面并不拥有？谁会对何种视觉图像所提供的何种东西产生幻觉？"③

（一）理论照相：以本雅明和布迪厄为中心。

毋庸讳言，有关照相（摄影）的论述不少，但真正可以别出心裁且闻名遐迩的则不多，限于篇幅和焦点，本节主要点评式略述本雅明（Walter Benjamin）

---

① 黄乔生《鲁迅的照片略说——"多媒体鲁迅"研究之一》，《当代作家评论》2009年第4期，页9。
② 比较经典的则是鲁迅博物馆编的大型典藏版文献图传《鲁迅》（郑州：河南文艺出版社，2008）和林贤治著的《人间鲁迅》的缩略本和普及本《鲁迅画传：反抗者及其影子》（北京：团结出版社，2004）。
③【英】伊雷特·罗戈夫（Irit Rogoff）《视觉文化研究》，罗岗、顾铮主编《视觉文化读本》（桂林：广西师范大学出版社，2003），页3。

和布迪厄（Pierre Bourdieu，或译成布尔迪厄）。

1. **本雅明的《摄影小史》**。这部论著有它的经典意义，它要言不烦的叙述了摄影发展的历史，相关技巧及其评述，同时它又是本雅明艺术哲学与历史哲学的重要文本之一，有着深广的理论内容与历史意义[1]，而且，结合其他作品，比如《机械复制时代的艺术作品》，它还高屋建瓴地指出了其中所富含的复杂张力：(1) 看/被看的心理冲击及逻辑。开始时，人们对自己第一次制作出来的影像不敢久久注视，对相中人犀利的影像感到害怕，觉得相片里那小小的人脸会看见他了；(2) "机器复制"密切关系着短暂无常与复制性。让事物脱壳而出，破除"灵光"（或光晕，Aura），标示了一种感知方式，能充分发挥平等的意义，而这种感知方式借着复制术也施用在独一存在的事物上；当然，另一面，本雅明也指出了摄影对于当时绘画的毁灭性冲击；(3) 复制影像与现实的社会关系，不再是个人的兴趣，而是，包含着复杂的社会关系，甚至是某种意义上所说的群体趣味，等等。[2]

或许正是从"光晕"的角度思考，本雅明着重指出了摄影师"创造力"的技术性与限制，"摄影中的'创造力'原则委身于时尚……对于人际关系，纵使它置身其中也未能掌握。即使是在其最梦幻的题材中，它与其说是去发现，不如说是注重其中的商业化功能。因为摄影创造的真面目是广告或是交际；因而其真正的对立面是'摘下面具'或'建构'"。[3]

2. **布迪厄的《摄影的社会定义》**。作为社会学家的布迪厄却对摄影有着相当独特的理解，他恰恰是指出了我们通常认为摄影是"精确性和客观性的典范"的认知的原因，"因为它（就其根源而言）被指定的社会性使用被认为是'现实

---

[1] 具体可参孙善春《摄影之外历史之中——对本雅明〈摄影小史〉的一种解读》，《同济大学学报》（社会科学版）2005年第3期。

[2] 具体可参【德】本雅明著，许绮玲、林志明译《迎向灵光消逝的年代》（第二版）（桂林：广西师范大学出版社，2008）。

[3] 瓦尔特·本雅明《摄影小史》，罗岗、顾铮主编《视觉文化读本》，页42—43。

【罗岗、顾铮主编《视觉文化读本》，广西师范大学出版社，2003】

的'、'客观的'。"①

　　更进一步，他指出，"普通的摄影者根据他或者她所看见的样子摄取世界，也就是说，所依据的观看世界的逻辑从过去的艺术借用其典范与范畴。当图片利用真实技术的可能性，只要稍微摆脱普通摄影术和视界的学院气，就会引起惊奇。"② 易言之，摄影的功能仍然是被典型的美学规范的结果，它仍然是主观建构的产物。所以，在社会和摄影之间有一种相互确认的关系，"社会为摄影提供了现实主义和担保的同时，它只不过是在一种同义反复的确定性中确认着自身，也就是，当反映真实世界的某个影像忠实于它对客观性的表征时，它就真的客观了。"③

　　联系到布迪厄对场域、资本、权力以及分类等关键词的卓越贡献和交叉使

---

① 皮埃尔·布尔迪厄《摄影的社会定义》，罗岗、顾铮主编《视觉文化读本》，页47。
② 皮埃尔·布尔迪厄《摄影的社会定义》，罗岗、顾铮主编《视觉文化读本》，页49。
③ 皮埃尔·布尔迪厄《摄影的社会定义》，罗岗、顾铮主编《视觉文化读本》，页51。

用,他对摄影的理解仍然是呈现出类似的犀利性。他将摄影术中表现出的美学原则分为两类,一类是"粗鄙的趣味",另一种则是"优雅趣味","摄影在合法性等级之内的位置,介乎'粗鄙'实践(表面上弃置于趣味的无政府状态)与贵族文化实践(服从于严格的规则)之间,这一点就像我们已经看到的那样,解释了摄影所引起的态度为何含混不清,特权阶层的成员的态度尤其如此。"① 这样一来,在布迪厄那里,摄影实践其实更呈现出一种群体社会学的气质与维度,而似乎和个体心理并没有更多的内在关联,尤其是当我们把工人阶级或精英阶级相关的阶级精神气质进行比照的话。

毋庸讳言,由于时间关系,尤其是科技世界的日新月异,本雅明对某些事物和观点的总结也有其值得修订之处②,但是,整体而言,无论是本雅明,还是布迪厄,他们有关摄影的独特视角其实有助于我们开拓视野,认真思考摄影的复杂功能。

(二) 鲁迅个案: 如何看待照相。

毋庸讳言,鲁迅对照相是颇为留念的,早在东京时期(1903年),他就将"断发照"寄回家,以示决绝,同时也是对亲人思念和彼此挂牵的慰藉。

1. 鲁迅的照相观。鲁迅对照相的专门论述主要体现在两篇杂文中,《论照相之类》、《从孩子的照相说起》。

在第一篇文章中,直接涉及照相的论点如下:晚清民间对照相的妖魔化,传言洋鬼子吃腌眼睛有其重要应用,其中之一是,"用于照相,则道理分明,不必多赘,因为我们只要和别人对立,他的瞳子里一定有我的一个小照相的。"(《鲁迅全集》卷1,页191)显而易见,这种妖魔化是对现代性的拒斥,也是面对"异"的极度

【青年鲁迅断发照】

---

① 皮埃尔·布尔迪厄《摄影的社会定义》,罗岗、顾铮主编《视觉文化读本》,页74。
② 王才勇《译者前言》,【德】本雅明著,王才勇译《摄影小史、机械复制时代的艺术作品》(南京:江苏人民出版社,2006)页,3—4。

震撼的本能反应。

由此展开，鲁迅指出时人的看法，"照相似乎是妖术"，人民不爱照相，"因为精神要被照去的，所以运气正好的时候，尤不宜照，而精神则一名'威光'"。所以，光顾照相的人，"或者运气不好之徒，或者是新党"（页192）。耐人寻味的是，鲁迅此处对"威光"的强调和本雅明对"光晕"的强调形成一种貌合神离的张力：前者的人是因为保守、恐惧而做出的消极对抗，而后者则是对优秀作品创造力的积极弘扬。

其次，鲁迅也提到国人对待照相的形式主义，比如名士风流的"雷人"举动，比如，或"求己图"、"二我图"，或者赤身露体做晋人，或"斜领丝绦做X人"；还有贵人富户的"呆鸟"举措。表面上看，这些举动不乏"雅致"，实际上，鲁迅是反讽这些人对现代性技艺的恶搞，甚至是恶俗品味。

【二我图】

由此生发开去，鲁迅着力批判的一点就是"男扮女的照相"。他不惜用了许多反讽的词汇，"最伟大""最永久""最普遍"、"最高贵"（页196）加以形容，其背后都呈现出国民劣根性的污浊——"男扮女"最后成为男人、女人们都可以意淫的完全的艺术家。

鲁迅在《从孩子的照相说起》中，路数有所不同，他更多是以小见大，以孩子照相的对比来深入思考。他给孩子的照相，在日本相馆中的作品，"满脸顽皮，也真像日本孩子；后来又在中国的照相馆里照了一张，相类的衣服，然而面貌很拘谨，驯良，是一个道地的中国孩子了。"（《鲁迅全集》卷6，页83）大而言之，甚至可以看出中国家庭教育的失败，至少对儿童的成长富有束缚和箍固作用。

鲁迅在该文中反思上述现象背后的思路和布迪厄有相似之处，他指出了照相师对被拍者有一种集体的道德要求和社会学判断，恰恰沿着此思路，鲁迅指出了国民劣根性的无孔不入，它完全可以把如此具有现代性内涵的照相实践变成传统道理的伦理的灌输和要求，所谓中体西用。当然，和布迪厄不同的是，鲁迅并没有强调不同阶级的内在趣味差异，而用国民劣根性的无处不在加以囊括。

2. 文学书写：照相的补偿性操作？众所周知，"幻灯片事件"是鲁迅研究中的一个非常经典的情境，但同时它又是一个众说纷纭的议题，或质疑幻灯片存在的真实性，或质疑该事件的真实性，或者质疑此事件与"弃医从文"的想当然的逻辑推理，种种论争，令人眼花缭乱。但在这样的纷争中，有一个声音非常独特而深刻，那就是周蕾（Rey Chow）。她指出，鲁迅面对幻灯片内容所产生的巨大震惊和困惑"是通过电影媒介的夸张和扩大的过程才达成了其可能性，它使得景观更为壮观，景象更为怪异，进而强调了已技术化了的视觉的意义。"[①] 易言之，幻灯片作为现代性的技术性载体加重了鲁迅内在心灵的撞击，作为看客的尴尬、

[①]【美】周蕾《视觉性、现代性与原始的激情》，罗岗、顾铮主编《视觉文化读本》，页260。更详细的论述可参 Rey Chow, *Primitive Passions: Visuality, Sexuality, Ethnography, and Contemporary Chinese Cinema* (New York: Columbia University Press, 1995).

无奈与困惑,以及可能引发他对国民性批判的侧重,而鲁迅的反应其实也吻合了视觉和权力的复杂纠结。

周蕾继而深刻的指出,不管鲁迅采取怎样的方式解决幻灯片事件,但从视野和视觉性来看,这都是一种威胁,"也可说是重新被解释为鲁迅处理影像和他作为一个旁观者意义的尝试。"① 不仅如此,周蕾还精彩分析了鲁迅选择文学的结果中和图像的复杂权力关系,"在鲁迅被迫观看幻灯片后的震惊反应中,图像被视为一种对暴力的生动记录,并将被看与被动性联系在一起;反之,书写文字则是被赋予了积极代言者的意味,以此来激活文化的转型。如果这个图像是与迫害联系在一起的话,那么书写文字就被想像成一种授权仪式。在鲁迅的故事中,除了弃医从文的转变以外,还有另一种转变,即回归传统,通过以书写和阅读为中心的文学文化对文化进行再确认,而不是以涵盖了电影和医学的技术来完成。"② 而耐人寻味的是,周蕾也因此强调短篇小说、杂文的文体选择恰恰是可以视为鲁迅以"快照"的方式处理文学,鲁迅其实是借此重新组合视觉图像。

周蕾的论述并非滴水不漏,比如,她对现代媒介影响的夸大使得她忽略了"弃医从文"故事中的"医学元素","鲁迅正是在解剖学的学习中初次体验到现代技术的震惊效果。"③ 但不容否认,周蕾相当独到地指出了鲁迅书写中的"历史照相学"操作对"幻灯片"现代性(从形式到内容)的震撼,而鲁迅不得不以诸多方式进行回应和弥补,书写是一种方式,作为日常的照相也是。而结合本文思考,鲁迅在生活日常中其实也对这样的现代性有所偏爱和实践。

二、广州照相实践:点评与分析

在画家陈丹青看来,鲁迅是 20 世纪中国文学史上最具大师相貌、气质的作

---

① 周蕾《视觉性、现代性与原始的激情》,罗岗、顾铮主编《视觉文化读本》,页 264。
② 周蕾《视觉性、现代性与原始的激情》,罗岗、顾铮主编《视觉文化读本》,页 268—269。
③ 张历君《时间的政治——论鲁迅杂文中的"技术化观视"及其"教导姿态"》,罗岗、顾铮主编《视觉文化读本》,页 295。

家,"现代中国呢,谢天谢地,总算五四运动闹过后,留下鲁迅先生这张脸摆在世界文豪群像中,不丢我们的脸——大家想想看,上面提到的中国文学家,除了鲁迅先生,哪一张脸摆出去,比他更有分量?更有泰斗相?更有民族性?更有象征性?更有历史性?"① 而鲁迅本人对此亦相当自信,据说作家萧伯纳见到鲁迅说:都说你是中国的高尔基,但我觉得你比高尔基漂亮。听了这样的赞美,鲁迅没有像一般人那样习惯了谦虚,反而调皮地回应道:"我老了会更漂亮!"

【鲁迅、萧伯纳、蔡元培,1933 上海】

从鲁迅的一生看来,虽然他相当忙碌,琐事、杂务以及创作事业令他疲于奔命,但同时他在不同时期却仍然给我们留下了不少照片,这也可以视为鲁迅对照相这种现代性表征之一的兴趣与采纳。而同样,如人所论,"鲁迅先生倡导摄影

---

① 陈丹青《我谈大先生》,《中国青年报·冰点周刊》2005 年 8 月 10 日。

艺术要突出鲜明的个性特点、特征，要写意，其实他自己也在不知不觉地'实践'。"① 为此，我们不妨考察一下 1927 年其日记和书信中的有关涉猎。

（一）1927 年日记/书信中的相片交换。

1. 书信篇。在 1927 年 1 月 2 日给许广平的信中，鲁迅在信末特别提及，"今天照了一个照相，是在草木丛中，坐在一个洋灰的坟的祭桌上，像一个皇帝，不知照得好否，要后天才知道。"（《鲁迅全集》卷 12，页 3）这样的微微担心既是人之常情，同时又是向爱人许广平"撒娇"，他其实很在乎她对他的关注与评价。

而在 270409 致台静农一信中又提及，"我的最近照相，只有去年冬天在厦门所照的一张，坐在一个坟的祭桌上，后面都是坟（厦门的山，几乎都如此）。日内当寄上，请转交柏君。"（《鲁迅全集》卷 12，页 29）言辞间，其实不乏对之前照片的肯定。

如果说书信中往往很可能因为保护隐私起见而有所保留，那么我们不妨将眼光转向鲁迅 1927 年的相关日记。

2. 日记篇。查阅 1927 年《鲁迅日记》第 16 卷，情况如下：

时间	内容	页码
1 月 2 日	下午照相	1
1 月 23 日	出至宝光照相	4
2 月 27 日	以照片一枚寄杨树华	10
3 月 1 日	午中山大学行开学典礼，演说十分钟，下午照相	11
3 月 10 日	下午梁君度来并赠去年所摄六人照相一枚	12
4 月 10 日	寄静农信并照片一张	17
8 月 19 日	下午同春才、立峨、广平前往西关图明照相馆照相，又自照一象	34
8 月 25 日	晚立峨、春才来并交照相	34

---

① 吴建光《鲁迅论"镜"与"镜"中的鲁迅》，阳江市鲁迅研究学会编《鲁迅与书画摄影艺术》（北京：新华出版社，2003），页 200。

续表

时间	内容	页码
9月8日	立峨来并以摄景一枚见赠	36
9月11日	下午蒋径三来,同往艳芳照相,并邀广平	36
9月23日	(下午)寄静农、霁野信并《夜记》一篇,照相四枚	37

由以上表格中的时间分布可见,鲁迅多数照相的时间是在8月中旬以后拍摄,彼时其去意已决,其次是他初来广州尚未开学前的空档,心情方面具有一定的放松感和新鲜感。

(二)照片分析:下层、同乡、青年。

广州时期的鲁迅照相虽然不多,但今天却也留给我们几张相当珍贵的照片,虽然总数上和日记中的记录没能完全吻合。耐人寻味的是,鲁迅固然在群相(集体照)中占据一隅,但同时他也有数量可观的独照。

1. 个人照。陈丹青曾经这样评价通过照片呈现出的鲁迅的相貌,"回头看看鲁迅先生:老先生的相貌先就长得不一样。这张脸非常不买帐,又非常无所谓,非常酷,又非常慈悲,看上去一脸的清苦、刚直、坦然,骨子里却透着风流与俏皮……可是他拍照片似乎不做什么表情,就么对着镜头,意思是说:怎么样!我就是这样!"[①] 在厦门南普陀坟茔中间的鲁迅个人照片颇富意味,除了借"许"字(坟墓的主人姓"许")向许广平示爱以外,还有丰富内涵:这种场景一方面是厦门当时常见的历史人文风景,但另一方面,其荒凉、孤绝却又呈现出鲁迅独

1927年1月2日厦门

---
① 陈丹青《我谈大先生》,《中国青年报·冰点周刊》2005年8月10日。

特的人生品味和况味，尤其是我们意识到彼时也是鲁迅《野草》撰写与编纂的时期，其特异性亦可理解。

1927年8月19日的三张照片也是相当可人，尽管它们未必非常威严的呈现出鲁迅常见的气势，却相当随和的展现出广州在鲁迅身上的印记——广州的亲和力。鲁迅先生身着夏天的单衣，表情恬淡自然，表现出很生活化的一面，这其实并不容易。因为，正如本雅明所言，"当一个人面对他人捕捉并固定自己外貌的目光时，接受最仪式化的含义便意味着降低笨拙呆板的危险，意味着给予别人一个不自然的、预定的自我形象。就像遵守礼节一样，正平面描绘是导致自我客观化的手段：提供一个校准了的自我形象是推行自我感知规则的一种方式。"[1]

【1927年8月19日广州之一】 　【1927年8月19日广州之二】 　【1927年8月19日广州之三】

2. 合照。细览广州鲁迅的生活合照，可以发现不少有趣味的现象。

其中相当重要的一点，就是几次合照，许广平都如影相随，这可以从侧面反映出许广平之于鲁迅的重要性，而且从他的日记中，在鲁迅所比较欣赏的现代事物中，如看电影、照相等，许广平往往是最好和最经常的陪伴。从此意义上说，广州时期，许广平已经成为鲁迅不可多得的得力助手和红颜知己，这种习惯甚至

---

[1] 瓦尔特·本雅明《摄影小史》，罗岗、顾铮主编《视觉文化读本》，页58。

让到了上海的他们（尤其是鲁迅）过于习惯，最后许广平放弃了自己可能独立的事业和理想，勇于牺牲和奉献，成为鲁迅背后的女人。

另一个引人注目的现象就是，和鲁迅合影的生活照片中，其他角色都是青年人，比如，其中已经相当出名的所谓干儿子廖立峨，还有后来撰文回忆鲁迅的何春才、蒋径三等。值得反思的是，和我们后人以及未曾接触过鲁迅的人对鲁迅的观感或想象往往不同，鲁迅身边的人或青年往往对鲁迅的和蔼可亲、平易近人和幽默风趣有口皆碑。比如，何春才曾经忆及鲁迅酒后微醺时跟他开名字的玩笑，"春"字下面加上两个虫，就变成了"蠢才"，然后"他天真地大笑起来"。①

【1927年8月19日，和廖立峨、何春才、许广平之一】

---

① 何春才《鲁迅在广州的生活点滴》，薛绥之主编《鲁迅生平史料汇编》（第四辑）（天津：天津人民出版社，1983），页374。

【1927年8月19日，和廖立峨、何春才、许广平之二】

特别值得一提的还有蒋径三，他当时不仅是青年，而且还是鲁迅的浙江同乡，同时又是中大图书馆馆员。在鲁迅整理《唐宋传奇集》时，他跑前跑后，协助借阅多种典籍资料，鲁迅在该书序例中也特别提出感谢，"*蒋径三君为致书籍十余种，俾得检寻，遂以就绪。*"无独有偶，在厦大国学院执教时，鲁迅亦和其同乡、图书办事员毛瑞章过从甚密，对其相当信任，在日记与书信中也多次提及。①

如人所论，"拍摄人物照片非常之难。因为对于心理焦点不太准确的人，要用摄影来聚焦就不可能了。因为不管是谁，人都是表演的场所，复杂的（解）结构的场所，镜头反而无法捕捉人的性格。因为人负有太多的意义，把意义剥离，看出主体的缺席之时的秘密姿态几乎是不可能的。"② 但整体看来，在鲁迅和广州青年们的合影中却呈现出一种别样的姿彩。比如，许广平的热烈、妩媚、青春；鲁迅的随和又不失威严。而在9月11日的合照中，个子不高的蒋径三在认

---

① 具体可参薛绥之主编《鲁迅生平史料汇编》（第四辑），页166对毛的简介。
② 【法】让·鲍德里亚（Jean Baudrillard）《消失的技法》，罗岗、顾铮主编《视觉文化读本》，页83—84。

真的眼神中却又呈现出天真感，而鲁迅却有一种一举一动既亲和又凛然不可侵犯的气势。

但从整体上说来，鲁迅广州照相的最基本功能仍然是为了纪念，留着那份真诚的友谊、爱情，当然，在涉及到其个人选择的实践动机上时，我们毋宁说这同时又是鲁迅对现代性的热烈拥抱。

【1927 年 9 月 11 日，和蒋径三、许广平】

类似的主题还包括广州鲁迅对电影的态度。我们不妨以日记为例加以分析：

时间	日记	出处
1 月 20 日	夜观电影	页 3
1 月 22 日	夜观本校演电影	页 4
1 月 23 日	夜同伏园观电影《一朵蔷薇》	页 4
3 月 20 日	赴国民电影院观电影	页 13
3 月 23 日	晚观电影	页 14

如许广平所言，看电影是鲁迅为数不多的娱乐之一，实际上，在广州的8个多月期间，鲁迅平均每月看电影不到一次，且都集中在"四·一五"惨案前。有论者这样评价鲁迅看电影的目的，"他爱看电影，凡是能从影片中获得知识，扩大视野，增强认识世界的能力，他不管任何影院，路程远近，'着重在片子'，好的都要去看的，而且要看得高兴，他看过的电影，有纪录片、侦探片、历史片、击剑片、滑稽片、战争片、科教片、科幻片等……显然，鲁迅看电影，不是单纯地为了消遣，而是为了增加感性知识，以便'苏息之后，加倍工作的补偿'，为创作收集积累素材。"①

我们不能过分强调鲁迅看电影的革命意义，但不容忽视的是，鲁迅对电影现代性的热衷或许和其整体对现代性的接纳（当然有反抗的一面）相一致，无论是幻灯片事件，还是医学的观看要求，尤其是临床医学所言和认定的客观要求（其间又是权力/话语的发生地）②，都铭刻其心并希望鲁迅有所回应，看电影的习惯或许和上述补偿与顺应息息相关。

当然，同时需要指出的是，鲁迅在广州时期，不能像在北京或以后的上海有那么好的文化生产条件，至少在阅读现代图书和期刊方面是很不方便的，如许广平所言，"鲁迅在广州，也只能跑跑旧书局，买些古书。比较满意的是跑到创造社去买些新书，但一到国民党反动派进行'清党'屠杀时，这些书看不到了，有似被蒙了眼的最痛苦的时代！在鲁迅来说是极其不幸的，也是和中国人民经历着同一命运的一个受苦受难的时代。"③ 这当然也会对他以写作的方式回应视觉震撼有所削弱，所以，看电影反倒可以成为一种既休闲又贴近现代性的方式。

需要说明的是，到了上海以后，照相和看电影对于鲁迅来说更是显得稀松平常了，而在上海十年期间，鲁迅看过的电影超过了140部，而其中也蕴含了鲁迅

---

① 周国伟、柳尚彭著《寻访鲁迅在上海的足迹》（上海：上海书店出版社，2003），页207。
② 具体可参福柯有关临床医学生成中权力话语的精彩论述，米歇尔·福柯著，刘北成译《临床医学的诞生》（南京：译林出版社，2001）。
③ 许广平《北京时期的读书生活》，《许广平文集》（第二卷）（南京：江苏文艺出版社，1998），页244。

独特的电影观和启蒙思考。① 当然，他也多了一些下馆子和喝咖啡的习惯，有论者指出，"鲁迅去饭馆，有时是邀请文艺界有关人士，交换意见，调整关系；有时为应邀商讨出版左翼文艺刊物。

鲁迅去咖啡店，有时是参加秘密集会，有时是为党传递机密文件，或是为共产党员转接组织关系……寻访鲁迅在饭馆的足迹，不仅反映出鲁迅不寻常的生活，而且也体现出鲁迅的斗争策略和严密、细致的工作方法，具体地了解鲁迅和党组织的关系。"② 当然，不容忽略的是，鲁迅能够有此爱好，也是和他的相对雄厚经济实力密切相关，未必完全是一种革命行为或出于革命目的。

无论如何，1927年广州鲁迅的照相也是值得我们关注的话题，其理论内涵和实践功能之间有一种引人注目的张力，至少，它凝聚了日常之外对现代性发展的一种鲁迅式态度和趣味。

第四节　"义子"廖立峨：纠结的广东符号

表面上看，廖立峨（1904—1962）对于鲁迅研究者和一般读者来说，只是一个无足轻重的小人物，加上留下的作品极少，似乎他更多变成了一个无关紧要的谈资与证据，或者可以反证鲁迅先生对青年爱护的道德高度，甚至是溺爱，又或者他变成了纯粹道德视野扫描下的小丑形象——贪得无厌，见利忘义等等。而实际上，在这个被类型化乃至被忽略的形象背后自有其值得关注之处。一方面，如果我们查询鲁迅日记，发现廖立峨是一个不容忽略的关键词，他在鲁迅非常简略的记叙中出现了60余次，即使缩小范围，在1927年他也出现了56次。而另一

---

① 具体可参刘东方《从鲁迅所观看电影的统计管窥其电影观》，《鲁迅研究月刊》2012年第2期；具体电影名目可参李浩、丁佳园编著《鲁迅与电影》（上海：上海书店出版社，2019）。
② 周国伟、柳尚彭著《寻访鲁迅在上海的足迹》（上海：上海书店出版社，2003），页169。

方面，事实是，鲁迅对廖立峨的屡屡要求（最后变成了勒索）基本上是尽量予以满足的。我们可以提问的是，为什么鲁迅如此善待廖立峨？作为鲁迅厦门、广州、上海时期的亲历者、追随者，廖立峨呈现出怎样的广东符号意义？廖的出现和鲁迅相关时期思想的发展关系如何？

考察相关研究，对廖立峨的处理更多是介绍性的，其中包括许广平刊发于1938年10月16日《文艺阵地》第二卷第一期的著名回忆录《鲁迅和青年们》（尤其是11—15小节）①，也包括"鲁迅在广州"②等相关课题论述的处理往往都是相对简单的，甚至是不乏语焉不详和互相抵牾之处。实际上，真正具有严谨性和创新性的研究论文付诸阙如，这也就说明了本节论述的必要性。本节主要从三个层面展开论述：1. 鲁、廖的交往简史；2. 作为广东符号的廖立峨解读；3. 鲁迅如此迁就廖的立场探因。

【1927年1月4日，厦大师生送别鲁迅，前排左七为先生】

---

① 马蹄疾辑录《许广平忆鲁迅》（广州：广东人民出版社，1979），页222—254。
② 相关研究和资料主要有：中山大学中文系编《鲁迅在广州》（广东人民出版社，1976年10月）；山东师院聊城分院中文系、图书馆编《鲁迅在广州》（山东师范学院聊城分院，1977年12月）；李伟江、饶鸿竞、吴宏聪三人编《鲁迅在广州》，收入薛绥之主编《鲁迅生平史料汇编》第四辑（天津：天津人民出版社，1983）；广东鲁迅研究小组编《论鲁迅在广州》（广东鲁迅研究小组，1980）；张竞著《鲁迅在广州》（广州：广东人民出版社，1977年11月）。

一、廖鲁交往史：日记与回忆的双重叠合

要想重新考察以及定位廖立峨，无疑我们首先必须借助现有的资料尽量拼贴出其立体性和丰满性：由于廖本身留下的文字极少，为了更能彰显出其丰富性，笔者打算采用细读和他密切关联的《鲁迅日记》以及别人（许广平、廖的同事等）的回忆录双管齐下的方法加以展开。

(一) 1927 年鲁迅日记：一个"粉丝"的悲剧。

鲁迅与廖立峨的相遇是在厦门时期，套用今天的话语，彼时 22 岁的国文系大学生、文艺青年廖立峨其实就是名作家鲁迅的粉丝，但遍查 1926 年鲁迅厦门日期的日记，廖立峨并不在列。这说明廖其实当时众多拥戴鲁迅的粉丝之一。据《鲁迅大辞典》介绍，"他在鲁迅初到厦门时，经常探访鲁迅，陪同上街购物，在生活上对鲁迅有所照顾。鲁迅离开厦门去广州中山大学任教后，廖立峨等七人因在学校闹风潮而被校方开除，由鲁迅安排在中山大学继续求学。"①

细读 1927 年鲁迅的日记，我们不难发现，廖立峨的同学谢玉生②其实作为跟随鲁迅从厦大到中大的七名学生之一，在一开始和鲁迅同样走得很近。我们可以通过考察鲁迅对谢玉生称呼的变化加以说明。

1927 月	具体日期	备注
2 月	16 日、20 日	
3 月	5 日、7 日、8 日、23 日、26 日、31 日	
4 月	7 日、15 日；23、25 日（玉生）；29 日	
5 月	1 日、6 日、9 日、13 日、14 日、20 日、24 日、30 日	"玉生"标出（5 次）提及共 33 次
6 月	4 日、11 日；18 日（玉生）；25 日、29 日	
7 月	5 日、12 日、13 日；17 日（玉生）；19 日；20 日（玉生）	
8 月	11 日	

---

① 《鲁迅大辞典》编委会编《鲁迅大辞典》（北京：人民文学出版社，2009），页 1139。
② 相关介绍可参《鲁迅大辞典》编委会编《鲁迅大辞典》，页 1089。

通过上述表格可以看到，虽然鲁迅相对较早把"谢玉生"变成了"玉生"（4月23日开始，对廖立峨则是4月30日开始），但在相关日记中，他大多数仍然称呼他为"谢玉生"的，整体而言，他们彼此的亲昵度相对较弱。

鲁迅对廖立峨的称呼变迁似乎更能典型地反映出鲁迅对廖立峨的器重与亲昵。1927年4月30日日记开始提及"立峨来"（《鲁迅全集》卷16，页19），之后所有对廖立峨的称呼都是"立峨"。1928年3月"革命文学论争"发生时，廖立峨因怕鲁迅牵连他而弃绝了鲁迅，8月24日鲁迅日记记载，最终"立峨回去，索去泉一百二十，并攫去衣被什器十余事"。（页93）耐人寻味的是，此时鲁迅仍然称呼他"立峨"，葆有复杂的感情。而在1930年3月13日的鲁迅日记中提及"上午得廖立峨信。"（页187）称呼已经恢复成对不熟悉的人的一般称呼，可见鲁迅对廖立峨的感情已经变淡。继续检索鲁迅日记，并未发现鲁迅回信的痕迹。我们知道，鲁迅本人做事非常认真，他对于友人信函是相当重视的，所以至此廖立峨和鲁迅的疏离关系基本尘埃落定。

考察鲁迅日记中对廖立峨的记录，虽然众所周知鲁迅的日记记叙相当简略，但我们仍然可以发现他们在许多层面上的关系都比较亲近。比如，游玩，1927年2月4日，"上午同廖立峨等游毓秀山"（页7），令人印象深刻的是，鲁迅在越秀公园跌伤了脚，廖是见证人；3月7日，"晚同谢玉生、廖立峨、季市、广平观电影。"（页12）在鲁迅为数不多的娱乐中①他也会带上廖立峨。而9月7日记载，"上午立峨、汉华买鸡鱼豚菜来，作馔同午餐。"（页36）这其乐融融的共同自己动手聚餐活动无疑可显示出他们关系的亲密。

其次，还有赠书，毕竟，他们之间在文化心理上还是不乏可沟通之处，而鲁迅对青年后辈是关爱有加。6月6日，"立峨来，赠以《自己的园地》一本。"（页24）6月27日，"赠以《桃色之云》一本。"（页26）9月12日，"赠以书。"

---

① 据统计，在广州的8个多月期间，鲁迅平均每月看电影不到一次，且都集中在"四·一五"惨案前。

（页 36），甚至是到了上海后廖立峨还未到沪前也是继续寄赠，10 月 14 日，"寄立峨《野草》一本，《语丝》三本。"（页 41）

除此以外，还包括一起照相，8 月 19 日，"下午同春才、立峨、广平往西关图明馆照相"（页 34）。当然，也包括借钱给廖，8 月 3 日"晚立峨来，假以泉十。"（页 32）

当然廖立峨也是一个热心的青年，也为鲁迅做过一些事情，比如鲁迅在广州经营的北新书屋亏损结业时，廖立峨也是一个助手，帮忙处理杂务，鲁迅 8 月 15 日日记记载，"上午至芳草街北新书屋将书籍点交于共和书局，何春才、陈延进、立峨、广平相助"（页 34）。

当鲁迅和许广平 1927 年 9 月 27 日乘船离穗赴沪时，日记记载"立峨相送。"（页 38）到了上海后，鲁迅日记 1928 年 1 月 8 日写道，"晚立峨来，即同三弟往旅馆，迎其友人来寓。"（页 66）不难看出，鲁迅真的是为廖立峨的到来鞍前马后，而且还把他从旅馆接到自己家里居住。而在 1928 年 6 月 24 日又提及，"下午买什物十余元，以棉毯二枚分与立峨。"（页 85）从日记可以看出，廖鲁二人的关系其实曾经相当密切，在感情上也称得上融洽乃至深厚。直到最后"义子"事件悲剧的结局出现。

（二）回忆拼贴：廖鲁交往概略。

毋庸讳言，1926 年 8 月底抵达厦大并在厦门生活时期的鲁迅是相当寂寞、无聊的[①]，鲁迅在此时结识了广东兴宁青年廖立峨。无疑，廖立峨在彼时还是给鲁迅提供了不少方便，也让鲁迅感受到了青年们的活泼气息。1927 年廖立峨即随鲁迅到广州，转入中山大学外语系学习。当然，广州时期，鲁迅和廖立峨关系也是相当亲近。

[①] 有关论述可参朱水涌《厦门时期的鲁迅：温暖、无聊、寻路》，参朱水涌等编《鲁迅：厦门与世界》（厦门：厦门大学出版社，2008），页 18—31。

1927年9月底鲁迅和许广平前往上海。3个月后，廖立峨和其妻曾立珍，妻兄曾其华在一个大雨夜抵达上海。因为他们经济不宽裕，鲁迅和三弟周建人把他们接回自己景云里的家中居住，鲁迅一家住楼上，他们住楼下。

　　此后就发生了著名的"义子"事件。在此期间，据说，每逢鲁迅走下扶梯，则楼下的读书声琅琅不绝于耳。但稍一走远，则又戛然而止。原来那一片书声，是故意读给鲁迅听的。不久，廖立峨要鲁迅担负他们三个人读书的学费，鲁迅由于自身生活并未步入正轨，难以供应，也因此并未答应。于是廖立峨又把自己的文章拿给鲁迅，要他介绍发表，但由于文章过于幼稚，鲁迅没能满足他的心愿。于是廖立峨再托鲁迅帮忙找事做，鲁迅于万不得已的情形下，跟某书店说定，让廖立峨去做个练习生，再由鲁迅自己每个月拿出三十元来，托书店转一转手给他，算是薪水。但这番好意却被廖立峨一口回绝了，"我不去"。

　　后来，廖立峨的妻兄走了，廖自己的木匠哥哥却来了，照样要鲁迅替他找事做。在此期间，他们这一家就一直住在鲁迅家中，俨然就是鲁迅家里的一分子了。鲁迅千辛万苦（鲁迅应该很少需要木匠的朋友）通过托人找关系帮木匠哥哥找到工作，他却不愿意去，最后离沪返乡，却又需要鲁迅筹措旅费。

　　直到有一天，廖妻不意泄露了个中的秘密。廖立峨的妻子曾立珍会讲几句普通话，一次她和邻居的闲谈中提及，原来廖是来给鲁迅做"儿子"的，她自然就是媳妇儿；本以为是来享清福的，没想到却是这样。但鲁迅似乎没有意识到他们的企图。

　　在鲁迅家住了八个多月后，廖等也自觉没趣，于是告辞回家。临回家之前的一个晚上，廖立峨向鲁迅要一笔回家的旅费。鲁迅计算了一下，从上海到汕头再到兴宁，大约一百元就足够了。谁知道廖立峨却不答应，说，"我们是卖了田地出来的，现在回去了，要生活，还得买地，你得给我XX元。"① 鲁迅回答说，

---

① 也有资料直接显示，是1000元。聊备于此。

"我自己没有饭吃,却拿出钱来给人家去买田,你以为我该这样做么?况且我从哪里去弄到这些钱呢?"没想到廖立峨却回答得干脆,"错是不错,不过你总比我好想法,筹备的地方也比我多,你一定得给我筹XX款子才可以。"几乎就是勒索的口气了。于是,宾主双方不欢而散。1928年8月24日,最终廖立峨回乡。1930年3月13日,鲁迅又收到廖立峨的信,信中说:"原来你还没有倒掉,那么,再来帮助我吧。"但鲁迅已经对他不理不睬了。①

廖立峨事件,对鲁迅还是有相当刺激性的,他曾在1932年《三闲集·序言》中提及此事,"有一个从广东自云避祸逃来,而寄住在我的寓里的廖君,也终于悠悠的对我说道:'我的朋友都看不起我,不和我来往了,说我和这样的人住在一处。'那时候,我是成了'这样的人'的。"而在1933年8月1日致胡今虚的信中②又提及此事,可见对此难免有点耿耿于怀。

二、作为广东符号的廖立峨

曹聚仁曾经对廖、鲁间的"义子"事件作出点评说,"像'义子'那一类事,就是一幕滑稽戏,与一切'是非曲直'无关的,你看,鲁迅就处理得十分尴尬。"③ 若从单一视角或生活常识来看,鲁迅对此事的处理的确有些不可思议,但很多事情并非截然孤立的,我们如果把它放到一个更开阔、复杂的平台上加以处理,或许可以收获更多。

(一) 鲁迅的进化观:去芜存菁。

我们或许可以把廖立峨事件放到鲁迅的进化论观点发展中来加以考量,尤其是它发生在1927年前后,所谓鲁迅的进化论观点的轰毁时期。1927年"四·一五"大搜捕、大屠杀的白色恐怖对鲁迅来说是一种血的震撼,他在《答有恒先

---

① 事情经过描述主要参考马蹄疾辑录《许广平忆鲁迅》,页231—234。
② 具体可参《鲁迅全集》第12卷,页427—428。
③ 曹聚仁著《鲁迅评传》(上海:东方出版中心,1999),页197。

生》一文中说的清楚,"我的一种妄想破灭了。我至今为止,时时有一种乐观,以为压迫,杀戮青年的,大概是老人。这种老人渐渐死去,中国总可比较地有生气。现在我知道不然了,杀戮青年的,似乎倒大概是青年,而且对于别个的不能再造的生命和青春,更无顾惜"。

后世的论者往往由此生发感染,认为这是鲁迅进化论观点的毁灭时期,而研究鲁迅在广州的学者往往持此说。同时,有些论者为了强调鲁迅的革命性(尤其是朝向共产党与无产阶级的唯物史观),更是把后期鲁迅固化为共产主义者或战士的鲁迅,借此可以摆脱其身上的资产阶级元素或者可以强化广州革命对鲁迅转型的重要性,把鲁迅加以"洗白"。①

上述种种,其实都是对鲁迅固化或意识形态化的解读,自然是对鲜活鲁迅的简单化处理。吴康教授(1954—2011)曾对"四·一五"大屠杀之于鲁迅的生存意义做过宏观但深刻的思考,"他辨明了当下处境,洞见了这场革命的实质,找回或再度确立了自己存在的意义,并预示到了自己未来的命运。这里根本看不到有什么新的'主义'或新的'世界观'的发生,也不存在什么思想的转变,只是思想革命重心的移植,要直面新的统治阶级,更清醒地意识到思想革命深广的社会意义。"②

回到鲁迅的进化论观念上来,需要指出的是,鲁迅在1927年"四·一五"事件后自然会比以前更清醒地认识到传统文化糟粕的变异、历史丑恶惯性的同一性对各色人等(包括青年们)的巨大杀伤力和镌刻,他自然对青年必定胜过老年的简单线性思维有所修订,如人所论,"作为一种观念和方法论的进化论,曾经全面塑造了鲁迅那一代人对世界的想象(因而也导致他们对世界认识和想象的相对单一),如今,鲁迅准备从'全面'中撤出,尤其从对青年的无条件'敬畏'

---

① 比较典型的则是广东鲁迅研究小组编《论鲁迅在广州》(广东鲁迅研究小组,1980);李伟江的遗著《鲁迅粤港时期史实考述》(长沙:岳麓书社,2007)也未跳脱此类观点。
② 吴康著《书写沉默——鲁迅存在的意义》(北京:人民出版社,2010),页330—331。

中撤出。"① 毕竟，个体的差异还是会对整体命题或结论的总体性（totality）产生可能的解构作用。但是，鲁迅从未真正彻底放弃过进化论。

从鲁迅自身看来，相关痕迹也是持续存在。他在1934年的《论秦理斋夫人事》一文中指出，"人固然应该生存，但为的是进化；也不妨受苦，但为的是解除将来的一切苦；更应该战斗，但为的是改革。责别人的自杀者，一面责人，一面正也应该向驱人于自杀之途的环境挑战，进攻。"（《花边文学》）从上述观点可以看出，鲁迅对"进化"仍然情有独钟，而且视之为生存的更高阶段。

而同样是在1934年1月8日增田涉寄给鲁迅其长子的照片，鲁迅看后回复说，"这样说也许不好，但是你儿子的照片比父亲神气，可以证明人类是在进步的。"② 不难看出此间的确明显呈现出鲁迅在实践中执行进化论思想时，仍然是执著的，甚至是一种非理性的坚守，增田涉认为，"我也只能认为，他实在是无条件地喜欢小孩。而且深信小孩子必然比父亲神气，观念的相信人类是进步的。"③

从此角度看，"义子"事件中其实也蕴含了鲁迅进化论的"非理性"实践，尽管最后他和廖立峨一刀两断、分道扬镳，但在他相当迁就的表现背后是他进化论思想的指导依然无形之中在起作用，尤其是他面对的是他非常亲密也一度相当喜欢的文学青年加粉丝廖立峨。

（二）广州情结：投射与"蛮气"的重叠。

某种意义上说，无论鲁迅是否喜欢广州或对她怨言不少，毫无疑问，1927年的广州给鲁迅带来了不同的人生体验与思想冲击，而廖立峨其实也是中间的一分子。

---

① 张宁著《无数人们与无穷远方：鲁迅与左翼》（上海：复旦大学出版社，2006），页14。
②《鲁迅书信集》下卷（北京：人民文学出版社，1976），页1157。
③ 增田涉著《鲁迅的印象》，载《鲁迅回忆录》专著下册（北京：北京出版社，1999），页1386。

1. 广州情结。不管是从读者们后顾的眼光，还是采取鲁迅离开广州奔赴上海定居后的视野，广州之于鲁迅显然并非一闪而过的过客城市，而是混杂了太多复杂情感的爱恨交加之地，易言之，鲁迅是有一种复杂莫名的广州情结的。

从整体上说，鲁迅很难不存有广州情结。因为广州是他可以结束厦门—广州两地分居相思之苦且和爱人许广平可以朝夕相处的温床，也因是许广平的娘家而平添一丝亲近；因为广州中大是鲁迅担任首任教务主任、忙得焦头烂额、踏实耕耘、传授知识的象牙塔；因为广州的"红中夹白"（包括"四·一五"事件）是更新鲁迅有关革命认知的绝佳场域（field）；同样也因为广州的饮食可口、水果遍地、鸟语（粤语）啁啾、相对开放，也让鲁迅愿意仔细体验以及继续留意其有关特质。

从此角度继续思考，廖立峨其实就是鲁迅广州生命体验的随从和陪行，他们在很多感性层面都不乏交叉和共度，所以说廖立峨不只是鲁迅生命长河中的一段小插曲，而更是广州场域留给鲁迅的相关情结的一部分。我们不妨以1927年10月21日鲁迅给廖立峨的书信加以说明和论证。在书信开头寒暄过后就是上海和广州的比较，"这里的情形，我觉得比广州有趣一点，因为各式的人物较多，刊物也有各种，不像广州那么单调。我初到时，报上便造谣言，说我要开书店了，因为上海人惯于用商人眼光看人。"（卷12，页81）可见广州及身在广州的廖立峨其实对鲁迅有着相当着紧的意义。其中相当重要的议题仍然是在讨论中大及相关人物，而且鲁迅对廖立峨还提出了读书要求，"广州中大今年下半年大约不见得比上半年好。我想，你最好是自己多看看书。靠教员，是不行的，即使将他们的学问全都学了来，也不过是'瞠目呆然'。倘遇有可看的书，我当寄上。"（卷12，页82）而在书信结尾，鲁迅又提到了彼此相当熟稔却又和广州息息相关的许广平，"广平姊也住在此，附笔道候。她有好几个旧同学在此，邀她于［去］办关于妇女的刊物，还没有去。"（页82）不难看出，无论是广州，还是廖立峨其实都在鲁迅的某段生活和情感上占有一席之地。

【鲁迅在广州编纂的《唐宋传奇集》】

2. 如何蛮气：广州以及廖的双面性。在谈论各地容纳人才的情况时，鲁迅有关广东的言论引人注目，他在《270808致章廷谦》一信中说，"江浙是不能容人才的，三国时孙氏即如此，我们只要将吴魏人才一比，即可知……广东还有点蛮气，较好。"(《鲁迅全集》卷12，页62)

鲁迅对广东蛮气的评价当然是要辩证分析的，简单而言，一方面，我们要看到当时的广东（含广州）文化空气的相对稀薄（尤其和京、沪差距较远）、艺术品位亦相对粗糙、文艺氛围低落、文艺出版物较少（这当然也是鲁迅要开设北新书屋的原因）；但同时另一方面，我们也要看到，鲁迅所言的蛮气中其实也包含了些许积极因素：正是因为传统的背负和束缚较少，广东比较容易接受新思想、新观念，因此亦可以带上中原文化或老大帝国难以涵容的"现代性"蛮气，这也是广东在晚清以来成为全国近现代思想变革和革命的桥头堡之一的基础。

回到廖立峨个案，其身上也有相当辩证的蛮气。作为广东人，热爱鲁迅的他在鲁迅辞职的时候毅然加入厦大学潮中，甚至不惜为校方开除。无疑这蛮气是鲁迅所欣赏的，作为前辈和师长的鲁迅也将他们带到了自己的新阵地——中山大学。而在广州生活时，廖立峨依然和鲁迅来往密切，无论是日常生活，还是看书学习，因为蛮气尚存，也甚为鲁迅喜爱，尤其是"四·一五"事件后，他不畏艰险，出力不少，"除了通风报信外，还处处保护鲁迅。鲁迅从大钟楼搬到白云楼，潜心著述，在《唐宋传奇集·序例》写道：'时，大夜弥天，璧月澄照，饕蚊遥叹，余在广州。'戳破了外界的流言蜚语。"①

即使回到众人侧目的"义子"事件，廖立峨还是表现出很重的蛮气。其中当然有他过于急功近利、不通世故、不懂感恩的一面，但另一方面，在整个过程中，其所作所为都还是坦率的，具有小人的真气，仍有可观之处，如人所论，追随鲁迅的廖立峨"终因感到鲁迅已无可利用，便拂袖而去。临走并无托词，亦不虚饰，赤裸裸地表示对鲁迅的嫌弃，让鲁迅一眼看明了他的真意思。廖君亦'蛮气'可掬，不矫揉作态，亦是其'较好'之处。"② 值得一提的是，无论是在厦门，还是广州，廖立峨热心于处理鲁迅的生活日常事务，除了他是兴宁人，可能懂得客家话以及潮州话方便沟通以外，还因为他自身的勇气和蛮气在支撑着他。

三、鲁迅的迁就立场内因

鲁迅与廖立峨之间的"义子"事件自有其违背世俗社会的常理之处，也即，鲁迅对廖的迁就是相当惊人的，但最终二人的关系以悲剧告终。除了上述原因之外，其实我们也需要从二人内部心态加以考量。虽然相关论述无心也无力面面俱到，但对解读"义子"事件似乎不无裨益。

（一）鲁迅的宽容心态。

长期以来，鲁迅都被视为是不宽容（intolerance）的五四代表人物，尤其是

---

① 曹思彬《是廖立峨，不是廖立娥》，《羊城晚报》2002年4月13日"晚会"版。
② 黄修己《"鲁迅在广东"研究的新课题》，广东鲁迅研究学会编《世纪之交的民族魂》（广州：广东人民出版社，1996），页88。

【朱大可视鲁迅为"仇恨政治学"的代表】

他杂文的犀利、不留情面与一剑封喉往往更令生活在和平时代或自诩中庸乃至服膺自由主义的人们难以理解,最具代表性的误读之一就是朱大可的《殖民地鲁迅和"仇恨政治学"的崛起》。① 但简单而言,在鲁迅貌似不宽容的结论背后其实有两点值得强调:1. 鲁迅批判的对事不对人风格,也即,他的对手绝大部分都是公敌,他更侧重对手身上的国民劣根性的典型性,只攻一点、不及其余,而往往并非出于私人恩怨;2. 鲁迅批判的"矫枉过正"策略,这是对中国人长期养成的中庸惯习和惰性的一种针对性反拨。但上述操作往往都会给不明历史语境的人对鲁迅形成偏执、片面和刻薄的观感。

鲁迅在《呐喊·自序》中提及,他书写(呐喊)的目的或作用主要如下,"有时候仍不免呐喊几声,聊以慰藉那在寂寞里奔驰的猛士,使他不惮于前驱。"这是为志同道合者加油。但同时,他又写道,"至于自己,却也并不愿将自以为苦的寂寞,再来传染给也如我那年青时候似的正做着好梦的青年。"毫无疑问,青年在鲁迅心目中占据极高的地位:他们不仅是他理想的目标读者(target reader),而且也是借此改造国民性、实现"立国"梦想的主力,从此意义上说,鲁迅和青年是一种互相勾连、难分难舍、彼此需要的共存关系,青年们需要从鲁

---

① 朱大可《殖民地鲁迅和"仇恨政治学"的崛起》,《书屋》2001年第5期。

迅那里汲取力量、资源、目标、勇气和智慧，而鲁迅也需要培养、呵护、支持青年，使他们成为革命火种或启蒙信念的接班人，从大的方面说借青年实现自己可能的伟大梦想，从微观层面说，同时也充实、丰富自己的书写资源以及生活情趣。

即使在其进化论发生轰毁以后，他仍然也没有放弃。在1932年4月的《三闲集·序言》中，鲁迅写道，"我一向是相信进化论的，总以为将来必胜于过去，青年必胜于老人，对于青年，我敬重之不暇，往往给我十刀，我只还他一箭。然而后来我明白我倒是错了。这并非唯物史观的理论或革命文艺的作品蛊惑我的，我在广东，就目睹了同是青年，而分成两大阵营，或则投书告密，或则助官捕人的事实！我的思路因此轰毁，后来便时常用了怀疑的眼光去看青年，不再无条件的敬畏了。然而此后也还为初初上阵的青年们呐喊几声，不过也没有什么大帮助。"鲁迅对进化论的复杂理解在"然而此后"的附加中表露出来，思路上他是很沉稳以及谦虚的，而在对青年们的实践上，却更显积极和主动。

如果缩小范围加以思考，在鲁迅理论/批判的锋利性与实践的厚道操作之间还是颇富张力的，用俗语一言以蔽之，"刀子嘴豆腐心"。而我们继续缩小范围，将之聚焦于鲁迅和青年们的关系时，不难发现，鲁迅对青年就不仅仅是是否宽容的问题而是如何大力提携的问题，如曹聚仁所言，"临到青年问题的处理，鲁迅是坚决地站在青年的立场说话的"。[①]

举例言之，和鲁迅产生直接抵牾的年轻人不算多，高长虹算是一个经典个案。作为高长虹预设的情敌，鲁迅对来自于同一阵营的背后插刀在愤怒之余当然也做过针锋相对的回应，但一旦回到各自的事业，在彼此关联时，鲁迅不仅仅相当客观公正，而且对高长虹提携和褒扬有加，甚至有些属于溢美之词，比如在《〈中国新文学大系〉小说二集序》中在评价1925年的刊物及小说作者时写道，

---

① 曹聚仁著《鲁迅评传》（上海：东方出版中心，1999），页199。

"奔走最力者为高长虹,中坚的小说作者也还是黄鹏基,尚钺,向培良三个"。可见鲁迅在涉及到公事时可以超越人情世故的牵绊,还是相当宽容的。①

回到廖立峨事件上来,鲁迅对廖立峨自然有着相当的宽容与提携心态,或许是"因为懂得,所以慈悲",鲁迅对彼时青年的生存环境感同身受,相当体谅他们的不易,何况廖立峨又是对他有所帮助、热心的粉丝?所以鲁迅对廖立峨的关怀与提携亦可谓不遗余力。不论是在初始的厦门,还是复杂的广州,抑或是物价高昂的上海,鲁迅对廖立峨都是关爱有加——作为长辈,作为热心帮助青年的好人,鲁迅在对待廖立峨时当然也是不计成本,这样看来,给外人的印象就是鲁迅似乎愿打愿挨、尴尬莫名,甚至是缺乏理性。

(二) 廖立峨的弱点:可悲的"义子"心态。

反思廖、鲁关系,我们不难发现,在粉丝——偶像的互动关系中,鲁迅对待粉丝们是相当仗义的。毫无疑问,廖立峨在二人的密切关系中自有其重要性——他帮助鲁迅处理了不少切实的、具体的生活琐事,也为鲁迅在人生地不熟的异地排忧解难,包括介绍一些青年跟鲁迅认识,比如何春才②等,而同样鲁迅对这种帮助也付出了不少近乎无私的回馈。

作为一个广东人,廖立峨在厦门、广州读书期间其实也有着广东人常见的相对清醒的商业头脑,在和鲁迅相对频繁密切的交往中,他把鲁迅的这种厚道回馈可能当作是不错的投资,"廖于大学期间,因常去鲁迅住处看望鲁迅,故深受鲁迅喜爱。据鲁迅日记记载,1927 年 1 月 30 日至 9 月 27 日之间,廖去鲁迅处竟达 38 次之多。鲁迅除赠以《华盖集续编》外,还资助过他的学费。"③

而在他步步紧逼的过程中,宽容的鲁迅更多是尽量满足他的,在得寸进尺的累加中,他的功利心似乎也日益膨胀,最后企图以"义子"身份攫取更大的利

---

① 有关二人冲突可参董大中著《高鲁冲突——鲁迅与高长虹论争始末》(北京:中国工人出版社,2007)。
② 有关何春才的描述可参《鲁迅大辞典》编委会编《鲁迅大辞典》,页 533。
③ 张百栋《粤东怪人——廖立峨》,《羊城晚报》2002 年 4 月 6 日"晚会"版。

益。无疑，这种缺乏感恩、利欲熏心的形成也是一个渐进过程。考察 1927 年鲁迅日记，单单是 9 月份，鲁迅就给了廖立峨 150 元：如 9 月 3 日"晚立峨来，付以泉百。"（页 36）9 月 26 日"立峨来，交以泉五十。"（页 38）毋庸讳言，这样相对巨大数额的"收入"给了廖立峨较多幻想，这很可能是他准备做"义子"的一个直接推动。

【1929 年 9 月 27 日周海婴出生】

同样需要说明的是，廖立峨身上"蛮气"中积极的一面似乎日益减少：当他决定在鲁迅身上投资意图获得更大回报时，他去上海的阶段恰恰是鲁迅遭受创造社、太阳社一帮左翼幼稚病分子群殴的时段，在关键时刻，廖立峨丧失了早期，尤其是厦门时期的一往无前与雪中送炭精神，而是患得患失，袖手旁观，准备逃离；不仅如此，更进一步，他还借此亮出自己的底牌——向鲁迅索取巨款，这难免有点落井下石的意味。而 1930 年初，当他发现鲁迅安然无恙没有倒台后，却又想继续其无本生意。无疑，这种卑怯和投机缺点恰恰是鲁迅相当讨厌的国民劣根性之一，这自然意味着鲁迅的被迫决绝，其中自然充满了无奈与愤怒，或许还有不屑，他以冷漠作为对一个同战壕堕落青年的痛心回应。当然，说句题外话，那个时候可爱的周海婴（1929，9—2011，4）已经于意外之中诞生了，既然有了宝贝的亲儿子，不肖"义子"实在是可有可无的。

据说，1950 年代后期，廖立峨在广州市二中当历史教师。在反右斗争时，被错划为右派分子，受降职处分。在经济困难时期，他患了严重水肿而病死。文化大革命结束后,廖立峨获平反。① 从廖立峨的最后结局来看,我们对他的处理实在流于道德化和政治化了,也误读乃至违背了鲁迅先生坚持对事不对人的冷静原则,而在 21 世纪的今天,我们更要相对客观的剖析二人的关系以及鲁迅的反应。

结语: 将与广州鲁迅相当熟稔的廖立峨视作广东符号的"这一个"自然有其有效性,我们可以发现廖立峨事件其实又反证了鲁迅进化论的复杂性与延续性,同时有助于我们从鲁迅的广州情结角度另辟蹊径。当然,我们可以从鲁廖二人内部的心态加以探研,考察前者的宽容心态与后者的人性弱点。当然,廖立峨作为广东符号的"这一个"既具有代表性,同时又具有个体的不可复制性,换言之,正是由于其经历的曲折性和复杂性,才让我们有了更清醒的认识,同时,也希望给小人物以客观评价和更大的展示空间,而经由廖立峨个案,我们也可以探知鲁迅对青年的繁复心态中的执着性,某种意义上说,青年们就是鲁迅先生的信仰,这个事实实在令人慨叹。

第五节　许广平《魔祟》重读

许广平的独幕剧《魔祟》,在其生前未曾发表,而在身后刊发于《鲁迅研究动态》1985 年第 1 期,后收入《许广平文集》。② 耐人寻味的是,在这篇短短 800 余字的作品中,却包含着巨大的能量,研究者却从中读出了令人大跌眼镜的差异和秘密,比如,它被倪墨炎(1933—2013)视为是鲁迅、许广平初次性爱活动的记录,发生时间地点当为 1926 年 5 月的北京,而在此基础上,相关争议不断,鲁迅之子周海婴也加入战阵,从作序到义正词严反驳,再到闪烁其词了结;各路

---

① 曹思彬《是廖立峨,不是廖立娥》,《羊城晚报》2002 年 4 月 13 日"晚会"版。
② 许广平著《许广平文集》(第一卷)(南京:江苏文艺出版社,1998),页 370—371。

鲁研专家，如陈漱渝、王锡荣等亦卷入其中，批驳倪墨炎，并提出上海说，广州说等新的观点，这些沸沸扬扬的论争甚至被列入"鲁迅的五大未解之谜"①，着实发人深省。

重读《魔祟》，思考论争的焦点所在，其中最根本的问题是：《魔祟》到底想要表达怎样的思想？它到底是纪实还是虚构？而结合本书研究的中心——广州场域，它和广州又有着怎样可能的内在关联？为此，本节从内容、叙述的性质，和广州的关系三个层面展开论述。

一、情与责的纠结

《魔祟》的情节相当简单，B一直在沉睡，工作完后准备关窗休息的G不小心吵醒了B，于是G上床安抚B，二人对话，之后无语，B爱抚G，深夜G睡着，B也睡下。当然，这个剧本中富有象征意义的角色则是"魔"，它至少两次发挥重要作用：一是，操控B的沉睡，当关窗的噪音发出后，"魔被挑拨其蛮性，发为不清澈而反抗的声：'什么？把窗子弄的那样响！'爱听不清魔说的甚么"。后来，魔终于自己发出声音，"你那么大声关窗子，把我弄醒了。"第二次是，魔在G的身上起作用，"陪了经过好久时间，有点鼾声从G那里发出，B放心睡下。偶然G动了动，B赶快曲着身子来抱他，但总觉得他是被睡魔缠扰般不能自主地回抱。"被魔操控的G无法清醒回应B的爱抚和拥抱。

对于这样的剧本，论者往往有不同的解读，总结说来，主要有：

(一) 性爱说。

在倪墨炎、陈九英著述的《鲁迅与许广平》一书中就提及，"这作品，是纪实？是寓言？是象征？是讽喻？按照通俗的理解，它是否透露了一个重要的信

---

① 具体可参葛涛主编《鲁迅的五大未解之谜——世纪之初的鲁迅论争》(北京：东方出版社，2003)。

息：在定情以后，他们的爱情又快速地进入了新的更高的阶段。"① 需要指出的是，在上述引文中，论者的语气还是谨慎而暧昧、不无怀疑的，但在 2001 年版的刘绪源序二中，作序者则坦率指出，"本书认为，早在北师大闹学潮的时候，许广平曾暂住鲁迅家中，当时两人便已同居，那是 1925 年的事，许广平才 26 岁，还是大学三年级学生。作者是从一些外围材料入手进行这一研究的，其中主要是根据许广平的作品，尤其是一篇名为《魔祟》的独幕剧。我感到作者运用了一点近似于弗洛伊德的方法。"② 当然，在 2009 年版本中，刘对此有所修订，"作者对许广平的遗著《魔祟》，提出了与过去有些人不同的独到的理解。《魔祟》早已公开发表，并已编入《许广平文集》，引起了一些人的研究，必然会有不同的看法。作者不但分析了作品的内容，而且还注意到所写的环境、时间，从而得出了自己的判断。"③

陈漱渝化名裘真对此提出批评，他认为这种学风属于主观臆断，"走火入魔"，同时，他也不同意将鲁、许同居的时间定为 1926 年 5 月，而重申大家熟悉的 1927 年 10 月下旬。④ 而后倪墨炎进行答复，指责陈漱渝没有读懂《魔祟》，并进一步具体阐发自己的论点，"我们认为：《魔祟》所写的不是夫妻间日常性爱生活的'平凡的一幕'，而是极不平凡的一幕——它记下了鲁迅与许广平的第一次性爱生活。正因为是'第一次'，它才有写下来的意义。"⑤ 此时的观点不仅一目了然，而且相当肯定又清晰。

当然，周海婴对此相当不满，为此撰文《关于〈魔祟〉答倪墨炎先生》进行批判，认为倪利用了他们之间的私人谈话，抛出什么所谓的重磅"绝密信息"，

---

① 倪墨炎、陈九英著《鲁迅与许广平》（上海：上海书店，2001），页 62。
② 倪墨炎、陈九英著《鲁迅与许广平》（上海：上海书店，2001），序二页 7。
③ 倪墨炎、陈九英著《鲁迅与许广平》（上海：上海书店，2009），序二页 6—7。
④ 具体可参裘真《着了魔的心理分析——读序有感》，《鲁迅研究月刊》2001 年第 3 期，页 51—52。
⑤ 倪墨炎《关于〈鲁迅与许广平〉的几个问题》，《文汇读书周报》2001 年 4 月 28 日第 1 版。

【鲁迅、许广平、周海婴一家三口】

这是对周海婴的重重伤害，并要求此书再版时抽去他的序言。① 后来，倪墨炎又写文章《我和海婴先生的交往与争议》进行答复，但一直放在《文汇读书周报》领导手中，后周海婴致电倪墨炎要求一笔勾销过去的事，恢复友谊。后该文收入《鲁迅的五大未解之谜——世纪之初的鲁迅论争》一书中。

（二）暗示说。

张芳、苏濛鉴于《魔祟》缺乏非常准确的文本生产信息而将焦点转向文本分析。不仅如此，她们也呈现出年轻人的锐气和丰富想像力，她们指出，陈漱渝的对其中主人公 B、G 的界定有误，而以为许广平在剧中将自己与鲁迅的性别进行了置换，剧中"睡的人"是鲁迅，而"睡的人的爱者"是许广平。

而在此基础上，她们提出了新的观点，所谓"暗示说"：也即，"《魔祟》一

---

① 周海婴《关于〈魔祟〉答倪墨炎先生》，《鲁迅研究月刊》2001 年第 7 期，页 60—61。

剧并非鲁迅逝世之后许广平回忆她在上海跟鲁迅同居生活时抒发她对鲁迅的缅怀和愧疚之情之作,也非鲁迅与许广平的第一次性爱生活的纪实,其实是许广平在与鲁迅发生性关系之前写给鲁迅的,带着预谋的性暗示与性的期待。"①

两位论者还指出,这种性别倒置并非是她们的臆想,许广平在发表于1926年2月23日《国民新报副刊(乙刊)》的散文《风子是我的爱……》中,许广平把鲁迅写成原是女性化的"风神","风子有它自己的伟大,有它自己的地位","有谁能够禁止我不爱风子,为了我的藐小,否认我的资格呢?"又更明白地说:"因为我是男性化的,不妨引为同类,可以达到我同性爱的理想的实现,而是免掉了她和他的麻烦。"这样一来,《魔祟》中性别互换的主动似乎也符合现实中许广平的主动和坚定,似乎"暗示说"也可成为一家之言。

苏濛同时还在此文基础上更进一步,结合弗洛伊德思想中的"人格结构"理论予以分析,指出许广平在《魔祟》中大胆地表现了真实的本我,深入细致地展露了自己的本能欲望,她希望鲁迅能了解自己心中最隐秘和最真实的思想意识,同时也借此向鲁迅发出一次大胆的性暗示,期盼能够被理解且得到回应。② 但该文也有它的不严谨之处,比如把《魔祟》中G对B的爱抚直接解读为"G听不清也不顾睡魔说什么,径直走向床前欲与B发生性关系。"这样的说法明显缺乏必要的论证和搭桥,所以其以后的论述也因此难以令人信服。

(三) 思念说。

重读《魔祟》,我们不难发现,其中弥漫着一种淡淡的担忧和哀伤,如果我们将其解读为许、鲁二人的情事,则大体而言,其中蕴含着一种激情与责任的巨大张力:无语的冲突、平静的爱抚以及隐隐约约中呈现出对这种爱的不安,无疑

---

① 张芳、苏濛《〈魔祟〉与鲁、许之恋——与"记录说"、"缅怀说"商榷》,《江苏教育学院学报》2004年第20卷第5期,页90。
② 苏濛《〈魔祟〉与弗洛伊德"人格结构"理论的暗合》,《语文学刊》(高教版)2006年第5期,页34—35转99。

睡魔在其中有着丰富的隐喻意味：它既是对二人睡眠的监控，又是对情事的阻挠与平息。从这个角度思考，笔者倒觉得这是许广平对鲁迅的一种绵长的思念，其中，或许部分"委婉含蓄地抒发了她对鲁迅的缅怀和愧疚之情——这种愧疚之感正是她对鲁迅挚爱和对自己苛责的自然流露。"①

或许我们可以跳出此文，以许广平的其他文章来反观《魔祟》中间所包含的深意。许广平曾经回忆到鲁迅先生沉默的表现，"偶然也会有例外，那是因为我不加检点地不知什么时候说了话，使他听到不以为然了，或者恰巧他自己有什么不痛快，在白天，人事纷繁，是毫不觉得，但到<u>夜里，两人相对的时候，他就沉默，沉默到要死</u>。最厉害的时候，会茶烟也不吃，像大病一样，一切不闻不问"。许广平当然也有自己的尊严，但对鲁迅的"自弃"有时却也不知如此自处，"抑郁，怅惘，彷徨，真想痛哭一场，然而这是弱者的行径，不愿意。<u>就这样，沉默对沉默</u>（此两处下划线为笔者加注，朱按）"。②

《魔祟》中二人的沟通交流也有上述特征，G 的沉默，以及话语中所呈现出的对抗的张力与微妙协调，"G 说，我起来喝点茶"，"G 说，大约有两点钟了，我们灭灯睡罢！"在我看来，通过对这些令人深刻记忆的二人间的摩擦，比如 G 的叹气、忧伤来纪念他们二人十年同甘共苦、相濡以沫的坚守，实际上，根据专家研究发现，人们对创伤、悲剧等事件比对开心事件记得更清楚，而且创伤往往也有自相矛盾的本质，如延迟性（belatedness）与无法理解性（incomprehensibility）。同时，对创伤的处理也很重要，借助回忆、再现创伤，其实有助于丰富自我及社会的身份认同。③《魔祟》其实更是这种思念的传递和认同的建构文本。

---

① 具体可参裘真《着了魔的心理分析——读序有感》，《鲁迅研究月刊》2001 年第 3 期，页 52。
② 景宋《鲁迅先生的日常生活——起居习惯及饮食嗜好等》，颜汀编选《大先生鲁迅》（成都：四川文艺出版社，1997），页 180—181。
③ 具体可参 Cathay Caruth, *Unclaimed Experience: Trauma, Narrative and History* (Baltimore and London: Johns Hopkins University Press, 1996) 和 Dominick LaCapra, *Writing History, Writing Trauma* (Baltimore and London: Johns Hopkins University Press, 2001) 等论述。

二、在虚构与纪实之间

耐人寻味的是，自从一开始发表《魔祟》，相关导论文章就将之视为纪实作品，和现实密切相关，在写作时间方面，被"自然"界定为，"写于鲁迅去世后，当无异议"，而"'睡的人'即 B，显然是许广平自喻，'睡的人的爱者'，即 G，当然是暗喻鲁迅。"而且，从内容来看，"就这剧的前半部分来看，主要的内容，似乎还是对于往日恩爱生活的一种深情缅怀。"[①] 同时，陈漱渝在《鲁迅研究月刊》1985 年第 1 期发表的《血的蒸气 真的声音——许广平三篇遗稿读后》一文，文中直指："剧中'睡的人'是许广平，'睡的人的爱者'指鲁迅"。[②] 而倪墨炎恰巧是在此基础上立论，把《魔祟》视为"纪实作品"。

（一）纪实基础上的地点确认。

其中主要又分为如下几种：

1. 北京说。根据对《魔祟》中背景描写的仔细考证，倪墨炎认为，首次同居应该是 1926 年初夏（5 月）的北京，"根据这些描写，这房子的结构，与广州中山大学钟楼鲁迅的寝室、白云楼的居室，上海景云里、拉摩斯公寓、大陆新村九号的居室都不合，而与北京西三条鲁迅家的南屋恰恰相合。许广平在 1925 年 8 月中旬在这里住了五六天，以后也常到这里住宿……因此，我们对于《魔祟》的结论是：内容是写鲁迅和许广平的第一次性爱，时间是 1926 年初夏，地点是北京西三条鲁迅家的南屋。"[③]

而且，一向善于史料挖掘的倪墨炎还进行了一系列认真的考证，根据细节处理，比如根据烟灰落在地板上，排除广州和上海，当然，也还有其他尽量自圆其

---

① 林溪《关于〈魔祟〉》，《鲁迅研究月刊》1985 年第 1 期，页 9—10。
② 陈漱渝《血的蒸气 真的声音——许广平三篇遗稿读后》，《鲁迅研究月刊》1985 年第 1 期，页 8。
③ 倪墨炎《关于〈鲁迅与许广平〉的几个问题》，《文汇读书周报》2001 年 4 月 28 日第 1 版。

说的讨论。① 同样，有关烟灰与地板的书写在许广平的相关回忆《鲁迅先生的香烟》（收入《许广平文集》）中的确有所涉猎，"我头一次到他北京寓所访问后，深刻的印象，也是他对于烟的时刻不停，一枝完了又一枝，不大用着洋火的，那不到半寸的余烟就可以继续引火，那时住屋铺的是砖地，不大怕火……用烟灰缸和烟嘴是离开北京之后了。在广州，住在中山大学的大钟楼上，满是木板的楼面，应当小心火灾的。"②

2. **上海说**。陈漱渝认为，《魔祟》一文写于鲁迅去世之后，是许广平对于和鲁迅在上海同居生活的艺术写照，正是认为《魔祟》中有许广平忏悔的情愫在内，上海就很容易变成了《魔祟》的发生地。③

倪墨炎当然对此加以否认，而坚信他所主张的北京说。除此以外，其实还有王锡荣在否认上述两者之后所提出的**广州说**，但鉴于下节会述及，此处不赘。

（二）回归虚构。

引人深思的是，引发诸多论争的源头之一，其实是这篇独幕剧作性质属于纪实还是虚构的问题。令人疑惑的是，《魔祟》如何及为何从一开始就变成了公认的纪实作品？

可以理解的是，文革结束后的 1980 年代中前期，以传统现实主义解读鲁迅和许广平的作品这样的思路还有很大的市场，尤其是老一代学者研究鲁迅作品，意识形态的限制不可避免，在对叙事作品进行分析时，往往秉持现实主义的标尺，而实际上，现实主义本身也是有争议的流派，也有其局限性，正如著名批评家韦勒克（R. Wellek）所言，"现实主义理论最终是一种坏的美学，因为所有的

---

① 具体可参倪墨炎《从〈鲁迅与许广平〉谈到〈魔祟〉》，葛涛主编《鲁迅的五大未解之谜——世纪之初的鲁迅论争》页 69—71。
② 许广平《鲁迅先生的香烟——纪念鲁迅先生逝世九周年》，《许广平文集》（第二卷），页 134。
③ 具体可参袭真《着了魔的心理分析——读序有感》，《鲁迅研究月刊》2001 年第 3 期，页 52。

艺术都是'创造的'，其本身是一个充满幻想和象征形式的世界。"[1] 其实，鲁迅小说的张力、包容性、创新性，岂是传统现实主义可以囊括的？实际上，即使是在对待鲁迅的散文名作《藤野先生》上也有类似的迷思，中国学者往往视之为纪实散文，而日本学者则多数把它看作虚构作品或小说。毋庸讳言，突破固有思维的限制，回归叙事作品的多样性解读是必要的，尤其是，我们面对的是创造力极其鲜活、旺盛的鲁迅。

鲁迅曾这样回忆他对小说虚构技艺的认知，"所写的事迹，大抵有一点见过或听到过的缘由，但决不全用这事实，只是采取一端，加以改造，或生发开去，到足以几乎完全发表我的意思为止。人物的模特儿也一样，没有专用过一个人，往往嘴在浙江，脸在北京，衣服在山西，是一个拼凑起来的脚色。"（《南腔北调集·我怎么做起小说来》，《鲁迅全集》卷4，页527）不难看出，鲁迅在虚构作品时其实也不乏拼凑的策略，或者借一点因由生发点染，而并非循规蹈矩，对史实进行邯郸学步的。可以理解，追随鲁迅多年的许广平其实也深谙此道。

我们不妨考察一下传统现实主义解读作品的局限性，虽然不无争议，我们还是可以将B等同于许广平，G等同于鲁迅，但作为独幕剧，《魔祟》更多是具有象征意义的虚构叙事文体实践，至少"魔"的角色和意义的复杂性可以说明这一点。即使退一步，我们可以认同其中的主人公是鲁迅和许广平，但也并不意味着所有的事情、场景、情节都等同于现实。

从此角度说，《魔祟》中地点的描写很可能是相对虚写或拼凑的产物，它何以就变成信誓旦旦的北京或上海了呢？倪墨炎在论证过程中对虚构技巧所产生的细节与现实推测的缝隙一再归结为作者的疏忽或错漏，但问题在于，一个并未以实名署具，只以字母代号书写的作品，我们为何要将其发生地点锁定到现实场域

---

[1] R·韦勒克著，高建为译《文学研究中现实主义的概念》，刘象愚选编《文学思潮和文学运动的概念》（北京：中国社会科学出版社，1989），页250。

中去呢？

需要指出的是，上述论争忽略了《魔祟》中的关键词"魔"。陈漱渝指出，"'魔祟'象征一种与理智（intellect）相对立的本能（instinct），它在相爱的人中间制造精神与肉体的障碍"。① 在我看来，这里的魔明显更多是象征或隐喻，它既可以是 B，说话，又可以对 G 起作用，在结尾处，他又可以成为一个具有全知视角功能的观察者，同时又是 B 想征服的对象，"魔 在那帐顶上狰狞发笑，G 是长叹，B 不知用什么法打进（按疑为尽——编者）那魔。"这样的一个角色显然是纪实作品难以解释和统摄的。而首次解读此文的林溪也指出了魔的形象似乎前后不统一。②

同样，将这篇作品解读为鲁迅和许广平的同居，乃至初次性爱场景的记录也是对这个文本的世俗窄化处理，它完全可以变成一个描写人与人思想交流困难的剧本，可以变成在爱情与责任、隔阂之间艰难徘徊的心境的书写。在注释和解读一个文本归属信息残缺的作品时，过于偏重其现实性、世俗性，而不考虑其多元性和超越性本身就是一种可能的偏执，而相反的，我们为了能够对其解读可能性一网打尽，本来更需要发散性的思维和应对策略。

三、与广州的纠缠

王锡荣尽管对《魔祟》的性质不无怀疑，比如指出"我宁愿相信，它是寓言，是象征，而不是纪实"，他却还是重蹈倪墨炎们的覆辙，在纪实的前提下，探讨故事的场景发生地。③

（一）广州浮现。

王锡荣就 8 个疑点开始反驳倪墨炎认定的疏漏和缝隙，指出其不能自圆其说

---

① 陈漱渝《血的蒸气 真的声音——许广平三篇遗稿读后》，《鲁迅研究月刊》1985 年第 1 期，页 8。
② 林溪《关于〈魔祟〉》，《鲁迅研究月刊》1985 年第 1 期，页 10。
③ 王锡荣《我看〈鲁迅与许广平〉争论》，《鲁迅世界》（广州）2002 年第 3 期，页 13—18。

之处。吊诡的是，王也是从细节的真实性入手，尽管明知道这个剧本不过是虚构的产物，事件亦不无虚构元素。

同时，王又从3点细节质疑并推翻了陈漱渝的上海说，比如，房屋格局、相应要求的玻璃以及木地板等要素都不符合剧本的描述。在质疑别人观点的基础上，王趁势推出了广州说，理由如次：1. 房屋格局不无可能；2. 电灯、玻璃等场景相似；3. 鲁迅和许广平生活的便利与可能，1927年6月初，许寿裳已经搬离广州白云楼，所以，相比之下，如果说这是写实，或以何处为依据的话，王宁愿相信这里写的是广州白云楼。——但也还没有得到完全的确证。①

反思上面的几种观点，包括王锡荣的广州说，其实都不无问题，最大的问题在于，如果将《魔祟》视为虚构的象征剧/现代剧，他们辛辛苦苦所作的煞有介事的考据一如海滩的沙堡面临大浪的冲洗，虽然有刹那的亮丽与辉煌，但归根结底只是昙花一现。即使我们视《魔祟》为纪实作品，他们的考证亦不乏推测之处，并无直接和真正有效的证据勾连文本与其结论。

整体而言，个人认为，我们应当淡化具体的地域比照，毕竟如果这是许广平写于上海时期的作品，其发生环境很可能纠结/混杂了北京、广州、上海三地的地域特征，而实际上，这三个城市都是许广平所熟悉的据点；同时，如果考虑到其为了营造故事发生的背景的典型性或普泛性，同样也不会拘泥于基本的地域规定。

(二) 爱的中间物：《魔祟》定位。

如果不过分坐实《魔祟》中的人物、情节、场景，而视之为一个象征剧或现代剧的话，它其实更是鲁迅、许广平爱的中间物与见证。

1. **互爱的灵思。** 鲁迅在他的名作《死》中，曾经涉及了有关对直系亲属，尤其是配偶的忠告，"二，赶快收敛，埋掉，拉倒。""四，忘记我，管自己生

---

① 王锡荣《我看〈鲁迅与许广平〉争论》，《鲁迅世界》（广州）2002年第3期。

活。——倘不，那就真是胡涂虫。"鲁迅这种对爱的曲折表达被一向喜欢以犀利言辞吸引眼球的朱大可相当隔膜的总结为"鲁迅利用这个言说时机进行了最后的审判—判处这个肮脏的殖民地乌托邦和自己一起死亡。由于这份'遗言'的出现，一种我称之为'仇恨政治学'的意识形态诞生了，并对中国的二十世纪政治运动产生极其深远的影响"，同时把鲁迅的第四句话总结为"彻底否认夫妻情感"。①

其实，这当然是一种偏执的误读，是对复杂爱情样式缺乏风情和体验的片面归纳，在鲁迅表面的决绝下却呈现出他对爱人的深厚的爱，在爱的层面上也要生存、温饱、发展，不要过分执着于已逝的过去。在我看来，这恰恰是鲁迅对许广平倾诉衷肠并希望她更能展翅翱翔的深厚爱意的独特表达方式之一。

反过来，许广平对鲁迅的爱也是有着自己的方式的。无独有偶，参与论争的陈漱渝与倪墨炎不约而同提及许广平的坦直率真。如陈所言的，"心胸之开阔，思想之前卫"；如倪所言，"许广平先生真正是一位超越尘世的大无畏的女性；她和鲁迅一样，敢做事敢于让人知道，让后代知道，光明磊落，襟怀坦白"。② 在爱情上，许广平的确也表现出类似的一面，如前面所述的《风子是我的爱……》中，就不乏对美好爱情成功掌握的得意、欢欣与率真。

但《魔祟》中却表现出另样的许广平，她当然有其坦率的一面：B 和 G 的爱抚、亲吻，她写得毫不忸怩，但同时，她同样有其含蓄的一面，B 在魔控制之中的过分反弹，G 在睡眠中难以真正回应 B 的爱抚都象征了他们之间的精神差异、可能隔阂，而其表达出的真爱却又是对鲁迅的一种深切回应。在我看来，《魔祟》就是许广平对二人相濡以沫、求同存异的真爱的致敬、思念。

2. 写在广州之外。通过《魔祟》解读出它是鲁迅、许广平首次性爱的记录

---

① 具体可参朱大可《殖民地鲁迅和仇恨政治学的崛起》，《书屋》2001 年第 5 期。
② 倪墨炎《关于〈鲁迅与许广平〉的几个问题》，《文汇读书周报》2001 年 4 月 28 日第 1 版。

自然这是论者的自由，某种意义上，也是探求学术真实与客观的产物，但若从学理的角度看，仍然不乏臆测之处；当然，如果考虑到《魔祟》的虚构性，其观点更加难以立足。

当然，跳出此种论争单纯论述鲁迅和许广平的可能同居，则广州无疑也是更天时、地利、人和的场域，他们无论从名义上、感情上、工作上、革命的共同历练上都有着太多的交叉与结合，而1927年6月初，他们二人共居于白云楼，似乎同居显得水到渠成，唯一的担忧或压力则可能是来自许家迫于世俗压力的反对和抵触情绪。但是，我还是觉得，我们还是要尊重逝者的意愿，而将许、鲁的同居时间定义为1927年10月。

将鲁迅、许广平的首次性爱提前至1926年的初夏5月，从道德层面上讲，对于避居鲁迅处的许广平和身为人师的鲁迅有不利之处，毕竟有趁人之危之感，其自由结合的光辉会因此受损，何况他们的同居毕竟属于隐私问题？但从一个追求真爱的女人角度看，当她决定最终"伴君仗剑走天涯"的时候，以身相许则是一个必然的合理合情选择，个人认为，过分着重其时间刻度对于学术的意义并不大。

反过来思考，如果许、鲁二人的确是在1926年5月初次性爱，那么之后1926—1927年初的《两地书》主体部分，高长虹事件及其中的爱情波折联系起来阅读，因此显然有太多的做作之感，这似乎和倪墨炎所强调的许广平的率真性格不太吻合而因此自相矛盾。所以，从各个层面看，《魔祟》不能狭隘地坐实为许、鲁二人的初次性爱的记录，在我看来，它更是二人爱的见证，是十年相濡以沫、同舟共济的爱的"中间物"。

结语：《魔祟》作为许广平逝世后才发表的作品，其实有其独特价值。其身份的模糊性让它具有了文本的开放性，我们当然可以众声喧哗、多元并存。但将一个极具虚构元素的现代独幕剧坐实为许鲁二人初次性爱的记录，而将发生时间、地点煞有介事的具体化，这固然是学术自由的表现之一，但只在这样的传统现实主义视野内兜圈，无疑是偏执的、褊狭的，本文认为，《魔祟》呈现出爱与责的纠结，表达/再现了许广平对鲁迅的思念/纪念，它更是一个极具象征意义的剧本，是许鲁二人爱的"中间物"。

结论

长期以来,"广州鲁迅"是一个被低估乃至忽视的复杂存在。因为,一方面,如果从文学创作的数量角度来看,鲁迅在广州的产出实在算不上丰硕,更算不上影响力巨大,比如"北京鲁迅"的时间绵长、振聋发聩、气势磅礴,如《呐喊》《彷徨》让他名闻天下;另一方面,如果从革命性角度来看,"广州鲁迅"时间既短,而同时似乎也有点"温吞"和身份模糊,不至于像1930年代之后的"上海鲁迅"那么风光,而其1936年的逝世更是风光大葬,整个华人世界为之动容。相较而言,处于中间转型期而居住时间较短的"广州鲁迅"似乎往往被视为鸡肋。当然,坦白来说,长期以来受意识形态影响严重的对"广州鲁迅"的相对纯粹化和简单化处理也让一般读者乃至某些专家认为"广州鲁迅"乏善可陈。其实,这是一种大谬、错觉,乃至无知。

一、鲁迅整体结构:一个概览

毋庸讳言,如前所述,广州鲁迅不只是一个区域时空内的横断面存在,而更是一个辐射鲜活的立体性存在,它前后辐射,左右发散,显示出生机勃勃的状态和无法遏抑的能动性(agency)。易言之,广州鲁迅也必须置于鲁迅整体性存在的脉络和平台上才更凸显其价值和独特性。某种意义上说,广州鲁迅之所以看起来相对贫弱,一方面和这个时段的短暂性密切相关,另一方面,从技术层面考察,也是我们论证和观察的策略有问题——大多数论者依旧在旧有的框架和话语中判断广州鲁迅,自然无法看到其独特性。我们不妨考察一下鲁迅的精神结构层面和广州场域的深层相遇。

毫无疑问,在短狭的篇幅内论述鲁迅的各种存在结构既不现实,也难免捉襟见肘,此处我更多简述和广州鲁迅有关的层面,并非面面俱到,毋宁更是为了确立广州鲁迅和鲁迅整体的逻辑关联和内在理路。

(一)知识结构。不必多说,鲁迅的整体知识结构相当博杂,尤其是他的就学专业和兴趣相当广泛,呈现出博雅乃至博杂的状态。需要提醒的是,我们不妨借助身份(identity)[①]概念进行提纲挈领处理。

从历时性角度考察,鲁迅的文化和工作身份主要有三:1. 作家身份;2. 官员身份;3. 学者身份。北京时期的鲁迅这三个身份是合一的,但往往以作家身份为主,而且加上官员身份的保护壳(收入不错,而且管理制度和实施并不严格),学者身份的辅助性功能,某种意义上说,这是鲁迅相对安宜和自得的状态,易言之,更符合鲁迅内心的抉择。

上海鲁迅,角色更是简单,鲁迅更多是"自由撰稿人"身份,至于左联主席,对于鲁迅来说,更多是一种外在的奉献(所谓"梯子论"),他本身并没有当成官来做的。中间隔着的是厦门和广州鲁迅。在这两个时空中,鲁迅吃饭的工具和身份有了转换,这两所大学聘请他的核心原因之一是因为他是全国闻名的优秀作家,但作为大学里的正教授,其以往并不太看重的学者身份却上升为第一位,成为他吃饭的首要利器。

某种意义上说,这种角色的位置调换让自认为首要身份是作家的鲁迅颇有不适感。优秀作家的创造性、自由度,甚至是与此相关的强烈个性难免和学院派及其风格产生冲突。北京鲁迅的兼课和学术研究某种意义上说是鲁迅改善经济条件、怡情和认真做事的体现,当然也有辛苦之处,但如果不是主业,这种压迫感并不强,毕竟鲁迅也是积极主动、认真做事的人。但实际上,鲁迅并不喜欢抛头

[①] 有关概念厘定和解释可参陶家俊《身份认同导论》,《外国文学》2004 年第 2 期。

露面演讲，甚至是享受课堂，更多是他的认真习惯敦促他有的放矢、教书育人。不必多说，厦门时期，他已经感受到了来自学术和大学的考核等程序压力，这和他自由创作、节奏自控的作家身份显然不乏冲突，尤其是，如果创作难以保证高歌猛进的话，这种冲突就会由内向外迸发出来，从此角度看，后来的人事纠葛等等不过是冲突以及决定逃离的导火索。

广州鲁迅的身份其实也相对齐全，他的官员身份变成了大学内部的学官，但管的事情却更多，事必躬亲、难以偷懒，而学者身份又不断上升，加上他的爱人在侧，鲁迅的作家身份是最被压抑和忽略的一环，因此，他搬离大钟楼转到白云楼上去居住，其实更是为了回归自我，强化自己的作家身份。但"四·一五"清党事件的发生让鲁迅颇受震撼，无法静心创作，但却可以让他辞职后有时间仔细反省这些身份的舍弃和坚守，最终走向并遵从内心，成了坚守自由撰稿人身份的上海鲁迅。

（二）思维结构。不必多说，鲁迅先生的思维结构相当复杂，哪怕是任何最有力的简短概括都可能带来误解和简单化操作，毕竟，鲁迅先生的多元性、深刻性和繁复性一样出名。比如，举例而言，鲁迅思维结构中的"多疑"性格及其哲学已经有人论述过了，比如刘春勇著述的《多疑鲁迅：鲁迅世界中主体生成困境之研究》（中国传媒大学出版社，2009），该书借助关键词"多疑"对鲁迅的思想、生活和创作进行一次重新梳理，可谓不乏新见，精彩处令人拍案。此处就鲁迅的思维结构也只能择一二和广州鲁迅相关的特点加以略论。

1. 否定性/"抵抗性"思维。简而言之，鲁迅的思维结构中有一种否定性思维方式，他对所有的事物，无论新旧似乎都一种重估的欲望和冲动，不会很快和轻易做出判断。而这种思维方式不仅仅是针对外部世界，而且也包括对自我的内化。如竹内好指出，"从环境当中不断地抽取自己是鲁迅固有的行为类型"，"可以看到他痛彻逃离的挣扎。鲁迅从未张扬过自己。他对自己感到不安。那是因为他存在于抵抗感之中，不能作为存在而使之安定下来。被安定的已经不是自己。

【竹内好著，靳丛林编译《从"绝望"开始》，三联书店，2013】

所以他不断地被继续走下去的冲动所驱使，他自己能感觉到的只有这种冲动。他没有目的地，也不相信目的地。"①

从此角度看，鲁迅正如他自己喜欢的"枭鸣"，可能会让一般人偶尔觉得刺耳，乃至厌恶，但他从未放弃发出"真的恶声"。这也决定了他的广州时期也会如此。不同之处在于，鲁迅对广州的批评更多是内敛的，由于他的认真习惯，对不太熟悉的事物并不随便侃侃而谈，在文章中固然会涉及，但私人谈话中更多。这也显示出他同样体贴和厚道的一面。

2. "观念性"推理逻辑。在竹内好看来，鲁迅有自己独特的认识和判断世界的"类推"法，"每个认识都要遵循各自的经验，由类推产生的各种组合就是他所拥有的整体。所以，他不会把折叠的世界打开，使其统一地法则化。他不会结

---

① 【日】竹内好著，靳丛林编译《从"绝望"开始》（北京：生活・读书・新知三联书店，2013），页54。

构世界（无论是根据概念还是根据形象），不仅不会，他也从未有过这种想法。恐怕这既是鲁迅的长处也是他的短处。他不但没有写过文学论，也没有写过长篇小说，或者说写不出（就连《阿Q正传》写得也不是没有破绽）。"①此论当然有可商榷之处，比如鲁迅到底能否写出长篇，虽然事实上他最终没有此类作品。

耐人寻味的是鲁迅这种结合自己体验、肉搏现实，并把它内化到文字里的推理逻辑，这样的书写无疑是一种刀刀见肉的实践性书写，而非简单的凭空虚构，我们因此也可以理解鲁迅文本，无论是小说，还是杂文，甚至是最晦涩难懂的《野草》都有很强的现实感、象征性和穿透力。这就意味着鲁迅很难真正洒脱起来，或插科打诨，或凭空幽默，他不是高高在上的虚构者，他可以高瞻远瞩、犀利先锋，但同时又深接地气，一颗心始终和中国国民的脉络共振，所以称之为"民族魂"也是一种合理和必然。

广州鲁迅当然由于接触了诸多现实的层面，包括高校机制束缚、政治纠葛罪恶、人士冲突（和顾颉刚），尤其是让他体验到：在不胜繁忙的时候自己最钟爱的创作被高度压缩，甚至被牺牲掉的时候，他能够静下心来思考长篇巨制的结构、处理繁琐细节和人物——撰写长篇的可能性其实已经微乎其微了。到了上海，成为自由撰稿人后，养家糊口的（精神）压力更大，他的这种肉搏性和观念法推理逻辑也更让他选择了贴近现实、一针见血，无论是经济功能还是社会效益都立竿见影的杂文，而非可以借助想象的翅膀自由翱翔的某类长篇小说。

（三）情感结构（Structures of Feeling，或译感觉结构）。②值得注意的还有鲁迅的情感结构。毋庸讳言，鲁迅的情感中有较高的不安全感，包括前面的"多疑"性格如果只是探求生理表现的话，也是内心安全感不够的特征之一。同样不

---

① 【日】竹内好著，靳丛林编译《从"绝望"开始》，页94。
② 有关解释可参阎嘉《情感结构》，《国外理论动态》2006年第3期。主要讨论的是英国文化理论家雷蒙德·威廉斯（Raymond Williams）的复杂论述，一般认为较早的是他的《马克思主义与文学》中的专节处理。

容忽略的还有鲁迅先生的神经质表现，有时候会过度敏感（当然如果他知晓自己犯了错，也会勇于认错并更正）。当然，如果从他的生存习惯角度考虑的话，作为一个嗜烟者，如前所论，他的易冲动、脾气急躁、甚至是说话和文字的刻薄也和此习惯有种千丝万缕的关联。

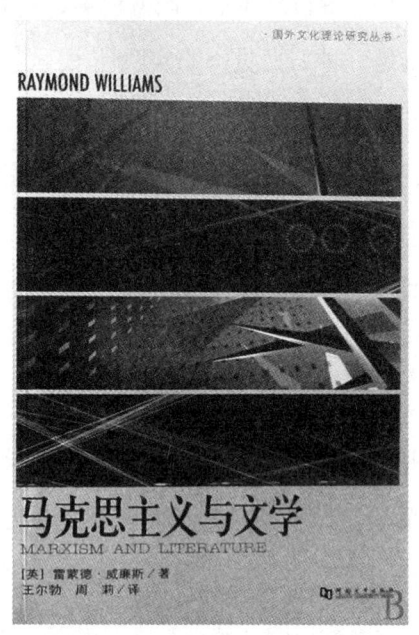

【威廉斯著、王尔勃等译《马克思主义与文学》，河南大学出版社，2009】

此处特别提出的是他的情感结构中的"逃离性"特征。竹内好指出，"他总是那样离去。并且通过这种流亡生活，他不断地从战斗中吸取经验，把外部事件转化为内部活动力的源泉。"[①] 结合实际来看，北京鲁迅时期，兄弟失和的结果就是鲁迅逃离八道湾；从北京鲁迅到厦门鲁迅，鲁迅又是一个逃离的过程，固然有所谓段祺瑞的通缉令和需要安置他和许广平的爱情要因，但他的内心却是有一种逃离的冲动；从厦门鲁迅到广州鲁迅，这种倾向依旧存在，鲁迅从厦门到广州

① 【日】竹内好著，靳丛林编译《从"绝望"开始》，页54。

固然是因为许广平的原因居首,但离开时却也依旧仓促而坚定,外在的原因固然有顾颉刚的到来,但内在的逃离也在起作用。

到了上海,鲁迅的预先感觉也只是暂居,如果不是因为小海婴出世、身体每况愈下,鲁迅依旧有逃离的冲动。不只是事件和空间逃离,在鲁迅的感情结构中,有时候处理认知事件也是采用逃离法,比如,他所谓共产主义战士或同路人角色的转换也是通过和创造社、太阳社小字辈们的论争首先逃离、后来才真正靠近的。当然,这种逃离也有它可能更丰富与深邃的含义,孙歌指出,"鲁迅式逃离"的"文化内涵在于它的'后退半步保持距离'的紧张感","这种特殊的文化位置,使得鲁迅在多数人感觉不到绝望的地方,不仅感到了深刻的绝望,而且绝望于绝望。"而"鲁迅绝望的战斗精神,只有通过这种特殊的'逃离',才能得到真正的理解。"①

上述种种结构,不过是对鲁迅性格、思维和情感的挂一漏万的描述,但目的在于,广州鲁迅其实既是构成立体而多元鲁迅的一部分,同时又是整体性鲁迅在广州时空的独特存在:脱离了鲁迅的整体性侈谈广州鲁迅,只会让广州鲁迅显得可能单薄而苍白,而离开了广州鲁迅的整体鲁迅却也不够具体和有血有肉,一些结果性的转型解释也很难清晰可辨。一言以蔽之,广州鲁迅其实和鲁迅的整体性既一脉相承,又互相丰富。

二、广州鲁迅:历史现场与纷繁身份

我们绝对不应低估"广州鲁迅"的复杂性、多元性和立体性。毫无疑问,如果把鲁迅简化为斗士,那么依照鲁迅反感地回应当年学校委员会委员朱家骅的话语逻辑,那他应该来的不该是广州,而是当时北伐势如破竹后的重要都市——武汉。当然,更不应该把鲁迅所有的事务都和革命挂钩,那样的话,除了窄化鲁迅

---

① 孙歌《为什么"从'绝望'开始"?》,【日】竹内好著,靳丛林编译《从"绝望"开始》,页402。

之外，还会窒息和糟践鲁迅留给我们很多的有关广州的文化遗产。在我看来，理解"广州鲁迅"有两大法宝：

第一，要回到历史现场。

正是回到了历史现场，才可以发现广州鲁迅的多元性和复杂性。这也是本书着力要处理的多元化"广州鲁迅"，他既是按照良好惯性和激情指引努力耕耘的闻名遐迩的写作人，却同时又是被广大青年和读者拥戴着发声的演说家、斗士和批判者。他既是身居一线孜孜不倦授课的名师，同时又是执掌中山大学教务，不断创设规矩的首任教务主任。同样，这是他工薪收入最高的时期，却又是他弃绝教授回归自由撰稿人的阶段。同样，在"四·一五"血腥事件发生后，他很快宣布辞职，但我们却不应忘却在此之前他和顾颉刚教授（1893—1980）不浅的私人恩怨。无疑这其间密布了各种复杂性。

即使回到革命的字眼、实践和理解层面，很显然，鲁迅也是一个非常复杂的存在。他既看到了广州的"红中夹白"，同时却又潜心工作，鼓励青年们牢记中山先生的革命真谛——永不完结；他寄希望于文字、文学对人心启蒙的力量，却没有忽略现实中具有思想的军队（含武器等）的切实战斗力；他来广州既是想和创造社联合起来多做些事情，但同时又是为了和爱人许广平团聚。除此以外，他能够看到青年们的热血、坚持和理想主义，但也明晰他们的分化，有些人堕落，有些人的升迁恰恰是因为手上沾满了同辈人的鲜血。

当然，我们更不该忘记鲁迅此时也是一个47岁的中年男人。惟其如此，我们才更可以平添"理解之同情"，回到历史现场，可以感受到鲁迅来自于生理和精神的双重焦虑，他的工作繁忙之下的"老夫聊发少年狂"，平素不关注饮食的他却那么喜爱广东点心，即使在越秀山游览时腿部摔伤以后还要前去香港演讲，这显然都不是单纯的革命情怀所能简单解释的。当然，他如何照相，其中呈现出怎样的态度和立场都耐人寻味。这也为我们思考"上海鲁迅"热爱看电影、照相等为数不多的休闲娱乐兴趣展开埋下了伏笔。而同时，广东青年廖立峨作为青年代表，其实也映照出鲁迅对青年的态度以及广州对鲁迅的镌刻。

第二，要纵横交错、聚焦转型。

从写作人、革命者、教授（教务长）、中年男人四个层面重新观照鲁迅更多是从横向剖析出几个横断面加以叠床架屋式的处理，除此以外，我们也不应该忽略广州场域的转型特征。

换言之，"北京鲁迅"和"厦门鲁迅"的某些特征、成果和思路在"广州鲁迅"这里多有呈现，而"上海鲁迅"的独特性在"广州鲁迅"时期却又有迹可寻。比如，"广州鲁迅"的文学风格转换、文体转换都必须结合前后的具体文本和整体表现加以审视。

当然，回到具体文本，比如，此一时期非常重要乃至经典的文本《铸剑》（原名《眉间尺》）原本引起鲁研专家的不少争议。核心问题之一就是，到底它属于厦门时期，还是广州时期？如果采用转型期和纵横交错的视野看待此问题，那么我们可以发现这不该引起太多论争：作为一个优秀的写作人，鲁迅是在厦门时期酝酿，而在广州时期修订并完成此文的。

同样需要关注的是，比如"广州鲁迅"对大学教授的弃绝，有些人往往会想当然地归结为中山大学对鲁迅不够好。这个问题也要需要更纵横交错的视野加以探讨。换言之，这不是中山大学让鲁迅从此弃绝了教授，而是在广州时期鲁迅终于最后决定回归自由撰稿人的角色。而实际上，北京时期，尤其是厦门时期才是影响至深的关键时期，"广州鲁迅"弃绝教授更是水到渠成的结果呈现时段。

简单而言，"广州鲁迅"绝非是一个对革命鲁迅的广州时段截取和刻画，而更是一个对鲜活灵魂的历史再现和真诚抚摸，鲁迅在此时期既是柔软的，又是焦虑的；既是痛苦的，又是畅快的；既是革命的，同时又是游移的、矛盾的。这都为"上海鲁迅"的精彩上演提供了坚实而充分的预演。如人所论，1927年之于鲁迅具有一种"分界线的意义"，不是从作为诱发物或外在因素的政治角度确立，"实际导致这一变化的真正的、更为深刻的原因，则完全来自于他中期对于黑暗

与虚无的生存体验、和对于自身生存方式的沉思与探索。"①

【徐麟著《鲁迅：在言说与生存的边缘》，山东文艺出版社，1997】

三、余绪

目前的"广州鲁迅"研究中，鲁迅在中山大学其实还有一个重要角色，那就是"组织委员会"委员。它不同于今天所言的党委组织部的"组织委员"，而是当时的大学感于"本校各科院散处，范围广大，科部繁多，非有严密之组织，不足以收统率联络之效"②而成立的，而当时的五人委员会分别为：杨子毅（主席）、饶炎、黎国昌、傅斯年、周树人。

而根据当年3月31日下午4：30《本校组织委员会第一次会议记事录》表明，其最重要的责任在议案1中，"先根据各处科部之办事细则，拟定教务处及

---

① 徐麟著《鲁迅：在言说与生存的边缘》（济南：山东文艺出版社，1997），页177。
②《组织委员会已成立》，《国立中山大学校报》第9期，1927年4月18日。

事务管理处通则；教务处办事通则，由本会议决后，送大学委员会，转送教务会议议决，送还委员会核定施行。关于事务管理处办事通则，由本会议议决，送大学委员会核定施行。教务处办事通则，请周树人、傅斯年两委员担任整理。事务管理处办事通则，请饶炎、杨子毅两委员担任整理。"①

通过这仅有的上述资料，作为组织委员的鲁迅不仅和傅斯年一起负责教务办事通则的制定，同时也深度参与中山大学事务管理处通则。这意味着鲁迅先生的位置至关重要，某种意义上说，他是大学教务和行政的重要执行者，是当时大学校务的核心成员。但世事变幻莫测，鲁迅先生4月中下旬就宣布辞职了，他根本没有时间继续创设、实验和深度影响中山大学。而耐人寻味的是，今天的中山大学多校区（广州、珠海、深圳）"三校区五校园"办学格局也面临着鲁迅当年类似的问题，很遗憾由于资料不足和鲁迅过早的辞职，我们无法向鲁迅先生取经了。

瞿秋白敏锐指出："不但'陈西滢'，就是'章士钊（孤桐）'等类的姓名，在鲁迅的杂感里，简直可以当做普通名词读，就是认做社会上的某种典型。"②这就意味着我们无论是在解读鲁迅文本还是在阅读鲁迅重大抉择时都必须注意其背后的深度、意蕴与其他可能性。

从学术争鸣的视角来看，我的"广州鲁迅"研究也只是一种理路，因为个人能力所限，无论是对史料，还是对理论把握，甚至是问题意识的设计中也难免有不足和瑕疵，这意味着，"广州鲁迅"依旧是开放的，它期待着更多有心人加入进来，继续巩固提高。

---

① 原刊《国立中山大学校报》第9期，1927年4月18日。
② 何凝（瞿秋白）《〈鲁迅杂感选集〉序言》，《鲁迅杂感选集》(贵阳：贵州教育出版社，2001)，页108。

原序

王富仁 教授

一

我认为，从1949年至今的鲁迅研究，可以粗略划分为三个时期：一、政治化时期；二、非政治化时期；三、多元化时期。

从1949年中华人民共和国成立至1976年文化大革命结束，是一个政治化的时期。这个时期的鲁迅研究是继承着上世纪三十年代左翼鲁迅研究和上世纪四十年代解放区鲁迅研究的传统发展而来的，并且以毛泽东对鲁迅的三个"家"的评价为最高纲领。自然毛泽东对鲁迅三个"家"的评价是这个时期鲁迅研究的最高纲领，所以这个时期的鲁迅研究归根到底只是上世纪四十年代解放区鲁迅研究传统的演化和发展，上世纪三十年代左翼鲁迅研究的传统到了1949年之后走的是相继萎落的道路，胡风被打成反革命集团的首领在先，冯雪峰被划为右派在后，左翼鲁迅研究的传统就完全被解放区鲁迅研究的传统所取代了。只剩下一个李何林，在"学习鲁迅、宣传鲁迅、保卫鲁迅"的口号下坚持了自己上世纪三十年代的左翼鲁迅研究传统，但即使他，在具体论述上也不能不以毛泽东关于鲁迅三个"家"的论述为纲。上世纪四十年代的解放区传统，实际就是中国共产党领导的政治革命的传统，所以毛泽东关于鲁迅三个"家"的评价在这个传统中必然是以"革命家"为终极价值的，并且这个"革命家"的标准就是"政治革命家"的标准，鲁迅是放在"政治革命家"的标准下被认识和评价的，"思想家"、"文学家"只是这个"政治革命家"的具体注脚，是在符合"政治革命家"要求的意义上被肯定的。所以，政治革命意义上的"革命"成为这个时期鲁迅研究的关键词，鲁迅文学作品的意义是"革命"的意义，作为一个人的鲁迅是"革命"的战士，即使鲁迅与许广平的恋爱关系，也是"革命"的"同志"式的恋爱关系。扯不到"革命"上的事情，就没有什么意义了，因而也不能扯到鲁迅身上去。扯上去，就是对鲁迅的污蔑。

  从1976年文化大革命结束到上世纪八十年代中期，是一个非政治化的时期。显而易见，这个非政治化时期，实际是对上面那个政治化时期的反拨。为什么"反拨"？很多人认为是由于政治化时期的人们"神化"了鲁迅。这个说法不是没有一点道理，但我认为，若从本质的意义上讲，恰恰是由于政治化时期的人们用架空的形式消解了鲁迅、否定了鲁迅。这一点是不难理解的，从严格的意义上讲，鲁迅连一天也未曾参加过政治革命，更不是什么"政治革命家"。从"政治革命"的标准出发，任何一个从井冈山、延安革命根据地来的革命战士的"革命性"都是不证自明的，而鲁迅的"革命性"则是证而不明的。在这个时期，鲁迅在中国社会文化中的地位实际经历了一个"明升暗降"的过程，词语上的评价是越来越天花乱坠，但鲁迅在社会公众心目中的地位却处在直线下降的过程中。到了文化大革命，他就被说成了一个"毛泽东的小学生"。眼前就有"大先生"，何必再学"小学生"？所以若不是周海婴亲自写信给毛泽东并经毛泽东恩准，连那套1938年版影印的《鲁迅全集》都没有人出了。政治化导致了鲁迅研究自身的毁灭，文化大革命结束之后的鲁迅研究就不能不表现出非政治化的倾向了。

这个时期的非政治化并非是非革命化，只不过这个"革命"已经不是毛泽东时代的"政治革命"，而是在更普遍也更深入意义上的"革命"了。实际上，这个时期各个鲁迅研究者的具体视点是各自歧异的，李泽厚是从中国近现代思想发展史的角度研究鲁迅的，刘再复是从文艺美学的角度研究鲁迅的，王德厚是从鲁迅"立人"思想（改造国民性）的角度研究鲁迅的，王富仁是从反封建思想革命的角度研究鲁迅的，钱理群是从精神现象学的角度研究鲁迅的，王晓明是从现实社会人生观念的角度研究鲁迅的，他们之间的具体观点也并不完全相同，但他们都是在文化大革命及其之前的社会历史语境中走过来的。在那个时候，他们阅读过鲁迅，有了自己的阅读体验，但他们的阅读体验却无法用当时流行的革命政治批评话语进行相对满意的表达。文化大革命结束之后，他们有了表达的可能，就有了他们的鲁迅研究。也就是说，他们的鲁迅研究更是他们在文化大革命及其之前的革命政治批评话语压抑之下个人阅读体验的一种表达形式，虽然彼此不同，但都有反抗革命政治批评话语的意味，表现出一种反政治化倾向，所以我将这个时期的鲁迅研究称之为非政治化时期。

在中国当代鲁迅研究史上，非政治化时期只是一个极其短暂的时期，它体现的只是中国学术文化从文化大革命的暂时休克中重新复苏的过程。粗略说来，这个复苏过程到了上世纪八十年代中期已经完成，新一代的鲁迅研究者是在改革开放的语境中成长和发展起来的。反政治化时期的鲁迅研究者在反抗了文化大革命及其之前的革命政治话语之后没有更新的批评话语，鲁迅的话语就成为他们主要的乃至唯一的话语寄托，所以他们之间尽管也有观点上的歧异，但对鲁迅及其作品却有着一致的尊重，采取的是不同程度的仰视态度，而绝无俯视乃至轻视的意味。这到了中国学术全面复苏之后，特别是到了大量西方思想学说翻译、介绍到中国之后，情况就发生了一个根本的变化。仅仅从学术研究的角度，任何一种思想学说都能够成为鲁迅研究的思想基础，并且在任何一种思想学说的基础上也都有几乎无限多的角度，这就带来了鲁迅研究的多元化，但这种多元化也带来了中国当代鲁迅研究的自身分裂。这也是不难理解的，西方的思想学说，有西方思想学说建构的基础，它既不是在中国文化的基础上建构起来的，也不是为了解决中国文化中的某个问题而建构起来的，对于中国知识分子，它只有普遍性的品格，而没有特殊性的品格。这就为中国知识分子提供了完全自由地驱使它的权利和可能。具体到鲁迅研究领域来说，也就是中国的鲁迅研究者既可以用西方某个思想学说的原理发掘鲁迅作品的思想意义或艺术潜力，也可以用这种思想学说的原理批评鲁迅作品的局限和不足。实际上，这种用西方某种思想学说的定义和原理评价鲁迅及其作品的方法，在过去也有。只不过那时用的是马克思主义，而现在用的是一些不同的主义罢了。用的同是马克思主义的基本原理，郭沫若认为鲁迅只是一个"封建余孽"，是一个"二重的反革命"，而毛泽东则认为鲁迅"不但是一个伟大的文学家，而且是一个伟大的思想家和伟大的革命家"。到了当代西方思想学说这里，也是这样。我们可以说鲁迅是一个现代主义者，但也可以说鲁迅不是一个现代主义者，反正西方的现代主义文学理论不是在鲁迅作品的基础上总结出来的。在大量不同的西方思想学说像灌老鼠洞一样灌进我们这个封闭了四分之一世纪的中国文化界的同时，中国现代文化与文学的研究也兴盛起来了。自然在西方这些著名理论家思想学说的观照下，鲁迅的形象没有了确定性，是既可崇之上天，也可贬之入地的，那么，在鲁迅与中国现代文人的关系中，也就不一定站在鲁迅一边看别人，也可以站在别人一边看鲁迅了。这就把成仿吾、高长虹、陈西滢、梁实秋、顾颉刚、施蛰存、周作人、林语堂、苏雪林、沈从文等所有这些与鲁迅打过或没有打过笔墨官司的人的鲁迅观全部搬了出来。及至后来，"新儒家"又活跃起来，鲁迅是批过"儒"的，"新儒家"眼里的鲁迅自然也是不那么光彩的。在这个时期，是有很多很坚实的鲁迅研究著作出现的，但所有这些著作，几乎都被淹没在反对"神化"鲁迅的声浪中，不被更广大的社会群众所重视了，鲁迅也退出了中国广大社会群众的视野。

在多元化的视野里，我们失落了鲁迅。

二

多元化的研究视野是不是一定会失落一个有相对确定性的鲁迅呢？这只要稍微看一眼其它研究领域的状况就可以了。时至今日，不论哪个研究领域的研究视野都多元化了，但还有没有一个有相对确定性的屈原呢？还有没有一个有相对确定性的莎士比亚呢？还有！也就是说，多元化的研究视野并不是我们失落一个有相对确定性的鲁迅的主要原因。

在这里，就有了一个如何看待我们当前的"鲁迅研究"的问题。

在"鲁迅研究"中，既然问题出在"鲁迅"已经没有了相对的确定性，所以，我们就得从"研究"开始说起。

"研究"，至少包括下列三个问题：一、为什么"研究"？二、"研究"什么？三、怎么"研究"？

为什么"研究"？鲁迅在《狂人日记》中就说过："凡事总需研究，方能明白。"也就是说，研究者不是那些"生而知之者"，也绝不认为自己是"生而知之者"。他认为很多事情，不"研究"是不会"明白"的。为了自己心里能够"明白"，所以就得"研究"。"研究"首先是为了自己，为了自己思理的清晰性，是自己思想成长和发展的需要。自己明白了，才会告诉别人，希望别人也能明白，但这只是附带的效果，不是首要的目的。这个道理，实际从孔子那个时侯的中国知识分子就已经懂得了。孔子说："古之学者为己，今之学者为人。"实际上，他是主张"为己"的，为了自己心里明白，不是为了炫耀于人。孔子还说："学而不思则罔，思而不学则殆。"我认为，这里这个"思"，已经有了"研究"的意思。不"研究"，心里就不"明白"，就只是一些没有确定性的印象。具体到我们鲁迅研究者，首先就得有这么一个意识，即我们之所以研究鲁迅，首先是为了明白鲁迅，并且明白了鲁迅对于丰富和发展我们自己是有益处的，不只是为了教导别人，更不是为了炫耀于人。如果对我们自己没有益处，如果通过鲁迅研究我们自己的学识和能力没有提高，那就不如去研究别个作家的别个作品。所有研究活动都有一个共同的特点，即于己有益，才会于人有益。通过鲁迅研究，你自己就没有比过去多明白一点东西，你的研究活动对别人又有什么益处呢？

  自然"研究"首先是为了自己思想的成长和发展，所以"研究"的对象得是一种有研究价值的事物。它本身就没有研究的价值，我们能研究出什么来？我们研究不出什么来，我们的思想怎么能够成长和发展？也就是说，当我们研究鲁迅的时候，应该是我们已经感到了它的存在意义和价值的时候，我们的研究是为了更清楚、更明晰地将其意义和价值呈现出来，或者找到其意义和价值的生成原因、生成机制。这到了文学研究中就更是这样。历史上的文学作品多矣，为什么我们不去研究那些从来没有人研究过的作品，反而研究已经有很多人研究过的鲁迅呢？这说明鲁迅至今还是值得研究的，通过研究鲁迅还是能够使我们得到成长和发展的。显而易见，只要我们意识到我们研究的事物首先应当是一种有研究价值的事物，而我们的研究就是为了具体呈现它的意义和价值或寻绎其意义和价值的生成原因或机制，那末，我们眼前的鲁迅自然会是一个有相对明确性的鲁迅。我们研究司马迁是因为他写了《史记》，我们研究曹雪芹是因为他写了《红楼梦》，我们研究鲁迅是因为他写了《鲁迅全集》中的那些作品。我们认为这些作品是有研究价值的，所以我们研究它们。在这里，实际是没有一个"仰视"和"俯视"的问题的。一切与此有关联的因素，都能够也应该进入到我们的视野之中来，而一切与此无关的事物，都不能也不应该进入到我们的研究视野之中来。

总之，研究什么？研究有研究价值的问题，研究我们明白了对我们的成长与发展有意义的问题。研究不是给每一个被研究者写一份操行评语，而是将有利于我们成长和发展的信息有效地输入到我们的思想之中来，并在我们的心理结构中给以一个明确或相对明确的位置。

怎么研究的问题，是一个更加复杂的问题，但在这里，至少有一点应该是明确的，即通过其内部的联系呈现它自身的意义和价值。在这里，首先得有一个关于人的基本观念，即一个人首先是为自己而活的，是为自己的时代而活的，而不是仅仅为任何一个其他人而活，或仅仅为未来的社会而活。对于一个文学家，那就是他首先是为自己而写作的，而不是仅仅为任何一个其他人而写作的。我们没有权利要求别个生命仅仅为我们而存在，而不是首先为他自己而存在；我们没有权利要求一个文学家，仅仅为我们而写作，而不是首先为他自己、为他自己那个时代而写作。问题仅仅在于，他的生命的存在对于我们还有没有意义和价值，他的写作还能不能引起我们的阅读趣味并与之发生精神上的共鸣。世界上没有任何一个其它事物是完全为我们而存在的，完全是为了我们的幸福而存在的。我们的生命要靠我们自己而活，我们的幸福要靠我们自己来争取，但也正是因为如此，所以我们要研究那些历史上曾经活过并且活得很有意义的人的作品，其中也包括鲁迅。鲁迅不是为我们而活、而写作的，也不是为了证明古今中外任何一种思想学说、任何一种文学研究方法论的正确与否而活、而写作的。他既不是为了证明马克思主义思想学说的正确性，也不是为了证明杜威、罗素、尼采、海德格尔、德里达等人的思想学说的正确性；既不是为了证明毛泽东思想的正确性，也不是为了证明老子、孔子、庄子、墨子、胡适、梁漱溟等人的思想的正确性。他就是他，不是任何别的人。所有别人的思想学说，别人的研究方法，有益于阐释和论证关于鲁迅及其作品的问题，我们都可以用，但我们却没有权利要求鲁迅必须更像他们，而不是更像自己。也就是说，所有外在于鲁迅的事物都不是衡量鲁迅及其作品的标准，衡量鲁迅及其作品的标准就在鲁迅及其作品的内部，而不在其外部。外部的是参照，内部的才是根据。

三

以上这些话，实际是我阅读朱崇科《鲁迅的广州转换》一书后的一点感想。现在就直接谈一谈这部书。

我向来认为，在学术研究界排行是没有意义的，大家在不同历史时期做着不同的研究，有着不同的成果，是交流关系，而不是等级关系。排行把我们彼此都排成敌人了，有百害而无一利，但我认为，对于朱崇科这部研究著作，这样一句话还是可以说的：它是一部坚实的鲁迅研究著作。

我之所以说它是"坚实"的，就是因为它的作者是在"研究"，是在努力从表面已经干枯了的历史事实中吮吸出内部的思想汁水来，而没有炫奇弄巧之心、之意。这样的"研究"，首先是有益于己，使自己心里"明白"，同时也会有益于人，使别人心里也能"明白"的。

广州，是鲁迅全部人生经历中的一个驿站，并且是一个具有转折意义的驿站。在过去，我们习惯于用"思想"为鲁迅分期：鲁迅什么时候成了一个马克思主义者？实际上，"思想"怎么分期？什么样的思想才是一个马克思主义者的思想？谁说得清楚过？连什么样的思想才是一个马克思主义者的思想都说不清楚，用马克思主义思想为鲁迅的思想分期，那还不等于捕风捉影？所以，对一个人的一生进行分期，只能根据他的人生经历，思想是在经历中变迁的，而不是经历是在思想中变迁的。依"经历"分，广州就是鲁迅前后两期的一个分界：离开广州前是"前期"，离开广州后，到了上海，就是他的"后期"了。

为什么广州成了鲁迅前后两期的一个分界？因为广州时期的经历对鲁迅思想的震动很大，不但改变了他的生活，同时也在较大程度上改变了他的思想。

鲁迅离开广州不久，钟敬文就编成了《鲁迅在广东》一书，可谓"鲁迅在广州"研究的开始，1949年之前的鲁迅传记和论述鲁迅思想发展经历的著作，都不能不涉及鲁迅在广州的经历，但这些著作多是左翼知识分子所写，所以也更重视鲁迅在广州时期政治立场的变化，直接开了1949年之后当代鲁迅研究政治化时期"鲁迅在广州"研究的先河。实际上，在当代鲁迅研究的政治化时期，"鲁迅在广州"的研究成就是非常突出的，这主要表现在对"鲁迅在广州"研究资料的搜集和整理上，在文化大革命后期，还因为《庆祝沪宁克复的那一边》的发现，在"鲁迅在广州"的研究上掀起过一个小的高潮。这个时期的研究，集中表现在收录于薛绥之等主编的《鲁迅生平史料汇编》第4辑的《鲁迅在广州》，李伟江《鲁迅粤港时期史实考述》、张竞《鲁迅在广州》应该也属于这个时期的研究成果。他们的研究，都为"鲁迅在广州"的研究奠定了坚实的基础，但在思想论述上却不能不受那个时期思想标准的局限。在上述当代鲁迅研究的非政治化时期，"鲁迅在广州"的研究可谓没有什么实质性的进展，那时的人们好找"大题"来做，相对缺乏艰苦卓绝地细致爬梳和深入挖掘的功夫，及至上述当代鲁迅研究的多元化时期，非革命化以及其它各种"非非主义"言论就出现了，这给鲁迅在广州行迹的描述也不能不留下一些不太协调的色调。不难看出，朱崇科就是在这种情况下重新面对鲁迅在广州的大量史实的。红的被描得太红，黑的被描得太黑，造成了鲁迅整体形象的模糊与混沌。如何想象和描述广州时期的鲁迅，不但关系到对这个时期鲁迅及其作品的感受和理解，同时也关系到对鲁迅一生思想和艺术的感受和理解。这就有了"研究"的必要。不"研究"，不对这些史实进行重新的梳理和挖掘，恐怕连朱崇科自己也不知道在鲁迅的广州行迹中到底包含了一些什么样的具体内涵？连他自己也难以说清为什么广州时期的鲁迅会是这个样子的，而不是另外一个样子的？这就使他不能不进入到鲁迅及其作品的内部联系中去具体地而非想当然地对鲁迅的每一个人所共知的外在表现做出为了令人心服必须首先令自己心服的重新的阐释和说明。在具体的论述过程中，他也运用了布尔迪厄的场域理论，但这个理论在朱崇科的具体研究过程中，已经不是那么难以理解的高深的理论，并且也不是他这部鲁迅研究著作中最抢眼的部分，而只是他具体进入"鲁迅在广州"史实分析的一个理论孔道。一旦通过这个孔道，实际地进入了鲁迅的世界，这个理论就在我们面前消失了，剩下的，只是需要我们重新感受和理解的在广州的鲁迅。——我认为，看一部鲁迅研究著作，不要看它讲了一套西方的或者东方的什么理论，要看他对鲁迅及其作品到底做了怎样的阐释和分析以及这些阐释和分析的意义何在。

不难看出，朱崇科"鲁迅在广州"研究的主要意义，是他把"鲁迅在广州"的研究从此前以历史资料搜集和整理为主的阶段正式提高到了整体性的理论研究的高度。而这个高度的出现，是与他在时空结构上的开拓有直接关系的。历史资料的挖掘和整理是全部研究的基础，但历史资料总是分散的，并不是一个有机的整体。不论是在当代鲁迅研究政治化时期对鲁迅革命性细节的强调，还是在当代鲁迅研究多元化时期对鲁迅非革命性细节的强调，实际呈现出来的都不是一个整体的鲁迅，并且不能不带来广州时期鲁迅形象的模糊性。显而易见，朱崇科借用布尔迪厄的场域理论实际是将鲁迅放到当时广州的这个场域中，从而将鲁迅广州时期各个不同侧面的活动联系成了一个有机的整体。这是一个现实的空间，也是一个研究的空间。只有在这样一个有广度的社会—研究空间中，才能将现已掌握的各个方面的历史资料按照其彼此固有的联系构成一个有机的整体，并呈现出鲁迅广州时期的整体面貌。科学研究的精确性，首先体现在"度"的把握上。社会科学研究永远不可能像自然科学研究那样，十分精确地标示出它的"度"来，但这并不意味着"度"对于社会科学研究不是重要的。我认为，在社会科学研究中，"度"就是"质"："质"是"度"的"质"，"度"是"质"的"度"；每一个"度"都有自己的一个"质"，每一个"质"都有自己的一个"度"，这是与自然科学的"质"和"度"的关系根本不同的。毫无疑义，鲁迅与许广平的情爱关系是鲁迅从厦门提前来到广州的一个关键因素，但鲁迅与许广平的情爱关系绝对不能等同于徐志摩与陆小曼、郁达夫与王映霞的情爱关系，鲁迅与许广平的情爱关系不是一个鸳鸯蝴蝶派小说的素材，也无法产生鸳鸯蝴蝶派小说的那种卿卿我我的艺术效果。正是在这种"度"的把握上，显示出鲁迅与许广平情爱关系的"质"，而这个"质"同时也决定了与鲁迅文学活动、革命活动、社会思想活动、学院教学及其管理活动的联系及其具体联系形式；鲁迅的革命性，同样是有一个"度"的，他到广州，是来教书的，而不是来参加革命的。他不是蒋介石，也不是毛泽东，甚至他也不像郭沫若一样直接栽进了北伐革命军。但要说鲁迅根本没有革命性，也是说不通的，他说当时的广州是"红中夹白"，当时的罢工示威是"奉旨革命"，说明他一直关心着"革命"，不过他关心的不是"枪杆子里面出政权"的那种通过外在社会形式表现出来的"革命"，而是在各种不同表现形式后面隐含着的一个能够给中国社会带来实质性进步的"革命"，但也正是在这里，他的革命性与作为文学家、思想家甚至作为大学教授的鲁迅都是可以兼容的。这是一个"度"，但也是一个"质"。显而易见，在鲁迅广州时期各个活动侧面的分析上，朱崇科都比较精确地把握住了它们的"度"，并且以其"度"呈现了它们的"质"，以其"度"的精确性将鲁迅各个活动侧面构成了一个有机的整体，还原了一个具体的活的鲁迅。

　　不难看出，正是在这个通过布尔迪厄"场域"理论拓展了的更大的社会—研究空间中，朱崇科为鲁迅在广州的研究也注入了大量新的历史资料，这主要集中在鲁迅教学和教务管理活动和鲁迅的经济生活方面。实际上，如果说在教育部的任职是北京时期鲁迅及其全部社会活动的主要载体，而在厦门、广州时期，在大学的任职就是这两个时期鲁迅及其全部社会活动的主要载体。"载不动，许多愁"，教育部的任职已经载不动鲁迅的全部社会活动和社会追求，甚至也已经"载不动"鲁迅的经济生活，所以1926年"3·18"事件之后，便正式离弃了教育部官员的生活；1927年"4·15"事件之后，鲁迅又离弃了学院教授的生活。这一个方面可以看出鲁迅思想自身的演变和发展的轨迹，同时也能够呈现出中国现代官场文化和学院文化的局限与不足。我和朱崇科都是在广东高等学校任教的，在鲁迅那时，广东是中国政治革命的策源地；现在，广东又成为中国经济改革的策源地。鲁迅在那时感受和体验到的是作为中国政治革命策源地的文化。我和朱崇科，现在感受和体验到的则是作为中国经济改革策源地的文化。朱崇科在对鲁迅广州观感和高校生活的介绍和分析中，分明也融入了他自身的感受和体验，至少我认为是如此。这也是朱崇科这部学术研究著作的特色之一。——将自己的感受和体验融入到自己的学术研究之中去，既照亮了自己，也照亮了对象。研究者与被研究者实现了跨时空的交流。

用布尔迪厄场域理论开拓出来的这个社会—研究空间，又是被朱崇科置入一个流动着的时间链条之中的，这就构成了该书研究的整体时空结构。广州，只是这个整体时空结构中的一部分，这就将广州时期在鲁迅一生经历中的特殊性和重要性更加突出地呈现出来。这在朱崇科对鲁迅文学创作的解析中表现得更加充分。但我认为，在这个方面，还是有更大的空间供我们继续开拓的。例如，鲁迅在遭遇广州时期的政治革命运动之前，已经有了对辛亥革命从发生、发展到结局的一个完整过程的感受和体验，这对于他在重新遭遇广州时期的政治革命的时候的感受和体验是有关键性的影响的。这二者的经验又同时影响到上海时期鲁迅对中国共产党领导的政治革命的感受和体验。

四

最后，我还想就当前这个多元化时期的鲁迅研究谈点看法。

庄子说："以道观之，物无贵贱；以物观之，自贵而相贱；以俗观之，贵贱不在己。"

在这里，庄子实际谈了衡人观物的三个不同的角度，这三个角度实际都出现在我们当前的鲁迅研究中，构成了我们当前鲁迅研究的多元化局面。

"以道观之，物无贵贱"说的是从整体上看待不同的事物，不同事物是无贵贱可分的。这在当前，主要体现在一些思想史、文学史的著作中。在近现代思想史上，鲁迅之前有康有为、梁启超、严复、孙中山、章太炎，鲁迅的同时有陈独秀、胡适。鲁迅之后有毛泽东，他们是不同历史时期或不同历史时期不同倾向的有影响的思想家，中国近现代思想史是由他们体现的不同思想倾向共同构成的，严格说来，在思想史上他们就是没有贵贱之分的。一旦分出贵贱来，不断地去"贱"而留"贵"，剩下的就只有一个人的一种思想了，就不成其为思想史了。文学史也是如此。但是，庄子所说的"道"，只是一个虚拟的、抽象的整体，而到了思想史、文学史的叙述中，则必须有具体的内容，而这个具体内容则是通过大量具体的研究成果相对确定下来的。也就是说，思想史、文学史都是在大量已有研究成果的基础上编写出来的。没有这些大量的研究成果，思想史、文学史就不能成"史"，或不能成为这样的"史"。任何思想史、文学史家都不可能将当时所有人的所有作品都写到历史当中去，只有一个抽象的整体观念，是无法解决鲁迅研究中的具体问题的，中国近现代思想史和中国近现代文学史的编写，也会流于因袭，或者简单的花样翻新。

"以物观之，自贵而相贱"说的是从个体的角度看待事物（亦即我们现在常说的主观主义批评），因为是以自己的好恶为好恶判断事物的，所以，自己总是"贵"的，总是正确的，而对方自然就不如自己"贵"，不如自己"正确"了，这就"贱"视了对方。如果对方也以这种主观主义态度看待自己，二者就是"相贱"的关系了：谁也看不起谁。新时期的中国文化，是从反对对毛泽东的"个人崇拜"、反对"神化"毛泽东开始的，这在政治领域，虽然同样不是一种研究的态度，同样因为缺乏冷静的研究态度而带来了中国思想的浅薄化，但在由毛泽东以阶级斗争为纲的政治路线向邓小平以经济建设为中心的政治路线的转移过程中，却是发挥了不可轻视的实际作用的，但到了上世纪八十年代中期之后，当越来越多的人祭起反对对鲁迅的"个人崇拜"，反对"神化鲁迅"的思想旗帜的时候，其情况就大不相同了。鲁迅从来就不是一个"立法者"，即使在政治化时期人们对鲁迅唱的空洞的赞歌，也是因为有毛泽东对鲁迅的崇高评价，崇拜的真正对象是毛泽东，而并非鲁迅。所有这些问题，只有通过认真切实的鲁迅研究才能得到相应的解决。反对对鲁迅的"个人崇拜",反对"神化"鲁迅,直接将鲁迅放到了批判、否定的位置上,连一个没有读过几篇鲁迅作品的中学生都来反对对鲁迅的个人崇拜,都来否定鲁迅的时候,这就将鲁迅及其研究的价值和意义全部取消了,其结果则是对自我的"神化",是自己对自己的"个人崇拜"。表面看来,这像是张扬了"个性",但"个性"是需要建构的,不是与生俱来的。仅凭自己的一股子热情和被社会挑拨起来的空洞的自尊,不想具体地感受和理解鲁迅,其结果不但搅乱了正常的鲁迅研究,同时也将自己的思想永久地留在一片空白之中;

"以俗观之,贵贱不在己"是说站在世俗的、常人的立场上看待别的事物,自己就无"贵"无"贱",区分的只是别人的"贵"与"贱",亦即没有研究者的主体性,只有对他者关系的纯粹客观主义的评价,这在上世纪九十年代之后的鲁迅研究中成为一个普遍的现象。上世纪八十年代的鲁迅研究,虽然处在重新起步的阶段,但由于研究者自身的社会责任感,由于当时的研究者是将鲁迅放在自己所关心的中国思想发展史、文学发展史以及自身精神发展的意义上进行研究的,是有"我"的,有主体性的,所以即使在对客观对象的研究分析中也能体现出研究主体的愿望与追求,不是纯粹客观主义的。但到了上世纪九十年代之后,中国知识分子的社会责任感逐渐淡漠(当然也有其客观原因),职业化的写作态度成为一种学术时尚。在这时候,自我就从自己的研究活动中隐退了,好像肯定什么、否定什么与自己毫无关系,研究也就只成为对客观对象的价值评判。实际上,这种缺乏主体性的研究,包含的是一种严重的自抑倾向,亦即越是与自我相关的,与自我的内在愿望与要求切近的,越是受到抑制的;越是与自我无关的,与自己的内在愿望与要求远离的,越是受到推崇的。这在鲁迅研究中,就造成了一种严重的中空现象:周围的事物,外国人,古代人,与鲁迅不同思想倾向的人,都是崇高的,都是不能挑剔的,而唯独鲁迅,是最不完美的,是应该也必须加以批判的,鲁迅就被放到了中国文化和世界文化的谷底。但只要对这时中国知识分子自身的文化心理略加分析，我们就会知道，他们在内心深处最感迫切的愿望与要求，实际正是鲁迅作为一个现代中国知识分子的那种自由独立的精神，只是因为自己已经没有力量也没有可能实现自己的愿望和要求，所以才将视线转移到周边的事物上，并将周边的事物视为更加重要的东西，起到的是一种"望梅止渴"的作用。

实际上，上述三种衡人观物的方式，严格说来，都不是现代社会科学意义上的"研究"方式，而是一种形象的直观方式。现代社会科学意义上的"研究"，首先，必须是有主体性的，而不是没有主体性的。不论在什么情况下，我们都必须知道，周围的人在我们的研究中首先感受和了解到的是我们这些人，是我们这些人的真实的而非虚拟的社会愿望和要求的，因为现代社会科学归根到底是为了加强社会交流的，是为了在交流中提高整个社会和整个人类的理性思维能力的。如果我们根本感受不到鲁迅在《记念刘和珍君》等大量杂文中所体现出来的中国现代知识分子的崇高的社会正义感，反而有意与无意地表现出对这样一些文章的恐惧、拒绝乃至抵抗心理，广大的社会公众是有理由怀疑我们都是一些像陈西滢那样的缺乏起码的社会良知、专门向权贵们暗送秋波的无能、无聊乃至无耻的文人的。任何的研究活动都是自我的一种呈现方式，不能只想获取学术荣誉而丧失了中国知识分子所应有的学术人格；其次，现代社会科学意义上的"研究"，必须将自己的主体性转化为对研究对象的切实可靠的理解和认识，我们认识的可靠性才是我们研究主体的可靠性，也只有依靠这种可靠性连接起来的中国知识分子，才是能够不断成长和壮大的知识分子，才不是一群争名誉、争地位的乌合之众。这同时也关系到整个中华民族的人文素质的提高。总之，"研究"，必须是坚实的，不论中国的学术在整个现实社会和现实世界上遇到多么大的困难和阻力，我们都必须依靠坚实的研究活动去克服。坚实，不是不会犯错误，而是已经为避免错误做出了最大程度的努力。这样的研究著作不会让人感到巧滑和虚浮，而会让人感到坚韧而执着。

朱崇科这部学术著作是坚实的，而不是虚浮的。

唠叨得太多了，请本书的作者和读者原谅。

2010年10月19日于汕头大学文学院

王富仁教授（1941—2017），山东高唐人。著名学者、中国现代文学研究会原会长、北京师范大学文学院教授、汕头大学文学院终身教授。

参考书目

A

【美】拉尔夫・瓦尔多・爱默生著，蒲隆译《自立》Self-reliance（北京：法律出版社，2009）。

B

【苏】巴赫金著，白春仁　顾亚铃译《巴赫金全集》（石家庄：河北教育出版社，1998）。
【德】本雅明著，王才勇译《摄影小史、机械复制时代的艺术作品》（南京：江苏人民出版社，2006）。
【德】本雅明著，许绮玲、林志明译《迎向灵光消逝的年代》（第二版）（桂林：广西师范大学出版社，2008）。
薄惠茹　孙中国主编《中年社会学——中国人生解析》（北京：中国人事出版社，1992）。
【法】布尔迪厄著，包亚明译《文化资本与社会炼金术：布尔迪厄访谈录》（上海：上海人民出版社，1997）。
【法】皮埃尔・布迪厄（Pierre Bourdieu）、【美】华康德（Loic Wacquant）著，李猛、李康译《实践与反思》（北京：中央编译出版社 1998）。
【法】皮埃尔・布迪厄著，刘晖译《艺术的法则：文学场的生成和结构》（北京：中央编译出版社，2001）。

C

蔡辉振著《鲁迅小说研究》（高雄：高雄复文图书出版社，2001）。
曹聚仁著《鲁迅评传》（上海：东方出版中心，1999）。
曹清华著《中国左翼文学史稿（1921—1936）》（北京：中国社会科学出版社，2008）。
【日】长堀佑造著、王俊文译《鲁迅与托洛茨基》（台北：人间出版社，2015）。
陈刚主编《中年人的心理健康：一个被忽视的领域》（杭州：浙江大学出版社，2005）。
陈嘉映著《海德格尔哲学概论》（北京：生活・读书・新知三联书店，1995）。
陈建华著《"革命"的现代性：中国革命话语考》（上海：上海古籍出版社，2000）。
陈明远著《文化人的经济生活》（上海：文汇出版社，2005）。
陈平原著《大学何为》（北京：北京大学出版社，2006）。
陈思和著《新文学传统与当代立场》（济南：山东教育出版社，1999）。

崔贵强《新马华人国家认同的转向》(厦门：厦门大学出版社，1989)。

D

邓国伟著《回到故乡的原野》(广州：广东人民出版社，1998)。
董大中著《鲁迅与高长虹》(石家庄：河北人民出版社，1999)。
董小英著《再登巴比伦塔——巴赫金与对话理论》(北京：生活·读书·新知三联书店，1994)。
段永朝著《碎片化生存》(北京：中信出版社，2009)。

F

房向东著《孤岛过客——鲁迅在厦门的135天》(武汉：崇文书局，2009)。
范志亭著《鲁迅与许广平》(郑州：河南人民出版社，1986)。
【美】斯坦利·费什(Stanley E. Fish)著，文楚安译《读者反应批评：理论与实践》(北京：中国社会科学出版社，1998)。
冯光廉等主编《多维视野中的鲁迅》(济南：山东教育出版社，2001)。
【法】米歇尔·福柯著，刘北成译《临床医学的诞生》(南京：译林出版社，2001)。

G

高远东著《现代如何"拿来"——鲁迅的思想与文学论稿》(上海：复旦大学出版社，2009)。
葛涛主编《鲁迅的五大未解之谜——世纪之初的鲁迅论争》(北京：东方出版社，2003)。
广东鲁迅研究小组　广东鲁迅研究学会合编《在巨人的光照下(1987—1989年广东鲁迅研究论文选集)》(广州：中山大学出版社，1991)。
广东鲁迅研究小组编《论鲁迅在广州》(广东鲁迅研究小组，1980)。
广州市地方志编纂委员会编《广州市志》(卷一　大事记)(广州：广州出版社，1999)。
【德】顾彬著，范劲等译《二十世纪中国文学史》(上海：华东师范大学出版社，2008)。

H

【德】海德格尔著，陈嘉映　王庆节译《存在与时间》(北京：生活·读书·新知三联书店，1999)。
黄义祥编著《中山大学史稿(1924—1949)》(广州：中山大学出版社，1999)。
郝庆军著《诗学与政治：鲁迅晚期杂文研究(1933—1936)》(北京：文化艺术出版社，2007)。
何浩著《价值的中间物：论鲁迅生存叙事的政治修辞》(北京：北京大学出版社，2009)。
胡风著《胡风全集》(武汉：湖北人民出版社，1999)。
胡尹强著《毁坏铁屋子的希望》(北京：人民文学出版社，2001)。
胡尹强著《鲁迅：为爱情作证——破解〈野草〉世纪之谜》(北京：东方出版社，2004)。
黄秀玲著，詹乔等译《从必需到奢侈：解读亚裔美国文学》(北京：中国社会科学出版社，2007)。

J

蒋寅著《学术的年轮》(北京：中国文联出版社 2000)。
金以林著《近代中国大学研究》(北京：中央文献出版社，2000)。
敬文东著《失败的偶像：重读鲁迅》(广州：花城出版社，2003)。

K

【瑞士】维雷娜·卡斯特著(Verena Kast)，陈瑛译《克服焦虑》(北京：生活·读书·新知三联书店，2003)。
【丹麦】日兰·克尔凯郭尔著，一谌等译《恐惧与战栗》(北京：华夏出版社，1999)。

L

李长之著《鲁迅批判》(北京：北京出版社，2003)。
李城希著《接受　偏离　回归——鲁迅与中国传统文化》(昆明：云南人民出版社，2006)。
李何林著《鲁迅〈野草〉注解》(西安：陕西人民出版社，1981)。
李继凯等主编《言说不尽的鲁迅与五四》(北京：中国社会科学出版社，2011)。
李康化著《漫话老上海知识阶层》(上海：上海人民出版社，2003)。
李天明著《难以直说的苦衷——鲁迅〈野草〉探秘》(北京：人民文学出版社，2000)。
李伟江著《鲁迅粤港时期史实考述》(长沙：岳麓书社，2007)。
李新宇著《鲁迅的选择》(郑州：河南人民出版社，2003)。
李元瑾著《林文庆的思想：中西文化的汇流与矛盾》(新加坡：新加坡亚洲研究会，1991)。
李元瑾著《东西文化的撞击与新华知识分子的三种回应：邱菽园、林文庆、宋旺相的比较研究》(新加坡：新加坡国立大学中文系、八方文化企业公司，2001)。
李允经著《鲁迅的婚姻和家庭》(北京：北京十月文艺出版社，1990)。
梁实秋等著《围剿集》(石家庄：河北教育出版社，2000)。
廖诗忠著《回归经典：鲁迅与先秦文化的深层关系》(上海：上海三联书店，2005)。
林非、刘再复著《鲁迅传》(北京：中国社会科学出版社，1981)。
林坚编著《芙蓉湖畔忆"三林"：林文庆、林语堂、林惠祥的厦大岁月》(厦门：厦门大学出版社，2011)。
林贤治著《人间鲁迅》(合肥：安徽教育出版社，2003)。
林贤治著《一个人的爱与死》(上海：东方出版中心，2006)。
林贤治著《鲁迅的最后10年》(北京：中国社会科学出版社，2003)。
刘春勇著《多疑鲁迅》(北京：中国传媒大学出版社，2009)。
刘象愚选编《文学思潮和文学运动的概念》(北京：中国社会科学出版社，1989)。
刘彦荣著《奇谲的心灵图影——〈野草〉意识与无意识关系之探讨》(南昌：百花洲文艺出版社，2003)。
刘中树著《〈呐喊〉〈彷徨〉艺术论》(长春：吉林大学出版社，1999)。
柳亚子等著《高山仰止：社会名流忆鲁迅》(石家庄：河北教育出版社，2000)。
龙子仲著《怀揣毒药　冲入人群：读《野草》札记》(桂林：广西师范大学出版社，2007)。

卢玮銮著《香港文学散步》（香港：香港商务印书馆，1991）。
鲁迅著《鲁迅全集》（北京：人民文学出版社，2005）。
鲁迅博物馆编《鲁迅》（郑州：河南文艺出版社，2008）。
鲁迅博物馆等选编《鲁迅回忆录：散篇》（北京：北京出版社，1999）。
鲁迅博物馆编《鲁迅译文全集》（福州：福建教育出版社，2008）。
《鲁迅大辞典》编委会编《鲁迅大辞典》（北京：人民文学出版社，2009）。
路文彬著《视觉文化与中国文学的现代性失聪》（合肥：安徽教育出版社，2008）。
罗岗、顾铮主编《视觉文化读本》（桂林：广西师范大学出版社，2003）。
【美】多洛西·罗杰斯著，张承芬　宫燕明译《不惑之年——中年心理引论》（济南：济南出版社，1990）。

M

【法】V. 马莱尔（Viviane Mahler）、E. 德尔贝克（Hélène Delebecque）合著，袁粮钢译《中年危机：事业、健康、爱情与性》（深圳：海天出版社，2003）。
马蹄疾辑录《许广平忆鲁迅》（广州：广东人民出版社，1979）。
马蹄疾著《鲁迅演讲考》（哈尔滨：黑龙江人民出版社，1981）。
【美】米歇尔著，陈永国、胡文征译《图像理论》（北京：北京大学出版社，2006）。

N

【德】尼采著，徐梵澄译《苏鲁支语录》（北京：商务印书馆，1997）。
倪墨炎著《鲁迅的社会活动》（上海：上海人民出版社，2006）。
倪墨炎、陈九英著《鲁迅与许广平》（上海：上海书店，2001）。

P

潘磊著《"鲁迅"在延安》（桂林：广西师范大学出版社，2008）。
彭定安著《鲁迅评传》（长沙：湖南人民出版社，1982）。
彭定安著《鲁迅学导论》（北京：中国社会科学出版社，2001）。
彭小燕著《存在主义视野下的鲁迅》（北京：北京大学出版社，2007）。
【日】片山智行著，李冬木译《鲁迅〈野草〉全释》（长春：吉林大学出版社，1993）。

Q

钱理群著《鲁迅作品十五讲》（北京：北京大学出版社，2004）。
乔丽华著《我也是鲁迅的遗物：朱安传》（北京：九州出版社，2017）。
丘传英主编《广州近代经济史》（广州：广东人民出版社，1998）。
瞿秋白等著《红色光环下的鲁迅》（石家庄：河北教育出版社，2000）。

R

冉彬著《文化巨匠鲁迅与上海文化》（上海：上海文化出版社，2012）

S

【美】萨义德（Said, E. W.）著，单德兴译《知识分子论》（北京：生活·读书·新知三联书店，2002）。

【日】山田敬三著，秦刚译《鲁迅：无意识的存在主义》（北京：北京大学出版社，2012）。

邵洵美著，陈子善编《洵美文存》（沈阳：辽宁教育出版社，2006）。

沈金耀著《鲁迅杂文诗学研究》（福州：福建教育出版社，2006）。

孙玉石著《现实的与哲学的—鲁迅〈野草〉重释》（上海：上海书店，2001）。

孙玉石著《〈野草〉研究》（北京：中国社会科学出版社，1982）。

T

唐弢著《鲁迅论集》（北京：文化艺术出版社，1991）。

田刚著《鲁迅与中国士人传统》（北京：中国社会科学出版社，2005）。

田建民著《张我军传》（北京：作家出版社，2006）。

W

【日】丸尾常喜著，秦弓　孙丽华编译《耻辱与恢复——〈呐喊〉与〈野草〉》（北京：北京大学出版社，2009）。

汪建新著《现代人的焦虑——理论、现状及对策》（石家庄：河北人民出版社，2001）。

汪晖著《反抗绝望：鲁迅及其文学世界》（北京：生活·读书·新知三联书店，2008）。

王得后著《鲁迅与孔子》（北京：人民文学出版社，2010）。

王得后著《〈两地书〉研究》（天津：天津人民出版社，1982）。

王富仁《中国反封建思想革命的一面镜子：〈呐喊〉〈彷徨〉综论》（北京：北京师范大学出版社，1992）。

王赓武著《中国与海外华人》（香港：香港商务印书馆有限公司，1994）。

王宏志、李小良、陈清侨著《否想香港》（台湾：麦田出版社，1997）。

王吉鹏　李春林等著《鲁迅及中国现代文学散论》（长春：吉林人民出版社，2001）。

王建周著《鲁迅情爱世界探秘》（桂林：漓江出版社，1993）。

王乾坤著《鲁迅的生命哲学》（北京：人民文学出版社，1999）。

王润华著《鲁迅小说新论》（台北：东大图书股份有限公司，1992）。

王增炳、余纲著《陈嘉庚兴学记》（福州：福建教育出版社，1981）。

【英】雷蒙·威廉斯著，刘建基译《关键词：文化与社会的词汇》（北京：生活·读书·新知三联书店，2005）。

【美】韦伯著，秦健译《马克斯·韦伯艺术随笔》（北京：金城出版社，2011）。

【英】弗兰克·韦尔什（Fran Welsh）著，王皖强、黄亚红译《香港史》*A History of Hong Kong*（北京：中央编译出版社 2007）。

【日】尾崎秀树著《上海 1930 年》（东京：岩波书店，1989）。

【英】帕特里莎·渥厄（Patricia Waugh）著　钱竞　刘雁滨译《后设小说：自我意识小说的理论与实践》（台湾：骆驼出版社，1995）。

吴海勇著《时为公务员的鲁迅》(桂林：广西师范大学出版社，2005)。
吴俊著《暗夜里的过客——一个你所不知道的鲁迅》(上海：东方出版中心，2006)。
吴康著《书写沉默——鲁迅存在的意义》(北京：人民出版社，2010)。
吴中杰著《鲁迅传》(上海：复旦大学出版社，2008)。

X

厦门大学中文系编《鲁迅在厦门资料汇编》(第一集)(厦门：厦门大学中文系，1976)。
厦门大学校史编委会编《厦门大学校史》第1卷(厦门：厦门大学出版社1990)。
厦门大学校史编委会编《厦门大学校史资料》第一辑(1921—1937)(厦门：厦门大学出版社，1987)。
夏志清著，刘绍铭等译《中国现代小说史》(香港：香港中文大学出版社，2001)。
肖新如著《〈野草〉论析》(沈阳：辽宁教育出版社，1987)。
许广平著《许广平文集》(南京：江苏文艺出版社，1998)。
许钦文著《在老虎尾巴的鲁迅先生：许钦文忆鲁迅全编》(上海：上海文化出版社，2007)。
许钦文著《彷徨分析》(北京：中国青年出版社，1958)。
徐麟著《鲁迅：在言说与生存的边缘》(济南：山东文艺出版社，1997)。
薛利清著《晚清民初南洋华人社群的文化建构》(北京：生活·读书·新知三联书店，2015)。
薛绥之主编《鲁迅生平史料汇编》(第四辑)(天津：天津人民出版社，1983)。

Y

严春宝著《一生真伪有谁知：大学校长林文庆》(福州：福建教育出版社，2010)。
严春宝著《他乡的圣人：林文庆的儒学思想》(桂林：广西师范大学出版社，2017)。
阎庆生著《鲁迅创作心理论》(西安：陕西人民教育出版社，1996)。
杨春时著《现代性与中国文学思潮》(北京：生活·读书·新知三联书店，2009)。
阳江市鲁迅研究学会编《鲁迅与书画摄影艺术》(北京：新华出版社，2003)。
杨松年著《新马华文现代文学史初编》(新加坡：BPL教育出版社，2000)。
扬州师范学院中文系 现代文学教研室编著《〈野草〉赏析》(福州：福建人民出版社，1982)。
(日)野家启一著，毕小辉译《现代思想的冒险家们——库恩：范式》(石家庄：河北教育出版社，2002)。
【日】伊藤虎丸著，李冬木译《鲁迅与终末论：近代现实主义的成立》(北京：生活·读书·新知三联书店，2008)。
袁盛勇著《鲁迅：从复古走向启蒙》(上海：上海三联书店，2006)。

Z

曾智中著《三人行——鲁迅与许广平、朱安》(北京：中国青年出版社，1990)。
张柱林著《一体化时代的文学想象》(桂林：广西师范大学出版社，2009)。
张竞著《鲁迅在广州》(广州：广东人民出版社，1977)。
张闳著《声音的诗学》(北京：中国人民大学出版社，2003)。

张箭飞著《鲁迅诗化小说研究》(南宁：广西教育出版社，2004)。

张隆溪著，冯川译《道与逻各斯：东西方文学阐释学》(成都：四川人民出版社，1998)。

张梦阳著《中国鲁迅学通史》(广州：广东教育出版社，2005)。

张宁著《无数人们与无穷远方：鲁迅与左翼》(上海：复旦大学出版社，2006)。

张铁荣著《比较文化研究中的鲁迅》(天津：南开大学出版社，2006年3刷)。

张芸著《别求新声于异邦——鲁迅与西方文化》(北京：中国社会科学出版社，2004)。

张钊贻著《从〈非攻〉到〈墨攻〉：鲁迅史实文本辨正及其现实意义探微》(桂林：广西师范大学出版社，2017)。

赵稀方著《小说香港》(北京：生活·读书·新知三联书店，2003)。

郑家建著《历史向自由的诗意敞开：〈故事新编〉诗学研究》(上海：上海三联书店，2005)。

中国人民政治协商会议广东省广东委员会文史资料研究委员会编《广州百年大事记》(下) (广州：广东人民出版社，1984)。

中国社会科学院语言研究所辞典编辑室编《现代汉语词典》(2002年增补本) (北京：商务印书馆，2002)。

钟敬文著/译《寻找鲁迅·鲁迅印象》(北京：北京出版社，2002)。

周国伟、柳尚彭著《寻访鲁迅在上海的足迹》(上海：上海书店出版社，2003)。

周遐寿著《鲁迅作品里的人物》(北京：人民文学出版社，1981)。

周振甫著《文学风格例话》(南京：江苏教育出版社，2006)。

朱崇科著《张力的狂欢》(上海：上海三联书店，2006)。

朱崇科著《身体意识形态》(广州：中山大学出版社，2009)。

朱崇科著《鲁迅小说中的话语形构："实人生"的枭鸣》(北京：人民出版社，2011)。

朱崇科著《"南洋"纠葛与本土中国性》(广州：广东人民出版社，2014)。

朱崇科著《〈野草〉文本心诠》(北京：人民出版社，2016)。

朱崇科著《鲁迅小说中的话语形构》(广州：中山大学出版社，2017)。

朱崇科著《论故事新编小说中的主体介入》(台湾：秀威，2018)。

【日】竹内好著，靳丛林编译《从"绝望"开始》(北京：生活·读书·新知三联书店，2013)。

【日】竹内实著，程麻译《中国现代文学评说——竹内实文集二卷》(北京：中国文联出版社，2002)。

朱寿桐著《孤绝的旗帜——论鲁迅传统及其资源意义》(北京：文化艺术出版社，2005)。

朱水涌等编《鲁迅：厦门与世界》(厦门：厦门大学出版社，2008)。

朱正著《鲁迅传略》(北京：人民文学出版社，1982)。

英文书目：

1. P. Bourdieu, L. D. Wacquant, *An Invitation to Reflexive Sociology* (Chicago: The University of Chicago Press, 1992).
2. P. Bourdieu, *Distinction: A Social Critique of the Judgement of Taste* (trans. by Richard Nice) (Cambridge: Harvard University Press, 1987).
3. Cathay Caruth, *Unclaimed Experience: Trauma, Narrative and History* (Baltimore and

London: Johns Hopkins University Press, 1996).
4. Jennifer W. Cushman and Wang Gungwu ed., *Changing Identities of the Southeast Asian Chinese since World War II* (Hong Kong: Hong Kong University Press, 1988).
5. Philip A. Kuhn [孔飞力], *Chinese Among Others: Emigration in Modern Times* (Lanham: Rowman & Littlefield, 2008).
6. Dominick LaCapra, *Writing History, Writing Trauma* (Baltimore and London: Johns Hopkins University Press, 2001).
7. Leo Oufan Lee, *Shanghai Modern: The Flowering of a New Urban Culture in China, 1930-1945* (Cambridge: Harvard University Press, 1999).
8. Williams J. Mitchell, *Picture Theory* (Chicago: The University of Chicago Press, 1994).
9. James Reeve Pusey, *Lu Xun and Evolution* (N. Y.: State University of New York Press, 1998).
10. Chee-Beng Tan, *The Baba of Melaka: Culture and Identity of a Chinese Peranakan Community in Malaysia* (Malaysia Petaling Jaya: Pelanduk Publications, 1988).
11. Patricia Waugh, *Metafiction: The Theory and Practice of Self-Conscious Fiction* (London & New York: Routledge, 1990).
12. Raymond Williams, *Keyword: A Vocabulary of Culture and Society* (London: Fontana, 1976).

后记

你或许得承认，1. 鲁迅研究界还是有代际的，2. 学习研究鲁迅的感悟还是有段位差别的，3. 研究范式的更新和人品密切相关。

2007年1月19日早上，在"纪念鲁迅来中山大学90周年"活动开始之前，作为32岁的青椒，我奉命在中山大学康乐园紫荆园餐厅陪同我尊敬的王富仁、王得后二位先生"饮茶"（粤语：喝早茶、吃早点），之前同他们只是文字神交，未曾亲炙教诲。席间富仁乡贤对广东的凤爪赞不绝口，我特别悄悄叮嘱服务员再来一盘，结果很快就被大快朵颐，那时候我觉得富仁先生真是可爱。因为同在广东，后来有更多机会见面并聆听其演讲，那种偶尔好吃的可爱退场，常见的霸气的雄辩登台——他可以滔滔不绝连续讲三个小时，其中思路之清晰、层次之丰富、言辞之缠绕、态度之真诚让你欲罢不能。

恰恰在那次座谈会上，我对"鲁迅在广州"议题的研究呈现出某种震动和不满。震动是因为似乎有种声音在冥冥之中呼唤什么，我总觉得和鲁迅先生有心神相通之处；不满，是因为直面了当时有关研究的干瘪、机械和肤浅，于是我决定重新研究"广州鲁迅"。那时候真是多管齐下，既在图书馆翻阅发黄的旧期刊（校史），又走入历史现场感悟"活的鲁迅"——天字码头（鲁迅登陆广州）、越秀山（鲁迅摔断腿）、高第街（许氏家族旧居），其他还包括广东鲁迅纪念馆（当时的中山大学大钟楼）、南园酒家品茗等等，前者让我从第一、二手资料中立起了2D版鲁迅，后者则让我感悟到一个更繁复的4D鲁迅，这也就是为什么从四个层面聚焦先生的考量所在——写作人鲁迅、革命者鲁迅、周树人教授，尤其得意的是第四个层面中年男人鲁迅（材料使用和观点也因此略有交叉）。不被看好的恋爱，无处释放的利比多，开学前"粮草充足"的惬意与温暖，锐意进取的中山大学各种新的改革可能性，旧敌顾颉刚前来，"四·一五"大搜捕和屠杀，广州盛夏的煎熬（需要经常沐浴）和美食的抚慰，等等，这些都让人深切感受到鲁迅的鲜活扑面而来，不是你去搜肠刮肚找寻什么，而是摩挲日久后恍惚间就是和鲁迅先生的不同面向对话。

三年后 2010 年此书终于完成初稿，我特别请王富仁先生提供高见（如有可能再赐序）。王先生日理万机，彼时也大病初愈，但坚持赐序，他宅心仁厚却也目光如炬，看到了拙著的一点可贵之处——研究范式的更新，终于把"鲁迅在广州"研究从资料搜集考辨升华到理论体系辩证，而身处历史现场的他颇有同情之心。不知不觉中时间又过去了 3 年，论述经过打磨和修订日益清晰和成体系。2013 年上半年我还在台湾东华大学担任客座教授（讲授鲁迅和马华文学）。

写作此书是令人愉快而充实的经历，因为仿佛中山大学康乐园中文堂东边汉白玉石像的鲁迅先生随时可以复活，我甚至幻想以后可以和博士生们在鲁迅像面前谈论学习鲁迅心得（后来这些都在珠海校区实现了）。正是因为遍览了有关第一二手资料，历史现场重温了鲁迅先生的既往，才让我下笔的论述文字也显得活泼——我从未觉得称呼连续十余日饕餮美食的鲁迅先生为"吃货"突兀，当然也会把"不爽"此类的口语涵容其间，实际上，书写鲁迅先生相当罕见的"老夫聊发少年狂"、排解焦虑的文字不就该摇曳多姿么？因为这是独特的鲁迅、真实的鲁迅、转型期的鲁迅，归根结底无法复制的鲁迅。

我从王富仁先生看到了鲁迅研究顶尖学者的锐利风骨和温润待人，也从泼妇骂街风格的鲁学"学者"身上看到了跋扈的浮浅和充盈的喧嚣。鲁迅研究当然是有代际差异的，山东大学外语系出身的真学者、40 后的富仁先生（还有古道热肠的钱理群先生、勤奋直爽的张梦阳先生）可以对我辈 70 后鲁迅研究者惺惺相惜、大力提携，关键是，他的高度、深度和开放性能够让他洞察可能新范式的诞生。毫无疑问，研究鲁迅而丝毫不懂、不看乃至排斥理论书是非常可悲的行径，因为只有文献是很难超越时代的，对于研究代际的超克恰恰是要凭借精深理论的穿透力和自我转化能力（这一点汪晖教授的《反抗绝望》等论述堪称典范）。

对于鲁迅的感悟也是分段位和层次的，好比鲁迅的杂文从来不该等同于骂人文论，鲁迅的文字修炼如果借助当今的《现代汉语词典》去生搬硬套可能不乏常人以为的不通乃至舛误（而鲁迅原本就是现代汉语的破旧规范和立新规范者），不了解鲁学此类常识的普通人大有人在，但伪学者也不乏其人，其实鲁迅研究即使在20年一个断代何尝只有一种规范和声音呢？而研究的高度从来和年纪老幼无关，和聪慧、顿悟以及努力奋斗之后的突破息息相关。而实际上，真正的研究范式突破往往和人品紧密关联，因为人品往往和胸怀、格局、视野、同情心、洞察力、创造力有着千丝万缕的关联。

该书从写作到修订花了6年多，非常感谢如下刊物提供发表机会：《鲁迅研究月刊》、《南方文坛》、《中山大学学报》、《南京师范大学文学院学报》、《四川大学学报》、《福建论坛》、《上海交通大学学报》、《西南民族大学学报》、《粤海风》、《南通大学学报》等。同时，接受建议，力图让此书变得"普及化"一点（添加了一些图片）。

2017年5月，非常关爱我的乡贤富仁先生驾鹤西去，恰恰距离我第一次面见他10年了，令人悲恸，留下后来者的我们见证和面对这个日益繁复的俗世。作为一个有血性的山东人，我做事的原则是：能做事、不惹事、不怕事。于我而言，一方面，还是努力奋斗，让我的研究产出更加丰硕以回馈关心爱护者，让真正的读者或知音常常可见，同时另一方面谨遵鲁迅先生的教诲，无视自以为是的污蔑者——"最高的轻蔑是无言，而且连眼珠子也不转过去。"

无论如何，创造着是快乐的，无与伦比。希望你阅读时亦然。

朱崇科
2018年底于中山大学、2019年秋于新加坡旅次

【如无特别说明，本书所用图片皆来自网络，未作商业用途】

图书在版编目（CIP）数据

鲁迅的广州转换/朱崇科著. —上海：上海三联书店，2019.12
ISBN 978-7-5426-6893-6

Ⅰ.①鲁… Ⅱ.①朱… Ⅲ.①鲁迅研究 Ⅳ.①I210

中国版本图书馆CIP数据核字（2019）第258678号

鲁迅的广州转换

著　　者/朱崇科

责任编辑/殷亚平
装帧设计/一本好书
监　　制/姚　军
责任校对/张大伟　王凌霄

出版发行/上海三联书店
　　　　（200030）中国上海市漕溪北路331号A座6楼
邮购电话/021-22895540
印　　刷/上海肖华印务有限公司

版　　次/2019年12月第1版
印　　次/2019年12月第1次印刷
开　　本/710×1000　1/16
字　　数/380千字
印　　张/25
书　　号/ISBN 978-7-5426-6893-6/I·1566
定　　价/68.00元

敬启读者，如发现本书有印装质量问题，请与印刷厂联系 021-66012351